À PROPOS D

« Un clas...
québécoise en...
dans une version définitive…
et le début d'une trilogie qui,
à son tour, deviendra un classique ! »
Lettres québécoises

« Avec *Les Méandres du temps*, Sernine nous
livre une œuvre remarquable,
un space opera comme le Québec
n'en a jamais produit. »
Québec français

« Un mélange d'histoire d'amour,
d'espionnage, de space opera
et d'aventure qui ne vous
fera pas regretter votre choix. »
Le Soleil

« Impossible de ne pas s'émerveiller
devant la capacité de l'écrivain
à imaginer des histoires intemporelles. »
Voir – Montréal

« […] un exemple type d'une science-
fiction moderne et globalisante. »
Solaris

« Un roman enlevant. »
Magazine Le Clap

« *Les Méandres du temps* constitue
un bel exemple de l'intégration réussie
des thèmes fantastiques,
tel que la télépathie et la prémonition,
à un univers de science-fiction. »
Nuit Blanche

« …réunit à la fois une bonne dose
d'intrigue, un frisson d'espionnage,
une pointe de rêve, un soupçon d'humour
et une mesure de paranormal.
En mélangeant le tout, Daniel Sernine nous
plonge dans *Les Méandres du temps*
pour un palpitant voyage. »
Les Chroniques de l'Imaginaire

« *Les Méandres du temps* amorce
sous des augures très prometteurs
une ambitieuse trilogie…
De la bonne science-fiction. »
www.amazon.ca

LES ARCHIPELS DU TEMPS

(LA SUITE DU TEMPS -2)

DU MÊME AUTEUR

(Seuls sont énumérés les livres pour adultes)

Les Contes de l'ombre. Recueil.
  Montréal : Sélect, 1979.

Légendes du vieux manoir. Recueil.
  Montréal : Sélect, 1979.

Le Vieil Homme et l'espace. Recueil.
  Longueuil : Le Préambule, Chroniques du futur 4, 1981.

Quand vient la nuit. Recueil.
  Longueuil : Le Préambule, Chroniques de l'au-delà 1, 1983.

Les Méandres du temps. Roman.
  Longueuil : Le Préambule, Chroniques du futur 6, 1983.

Aurores boréales 2. Collectif présenté par l'auteur.
  Longueuil : Le Préambule, Chroniques du futur 9, 1985.

Nuits blêmes. Recueil.
  Montréal : XYZ Éditeur, L'Ère nouvelle, 1990.

Boulevard des Étoiles. Recueil.
  Montréal : Publications Ianus, 1991.

*Boulevard des Étoiles 2 – À la recherche de monsieur
  Goodtheim*. Recueil.
  Montréal : Publications Ianus, 1991.

  Reprise des deux précédents titres en un seul volume :
  Boulevard des Étoiles. Recueil.
    Amiens : Encrage, Lettres SF 9, 1998.

Chronoreg. Roman.
  Montréal : Québec/Amérique, Littérature d'Amérique, 1992.
  Beauport : Alire, Romans 026, 1999.

Manuscrit trouvé dans un secrétaire. Roman.
  Saint-Laurent : Pierre Tisseyre, 1994.

Sur la scène des siècles. Recueil.
  Montréal : Publications Ianus, 1995.

« LA SUITE DU TEMPS »
  1. *Les Méandres du temps*. Roman.
    Lévis : Alire, Romans 077, 2004.
  2. *Les Archipels du temps*. Roman.
    Lévis : Alire, Romans 087, 2005.
  3. *Les Écueils du temps*. Roman.
    Lévis : Alire (à paraître).

LES ARCHIPELS
DU TEMPS

(LA SUITE DU TEMPS -2)

DANIEL SERNINE

ALIRE

Illustration de couverture
LAURINE SPEHNER

Photographie
DAVID SIMARD

Diffusion et distribution pour le Canada
Québec Livres
2185, autoroute des Laurentides, Laval (Québec) H7S 1Z6
Tél.: 450-687-1210   Fax: 450-687-1331

Diffusion et distribution pour la France
DNM (Distribution du Nouveau Monde)
30, rue Gay Lussac, 75005 Paris
Tél. : 01.43.54.49.02   Fax: 01.43.54.39.15
Courriel: liquebec@noos.fr

Pour toute information supplémentaire
LES ÉDITIONS ALIRE INC.
C. P. 67, Succ. B, Québec (Qc) Canada G1K 7A1
Tél.: 418-835-4441   Fax: 418-838-4443
Courriel: info@alire.com
Internet: www.alire.com

Les Éditions Alire inc. bénéficient des programmes d'aide à l'édition de la
Société de développement des entreprises culturelles du Québec (SODEC),
du Conseil des Arts du Canada (CAC) et reconnaissent l'aide financière du
gouvernement du Canada par l'entremise du Programme d'aide au développement de l'industrie de l'édition (PADIÉ) pour leurs activités d'édition.

Gouvernement du Québec – Programme de crédit d'impôt pour l'édition
de livres – Gestion Sodec.

**TOUS DROITS DE TRADUCTION, DE REPRODUCTION
ET D'ADAPTATION RÉSERVÉS**

Dépôt légal: 3e trimestre 2005
Bibliothèque nationale du Québec
Bibliothèque nationale du Canada

© **2005** ÉDITIONS ALIRE INC. & DANIEL SERNINE

10   9   8   7   6   5   4   3   2e MILLE

*Ayant bénéficié d'une bourse de création
pour la rédaction d'une partie de ce livre,
l'auteur tient à en remercier le Conseil des arts
et des lettres du Québec.*

TABLE DES MATIÈRES

PREMIÈRE PARTIE

LES ANNÉES POURPRES

CHAPITRE 1

Vol au-dessus d'un lit
de cendres

Érymède avait la couleur d'un bloc de charbon dérivant dans l'espace.

Son côté tourné vers le Soleil était gris sombre, l'autre noir comme le vide hormis un cercle incandescent. Seul dessinait sa forme l'infime pointillé lumineux de ses installations externes, les cercles bleutés de ses cités-cratères et les cercles verts de ses parcs-cratères.

Les poètes avaient beau chercher des analogies plus élégantes, Érymède présentait l'aspect d'une immense pomme de terre calcinée qu'une moisissure phosphorescente aurait contaminée d'un côté. De l'autre, invisible aux Terriens comme à la plupart des Éryméens, la fournaise ardente du réacteur éjectait un torrent de plasma dans l'espace, contrant la force centrifuge que l'astéroïde subissait du fait de sa vitesse.

Bril Ghyota ramena son attention à la chorégraphie théâtrale qui se déroulait devant la Sphère céleste. Les acteurs, vêtus de scaphandres moulants, portaient des masques à même les visières de leurs casques compacts, masques aux traits mobiles dont les expressions reproduisaient celles de leur visage.

Dans l'amphithéâtre hémisphérique qu'était la Sphère céleste, le public suivait, à travers une vaste coupole transparente, ce spectacle dont le propos échappait à Ghyota.

Elle n'avait pas lu l'hypertexte d'introduction, n'avait guère suivi la représentation, n'était même pas allée s'asseoir à son fauteuil. Tout ce qu'elle aurait pu en dire, si on l'avait questionnée par la suite, c'est que la musique lui avait déplu, que les masques reproduits sur grand écran empruntaient quelque chose à la tragédie grecque, et que les mouvements en apesanteur semblaient assez bien chorégraphiés pour faire oublier la technologie des microjets qui les rendait possibles.

Les répliques, quant à elles, lui entraient par les oreilles sans trouver à s'inscrire dans sa mémoire, fût-ce celle à court terme, pas plus que les phrases laconiques échangées autour d'elle, dans les coulisses.

Quelle urgence la préoccupait à ce point? Karilian était mort depuis près d'un an. Le peu que Barry Bruhn pourrait dire de ses dernières décades d'existence n'y changerait rien – si même il trouvait quelque chose à raconter.

Quelque chose avait dû se produire récemment, quelque pensée avait dû venir à Bril Ghyota, aujourd'hui ou hier, pour la replonger dans l'état d'énervement qui avait été sien après le drame. Bouleversement, plutôt, mais un bouleversement agité, lointain cousin de l'hystérie, plutôt qu'une détresse accablée.

Ce quelque chose, c'était son réveil brusque, au milieu de la nuit précédente, avec l'image de Karilian gisant sur le parquet d'un vestibule aspergé de son propre sang, pistolet au poing. Et la certitude que Nicolas Dérec, quoique ignorant du drame, y était relié de quelque façon. Pourtant les vidéos de surveillance l'avaient bien montré sonnant innocemment à la porte de ce vestibule, puis repartant et s'éloignant dans le jardin sans avoir eu connaissance de rien.

Mais voilà, cette certitude ne reposait sur rien. Vingt heures après que Ghyota se fut réveillée avec, brasillant devant ses yeux, la dernière image de son rêve pourpre, cette assurance était redevenue simple intuition, si arbitraire et si peu fondée que la femme ne s'en était ouverte à personne sauf à la conseillère Sing Ha. Les cendres de la nuit étaient refroidies, et Ghyota n'avait pas retrouvé le sommeil, s'agitant seule dans un lit étroit.

La femme reporta son regard à travers le large hublot qui, des coulisses, permettait de suivre le spectacle. Les silhouettes colorées, vivement éclairées, se démenaient et se poursuivaient dans le vide ; de sa position, elle voyait un scaphe prêt à s'élancer derrière un acteur à la dérive si les réserves de gaz comprimé de ses microjets venaient à manquer.

Parmi les étoiles, un gros point lumineux capta le regard de Bril Ghyota : à son éclat rosé, intense, elle reconnut Jupiter. Durant le moment où elle la contempla, la géante clignota brièvement, masquée par le passage d'un gros astéroïde.

Un timbre électronique et un petit écran témoin s'animant ramenèrent l'attention de Ghyota dans la pièce appelée « coulisses ». Le sas se pressurisait : certains acteurs et actrices rentraient, leur rôle sans doute terminé. Lorsque l'écoutille s'ouvrit, ils défaisaient déjà les attaches de leur casque.

L'homme était Barry Bruhn : Ghyota l'avait rencontré à deux ou trois reprises à l'époque où il était l'amant de Karilian. Vingt ans, un beau garçon au teint clair et aux cheveux sombres, bouclés.

Bruhn la reconnut, lui aussi, du moins sembla-t-il se souvenir de l'avoir déjà vue, sans peut-être se rappeler où.

— Je pourrais vous voir, après la représentation ? lui demanda-t-elle sans ambages. Je suis Bril Ghyota, de l'Institut, ajouta-t-elle lorsque ses sourcils exprimèrent une perplexité accrue.

Elle n'eut pas à préciser à quel institut elle appartenait. Le déclic se fit :

— Vous étiez une amie de Karel.

Bril Ghyota sentit un frisson la traverser en entendant ce prénom qu'elle-même avait rarement employé.

— C'est de lui que je veux que vous me parliez, justement, répliqua-t-elle à mi-voix.

L'acteur se rembrunit et la dévisagea avec un soupçon de réserve, sinon de méfiance. Toutefois il ne dit pas non et gagna le vestiaire pour se défaire de son scaphandre.

•

Dans l'intercité qui filait vers Valinor, un autre long silence se fit dans la conversation malaisée entre Barry Bruhn et Bril Ghyota. La femme, originaire de Psyché, n'était guère douée pour le bavardage. Et son initiative avait replongé le jeune homme dans un deuil qu'il croyait révolu.

Le visage de Karel Karilian lui revenait en mémoire avec une clarté qu'il n'avait pas eue depuis des mois. Son teint café au lait, ses cheveux et sa courte barbe châtains, avec des touches de gris de part et d'autre du menton. Sa façon de contempler Barry d'un regard intense, en silence, comme si par les yeux plutôt que par la bouche il pouvait étancher une soif profonde, soif de son visage, soif de sa personne, de sa vitalité.

Ces dernières décades, le jeune acteur en était venu à se convaincre que Karilian ne lui manquait plus. Il se passait même des journées entières sans que Barry pense à lui. Les répétitions, les spectacles, les études qu'il menait à mi-temps dans un tout autre domaine, les amis qu'il se faisait avec tant d'aisance, les amants qui ne manquaient pas, tout cela ne laissait guère de place à la solitude, au désœuvrement et à leur escorte d'idées noires.

Et voilà que cette dame Ghyota, « C'est de lui que je veux que vous me parliez », secouait la branche où les corneilles s'étaient assoupies et les lançait dans un vol lourd, lugubre, au-dessus du champ de sa mémoire.

•

Valinor était le seul parc-cratère d'Érymède aménagé sous un dôme elliptique plutôt que circulaire. Dans une étroite vallée aux versants assez abrupts, une petite rivière serpentait parmi une mosaïque de parcelles cultivées, chacune guère plus grande qu'un potager ou qu'un jardin, de sorte qu'on avait le sentiment de dominer une contrée de rizières en Asie orientale. Ici et là des carrés de pavot, tels des flaques de sang, contribuaient à cette impression.

Quelques pitons rocheux, coiffés de pins, surgissaient du sol plat. Pour tout loisir, la promenade, le canot et le vol ; ne pesant que la moitié du poids qu'ils auraient eu sur Terre, les Éryméens les plus en forme s'équipaient de grandes ailes ultralégères et survolaient le parc. On appelait « envoleurs » les adeptes de ce sport, que Barry avait pratiqué durant quelques années, jusqu'à ce qu'un grave accident et plusieurs décades de convalescence le rendent craintif.

La fonction résidentielle était restreinte, à Valinor, et personne n'avait le privilège d'y habiter en permanence. Les appartements, dispersés à flanc de coteau, ne jouissaient que de terrasses étroites ou de baies discrètes. On pouvait y faire seulement des séjours limités, tirés au sort parmi les candidats.

— Vous avez gagné un appart ? s'enthousiasma Barry Bruhn lorsqu'il comprit où l'emmenait Ghyota.

— Pas moi, répondit la femme d'âge mûr en s'arrêtant devant une porte numérotée, dans l'interminable couloir incurvé qu'ils avaient suivi. Une amie, membre du Conseil d'Argus.

Et elle lui présenta Sing Ha, lorsque celle-ci leur ouvrit. Autant Ghyota avait un corps mince et nerveux, aux os apparents, autant Sing Ha arborait un visage rond, une silhouette enveloppée évoquant la douceur.

Déconcerté, un peu intimidé par la compagnie d'une conseillère d'Argus et d'un membre du bureau de direction de l'Institut de métapsychique et de bionique, Barry mit un bon moment à chasser son malaise. Quelque chose de sérieux était en cours, et le jeune homme avait l'impression de s'y trouver mêlé sans qu'on lui demande son avis.

L'appartement était aménagé sur le long, en aire ouverte, et seule sa pièce de séjour ouvrait par une porte-fenêtre sur une terrasse, plutôt une corniche, dominant le parc. L'éclairage de Valinor était en mode diurne et les deux visiteurs s'assirent à une petite table où Sing Ha vint bientôt poser des rafraîchissements : du vin blanc dans un flacon givré, de la grenadine, du jus de canneberges. Dans une flaque de clarté, la tunique pourpre de Bril Ghyota s'allumait de reflets carmins.

— Je vous sens tendu, Barry, dit l'hôtesse. Je sais, chacune de nous aurait l'âge d'être votre mère. Et vous ne devez pas tous les jours prendre un verre avec un membre du Conseil d'Argus.

Elles auraient pu être ses grand-mères, en fait, et Bruhn prenait un verre (puis couchait) épisodiquement avec un membre du Conseil – mais du Conseil supérieur d'Érymède, un cran au-dessus de celui d'Argus. Néanmoins il ne songea guère à servir ces répliques à Sing Ha, qui incarnait tout le contraire de la suffisance.

Il la devina tentée par un prélude de conversation légère. Mais Ghyota, qui avait fait de louables efforts en ce sens durant le trajet depuis la Sphère céleste – et qui y avait manifestement épuisé toutes ses ressources d'aménité –, Ghyota brûlait d'en venir au fait.

— Que savez-vous de la dernière mission de maître Karilian, Barry ?

L'usage du prénom ne lui était pas venu aisément et manquait de naturel dans sa bouche.

— Strictement rien.

Il n'était pas tout à fait surpris de la question ; elle lui avait été posée lors de la première enquête. « Première », car que préparaient l'ex-collègue et l'ex-amie de Karel sinon une nouvelle enquête, et que voulaient-elles de son dernier amant sinon l'interroger ? Sauf que cette fois, elles offrirent de le renseigner, lui, Barry Bruhn, dont les liens avec les Renseignements et la toute nouvelle Sûreté étaient pour le moment fort minces : il poursuivait des études et un entraînement susceptibles de le mener à ces secteurs d'activité.

Selon Sing Ha et Ghyota, la mission de maître Karilian avait commencé par des prémonitions qu'il avait eues durant des transes psi. Au début, tout ce qu'il savait, c'est qu'il allait rencontrer et neutraliser un personnage d'une importance cruciale, dans une villégiature huppée fréquentée par des diplomates et des ministres, le lac Clifton, près de la capitale canadienne. Il connaissait l'endroit pour y être intervenu seize ans plus tôt, en tant qu'agent des Opérations, au plus fort de ce que sur Terre on avait appelé la Guerre froide.

Les Renseignements avaient tout de suite supposé que la prémonition de maître Karilian avait trait à une réunion ministérielle des puissances astronautiques, devant se tenir au Clifton Lodge cet été-là. C'est durant cette réunion que les grandes puissances avaient pour la première fois fait ouvertement l'hypothèse qu'une organisation clandestine, plus avancée que leurs propres agences spatiales, « interférait » avec leurs satellites en orbite.

Au départ, maître Karilian ignorait presque tout de cette personne cible qu'il devait supprimer, hormis qu'il s'agissait d'une femme souffrant d'un dédoublement de la personnalité. Durant leur très bref contact mental, Karilian avait perçu, en puissance, l'implication de cette personne dans un conflit à l'échelle planétaire et dans le quasi-anéantissement de l'humanité.

Gagné par un sentiment d'oppression, Bruhn dévisagea Sing Ha. La conseillère avait bien employé le mot « supprimer », c'est-à-dire assassiner. Pas étonnant que Karel lui ait paru si sombre, la dernière nuit où ils avaient fait l'amour, dans son appartement de Troie. Le lendemain, il partait pour Argus et la Terre, emportant sur l'astrobus, tel un excédent de bagages, le terrible poids de ses soucis.

Le sommet secret des puissances astronautiques s'était déroulé, et avait intéressé les Renseignements au plus haut point, mais la personne cible attendue par Karilian ne s'était pas manifestée au Clifton Lodge. On avait alors élargi le champ des possibilités pour inclure le camp de vacances d'un collège privé fréquenté par des fils et des filles de diplomates, de ministres, de militaires. À sa grande consternation, Karilian avait compris que la personne avec qui il avait eu un bref contact empathique pouvait fort bien être une adolescente.

Barry Bruhn se rendit compte qu'il avait la bouche sèche. Cette dernière précision, Karel n'avait dû en prendre connaissance qu'*après* leur ultime conversation par visiophone, car son amant lui avait paru serein, presque de bonne humeur.

La suite, Barry la connaissait : maître Karilian s'était donné la mort, une fin d'après-midi, en se tirant une balle dans la bouche, dans le vestibule de la villa des Lunes, le pied-à-terre d'Argus au lac Clifton. Il n'avait laissé ni notes ni rapport le jour ou la veille de son suicide. Impossible, donc, de savoir si un fait nouveau avait motivé son geste, ou si c'était plutôt l'aboutissement d'un long parcours dépressif, l'idée d'assassiner une jeune personne lui étant devenue insupportable. Quelques erreurs de jugement commises durant ses dernières décades, sur le plan de la sécurité, laissaient soupçonner une détérioration de ses processus mentaux, due peut-être aux effets toxiques de la propsychine qu'il s'injectait à doses répétées pour les fins de sa mission.

Cette drogue s'avérait sans danger lorsqu'on en es-
paçait les doses, mais Karilian avait été le premier
à en faire un usage aussi intensif ; les dernières
décades, il souffrait d'une migraine presque constante.
À Barry, il n'avait rien laissé soupçonner de tout
cela.

Par ailleurs – mais Ghyota et Sing Ha ignoraient
comment cela était relié, ou même si ce l'était –, la
destinée de Karilian avait croisé celle d'un jeune
Terrien lors de ses deux derniers séjours sur la Terre.
La première fois, quand le potentiel psi du garçon
s'était brusquement révélé lors d'un accident routier
près de la base régionale qu'Argus exploitait dans
le nord-est de l'Amérique, et la seconde fois sept ans
plus tard à l'occasion de l'ultime mission de Karilian.
L'adolescent participait alors à des recherches en
psilogie dans un laboratoire établi au lac Clifton ;
le service du Recrutement s'intéressait à lui depuis
quelques mois et allait devoir, dans des circonstances
précipitées, faciliter sa « disparition » et son passage
sur Érymède. Cet été-là, Karel s'était lié d'amitié
avec le garçon, allant jusqu'à mettre en péril le secret
de sa propre mission.

Nicolas Dérec – car tel était son nom – se trouvait
même, sans le savoir, à quelques mètres de Karilian
lorsque celui-ci s'était donné la mort : il était venu
lui rendre visite à la villa mais avait sonné en vain
à la porte.

Barry Bruhn se leva lorsque les deux femmes
achevèrent le résumé qu'elles avaient livré en duo.
Sans leur tourner complètement le dos, par courtoisie, il s'appuya à la rambarde de l'étroite terrasse
et dirigea son regard au loin, vers l'autre bout du
parc. Cinq personnes ailées volaient là-bas, repérables
au mouvement de leurs voilures colorées. Barry

aurait aimé, à cet instant, se déchausser des bottillons lestés d'osmium que portaient tous les Éryméens, et s'élancer du perchoir de la terrasse. Mais son saut ne l'aurait guère porté loin, avec cette eau glacée qu'on venait de verser en lui et qui se figeait en sérac dans sa poitrine.

— Une question…

— Oui ?

Il hésita.

— Demandez, Barry, insista doucement Sing Ha.

— Ce genre de mission… Supprimer quelqu'un. Il avait à faire ça souvent ?

— Jamais, répliqua immédiatement Bril Ghyota, qui avait travaillé avec lui durant des lustres, à l'Institut de métapsychique et de bionique.

— Pas directement, je ne crois pas, nuança Sing Ha. Il n'était plus aux Opérations depuis au moins quinze ans lorsqu'il a demandé à être envoyé au lac Clifton. Et même quand il était agent, je ne pense pas qu'il ait eu l'occasion de…

Barry s'était retourné et observait attentivement la conseillère ; à son lobe gauche un petit rubis, son unique parure, brillait lorsqu'elle inclinait la tête de côté.

— Une seule fois, poursuivit-elle, il s'est senti responsable de la mort d'un Terrien. Un haut fonctionnaire ou un sous-ministre, qui s'était suicidé lorsque la conférence secrète dont il était responsable s'était terminée par un fiasco diplomatique. Karel et son équipe avaient eu pour mission de faire échouer une initiative nucléaire de l'OTAN qui aurait pris la crise du mur de Berlin pour prétexte ; c'est cet homme qui avait écopé des blâmes.

Un soupir de soulagement échappa à Barry Bruhn : il n'y avait pas de sang sur les mains qui l'avaient tant caressé.

Bruhn avait cru révolu l'épisode de sa vie où Karel avait eu une présence si importante, mais ses réactions de la dernière heure lui démontraient qu'il n'en était rien. Des images de son amoureux lui revenaient en cohortes, incandescentes d'émotions qu'il pensait éteintes.

Pourtant, Barry n'avait presque rien su des dernières décades de sa vie, hormis le fait qu'il s'était déchargé sur son assistante – Ghyota, justement – de ses fonctions de directeur de l'I.M.B. sur Érymède, pour reprendre du service sur Terre, dans une mission de surveillance que lui seul pouvait mener à bien grâce à ses facultés psi.

— Nous voulions vous questionner, reprit Ghyota, sur vos dernières conversations avec maître Karilian.

— On m'a déjà interrogé là-dessus, lors de l'enquête.

— Mais pas dans les meilleures conditions, rappelez-vous. Et pas très en profondeur.

Barry s'en souvenait. La troupe dont il faisait partie était en tournée du côté des bases joviennes et saturniennes. À la vitesse de la lumière, les transmissions prenaient vingt minutes dans chaque direction, de sorte que les enquêteurs s'étaient contentés d'un minimum de questions. Encore sous le choc, Barry s'en était tenu à des réponses laconiques.

— Je ne vois pas ce que je pourrais vous dire de plus.

— Chez lui, à Psyché, maître Karilian n'a pas laissé de journal intime, ni écrit ni informatique. À votre connaissance, il n'en tenait pas ?

— Non.

— Et des lettres ? Il en écrivait ? Je veux dire : à la main, sur du papier.

— Ça lui arrivait. Des poèmes, aussi.

— Vous en avez ?

— Rien de récent.

Une ombre de dépit passa sur le visage de Ghyota.

— Je vous les montrerai, si vous voulez. Mais il n'y en a pas beaucoup, et ça date de plusieurs décades, sinon quelques mois, avant cette… mission.

— Vous nous recevriez chez vous, à Troie ? se réjouit Sing Ha. Ce serait très généreux de votre part.

— Mais il n'a rien laissé de très intime, prévint Barry. Des vêtements, quelques objets personnels… Il ne séjournait pas souvent chez moi, et jamais bien longtemps.

Le jeune homme, qui s'était rassis et avait bu une gorgée, retrouvait un peu d'assurance après l'émoi de tout à l'heure. Les ombres d'un essaim d'envoleurs filèrent sur le versant de la vallée où s'ouvrait la terrasse.

— Mais dites-moi, est-ce qu'il y a une nouvelle enquête ?

— Pas officiellement, répondit la conseillère Sing Ha après que les deux femmes se furent brièvement consultées du regard. La commission de l'an dernier a conclu qu'elle ne pouvait établir avec certitude le motif du suicide et s'en est tenue à « l'hypothèse probable » que nous avons évoquée tout à l'heure. Celle que vous connaissiez.

— Mais elle ne vous satisfait pas.

— Maître Karilian avait d'autres options à sa disposition, souligna Ghyota, dont celle de se faire remplacer, ne serait-ce que pour la partie la plus… odieuse de sa mission.

— Considérez… commença Sing Ha. Considérez la première enquête comme un survol du paysage.

Son interlocuteur eut un bref regard, involontaire, du côté des envoleurs, et la femme eut un sourire entendu.

—Ce survol a bien établi tout ce qu'il y avait à voir de haut. Mais, de ce point de vue, les pans d'ombre échappent au regard. On ne voit pas sous les rochers en surplomb, ni sous le feuillage des grands arbres.

—Vous voulez enquêter au niveau du sol, comprit Barry.

—C'est plus long, à pied, mais on peut regarder partout.

Le jeune homme hésita, craignant d'ouvrir une boîte de Pandore :

—Vous avez une autre théorie sur la mort de Karel ?

—Malheureusement pas, admit Sing Ha. Tout au plus une hypothèse…

—Maître Karilian, avança Ghyota, aurait appris, ou compris, ou *perçu* quelque chose de nouveau et de grave le jour ou la veille de sa mort.

—Grave et personnel, précisa la conseillère, puisqu'il a choisi de n'en faire part à personne. Quelque chose de crucial, quelque chose d'insoutenable, qui lui a brûlé les yeux et les doigts. Mais les flammes étaient éteintes quand sont arrivés les premiers enquêteurs, et on n'a trouvé qu'un lit de cendres.

—Et vous, vous voulez remuer ces cendres.

—Il reste peut-être une braise pour nous éclairer.

Le jeune acteur s'abstint de hocher la tête. Ces femmes, siégeant à des postes d'importance, avaient leurs raisons pour remuer les cendres de Karilian. Mais lui, Barry, en avait-il ? Ne risquait-il pas de se brûler la main au tisonnier ?

—« Quelque chose de personnel », releva-t-il. Il aurait perçu quelque chose qui n'avait pas de rapport avec sa mission ?

Les deux femmes gratifièrent leur interlocuteur de haussements d'épaules, discret chez la Psychéenne, bien marqué chez la conseillère.

— Aucun moyen de le savoir, soupira Sing Ha.

— S'il a perçu quelque chose lors d'une transe psi, expliqua Ghyota, ce pourrait être en rapport avec la personne qu'il recherchait, puisqu'il orientait tout son effort de percipience de ce côté. Mais une vision ou une cognition entièrement fortuites ont pu lui venir, qui auraient concerné tout autre chose : ces phénomènes ne suivent pas toujours des règles logiques et prévisibles.

— Le hasard… prononça Barry.

La Psychéenne releva son mot :

— La dimension hasard… À l'Institut, certains maîtres vous diront que c'est une dimension à explorer, au même titre que le temps et l'espace, une *terra incognita* qu'on parviendrait à cartographier si on disposait des bons instruments.

— Et d'autres répliqueront que c'est pure foutaise, observa Sing Ha, apparemment pour le plaisir de piquer sa partenaire.

— N'empêche, riposta Ghyota… La présence de ce Dérec sur le chemin de maître Karilian, à deux reprises : il y a peut-être là un motif qui nous échappe.

— Un motif ?

— Au sens graphique, précisa-t-elle en levant à demi un bras et en montrant le damas qui bordait son vêtement. Un motif qui échappe à notre perception parce que nous ne le voyons pas à la bonne échelle, ou sous un éclairage adéquat, ou sous l'angle qu'il faut.

— Mais la commission d'enquête s'est intéressée à lui, et sérieusement, rappela Barry qui avait lu le rapport avec une attention douloureuse.

—Et a conclu qu'il n'avait rien à voir dans l'acte de Karel. Du reste, Dérec était sous encéphalyse quand on lui a révélé comment Karel est vraiment mort, et sa réaction a montré hors de tout doute qu'il n'était au courant de rien.

Avec un serrement de gorge, Barry se remémora sa propre réaction. Celle de cet adolescent, Nicolas Dérec, avait-elle été du même ordre ? Y avait-il eu quelque chose entre ces deux-là, durant les brèves décades que Karel avait passées à la villa des Lunes ? Probablement pas : Karel lui en aurait parlé, il ne régnait aucune jalousie entre eux.

Le regard de Barry, qui errait en l'air, fut capté par un mouvement le long d'une des nervures du dôme. Là-haut, une sorte de télésiège emmenait les envoleurs, deux par deux, jusqu'à une étroite plate-forme d'où ils pouvaient plonger vers le parc.

L'éclat mordoré qui avait attiré son attention venait de la voilure d'une personne seule qui se percha, bien droite, au bord du plongeoir. Les ailes principales d'abord pointées en diagonale vers le bas, elle souleva les bras en un geste posé, puis s'inclina tout en fléchissant les genoux. Les deux ballons d'hélium fixés à ses épaules, minces et plats, lui faisaient une autre paire d'ailes, plus courtes et moins mobiles, au-dessus des vraies.

—Quelle grâce, n'est-ce pas ? observa Sing Ha qui avait suivi son regard.

D'un bond, la personne s'envola – une femme ou un adolescent, d'après sa stature. Les grandes ailes ultralégères chatoyèrent dans leur mouvement, rouge et or, tandis que l'envoleur amorçait une large spirale, doucement descendante, qui le ferait tourner autour de l'un des pitons rocheux coiffés de cèdres et de pins.

C'est surtout sous le dôme de Gladsheim, où il avait des amis, que Barry s'était livré à ce sport. Il se rappelait la griserie du vol, l'impression de puissance lorsque jouaient les muscles de ses épaules et de ses bras, développés au fil de longs et fastidieux exercices.

C'est même à la suite d'un de ces vols que Karel l'avait abordé, le complimentant sur la grâce de ses mouvements – les mots de Sing Ha venaient de le lui rappeler.

Une boule d'émotion lui monta à la gorge. Karel – il le lui avait avoué plus tard – avait observé Barry à plusieurs reprises, sur une période de quelques mois, et avait hésité maintes fois avant de lui adresser enfin la parole.

Une résolution lui vint, spontanée, et il se tourna posément vers les deux femmes. Barry ignorait dans quoi il s'embarquait, et ne savait pas au juste pourquoi, mais sa résolution était claire et lumineuse.

—S'il y a une vérité à trouver, dit-il la gorge serrée, je vais faire mon possible pour vous aider à la découvrir.

CHAPITRE 2

Sa Fleur de Lune :
le récit de Fuchsia

Nicolas, je ne t'ai jamais compris.

Il semble que chacune de nos rencontres se termine par un malentendu.

Aujourd'hui, à la demande de Doléa, je consigne tout ceci sur plaquette-mémoire. Elle et Barry veulent en faire une pièce de théâtre sur l'incompréhension des êtres. Notre histoire, que je lui ai contée, lui a paru typique – archétypique, c'est son mot.

« Notre » histoire ! Ce sont deux histoires séparées, qui se sont frôlées par instants ; je n'ai pas compris la tienne, et je ne suis pas sûre de comprendre la mienne.

Doléa a suggéré une narration extérieure, disant que le recul m'aiderait à écrire. Mais je ne suis pas écrivaine, je suis cybernéticienne. D'ailleurs, tout a commencé dans les ateliers de Gladsheim, où Érymède conçoit chaque jour les automates de ses fantasmes...

Quand Fuchsia Perez sortit de son atelier pour le repas de midi, elle avait mal à la tête. Pas à cause de ses règles proches, mais de la faim : elle n'avait

bu qu'un jus de fruits au matin, pressée de prendre
l'intracité pour aller travailler, et l'heure du déjeuner
était largement dépassée lorsqu'elle avait éteint son
écran de graphisme. Mal à la tête, mais d'excellente
humeur : la solution avec laquelle elle s'était réveillée ce matin s'avérait fonctionnelle et, mise sur
écran, elle était en plus fort élégante. Fuchsia n'en
aurait pas accepté d'autre.

Dans le couloir, elle faillit se heurter à Debb
Purpleblue et à l'un de ses collègues de l'I.M.B.

— Nous venions justement te voir.

— Venez déjeuner avec moi, offrit Fuchsia.

— Nous avons déjà mangé.

— Alors vous me regarderez manger.

Elle aurait pu leur dire d'attendre son retour, ou
de repasser plus tard, mais le jeune homme qui accompagnait Purpleblue méritait mieux que d'être
congédié.

De taille moyenne – il avait grandi dans la gravité
terrestre ; c'est à sa stature que Fuchsia avait deviné
son origine avant même qu'il n'ouvre la bouche –
il était châtain, avec les yeux clairs. Et joli garçon,
de cette joliesse qui est un équilibre des traits et une
absence de défauts plus qu'une véritable beauté.

Nicolas Dérec n'avait pas vingt ans, il s'en
fallait de quelques mois. Je n'ai jamais vraiment
cherché à savoir pourquoi je préfère les hommes
un peu plus jeunes que moi – neuf ans dans le cas
de Nicolas Dérec, un écart considérable, même à
mes yeux.

Mes motivations… Doléa adorerait creuser, j'en
suis sûre. Heureusement, sur Érymède, la psy-
chologie est moins normative que sur Terre.

Dérec avait une voix agréable, cependant il parlait peu. Il répondait avec esprit lorsqu'on lui adressait la parole, mais relançait rarement la conversation. Pourtant il devait savoir, depuis trois ans qu'il résidait sur Érymède, que les Terriens (les individus, pas leurs gouvernements) suscitaient beaucoup de curiosité : on en rencontrait si rarement ici. Mais ce n'était pas un parti pris, de sa part, d'entretenir l'intérêt par sa réserve : cela paraissait naturel, et parfaitement aisé.

Pour ne pas trop dévisager Nicolas Dérec, Fuchsia observait par-delà la rampe de la terrasse un groupe de filles voltigeant sous le dôme de Gladsheim : dans sa mémoire, les cercles et les glissades de leurs ailes aux couleurs vives allaient longtemps rester associés à cette rencontre. Le soleil devenait brièvement une pastille pastel lorsque les ailes diaphanes des jeunes l'éclipsaient.

— Vous avez toujours travaillé dans ce domaine ?

Distraite un moment, Fuchsia tressaillit, un peu surprise que Dérec s'adresse directement à elle.

— La cybernétique, précisa Dérec comme si sa question avait été sibylline.

— Oui, j'ai même fait mes études et mes stages ici, répondit-elle. Avec l'équipe d'Andrews.

— Ce sont eux qui ont mis au point les portefaix antigrav, indiqua Debb Purpleblue à l'intention du jeune homme.

Il prononça alors quelque chose que, des mois plus tard, Fuchsia ne serait pas encore certaine d'avoir compris :

— D'une certaine façon, je vous connais déjà. C'est comme si je vous avais imaginée.

C'était lui qui la dévisageait, elle s'en rendait maintenant compte – un regard franc mais sans candeur, presque intense. Elle soutint son regard, se reprochant comme à une fillette l'attirance qu'elle ressentait. Elle ne savait pas si c'était la personnalité de Dérec qui la séduisait, toute en teintes tièdes et douces, ou sa remarque énigmatique qui attisait sa curiosité. Mais lorsqu'elle perçut un frôlement psychique, elle recula et se ferma mentalement.

Lui non plus, en tout cas, ne restait pas indifférent.

Cela au moins j'en suis sûre. Même si ce n'était pas pour les motifs que j'avais imaginés.

Moi, Fuchsia Perez, vingt-huit ans, cybernéticienne à l'esprit pénétrant et rigoureux (je peux bien m'accorder cela : ce sont mes supérieurs qui le disent), il semble que j'en aie toujours à apprendre sur la nature humaine. Que je n'y entende pas grand-chose, en tout cas. Je ferais un excellent personnage pour Doléa et Barry, un de ces repoussoirs généralement creux qui permettent aux personnages principaux d'illustrer le propos de l'auteur.

Chère Fuchsia !

De retour dans les salles de conception, où des géométries complexes s'épanouissaient sur les écrans tridi, Debb Purpleblue expliqua la commande de Psyché. Il leur fallait un O.R.M., un micro-ordinateur autonome, mobile par jets d'air et lévitant par antigrav, comme en fabriquait l'atelier de Fuchsia Perez. Cet **o**rdinateur **r**elais **m**obile serait porteur de tout l'appareillage dont un métapse pouvait avoir besoin : des biosenseurs et leurs écrans témoins pour surveiller la transe, un rangement pour les osmoseringues et pour l'électrocervical. Surtout, un micro-ordinateur qui puisse servir d'interface entre le métapse et le réseau informatique d'Érymède, d'une base ou d'un vaisseau, servir aussi de mémoire et de cerveau d'appoint. Éventuellement, le tout devait être accessible directement par la pensée.

Fuchsia et ses clients de Psyché élaborèrent dans son atelier le cahier des charges. Debb allait travailler avec elle dans les décades ou les mois qui venaient, et Nicolas Dérec allait les assister – ou plutôt les observer, puisqu'il avait peu d'expertise à fournir dans ce domaine. Il étudiait à l'Institut de métapsychique et de bionique mais ne semblait pas avoir décidé encore s'il deviendrait un jour métapse.

Il avait, en tout cas, de la présence d'esprit ; Fuchsia était captivée. Elle constatait avec irritation qu'il lui fallait constamment un effort d'attention pour revenir à ses notes de travail et aux informations de Purpleblue.

Et lui, ne semblait pas conscient de l'intérêt qu'il suscitait.

« Celui-là, il ne faut pas que je le laisse filer. »

Ce n'est pas exactement en ces termes que je pensais, mais cela s'en rapprochait. Une occasion à saisir, un jeune homme qui semblait correspondre à mon idéal – une notion qui faisait bien sourire Doléa. Je ne sais pas ce qu'il avait voulu dire par « C'est comme si je vous avais imaginée » mais, pour ma part, il était assez proche de ce que j'avais souvent fantasmé.

Et on me l'amenait à ma porte : je n'allais pas tergiverser. La vie est trop longue pour qu'on la laisse passer à contempler des possibilités, des éventualités. Les circonstances, elles sont parfois dues au hasard, mais la plupart du temps il faut les aider.

Et j'entendais bien les aider. Je ne voulais pas finir comme Armin qui, à l'approche de la cinquantaine, se masturbait tranquillement en attendant qu'une jeune femme naisse de ses fantasmes, s'incarne dans son environnement immédiat et lui adresse la parole.

Bien sûr je me disais déjà que, encore une fois, ce ne serait pas ça, Dérec allait s'avérer différent de ce que j'imaginais. Un esprit moins brillant qu'au premier abord, une personnalité moins agréable que le laissaient espérer ses manières posées. La désillusion habituelle.

Mais j'étais prête à m'embarquer. On n'est pas en cette vie pour s'ennuyer, après tout.

Un jour de la décade suivante, Fuchsia Perez avait des places réservées pour la Sphère céleste. Debb Purpleblue était restée à Psyché ce jour-là, ayant un autre travail en chantier.

— Je devais monter à la Sphère céleste avec une amie, mentit Fuchsia au repas du midi, mais elle me fait faux bond.

Dérec protesta :

— Tu as sûrement d'autres amis qui aimeraient y aller.

— Pourquoi chercher ailleurs, si ça te tente ?

Il était tenté, c'était visible. On affichait un spectacle liquide tout à fait inédit, sur des musiques originales de Hardt.

Après le travail, ils allèrent prendre la navette au périport de Gladsheim. Une fois partis d'Érymède, c'était un trajet d'un quart d'heure. La Sphère céleste flottait bien à l'écart du trafic orbital d'Érymède. De loin, elle aurait pu passer pour un minuscule astéroïde parmi d'autres, si ce n'est que l'arc qui en était éclairé par le soleil offrait un aspect tellement lisse, comme l'œuf d'un oiseau roc à l'échelle planétaire.

Fuchsia fit parler Dérec de sa jeunesse sur la Terre, et des circonstances qui l'avaient amené sur Érymède à l'âge de seize ans. Mais c'était une époque dont, apparemment, il ne parlait pas volontiers. Du moins pas en détail : un centre de recherche en métapsychique (que là-bas on nommait psilogie), des expériences parfois malsaines, avec militaires à la clé. Il avait fui la Terre de justesse, dans des circonstances assez confuses – ou qui apparaissaient telles après le résumé lacunaire qu'en donnait Dérec. Il semblait avoir laissé là-bas des êtres chers, dont une amoureuse, Diane, qui avait refusé de s'exiler comme lui l'avait fait – un abandon qu'il lui arrivait encore de se reprocher.

Au dîner, il accepta de meilleure grâce de parler de la Terre elle-même.

C'étaient les forêts qui lui manquaient surtout, immenses forêts d'automne, écarlates et vermeilles, desquelles les parcs-cratères éryméens n'offraient qu'une évocation à bien petite échelle.

Son enfance et son adolescence de surdoué s'étaient partagées entre une petite ville voisine d'une capitale, et une villégiature dans des contrées boisées. Sa mère – sa mère adoptive, à ce que Fuchsia comprit – l'emmenait souvent en randonnée.

Fuchsia se demanda si à cet instant il pensait davantage aux forêts d'automne ou à la femme qui l'avait élevé.

Le premier appel pour le spectacle résonna. Leur dîner était terminé ; ils se levèrent, pour aller choisir les meilleures places. Dans la Sphère elle-même, qui ne constituait qu'une partie de la station, régnait évidemment l'apesanteur. Les fauteuils, presque des couchettes, tapissaient la paroi en rangées concentriques. Comprise à l'intérieur, l'aire des spectacles proprement dite était d'une transparence parfaite ; les reflets eux-mêmes n'y avaient pas prise, de sorte qu'on pouvait aisément en faire abstraction. En fait, ce qui était difficile, c'était d'imaginer la *présence,* à portée de la main, de cette immense boule de cristal où un astrobus aurait pu flotter à l'aise.

L'attente devenait presque palpable, dans l'assistance, lorsque les lumières s'éteignirent enfin. Les musiciens, à leur console, se trouvaient dans une coupole à peine éclairée.

Plus tard, après le spectacle, Dérec et Fuchsia parlèrent de ce qu'ils avaient vu et se rendirent vite compte qu'ils avaient peine à y appliquer des mots, des phrases exactes.

C'étaient des jets d'eau le plus souvent fragmentés en grosses gouttes indépendantes, des gerbes de pointillés, des bouquets de globules. C'étaient des constellations de gouttelettes brillantes telle une pluie de météorites. C'étaient, surtout, des sphères d'eau lancées dans l'apesanteur, capables de garder leur cohérence. Chacune, par des colorants qui lui étaient injectés ou par des projections holographiques qui la suivaient, chacune représentait une lune du Système solaire.

Toutes ces sphères et ces globules évoluaient dans l'apesanteur en des chorégraphies complexes, planétaires. Certaines étaient illuminées de l'extérieur, et les reflets de couleur à leur surface avaient quelque chose de cristallin. D'autres, parmi ces masses liquides, luisaient d'un feu incarnadin, tels des globes de plasma condensé. Ailleurs luisaient des étoiles en gestation, encore pâles, habitées de lueurs pastel, leur onctuosité contrastée par les billes de glace qui les accompagnaient.

Puis, avec un ensemble parfait, les lunes éclataient en autant de fleurs différentes, s'épanouissaient en une multitude de formes et de teintes variées.

— On dirait du Satie, murmura Dérec à sa compagne à un moment où la musique de Calvin Hardt devenait pensive, énigmatique.

Un ciel azur, avec des nuages cotonneux, immaculés, se répandit dans la Sphère. Puis, rapidement, apparut dans ce ciel un rocher qui semblait suspendu, en lévitation, et les gens y reconnurent Érymède. Des applaudissements s'égrenèrent parmi le public : certains Éryméens étaient assez versés en peinture pour reconnaître un hommage à l'artiste terrien Magritte.

Après, cela devint cosmique : une infinité de gouttelettes, issues de quelque gicleur au mouvement spiral, figuraient des galaxies de toutes formes et de toutes géométries. Des brouillards nitescents flottaient, faisant fluctuer leurs pans intangibles et nébuleux.

Des soleils naissaient dans ce mouvement, de petits soleils blancs, féroces, bleutés, ou des supergéants indolents, couleur de cerise, ou encore des soleils étrangers à toute connaissance humaine, verts, vibrants, hallucinés.

Puis cela devint organique. Des nappes crémeuses, rosées, se déployaient à partir de rien, pulsatiles, ondoyantes, telles la corolle d'une méduse ou les ailes d'une raie. On y distinguait de lentes turbulences, des filets rouges comme une peinture foncée qu'on aurait versée dans une autre plus claire. Ailleurs, bourgeonnant des ténèbres mêmes, des volutes amarante ou corail, avec la texture de ces cumulus terriens que peut-être Dérec seul, dans l'assistance, avait déjà vus de ses yeux. Ailleurs encore, des formes opalescentes dans des matrices d'eau limpide, comme ces objets curieux qu'on emprisonne dans des œufs de verre en guise de pendentifs.

Et tout cela flottant dans une musique insaisissable, des sons laissés en liberté et dérivant dans l'enceinte, parfois évanescents, parfois assez tangibles pour faire éclater tel globule d'eau-cristal, pour percer tel voile de miel.

Les spectateurs restaient sans voix, et il leur fallut un moment pour comprendre que le spectacle était achevé, que la scène finale figée devant eux était une reproduction miniature de l'espace environnant avec, au centre, à nouveau, le rocher grossièrement taillé d'Érymède, mais pourpre, tel un rubis brut aux dimensions astronomiques.

Après l'ouragan d'applaudissements, un peu de lumière revint, ou peut-être est-ce la projection holographique qui gagna en intensité. Le silence devint murmure avec les premiers commentaires échangés à mi-voix.

Le visage de Dérec rayonnait doucement – au figuré, mais tout juste. Fuchsia n'eut pas à lui demander s'il avait aimé cela : il faisait plaisir à voir, et ses yeux brillaient comme ces agates bleutées qui avaient dansé plus tôt devant eux

Leurs voisins, dans l'assistance, n'étaient pas à court de mots. « C'est le soir de la première, disait l'une, tu imagines l'émotion de l'artiste : ce sont ses visions, ses fantasmes à l'état brut, qu'il nous a montrés ce soir. » « Voir ses fantasmes prendre forme, prendre vie, enchérit l'autre, ce doit être extraordinaire.» Le regard de Dérec croisa celui de Fuchsia à cet instant, et une expression indéfinissable passa sur ses traits.

— «Fleur de Lune», dit-il à voix basse.

— Tu parles de ces lunes qui se transformaient soudain en fleurs? C'était à couper le souffle.

Il fit signe que oui.

— C'était aussi le surnom que je donnais à ma petite sœur, ajouta-t-il.

— Tu avais une sœur? s'enquit Fuchsia. Elle portait un nom de fleur, elle aussi?

— Non, avoua-t-il avec un sourire, elle n'existait pas vraiment. C'était un fantasme que j'entretenais.

Je ne me rappelle pas ce qui s'est dit ensuite entre nous, durant ce long moment où nous sommes restés assis, les dossiers de nos sièges redressés pour la conversation – une conversation hésitante et décousue. Mais à la longue je me suis rendu compte que c'était moi qu'il regardait, plutôt qu'une persistance rétinienne du spectacle s'éternisant devant lui. Je le sais, parce qu'il me l'a avoué :

— *Plus je te regarde…*

Il a hésité et, des sourcils, je l'ai encouragé à poursuivre.

— *… plus je trouve que tu ressembles à…*

J'ai dû lui faire répéter. «À un souvenir.» Mais il voulait aussi dire «une idée», a-t-il expliqué, et moi j'ai compris «un fantasme». Toutefois il n'est pas allé plus loin, et j'ai eu tout le loisir de laisser courir mon imagination, de laisser mes souhaits se prendre pour des réalités.

Barry me dit que je suis belle (moi je me trouve plutôt neutre), mais je ne me rappelais pas avoir été regardée tout à fait comme cela par un homme.

*J'ai compris plus tard que le spectacle avait litté-
ralement grisé Nicolas ; il y avait un peu d'ivresse
dans l'éclat de ses yeux.*

*Les neurologues affirment que c'est possible,
que ce genre d'expérience surstimule certains neurotransmetteurs.*

*Moi, comme une fillette, j'ai cru que naissait en
lui… un sentiment, peut-être une attirance.*

Pour l'attirance, j'avais raison. Un peu.

◆

Nicolas Dérec ne passait pas toutes ses journées
à Gladsheim, à l'atelier de Fuchsia Perez ; pas plus
que Debb Purpleblue. À Psyché, il continuait ses
études, ses expériences, à l'Institut de métapsychique
et de bionique. Le maître, ou plutôt la maîtresse avec
qui il travaillait ces décades-là, s'appelait Citti.
Leurs recherches portaient sur la faculté d'abstraction.
Un jour, Fuchsia l'interrogea sur cela.

—Une autre gymnastique mentale, expliqua
Dérec. Presque tout ce qu'ils nous font faire, c'est
de la gymnastique mentale, d'une façon ou d'une
autre. Nous délier le cerveau, comme on se délie
les muscles.

—Et ça s'exerce comment, la faculté d'abstraction ? Ce que je fais…

—Ce que tu fais, c'en est presque. Sauf que toi,
tu emploies tes doigts, le clavier et le stylet pour
modifier les schémas.

Sur l'écran de conception assistée, un diagramme
prenait forme, seul l'œil exercé de Fuchsia pouvant
démêler les diverses lignes de couleur.

—Nous, dit Dérec, nous ne voyons pas l'écran,
il n'y a pas de rétroaction directe. Mon entraîneure

voit l'image qui résulte de mon effort, et moi je peux la voir après l'expérience, mais pas pendant.

— Un exemple.

— Faire la rotation d'un polyèdre.

— Régulier ou irrégulier ?

— Régulier, pour le moment.

— Et ça donne quoi ?

— Prends la communication télépathique : il faut que les pensées échangées, les images, soient les plus claires, les plus précises possibles. Un jour, il faudrait qu'un métapse puisse être en communication télépathique avec vingt autres collègues éloignés, et reçoive d'eux des transmissions aussi claires que s'il était assis devant vingt comterms, chacun doublé d'un sensircuit.

— Ambitieux. Puis quoi d'autre, parmi vos exercices ?

— La croissance d'un cristal en accéléré. La circulation des piétons dans une station d'intercité. Le parcours d'un labyrinthe vu de l'intérieur. L'arborescence d'un système vasculaire. Il faudra que tu viennes voir cela, un de ces jours. C'est étonnant, ce que certains savent faire.

— Et toi, tu es adroit dans quelque chose en particulier ?

— L'évolution d'un visage, d'un corps : je me suis farci une instruxet d'anatomie, récemment. Ces jours-ci, je décompose un cadavre.

Il était comme cela : imprévisible.

◆

Le problème, avec l'O.R.M. que demandait Purpleblue, était l'interférence de l'antigrav avec les biosenseurs de l'appareil médical. Cela se posait souvent, mais dans ce cas c'était particulièrement délicat ; et ce n'était pas qu'une question de disposition et de matériaux, c'était un problème de champs.

— C'est pour ça que tu es payée, plaisantait Dérec, et Fuchsia comprenait comme on comprend une blague dans une langue qui n'est pas la nôtre : intellectuellement, théoriquement en quelque sorte.

Elle n'était pas payée, pas au sens terrien, pas plus que quiconque sur Érymède. La principale rétribution de Fuchsia, ces décades, c'était la présence de Nicolas. Jusqu'au jour (le même où il parla de cadavre mental) où Dérec lui apprit qu'il avait une amoureuse. Par la bande, car sa conversation n'était jamais très personnelle malgré tout. Le système par lequel une représentation mentale pouvait être captée, analysée et transposée sur un écran, avait été mis au point d'abord avec des intentions artistiques. À Corinthe, dans les ateliers du célèbre Trikilis, était né l'art subconscient.

Et Dérec, en passant, avait mentionné que son amie s'y adonnait.

— C'est ton amante ? demanda Fuchsia en déployant toutes ses ressources pour se donner un ton « mine de rien ».

— Mon amoureuse, oui. Elle étudie à l'École d'astronautique.

Elle était absente depuis plusieurs jours, en stage à bord des navettes martiennes. C'est ce qui expliquait que son nom n'eût pas encore fait surface quand, dans l'un de ces moments creux où l'une aurait pu demander à l'autre ce qu'il avait fait la veille au soir.

— Elle me manque un peu, avoua-t-il.

Il n'en dit rien d'autre, mais c'était déjà une confidence.

Fuchsia se sentit réagir de façon tout à fait disproportionnée, et elle fut sidérée de sa propre réaction. Réaction tout intérieure, certes, mais si intense, si brûlante.

Jalousie. Rien d'autre que la simple, ordinaire et mesquine jalousie, aussi vieille que le monde. Comme si j'avais des droits sur ce garçon, comme si j'avais la moindre raison de croire qu'il ressentait quelque chose envers moi. Jalouse, et présomptueuse.

Que c'est laid.

« C'est la matière première de l'humanité », me répète Doléa. « Les émotions primaires : l'amour, la jalousie, l'envie, la rancune. On n'a pas innové, là-dedans, et on n'innovera pas de sitôt, ma fille. »

À ce moment, Fuchsia se rendit compte que Dérec la dévisageait et, sans transition, elle se sentit percée à jour.

—Je crois qu'il y a un malentendu, dit-il à mi-voix.

Empathe, bien sûr. N'était-il pas chercheur à Psyché ? Et même l'empathe le plus dur d'oreille aurait perçu la bouffée d'émotion qui avait enflammé Fuchsia.

—Ce n'est rien, répliqua-t-elle. N'en parlons plus.

Et elle s'enferma dans un mutisme qui devint vite gênant et qui allongea l'après-midi de façon pénible. Du reste, il n'y avait rien à dire : Dérec venait de tout comprendre, s'il n'avait rien soupçonné avant ce jour. Et Fuchsia… Fuchsia n'avait encore rien compris.

Lui n'en dit rien. Peut-être son amie Thaïs était-elle à nouveau en stage, peut-être même avaient-ils rompu. Lorsque, sans vergogne, elle prit sa main, il ne la retira pas. Ils se trouvaient dans le parc nordique d'Hespérie, et Fuchsia avait saisi le prétexte d'un ruisseau à traverser sur des pierres arrondies. Une fois l'obstacle franchi, elle avait gardé la main de Dérec, douce et tiède, pas du tout moite (elle avait horreur des paumes moites).

Au bout d'un temps, Dérec la prit même par la taille. Était-il, comme elle, sensible à l'ambiance romantique du parc ? Car, sous l'immense dôme de transplastal, les paysagistes éryméens avaient fait ce parc à l'image du romantisme allemand : les fantômes de Wagner, de Gœthe et de Schopenhauer hantaient cette petite forêt au sol tourmenté, embaumant le sapin. À mi-pente d'une butte boisée, une grosse roche saillait, près d'un bouquet de bouleaux. Dans la grotte sous cette roche, une scène née du pinceau de Friedrich ou de Schinckel, un petit oratoire de bois surmonté d'une croix plantée dans la mousse d'une crevasse. Les délicates fleurs rouge sang du chèvrefeuille ajoutaient au tableau une note tragique.

On entendait à quelque distance la rumeur d'une chute ou d'un torrent. Effectivement, Fuchsia et Dérec parvinrent bientôt à un canyon. Au bord de cette gorge, un ermitage : un petit monastère, ancien et sombre, avec sa chapelle et son court préau. Une communauté l'avait habité, quelques siècles, puis abandonné. Ensuite, l'un ou l'autre ermite s'y était isolé, qui durant cinq ans, qui durant un demi-siècle. Le monastère s'appelait Saint-Sébaste ; la Première Guerre mondiale l'avait à demi détruit. À l'aube de la Deuxième, tandis qu'à nouveau les armées s'entrechoquaient dans toute l'Europe, les archéologues éryméens l'avaient enlevé des Alpes où il se dressait, pour le rebâtir au milieu d'un parc, sous un dôme, comme les Mentors avant eux avaient reconstruit les palais étagés de l'Eldorado, les monuments de l'Atlantide et la haute ville rupestre de Karfan.

— Lorsque la disparition du monastère a été constatée après la chute du Reich, raconta Fuchsia, tout le monde a cru que c'était à cause des bombardements. Et, de fait, les obus alliés avaient plu sur le secteur : la gorge était à demi comblée.

L'humeur de Dérec avait changé :

— En plein milieu de la Guerre mondiale, vous avez pris la peine de démonter un monastère en ruine pour le mettre à l'abri ?

« Vous » : nous les Éryméens, avait compris Fuchsia avec quelque étonnement. Est-ce qu'un jour il se considérerait comme Éryméen lui-même ? Ça ne semblait pas parti pour cela.

— Je crois que les Mentors « nous » ont aidés : ils sont un peu collectionneurs.

Dérec se fâchait :

— Et la guerre ? Et la paix ? Ils n'auraient pas pu « déménager » Auschwitz ou Treblinka, et ouvrir les barrières ?

Agacée à son tour, Fuchsia avait imité le ton du jeune homme :

— « Et la Guerre ? Et la Paix ? »

Elle n'avait jamais entendu autant de candeur en une seule réplique.

— Je suis sûre qu' « ils » y ont pensé, figure-toi. S'ils ne l'ont pas fait…

Mais elle n'était pas historienne ; elle ne connaissait pas les détails. Elle savait seulement qu'Érymède n'aurait pu intervenir ouvertement dans cette guerre. Elle savait aussi, et ne se priva pas de le lui dire, que sans une certaine opération d'Argus, des physiciens allemands peu connus auraient mis au point, dans le désert de Libye, l'arme atomique que le führer espérait tant.

L'ambiance était brisée, et la main de Dérec ne reposait plus sur la hanche de Fuchsia. Un moment encore ils contemplèrent en silence la paroi rocheuse, humide des embruns du torrent, noire comme la pierre des murs et des arcades qui le dominaient.

Jeune, Fuchsia avait vu galoper, sur la corniche au bord du torrent, une cavalcade de Goths issus d'une geste, et elle n'était pas prête à renoncer à cette image.

Elle se retourna : le sourire revenu, Dérec la considérait avec une incrédulité amusée. Manifestement, il avait vu les cavaliers germains dans la mémoire de Fuchsia.

— Il faut reconnaître ça aux Éryméens, dit-il : vous avez les moyens de vos fantasmes.

◆

Ils se croisèrent le surlendemain, toutefois Dérec se trouvait en compagnie d'un ami, étudiant comme lui, prénommé Owen. Ils allaient plonger à la piscine suspendue d'Olympe et ne s'attardèrent guère.

Fuchsia le revit plusieurs jours après cela, mais cette fois en compagnie de Debb Purpleblue. Le prototype de leur O.R.M. était sorti de l'usine et il fallait le pré-tester, avant même de faire des essais avec un métapse dans les laboratoires de Psyché.

Purpleblue était enthousiaste. Avec cet ordinateur relais, un métapse sondant le futur proche de la Terre, par exemple, ayant la prémonition d'une crise diplomatique, pourrait instantanément obtenir toute l'information contextuelle qu'il faudrait pour comprendre et interpréter cette crise au moment même du bref contact prémonitoire. L'I.M.B. espérait qu'un métapse, pouvant réagir si rapidement à sa vision prémonitoire, serait en mesure de *questionner* sa vision pendant qu'elle durerait, et voir évoluer la situation selon les interventions (ou non-interventions) proposées.

Toutes ces potentialités, dans une boîte rectangulaire, verticale, haute d'un mètre. Mini-écrans, claviers et tableaux de commande : un prolongement cybernétique du métapse. Fuchsia, elle aussi, était fière du résultat. Mais elle n'avait pas tout le mérite : Purpleblue, et l'I.M.B. derrière, avaient une idée très claire de ce qu'ils voulaient.

Fuchsia aurait aimé que ses rapports avec Dérec fussent aussi clairs. Cela faisait deux fois qu'ils se quittaient sur des malentendus et, à le voir, rien d'inhabituel ne semblait s'être passé. Était-ce Fuchsia qui, de son côté, avait exagéré l'importance de ces incidents ?

◆

Comment réagissez-vous quand vous conversez avec quelqu'un, une connaissance, et apprenez soudain que vous avez un ami commun ? Moi, je suis toujours curieuse de découvrir si on connaît les mêmes facettes de la personnalité de cet ami commun ou si, au contraire, on le connaît sous un jour entièrement différent. C'est comme si cet ami acquérait soudain une profondeur nouvelle, une richesse accrue. C'est comme refaire sa connaissance.

Fuchsia avait passé une partie de la journée à Mandos où, dans le plus vaste complexe informatique d'Érymède, se trouvent réunis presque tout le savoir et la mémoire de l'humanité. Cherchant une place pour s'asseoir à la cafétéria, devant les baies vitrées ouvertes sur la vallée des séquoias, elle avait repéré une femme dont le visage lui était connu.

—Je peux ?

—Mais oui, je vous en prie.

—Vous êtes une amie de Dinn Dofou, non ?

—Oui. Vous aussi, n'est-ce pas ? Nous nous sommes vues chez lui, à Élysée. Fuchsia… ?

—Fuchsia Perez.

—Kate Hagen.

—Kate, voilà, ça me revient. Vous êtes d'Argus, vous travaillez au Recrutement, je crois.

—Travaillais, corrigea la femme. Je séjourne sur Érymède depuis près d'un an, maintenant.

Elles bavardèrent un moment, jusqu'à ce que Nicolas Dérec vienne les surprendre toutes deux et amorcer un trio de « ah vous vous connaissez ? » étonnés. Il s'avéra que c'était Kate Hagen qui, du temps où elle travaillait pour Argus, avait recruté Nicolas et lui avait fait découvrir Érymède. Ils étaient amis depuis, et se voyaient régulièrement.

—Et toi, qu'est-ce qui t'amène à Mandos ? demanda Kate au jeune homme.

—J'ai passé des soirées entières à l'informathèque terrienne. Je ne me rappelais ni l'année ni le titre de la revue, alors j'ai dû les visionner toutes.

Il montra une photocopie couleur.

—Tu te souviens de cette photo ? demanda-t-il à Kate.

—C'est ta « petite sœur », reconnut-elle immédiatement.

Fuchsia ne comprenait pas :

—Comment a-t-elle pu figurer dans une revue, tu m'as expliqué qu'elle était une invention ?

—Je t'en ai parlé, Fuchsia ? Oui, c'était une invention. Mais j'avais vu cette photo-ci sur une réclame, dans une revue, et je l'avais découpée. Je la gardais dans mon portefeuille, je me faisais accroire que c'était ma petite sœur.

—Oui, confirma Kate, je revois très bien la photo : la fillette portait une salopette de velours côtelé, couleur framboise. Une fois j'avais aperçu la photo, tu te croyais seul. Je t'ai demandé qui c'était ; tu m'as répondu assez sèchement de me mêler de mes affaires.

—Nicolas, impoli ? s'étonna Fuchsia.

—Ç'a été la seule fois.

Fuchsia se demanda ce que pouvait avoir de spécial cette photo de fillette. Mignonne, presque trop, avec ses joues roses, c'était idéalement toutes les bambines d'Amérique, elle ressemblait à toutes. Et les portraits d'enfance de Fuchsia lui ressemblaient énormément.

◆

Un après-midi, Debb Purpleblue reçut un appel à l'atelier de Fuchsia : on avait besoin d'elle à l'I.M.B., à Psyché, et cela pressait. Elle partit en hâte.

Étudiant les diagrammes, resté seul avec Fuchsia, Dérec se demandait si on pouvait commodément coiffer l'O.R.M. d'une caméra, d'un micro, de senseurs ou d'un capteur infrarouge – n'importe quel appareillage qui puisse ajouter aux sens du métapse. Cela l'occupa tout le reste de la journée, et Fuchsia ne parvint pas à amorcer une véritable conversation. Peu avant qu'il ne parte, Purpleblue visiophona de Psyché :

—Je voulais rapporter la plaquette CCH5, et je suis partie tellement vite que j'ai oublié de te la demander, Fuchsia. Tu veux la remettre à Nicolas, qu'il me l'apporte en rentrant à Psyché ?

Mais la plaquette-mémoire n'était pas à l'atelier. Elle se trouvait chez Fuchsia, qui avait travaillé avec, certains soirs, et avait oublié à quelques reprises de la rapporter. Du moins, c'est ce qu'elle affirma. En fait, c'est délibérément qu'elle omettait de la rapporter à l'atelier.

—Tu peux passer la prendre chez moi ? offrit Fuchsia à Dérec. Comme ça, Debb l'aura demain matin à son bureau et il n'y aura pas de contre-temps.

Il ne fit pas de difficulté, ne suggéra pas qu'elle envoie tout simplement le contenu de la plaquette via le Réseau. Il accepta aussi de partager le dîner de Fuchsia. En fait, il s'avéra plus habile cuisinier qu'elle, avec l'équipement plutôt minimal de sa pièce-repas.

Il ne refusa pas non plus le digestif qu'elle lui offrit sur la terrasse de son appartement.

Le parc de Gladsheim était aménagé en toundra subarctique. Dans la phase crépusculaire, avec la lumière du Soleil tamisée au point d'évoquer une fin de jour nuageuse, le parc était un catalogue de gris divers. Le rose des épilobes et le blanc des li-naigrettes, l'orangé, le jaune, le vert tendre du lichen, se distinguaient à peine du sol caillouteux. Des roches dressées aux formes arrondies se miraient dans les mares d'eau glacée tandis que, sur la butte au centre du parc, les sapins et les mélèzes dressaient une masse hérissée, noire.

—Ce paysage, à la longue, ce n'est pas un peu morne ?

—Dépouillé, peut-être, reconnut Fuchsia. Mais pas morne, avec toutes ces couleurs quand il fait soleil. Il n'y a que deux hivers de deux mois chacun, par année. On peut patiner d'un bord à l'autre du cratère : tous ces étangs communiquent.

Dérec laissait errer son regard sur le parc – véritablement, il semblait en contemplation, un air rêveur, un silence passif. Qu'il rompit à un moment :

—C'est lunaire… Les paysages de la Lune, ce doit être comme ça que les imaginaient les poètes. Et toutes ces fleurs, pâles et sans couleur…

Il tourna vers Fuchsia un visage, un sourire, dont elle ne comprit pas l'expression :

—Fleurs de Lune, murmura-t-il.

Il y avait dans sa voix, dans le ton de sa voix, une grande sensibilité, comme elle en avait rarement senti chez un homme.

Elle perçut un rapprochement ; elle se glissa un peu vers Dérec.

—Fleur de Lune ? demanda-t-elle à mi-voix, se rappelant l'avoir déjà entendu prononcer ces mots.

Il hocha la tête négativement, un geste à peine perceptible :

—C'est en moi, murmura-t-il. Ce n'est…

Mais il ne termina pas sa phrase.

Fuchsia lui passa la main dans les cheveux, doucement.

—Tu penses à ta petite sœur imaginaire ? Mais ce n'était qu'une fillette.

Après un instant, sans avoir répondu, il leva la main lui aussi, prit entre ses doigts une mèche des cheveux de Fuchsia, la faisant glisser pour en sentir la qualité soyeuse ; puis sa main retomba.

Sa joue à lui n'était pas douce : il avait omis de se raser ce matin, peut-être même depuis deux jours, et la repousse châtaine, plus sensible que visible, donnait une texture pelucheuse à sa peau.

Elle approcha son visage et l'embrassa ; il lui rendit le baiser, mais ses mains ne bougèrent pas.

Il la fixait dans les yeux, maintenant, alors que tout à l'heure il regardait plutôt son visage, comme un esthète contemple un tableau qui l'enchante. Il la regardait dans les yeux, et elle ne parvenait pas à deviner à quoi il pensait.

Elle lui passa la main derrière la nuque et l'embrassa à nouveau, avec plus d'ardeur. Cette fois, elle sentit bien que quelque chose n'allait pas : il ne répondait pas à son baiser et tentait discrètement de se dégager.

Il fit non de la tête ; il ne souriait plus. Fuchsia se demanda si ce « non » s'adressait à elle, et pas plutôt à lui-même.

— Pourquoi ? demanda-t-elle.

Il ne répondit pas immédiatement.

— On s'est mal compris quelque part, hein ?

— C'est ma faute, répondit-il en se levant.

Son sourire était revenu, ce sourire dont on ne savait jamais s'il était sincère ou moqueur.

— Tu me donnes la plaquette de Debb ?

◆

Voilà pour Doléa et Barry. Il n'y a pas grand-chose à faire de cette histoire, qui n'en est pas vraiment une. Tout était dans les conversations, et dans le ton, dans la complicité des silences et des simples mots échangés au travail. Tout était dans les heures et dans les ambiances : tout était dans ma tête.

Et dans la sienne, il y avait quoi ?

Aujourd'hui, je suis allée à Psyché, à l'Institut de métapsychique et de bionique. Je ne pouvais laisser planer ce malentendu. Nous nous étions revus depuis, mais toujours en présence de son ami Owen, ou de Debb Purpleblue, et les circonstances nous ont interdit de déjeuner ensemble ou quoi que ce soit.

Doléa, qui a lu mon récit, ne déteste pas cette fin. Rien n'est jamais réglé, affirme-t-elle, rien n'est jamais dit : il n'y a pas de derniers mots. Des tas de gens se quittent ou meurent sans que tout ait été dit.

Moi, cela ne me satisfait pas. Je croyais comprendre à peu près les gens ; Dérec, de toute évidence, je ne l'ai pas compris. À vingt-huit ans – je le sais, maintenant – il me reste encore beaucoup à apprendre.

À l'Institut, je me suis fait expliquer le chemin du laboratoire où maîtresse Citti explore la faculté d'abstraction de ses sujets – ses chercheurs, pardon.

Je n'étais pas la seule à venir, apparemment. Deux femmes se trouvaient là, venues attendre Nicolas pour aller dîner avec lui, à ce que j'ai compris. La plus jeune était probablement Thaïs, son amoureuse, la deuxième, Kate Hagen, avec qui nous avions conversé à Mandos.

Elles ne m'ont pas entendue entrer. Le laboratoire était presque obscur ; la seule lueur venait d'une chambre voisine, séparée par une vaste baie vitrée, et à cette lueur j'ai ensuite constaté qu'il y avait une troisième personne, assise à une console, contrôlant probablement l'expérience.

Dans la chambre séparée, deux grands écrans, auxquels Nicolas assis tournait le dos, les yeux masqués. *Sur sa tête un appareillage, beaucoup plus simple et compact que je ne l'aurais imaginé, et pas en contact avec le crâne, devait être là pour capter et transposer sa pensée, sa visualisation.*

L'une de leurs expériences, m'avait-il déjà expliqué, consiste à imaginer le vieillissement ou le rajeunissement d'un visage donné. Le modèle, aujourd'hui, était cette photo que Nicolas avait exhumée des mémoires d'Éryrmorg, à Mandos, celle d'une bambine de quatre ou cinq ans.

—Est-ce que ce n'est pas sa « petite sœur » ? a demandé Thaïs. Il a eu une période mythomane où il fantasmait qu'il avait une petite sœur dont il prenait soin.

—Oui, sa « Fleur de Lune ». Ça inquiétait beaucoup son père.

Sur le deuxième grand écran, le visage était transposé avec une étonnante exactitude : Nicolas le visualisait dans sa tête comme s'il l'avait sous les yeux. Puis il a commencé à transformer le visage, d'une façon délibérée, avec la même logique inéluctable qui est inscrite dans nos gènes avant notre naissance. On aurait dit une étude pour une classe de dessin ou, mieux encore, une séquence extraite d'une instruxet d'anatomie : les lignes du crâne et de la mâchoire s'affermissant, les cheveux s'assombrissant, les lèvres s'affirmant, la fillette devenant adolescente, puis jeune femme.

—C'est étonnant ! murmura Thaïs pendant que la femme imaginaire atteignait la trentaine. Sa mère ressemblait beaucoup à ça : il m'a montré son portrait quelques fois.

—Sa mère ? a demandé Kate Hagen.

—Oui, elle s'appelait Agnès. Enfin, c'était sa mère adoptive.

—*C'est drôle, elle me fait penser à... Ainsi, il aurait soigné son fantasme de petite sœur jusqu'à choisir une fillette qui aurait pu ressembler à sa mère en vieillissant ?*

Sa petite sœur devenue femme, *ai-je songé à cet instant.* Ou devenue grande sœur, sœur aînée.

J'ai dû émettre un son, quelque chose comme un soupir, car elles se sont retournées, toutes trois : Citti, Kate Hagen, Thaïs. Mon ahurissement s'est reflété sur elles, trois femmes interloquées de me voir là.

Non pas de me voir là, presque comme une espionne.

Mais de me voir là, presque le portrait vivant de la femme imaginaire que visualisait Nicolas, sa Fleur de Lune qu'il avait refusé d'embrasser sans vraiment refuser.

Éclat de verre…

La vieille dame s'approche de la fenêtre, une ouverture sans vitre taillée dans l'adobe, un grossier
carré aux angles arrondis. Le jour est à son plus clair,
les ombres courtes dans la savane, le versant rocheux
au loin vacillant comme dans un mirage. Plus près,
incongrus, les hauts baobabs tentent de faire de
l'ombre avec leurs dérisoires feuillages.

Rien ne bouge, ou du moins rien que puissent
déceler les yeux âgés de la dame.

Posément, elle va s'étendre sur sa couche ; c'est
l'heure de sa sieste. Quelque part du côté du porche
ouvert, le bref cliquetis d'un carillon éolien en bois
témoigne que l'air n'est pas absolument mort. En
hauteur, au loin, l'appel cuivré d'un pygargue retentit.

Le temps passe, à pas tièdes, et la dame n'a
guère conscience de s'endormir.

Son réveil sera net, toutefois, un ruban de visions
vite déroulé, puis les yeux grands ouverts, fixés sur
le plafond rugueux.

Elle a vu un de ces tunnels de verre par lesquels
l'intercité franchit certaines failles de la géologie

éryméenne. Celui-là en particulier – fait de trans-plastal bien entendu – traversait en diagonale une étroite vallée encaissée. La dame a vu les flashs d'explosions au moment où passait un train, et le tube de plastal s'est disloqué, son fond opaque tombant en pièces dans le canyon. Le train lui-même, en une cascade de glace transparente, a continué sur sa trajectoire, devenue un arc tendant vers le bas. Les wagons, certains démantelés par les explosions, se sont rués vers le roc de l'autre bord de la faille, quelques mètres seulement sous l'embouchure du tunnel. Ils s'y sont télescopés, le train dessinant un silencieux bandonéon s'entassant contre la paroi, puis se redéployant en partie à mesure que les trains tombaient, très lentement, vers le fond obscur de la faille.

La dame écarquille les yeux, le souffle court. Son cœur, plus très jeune, met un bon moment à s'apaiser.

CHAPITRE 4

Les lumières de Psyché :
vermeille, la flamme

Une tête humaine qui tournait lentement sur son axe vertical, une tête chauve, le crâne transparent habillé d'une évocation de chair et de peau. La substance même du cerveau était translucide et, dans ce nuage de circonvolutions, au centre de zones teintées, des lueurs surgissaient. Se concentraient en formes minuscules, prolongées de filaments. Un réseau se tissait, apparu de nulle part, pour se propager comme des aiguilles de glace dans un volume d'eau, montrées en accéléré. La tête pivotait toujours, avec régularité, et deux triangles étaient apparus sur les tempes, plus haut que la ligne des sourcils, à la frontière habituelle des cheveux. Puis la tête s'embrasait d'un scintillement de couleurs, ces lumières brillaient un instant pendant que défilait le générique de la fin : l'instruxet était terminée et l'écran s'éteignit.

Mais la séquence d'animation resta présente à l'esprit de Nicolas encore un instant. Il la connaissait par cœur, au point de pouvoir la reconstituer mentalement, les yeux fermés. Cette tête de métapse, cette vision d'ordinateur, ce serait lui, Nicolas Dérec, s'il en décidait ainsi. Ces zones colorées sur l'image, c'étaient celles qui le distinguaient de la majorité des gens : dans son cerveau à lui, elles étaient actives. Ces éléments étrangers surgis de nulle part et incrustés dans les sillons de l'encéphale, c'étaient les implants qu'on lui grefferait pour faire de lui un métapse : plus petits en réalité que sur l'image animée, microscopiques en fait, composés de substances physiologiquement neutres. Ces triangles de platine ancrés à même les os temporaux seraient les signes extérieurs de son appartenance à ce qui serait peut-être la prochaine étape de l'évolution : l'homme métapsychique – cela, ou un autre fourvoiement de l'espèce humaine.

Nicolas éjecta la microset et quitta le cubicule où il avait passé quelques heures de son cours à réviser les synapses et les neurotransmetteurs.

En quittant l'Institut de métapsychique et de bionique, il croisa Ilfor dans le grand escalier du hall. Il le salua simplement de la tête – comme on fait pour quelqu'un qu'on ne connaît pas beaucoup mais qu'on ne peut ignorer.

—Bonjour, Nicolas Dérec.

Le jeune homme releva la tête, surpris : quoi, Ilfor connaissait son nom et se l'était rappelé sans hésitation ?

—Maître Ilfor, acquiesça-t-il à mi-voix, et une deuxième surprise ralentit son pas : le directeur de l'Institut s'était arrêté, comme pour entamer une conversation.

—Dis-moi, es-tu arrivé à une décision ?

Devant l'hésitation de Nicolas, il lui offrit de s'asseoir un instant : deux banquettes se faisaient face, de part et d'autre du large palier, l'une était libre.

Nicolas se remettait de son étonnement : il n'y avait pas encore tant de sujets à l'I.M.B., qu'Ilfor ne puisse connaître chaque dossier. Sa mémoire devait être à la hauteur de ses autres facultés intellectuelles : il n'était pas sans raison le directeur de l'Institut.

— Non, je n'ai pas encore décidé.

Et il ne tenait pas vraiment à en discuter avec le directeur : il aurait trop l'impression qu'Ilfor tentait de lui forcer la main. Ce serait son choix, et celui de nul autre. Mais, comme le faisait remarquer Ilfor, ce n'était pas une décision facile. Surtout pour un jeune homme qui n'avait pas grandi ici.

Ici : sur Érymède, ce monde éminemment artificiel. Devenir métapse, accepter les implants, c'était un peu, beaucoup, accepter qu'on vous greffe à même le cerveau une parcelle d'Érymède. Oui, Nicolas concevait qu'un Éryméen de naissance puisse entretenir moins de réserves. Mais, justement, Nicolas se voulait Éryméen, il se *sentait* Éryméen. Il n'avait quitté la Terre que depuis quatre ans mais, déjà, il parvenait à se sentir étranger aux seize années qu'il avait vécues là-bas. Seule son irrésolution, un trait de son adolescence, ressurgissait parfois pour lui rappeler que cette époque n'était pas si lointaine.

Sur le palier transparent, Ilfor et Nicolas se trouvaient face à la murale lumineuse qui occupait le fond du grand hall. Des couleurs mouvantes, des zones plus sombres, y créaient un jeu de lueurs et d'ombres en constante agitation, lente ou presque vibrante selon l'heure du jour. C'était, littéralement, la somme des idées et des pensées de tous les chercheurs, expérimentateurs et étudiants de l'Institut.

On n'avait plus besoin de l'appareillage encombrant du stéréo-encéphalographe pour observer l'activité cérébrale d'un humain. Des senseurs pouvaient maintenant, à distance, enregistrer l'infime activité bioélectrique du cerveau. Il avait suffi d'en placer dans toutes les salles et les pièces de l'Institut, avec les polysenseurs du réseau environnement, et de transposer ces encéphalogrammes en impulsions lumineuses, pour obtenir un tableau abstrait de la pensée des Psychéens.

Quels arguments maître Ilfor pourrait-il servir à Nicolas, que celui-ci n'eût déjà entendus à l'Institut ? Celui de Pier Winden, son instructeur ? L'être *versus* l'agir. Être doué de facultés métapsychiques mais ne pouvoir s'en servir que de façon limitée, ou fortuitement dans le cas de la prémonition : le passif, l'être. Ou bien se faire greffer des implants, stimuler ses facultés grâce à l'électrocervical et la propsychine, afin de pouvoir sonder d'autres esprits, d'autres lieux, d'autres moments : l'actif, l'agir. Spontanément, Nicolas penchait vers l'agir, malgré toutes les limitations qui subsistaient. Ces moyens artificiels de stimulation ne représentaient sans doute pas non plus l'unique voie ; mais c'était la seule qui offrît des résultats appréciables. Ce n'était pas sur ces points qu'achoppait sa décision.

« Ressources ». Nicolas ne prêtait qu'une oreille distraite aux propos du directeur ; Ilfor parlait de ressources et désignait le grand écran lumineux. Pour l'heure, les cerveaux de l'I.M.B. étaient peu nombreux au travail, et la murale ne luisait que de phosphorescences pourpres et violettes, très lentes. En période de recherche intensive, elle montrait une flambée multicolore, étincelante.

—Ce soir, dit Ilfor, c'est plutôt tranquille. Mais le potentiel existe, nous le connaissons. Il est simplement au repos, dispersé dans la cité et dans le parc.

Nicolas vit venir la comparaison : le cerveau…

— Le tien, Nicolas Dérec, le cerveau des sujets qui ne sont pas encore métapses : tant de ressources en attente, tant de ressources qui pourraient s'extérioriser et agir…

Nicolas connaissait aussi cet argument. C'était pour l'avoir endossé qu'il s'était retrouvé sur Érymède, l'Utopie-doutante, loin de la Terre malade et de ses injustices. Ce qu'on lui demandait, en somme, c'était de faire un pas de plus dans la direction qu'il avait choisie.

Soudain, Nicolas reçut une vision fugitive d'Ilfor et de lui-même, sur le palier de transplastal, comme dressés au bord d'un univers de lueurs profondes : c'était la grande murale telle que la voyait quelqu'un débouchant à cet instant du portique au sommet de l'escalier, et dont la perception visuelle lui parvenait fortuitement. Dérec jeta un bref regard à la personne qui passait près de l'escalier : il reconnut l'une des administratrices de l'Institut, une femme discrète, effacée, dont le nom sonnait comme Blyota ou Bryota – il l'avait déjà su, pourtant.

Cette singulière manifestation, le bond spontané d'une pensée d'un cerveau à un autre, était un phénomène auquel Nicolas semblait assez réceptif. Une de ses facultés mineures. Elle n'était pas, comme l'auraient supposé les théoriciens de Psyché, accompagnée d'une empathie remarquable. Comme si, chez lui, l'empathie souffrait d'un blocage plus important que d'autres facultés. Du reste, Nicolas n'avait plus eu, depuis la crise qui avait précédé son départ de la Terre, de grands moments de voyance ou de prémonition – rien en dehors des expériences de laboratoire.

Il lui vint une idée :

— Maître Ilfor, peut-être savez-vous déjà quelle sera ma décision, avant même que je l'aie prise ?

Il aurait suffi qu'Ilfor, durant une prémonition, l'ait vu à quelques années de là, portant les prises temporales d'un métapse. Dès lors, il n'avait même pas besoin de persuader Nicolas, la décision était déjà un fait ; un fait futur, mais un fait. Intérieurement, Nicolas protesta : le même vieux refus, le libre arbitre qui se rebiffait. Des centaines d'heures de séminaire et de discussion revinrent à sa mémoire et il se sentit prêt à débattre avec Ilfor comme il avait si souvent argumenté avec ses collègues sur les théories majeures : le futur était-il déterminé, le temps était-il plutôt une trame de probabilités, y avait-il des événements virtuels qu'il revenait à l'homme de réaliser ? Mais il n'existait pas encore de réponse définitive.

Ilfor sourit, comme s'il avait suivi sans peine la pensée de son interlocuteur.

— Le seul moyen de savoir, Nicolas Dérec, est d'aller y voir soi-même.

◆

Nicolas devait retrouver Thaïs ce soir-là, à Mandos-Ulmo. Il lui restait une heure avant leur rendez-vous, il avait le temps de se promener au bord du lac et dans les grottes.

Bientôt, elle allait lui manquer de nouveau. Elle en était à son dernier semestre à l'École d'astronautique : un ultime stage et elle aurait son brevet de pilote. Ensuite, selon les occasions, ce serait le cursus habituel : pilote d'astrobus, de navette, de long-courrier, de cargo, de croiseur ou de patrouilleur et, qui sait, si dans quinze ou vingt ans l'aventure de l'Exode l'attirait, pilote d'hibernef. Peut-être même, dans cinquante ans, la limite de la vitesse luminique serait-elle contournée. Depuis la naissance, Thaïs subissait le traitement perjuvénateur ; à soixante-dix ans, elle serait encore dans la force de l'âge.

Aujourd'hui on annonçait, à l'École d'astronautique, les places disponibles pour les stages. Thaïs bénéficierait de quelques jours pour faire son choix.

Certains de ces stages, à bord des long-courriers pour Exopolis et Hadès, par exemple, impliquaient une absence d'une vingtaine de jours. Vingt jours sans Thaïs, ce serait long : elle et Nicolas n'avaient pas souvent été séparés aussi longtemps.

Trois ans déjà qu'ils se connaissaient. Et rien ne s'était usé, rien ne s'était démenti. Ni la tendresse ; ni la joie tranquille de se revoir ; ni la sensation de manque, durant les absences ; ni le plaisir de l'amour, même s'il n'était plus aussi enivrant.

Une union à vie ? Ce n'était guère vraisemblable. Adolescent, il avait toujours été incrédule à l'idée que l'amour puisse durer des lustres, sinon des décennies. Sur Terre, sa relation avec Diane, qui avait eu ses jours d'orage, l'avait conforté dans cette idée, même s'il était toujours amoureux d'elle au moment où les circonstances et les choix les avaient séparés.

Pour le moment, Nicolas ne voyait pas venir l'heure où Thaïs et lui se sépareraient. C'était au jour le jour, saison par saison. Si quelque chose pouvait briser leur relation, cela n'était pas encore en vue.

Vraiment ?

Et les réserves de Thaïs ? Il n'osait pas sonder ses pensées, mais était-ce simplement par pudeur ou parce qu'il craignait la profondeur des réticences qu'il risquait de découvrir ? Était-ce par hasard que sa faculté d'empathie se trouvait presque à zéro, depuis plus d'un an? Winden n'avait-il pas raison en suggérant que Nicolas bloquait lui-même, inconsciemment, sa faculté d'empathie? Et ce, peut-être même depuis son adolescence, cette époque où il vivait en partie dans une réalité inventée?

Thaïs. Elle avait une personnalité aux facettes multiples, aux ressources toujours surprenantes. Dans cette caverne où Nicolas se rappelait l'avoir vue pour la première fois, elle était poétesse, diseuse de légendes à demi chantées. Il s'était vu devenir amoureux d'elle en quelques heures, comme dans les rêves prémonitoires de son adolescence terrienne. Sa fascination pour elle s'était à peine émoussée. Toujours vive et intense, Thaïs parvenait encore, à l'occasion, à lui paraître neuve.

À partir de la grande caverne, la première, Nicolas s'enfonça dans le dédale souterrain, et ses pas le menèrent finalement au bord de l'abîme, une large crevasse au fond de laquelle on apercevait parfois, en se penchant, des étoiles factices. À d'autres moments, c'était plutôt un sombre rougeoiement avec de lentes flambées d'or et d'orange. Bien entendu, Érymède, un rocher qui faisait cent vingt kilomètres dans son plus grand diamètre, ne possédait aucune activité sismique. Et si on avait creusé un nouveau puits vers son cœur, on aurait débouché sur la caverne de confinement renfermant le micro-trou-noir qui conférait à Érymède sa masse et sa gravité.

D'autres fois encore, comme aujourd'hui, on voyait au fond de la faille une phosphorescence bleu-vert, teinte riche évoquant les profondeurs abyssales des océans terriens. Thaïs... Sa mère était morte dans la fosse des Philippines, lors d'un séisme. Elle se trouvait au fond, en scaphe, loin de la station de recherche abyssale ; elle n'avait pu gagner un abri avant d'être engloutie par l'avalanche imprévisible.

À l'époque, Thaïs était encore enfant. Par la suite, durant plusieurs années, elle avait eu de fréquents cauchemars où elle se sentait écrasée par la froide pression de l'eau et de la vase. Aujourd'hui encore, cela la hantait parfois, même si l'ancienne détresse s'était estompée. Une fois, sans le vouloir, Nicolas avait perçu les images de son mauvais rêve, et elles l'avaient troublé ; cette seule fois, il avait abordé le sujet avec elle, la voix étouffée, angoissé comme si ce cauchemar avait été le sien.

Thaïs et Nicolas se retrouvèrent à l'heure dite, à l'une des entrées du réseau souterrain, et ils se dirigèrent vers les cavernes moins fréquentées, qu'ils espéraient trouver obscures.

Ce fut le cas de celle où ils entrèrent, une vaste salle allongée dont le sol, en son milieu, n'était qu'un creux chaotique jonché de roches lumifères : béryl et cornaline au creux desquels luisait un feu secret. Tricherie des paysagistes éryméens, cette combe était parfois envahie par une lourde vapeur, devenant une mare où les roches affleuraient. Agitée de lents courants, vaguement illuminée par en dessous, elle évoquait une activité tellurique qu'Érymède n'avait point.

Le long du sentier-corniche où se trouvaient Thaïs et Nicolas, les veines de minerai lumifère avaient été mises à nu et débarrassées de leurs impuretés ; elles permettaient d'y voir clair. Dans la paroi opposée de la caverne, un filon couleur de cinabre affleurait, nitescent.

Par quelque conduit oblique, la lumière d'une autre caverne parvenait aussi : des flambeaux, éclairant une représentation que Thaïs et Nicolas avaient aperçue en venant ici. Mais, par un caprice acoustique, le son n'en arrivait que très étouffé : quelques éclats de voix, les clameurs d'un rituel subterranéen.

Une femme mince et droite se profilait, immobile, sur la paroi lumifère. Une Noire, visage délicat et chevelure dense, longue robe de voile. Ses pieds disparaissaient dans le débordement de la vapeur. Nicolas s'arrêta, saisi par la scène d'une beauté troublante.

La femme ne les avait pas entendus. Dans le conduit oblique, la lumière des torches connut une brusque flambée, éveillant un reflet métallique sur la tempe de la femme. Un souffle échappa à Thaïs :

— Une métapse !

La femme était Sofia Link, l'une des premières à avoir reçu les implants. Dans la quiétude de la caverne, elle semblait perdue en quelque rêverie – ou attentive au silence même du roc, comme si en cette caverne elle communiait avec l'astéroïde entier, seule à connaître le cœur secret d'Érymède.

Appréhender l'inconnu, l'invisible, l'insoupçonné. Découvrir et connaître, savoir. Accéder à des lieux autres, des univers autres, des états autres. Métapse.

Dans l'autre caverne, la pièce de théâtre n'était pas finie ; Sofia Link tourna la tête, son attention attirée par une lamentation lointaine. Seuls étaient visibles le blanc de ses yeux et le lustre mordoré de sa robe. Elle semblait grave, absorbée par quelque pensée qui l'abstrayait du lieu où elle se trouvait.

Elle se déplaça, avançant d'un pas égal devant le filon lumifère, le long d'une corniche un peu descendante, jusqu'à une faille où elle disparut, avalée par les ténèbres. Une apparition ; un être mystique.

Thaïs, tout contre Nicolas, fut parcourue d'un frisson.

— Ce n'est pas une femme, souffla-t-elle, c'est… un spectre.

Et, troublé, Nicolas perçut sans le vouloir la suite informulée de la pensée de Thaïs, *un spectre, quelque chose qui fut humain mais qui ne l'est plus.*

◆

Asgard, la cité-cratère où Thaïs et Nicolas résidaient, se trouvait à égale distance entre Psyché et Corinthe. Ils y avaient élu domicile parce que Thaïs ne tenait pas à habiter Psyché, et qu'elle avait de bonnes amies à Asgard. Le dôme du parc y abritait une réplique exacte des jardins étagés de Babylone, tels qu'ils avaient été holographiés vingt-cinq siècles plus tôt par des observateurs mentors. C'était l'heure du crépuscule, un clair-obscur rosé, prolongé bien au-delà de la durée normale d'un crépuscule terrien.

Thaïs et Nicolas marchaient le long d'une des terrasses inférieures. À leur gauche, la pierre rude était vermeille ; à leur droite, l'éblouissante rougeur d'un faux soleil luisait sur la crête du cratère ; à leurs pieds, des palmiers dominaient la masse déjà sombre des bosquets. Nicolas se revit, très brièvement, écolier faisant ses devoirs d'histoire un soir dans la maison paternelle. La vision fugace qu'il avait alors eue de Babylone, elle originait d'ici, ici et maintenant ; comment aurait-il imaginé, à quinze ans, que les palais de Babylone figuraient dans son futur ? La jonction ne dura qu'un instant, ce phénomène par lequel un Nicolas passé et un Nicolas futur se touchaient, en esprit, à la faveur d'un frôlement entre deux méandres du sinueux fleuve du temps. Par le pont fugacement établi entre ces deux points, des images s'échangeaient entre le sujet passé et le sujet futur.

En l'occurrence, ce Nicolas « futur » était celui du présent. La sérénité de cette heure douce, la taille souple de Thaïs sous sa main, quelque chose qui était sans doute du bonheur, rien de cela ne pouvait changer. Pourquoi cela aurait-il changé lorsque le jeune homme aurait dans le cerveau quelques implants microscopiques ? Elle verrait bien, Thaïs, elle ne pourrait que voir : rien ne serait changé.

Il s'arrêta et l'étreignit affectueusement. Il frotta sa joue, son oreille, contre la petite tête de Thaïs, contre la soie noire de ses cheveux où elle avait piqué une amaryllis. C'était une sensualité féline qu'il avait, parfois : comme un chat frotte sa tête, lui appuyait son oreille. Par là, autant que par les lèvres, s'échangeait la part de son amour qui était affection, attachement. Owen, qui l'avait vu faire à quelques reprises, s'était déjà permis de le taquiner là-dessus ; Dérec l'avait rabroué avec une verdeur toute terrienne.

Ensemble, Thaïs et Nicolas montèrent un large escalier flanqué de vasques. Ils se retrouvèrent, une terrasse plus haut, face à la nuit qui venait : la fluorescence bleue, entre la double paroi du dôme, se retirait pour en rétablir la transparence. La lumière du Soleil étant masquée sélectivement pour recréer la nuit, Mars et les étoiles les plus brillantes s'affirmaient. Thaïs pointa le doigt :

— Pluton et Charon se trouvent dans cette direction. Tu pourras aller les regarder à l'observatoire d'Éden pendant que je serai partie. Hadès est à un degré « au-dessus ».

Nicolas réagit calmement. Son intuition ne l'avait pas trompé : il connaissait le choix de Thaïs avant même qu'elle n'avoue l'avoir fait.

— Tu as choisi ton stage, alors ?

— Oui, à bord du *Xanten*. Il part après-demain.

Le long-courrier *Xanten* desservait Hadès II, la lointaine station de l'Institut de recherche sur l'anti-matière, qu'on avait placée sur une très large orbite autour de Pluton-Charon ; puis Exopolis, au point de Lagrange entre ces planètes sœurs. Une absence de vingt jours.

— Tu seras plus libre pour prendre ta décision.

Il serra Thaïs contre lui tout en continuant de marcher. Aujourd'hui, ce soir, il lui semblait que son idée à lui était près d'être faite, et que ce serait oui. Une sérénité comme il en avait rarement éprouvée l'habitait. Sauf quand il regardait dans la direction qu'avait indiquée Thaïs. Vingt jours lui sembleraient un peu longs.

— Ça n'a pas toujours paru, peut-être, mais… je ne veux pas influencer ta décision. Je voudrais compter pour rien dans ton choix, si c'était possible.

Il rit, doucement, sans se moquer :

— Tu sais bien que ce n'est pas possible, répondit-il en se plaçant devant elle et en la tenant aux épaules.

N'importe quel acte, n'importe quel silence, par-leraient pour elle.

— Suis ton inclination. Je m'en voudrais de t'avoir poussé à…

Il l'interrompit en l'embrassant doucement.

Ils se remirent en marche, descendirent un es-calier. Devant eux s'ouvrait la perspective du parc, gagnée par l'ombre. Sous la palmeraie, un feu avait été allumé, au cœur des ruines d'Akkad. Parmi les bosquets, des vestiges authentiques : le palais de Sargon Premier et le temple d'Ishtar, repérés par les archéologues éryméens, extraits et transportés en secret au début du XXe siècle. Ce n'étaient que des fondations, quelques colonnes tronquées, des marches fissurées et les dalles brisées de deux esplanades. L'air était encore tiède du parfum des jardins où s'épanouissaient les belles-de-nuit, telles des piqûres pourpres dans la chair sombre des plates-bandes. Thaïs et Nicolas descendirent vers les allées bordées de lions ailés, formes pâles dans l'ombre du soir.

—C'est un choix définitif, reprit Thaïs. Ce cerveau, tu le porteras toujours. Moi, je ne serai pas toujours avec toi.

Quelque chose se tordit en lui. Bien sûr ils ne seraient pas toujours ensemble, il l'avait souvent pensé. Mais, dit dans ce contexte, en cet instant…

Il s'arrêta de nouveau, l'attira à lui et l'embrassa avec une passion, une nuance de passion, qu'il n'avait jamais manifestée, quelque chose de triste, un peu désespéré.

Il l'entraîna dans un intervalle entre haie et muraille. Il l'étendit sur l'herbe et lui fit l'amour, doucement, très doux, comme à une enfant, comme la première fois. Et lorsqu'elle pleura, sans bruit, il ressentit sa tristesse avant même de goûter ses larmes.

CHAPITRE 5

Les lumières de Psyché :
rouge, le feu

Un souffle de panique frôla Nicolas. Il se trouvait aux commandes d'un astrobus et tentait de l'arrimer au croiseur *Dagur*. L'équipage du *Dagur* avait été rappelé d'urgence à bord : l'astrobus devait s'arrimer sans tâtonner, ses passagers avaient vingt secondes pour traverser le sas, puis il faudrait dégager sans nuire au prochain astrobus qui arrivait, et se trouver loin lorsque le croiseur s'élancerait à la pleine puissance de ses propulseurs.

Bien sûr, le pilotage automatique aurait fait tout cela avec une précision supérieure mais, pour cette fois, il n'y avait pas de pilotage automatique. Des informations semblaient apparaître sur vingt écrans différents, la console était prise d'une véritable frénésie de clignotements. Et Nicolas était impuissant, il n'avait aucun contrôle ! Sur l'écran-baie, la poupe du croiseur se rapprochait rapidement, inexorable comme dans un cauchemar, les rétros de l'astrobus semblaient presque sans effet, leur rugissement porté par le métal de la coque.

Maîtrise, Nicolas. Maîtrise. L'injonction vint d'un autre cerveau, d'une autre volonté.

Nicolas se reprit. Il imprima à son regard un mouvement cyclique : balayer le tableau de bord (où les écrans témoins essentiels n'étaient plus si nombreux : deux, en fait), puis regarder la cible, l'alvéole où s'encastrerait la poupe de l'astrobus, puis revenir à la console.

La manœuvre réussit. Nicolas s'était calmé, il lui semblait que les indicateurs lumineux s'étaient eux-mêmes apaisés.

Calme ; cela lui venait de l'extérieur. Résignation, aussi ; un peu de tristesse. Puis, fugitive, l'image d'un garçon de huit ou dix ans, chargée d'émotion bien que l'enfant lui fût inconnu.

L'expérience terminée, Nicolas et son instructeur, Pier Winden, prirent l'intercité de Corinthe jusqu'à Psyché ; le trajet ne dura pas quinze minutes.

Par acquit de conscience, Nicolas passa au medlab, où on répéta l'examen déjà fait par Winden après l'exercice du simulateur : rythme cardiaque, tension artérielle, e.e.g. tous revenus à la normale, traceur de la propsychine en voie d'élimination.

L'exercice avait été un succès. À des kilomètres de distance, un métapse avait réussi une simulation d'arrimage rapide, en ayant sous la main des ré-pliques des contrôles, mais aucun indicateur, aucun écran témoin, aucune vue du croiseur cible : c'était Nicolas, assis dans le simulateur de l'École as-tronautique, qui voyait pour lui sans toucher aux commandes.

Un métapse n'aurait jamais à piloter ainsi, à l'aveuglette, à travers la vision d'autrui : il s'agissait d'une situation purement arbitraire, un cas limite. Mais qu'un lien télépathique à distance ait l'instan-tanéité et la précision nécessaires pour réussir une manœuvre si délicate, voilà ce que visait à prouver l'exercice. Nicolas serait satisfait s'il s'était montré à la hauteur de Yaeger, son correspondant, et si le test avait été parfait plutôt que d'être simplement réussi.

Au sortir de la clinique, Nicolas quitta Winden et monta au salon-bar, où il pensait trouver Phil Yaeger. Oui, le métapse était là, assis près des grandes baies ouvertes sur le parc de Psyché. Un homme dans la trentaine, noir de cheveux mais avec du gris, déjà, aux tempes. Un homme… ni antipathique, ni inamical, mais peu communicatif : il ne prendrait jamais l'initiative d'un rapprochement, rarement même celle d'une conversation.

Il fallait lui demander… Pas immédiatement, toutefois. Nicolas commença par discuter en termes généraux de l'expérience qu'ils avaient partagée. Il s'excusa d'avoir failli tout gâcher en s'affolant brièvement.

— Mais non, mais non. Leurs simulateurs sont tellement convaincants, là-bas, qu'on se laisse facilement prendre au jeu.

Yaeger était ainsi : prévenant, mais sans qu'on puisse y voir un désir de rapprochement. Nicolas laissa passer un moment, puis :

— Aujourd'hui, le lien était à deux sens… par moments.

Yaeger ne fut ni embarrassé ni surpris.

— Oui, j'ai senti ta rétroaction. Il y avait des pensées parasites, hein ?

— Un visage… un enfant.

— Mon fils. Il vit avec sa mère. Sur Exopolis.

Difficile de se trouver plus loin d'Érymède.

Parce que Winden et Yaeger étaient amis, Nicolas avait déjà assisté à des fins de conversations ; il savait que Yaeger vivait jadis avec une compagne, qui l'avait quitté parce que…

— Vous le voyez parfois ?

— Démis ? Rarement en personne. Sa mère préfère le tenir éloigné.

— Parce que vous êtes un métapse ?

— Elle ne l'a jamais accepté. Elle en a fait une névrose.

Maintenant Yaeger parlait de sa propre initiative, mais sans aucunement avoir l'air de se confier. On aurait cru qu'il racontait la vie d'un autre, avec détachement. Et avec tant de contenance que Nicolas ne surprenait aucune échappée d'émotion.

— C'était la période d'adaptation ? C'était parce qu'elle ne vous voyait plus ?

La chirurgie, qui se répartissait sur quelques décades, était suivie de « l'ajustement » à l'intrusion des implants – ajustement plus psychologique que physiologique. C'était une véritable quarantaine, mais une quarantaine qui pouvait durer un an, où le sujet restait sous observation à l'Institut, avec des sorties assez rares au début.

— Non, elle est partie *durant* mon ajustement. Elle ne voulait même pas voir le résultat final.

Thaïs… Mais non, elle n'aurait pu agir ainsi ! Quelle pensée injuste !

— Mais, a-t-elle au moins expliqué…

— Déshumanisation. C'était sa phobie. Je veux dire : phobie au sens clinique. J'étais devenu un « cyborg ». Il n'y avait pas de moyen terme, pour elle, entre l'humain et son mythe du cyborg. Les quelques grammes de matériaux étrangers dans mon crâne, le fait que je pouvais désormais me brancher directement à un appareil ou à un ordinateur, cela avait fait de moi un « cyborg », irrémédiablement.

Des cyborgs, ça n'existe même pas !

— Elle était aussi mal à l'aise avec les gens munis de membres artificiels et d'organes biosynthétiques, poursuivit Yaeger. Mais pas autant que pour les implants : le cerveau était pour elle… le tabernacle, oui, le tabernacle de l'essence humaine.

« De l'âme », aurait dit Thaïs. *Thaïs…* C'était comme si elle se trouvait sur place, en personne. C'est un peu avec elle que Nicolas discutait, étonné de sa propre véhémence.

— Mais c'est totalement irrationnel ! protesta-t-il.

Yaeger haussa les épaules :

— Nous savions que nous touchions là le point le plus sensible.

« Nous » : Psyché, l'Institut de métapsychique et de bionique. Phil Yaeger avait pris son parti, même si l'éloignement de son fils lui pesait parfois, assez pour que cela transparaisse dans la pensée pourtant contrôlée de l'échange télépathique.

— À la longue, les gens verront bien que nous sommes toujours humains.

De la tête de Yaeger s'échappa l'image de son fils à qui il avait brièvement parlé ce matin, par visiophone. Son regard croisa celui de Nicolas, et leur pensée se toucha. Yaeger comprit tout, en un instant : il avait vu l'image de Thaïs, deviné le dilemme, la crise qui couvait. La même chose lui était arrivée et, bien qu'il le cachât, il en porterait toute sa vie une déchirure intérieure.

Fais tout pour ne pas la perdre.

Était-ce Yaeger ou Nicolas qui avait pensé cela ?

◆

La chambre n'était éclairée que par une projection holographique, tournant lentement dans son cylindre vertical. Une œuvre abstraite, sorte de nébuleuse cristalline, en des tons d'or et d'incarnat, des filaments de flamme dans une vapeur translucide. Une lente évolution se faisait, de sorte qu'on aurait pu la contempler des heures sans jamais voir la même configuration.

C'était une œuvre de Thaïs. Une de ses belles
œuvres, faites délibérément. Nicolas soupçonnait qu'il
y en avait d'autres, sorties de son subconscient, qui
étaient moins esthétiques. Mais il n'irait pas y voir,
de la même façon qu'il n'aurait pas lu un journal
intime dont il aurait accidentellement vu quelques
lignes.

— À quoi songes-tu ?

— À quoi penses-tu que je songe ?

Thaïs posa la tête sur la poitrine de Nicolas. Il
lui entoura les épaules de son bras, avec cette
tendresse inépuisable qu'il avait pour elle.

— Tu penses à Phil Yaeger et à sa compagne ?

Nicolas ne répondit que par un vague mouvement
affirmatif. Il lui avait raconté ce soir l'histoire du
métapse.

Par la baie ouverte, on pouvait suivre la montée
d'une navette au-delà du dôme ; elle n'était visible
que par le jet rosé de ses propulseurs. Un bougain-
villier se dressait devant la terrasse de l'appartement, bruissant imperceptiblement dans la brise
des souffleries.

— Tu penses comme elle, n'est-ce pas ? Au sujet
des métapses ?

— Non, répondit Thaïs en replaçant une longue
mèche qui lui avait glissé dans le visage.

— Pas avec autant d'excès, d'accord. Mais au
fond, c'est la même idée, non ? Déshumanisation et
tout ?

Le regard de Thaïs se fixa sur un mamelon de
Nicolas, tout proche. Le jeune homme perçut le
fantasme qu'elle avait à cet instant : elle y voyait
l'équivalent pectoral d'une prise temporale, et la peau
lisse de sa poitrine devenait plastique. L'image disparut, écartée par Thaïs d'un simple effort de volonté,

comme si ce n'était pas la première fois qu'elle y faisait face.

— Cette femme, murmura Thaïs, elle devait être malheureuse. Yaeger n'a peut-être pas assez essayé.

Frémissement intérieur… Frémissement d'un petit animal fragile, perdu.

— Essayé de la rassurer? comprit Nicolas.

— La rassurer, la rejoindre. Elle devait être… pleine d'angoisse.

Que répondre? C'était elle, Thaïs, qui voulait être rassurée. Or Dérec avait tout dit, tant de fois déjà, formulé tous les arguments. La preuve ne pourrait venir que s'il devenait métapse, et s'il ne changeait par pour autant.

— Tu n'as rien remarqué, je suppose, dans… ta façon de faire l'amour?

— Quoi? s'étonna Nicolas.

— Il me semble, je ne sais pas… Tu as déjà été plus… actif, c'est certain.

« Plus actif »! Où allait-elle chercher ça? Ils vivaient ensemble depuis deux ans, pourtant jamais il n'avait eu l'impression de sacrifier à une habitude.

— Qu'est-ce que tu veux dire, Thaïs? Tu veux dire que je suis plus « froid », que c'est le début de la déshumanisation? Misère! Je n'ai pas encore reçu un seul implant!

— Non non, bien sûr.

Elle se redressa sur les coudes, souriante, s'allongea à demi sur lui. Visiblement elle regrettait sa remarque et voulait en diminuer l'importance. Pourtant, devina Nicolas, c'était exactement ce qu'elle voulait dire sur le moment. Cependant, c'était tellement subjectif qu'elle ne tenait pas à soutenir la discussion. *Tout cela* était tellement subjectif, tellement émotif; une part d'elle-même tentait de raisonner et y parvenait, il le voyait clairement. Mais l'autre part…

Thaïs fit courir sa main le long du flanc, de la hanche de Nicolas, ses doigts se lovèrent autour de son sexe. Elle monta embrasser le jeune homme, lui donna ce qu'il appelait son baiser libidineux, qui réveillait infailliblement son ardeur. Il réagit, voulant peut-être montrer qu'il n'avait pas refroidi, qu'il n'était pas encore un cyborg impassible.

Quelle fougue il y mit. C'était peut-être vrai, qu'il n'avait pas été aussi ardent depuis longtemps. Avait-elle raison, avait-il changé graduellement sans s'en rendre compte ?

Se griser d'elle, s'enivrer de l'arôme salin de sa peau, se brûler au brasier de son sexe.

Mais, constamment, un mot le hantait. L'agaçait, comme peut-être l'aurait agacé un implant logé entre cortex et cerveau. *Cyborg. Cyborg.*

◆

Ce jour encore, l'image linéaire et translucide de la tête de métapse pivota sur l'écran du micrord. Tel le miroir magique d'un ensorceleur, elle fascina Nicolas – une fascination morbide, aujourd'hui. Dans sa propre tête, une impression fugitive, la prolifération du réseau d'implants ; il se retint de passer les doigts sur sa tempe pour vérifier que les prises n'y étaient pas.

C'était un envoûtement, un envoûtement cybernétique, et Thaïs craignait qu'il n'en ressorte altéré, à jamais changé en quelque chose d'un peu plus froid, distant, plus tout à fait humain.

Aujourd'hui, l'instruxet portait sur la propsychine et les recherches prouvant son innocuité. Les projections des logiciels biomédicaux offraient moins d'assurance au-delà de cinquante ans.

Mais cinquante ans, c'était loin. Entre-temps, il y aurait la griserie de sentir éclore les sens secrets de l'esprit, chaque fois que la propsychine irriguerait les sillons de son cerveau. Cette sensation *d'ouverture,* comme si le crâne lui-même se déployait en pétales pour exposer son cerveau à l'univers. Toutes les dimensions abolies, le lointain visible par un effort de volonté, le passé et le futur accessibles par un bond mental, la pensée des gens rendue limpide et lumineuse comme jamais langage ne le pourrait.

Métapse.

Les lumières de Psyché brillant pour tout le monde.

Et un jour, peut-être, tous les humains pourraient s'ouvrir ainsi, même ceux dont aujourd'hui les facultés métapsychiques semblaient vouées au silence. Même Thaïs. Et ce jour-là, oui, ce jour-là, elle et lui pourraient vraiment se toucher.

•

En sortant de l'Institut, Nicolas alla prendre l'intercité pour Corinthe. Il se trouvait à la crête d'une vague, le balancier de son humeur était revenu à une confiance optimiste. Si seulement Thaïs avait été empathe, pour partager son assurance enthousiaste en des moments comme celui-ci ! Ses mélancolies, comme celle d'hier soir, auraient été balayées telle une fumée que disperse le vent.

Thaïs passait une partie de ses loisirs à l'atelier d'art de Corinthe. L'atelier de Trikilis, celui qui avait mis au point l'art subconscient, celui qui avait mis la création à la portée directe de l'esprit. Dans la galerie à l'éclairage tamisé qui menait aux ateliers proprement dits, quelques œuvres se trouvaient exposées. C'étaient des hologrammes, les uns fixes dans un cylindre transparent, les autres animés. Une licorne blanche, d'un réalisme photographique ; la perfection de l'holographie rendant tout le velouté de son pelage imaginaire. Une vieille femme nue, osseuse, ses articulations saillantes, à mi-chemin entre le dessin réaliste et la caricature ; troublante. Un oiseau lumineux, sorte de chouette à l'envergure courte, translucide et vibrante comme une animation d'ordinateur, battant lentement des ailes tandis que rougeoyait en elle une flamme cuivrée. Puis une abstraction, purée de fraises de laquelle des billes azur émergeaient pour en faire le tour et s'y enfoncer de nouveau. Une œuvre anxiogène, un cauchemar échappé du cerveau de Dali ; Nicolas s'en éloigna, avec un mélange de fascination et de répulsion.

Dans le premier atelier, des gens étaient à l'œuvre, partiellement isolés par des cloisons. La tête couronnée d'un combiné stéréoencéphalographique modifié, ils faisaient face à l'espace cylindrique d'un projecteur holographique, où prenait forme leur création. Par l'interface de l'ordinateur, un simple effort de volonté remplaçait les doigts du modeleur, le pinceau du peintre. Mais ce n'était pas pour autant facile, avait déjà expliqué Thaïs : les projections vacillaient constamment, fluctuaient, tant il était difficile pour l'esprit de se concentrer sur une représentation concrète et détaillée.

Dans une autre salle, un petit groupe relié à un même projecteur holographique tentait une création collective. Un genre de protoplasme qui semblait perpétuellement couler sur lui-même, des formes essayant de s'ébaucher en tremblotant, des couleurs se voisinant en combinaisons choquantes, presque nauséeuses. Nicolas détourna le regard.

Dans l'atelier suivant, les gens se trouvaient enfermés dans des isoloirs, dont une seule paroi était transparente, teintée. Ils apparaissaient endormis – en transe, plutôt, avec cette tension indéfinissable qui subsiste même dans la détente. On ne voyait pas leur création – eux non plus, du reste. C'est là, en fait, que s'accomplissait l'art subconscient. Les rêves, les fantasmes de la rêverie, visions fugaces enregistrées par l'appareil, se trouvaient transposées en images à trois dimensions. Ceux qui en faisaient l'expérience – sujets plus qu'artistes, peut-être – en effaçaient neuf sur dix dès qu'ils les voyaient au réveil. Soit à cause de l'incohérence des projections, soit parce qu'ils préféraient ne pas les montrer. Certains, en revanche, n'hésitaient pas à exposer le fruit de leur subconscient – et si ce qui se trouvait dans la galerie était représentatif, ce n'était pas toujours plaisant.

Mais un formidable moyen de se connaître soi-même.

Thaïs apparut, sortant d'une salle voisine. Comme chaque fois, Nicolas eut un élan vers elle, un élan mental qu'elle sentait comme un contact, une caresse à même son esprit, lui avait-elle déjà confié. Rien de délibéré de la part de Nicolas, une manifestation spontanée de sa télépathie latente.

Mais cette fois il heurta un mur ou, plutôt, une porte brusquement fermée à son approche. Une lourde porte, blindée de cuivre, qui lui renvoya son reflet mordoré, distordu. Thaïs paraissait surprise, désarçonnée de le voir là. Avait-elle oublié qu'il venait la chercher pour dîner ou croyait-elle qu'il l'attendrait à l'entrée, dans la galerie du Rêve ? Cette barrière, il la connaissait, une barrière mentale que Thaïs avait appris à dresser parfois contre lui. C'était nécessaire. De même, Nicolas s'était fait une règle de ne jamais sonder l'esprit de sa compagne : un minimum d'intimité à établir, sans quoi la vie affective des télépathes aurait été impossible.

Seulement, aujourd'hui, prise de court, Thaïs avait dressé la barrière avec une énergie inusitée.

Par réflexe, Nicolas se retira lui aussi en lui-même.

Leur accolade fut malaisée, leur baiser rapide. Thaïs et son amie, sortie du même atelier, échangèrent un regard grave, avant que Ruth ne s'éclipse discrètement.

— Qu'est-ce qui ne va pas ? demanda Nicolas.

Elle ne répondit point, haussant les épaules avec un sourire contraint. Mais elle dissimulait mal : quelque chose l'attristait, quelque chose qui concernait Nicolas.

Chagrin. Chagrin soudain déversé, comme d'une digue rompue. Inondation. Submersion. Thaïs s'accrocha à son cou.

Et derrière ce chagrin, encore retenue malgré tout, la peur, la peur de perdre Nicolas, de le voir transformé.

Le chagrin devenait étouffant ; ses larmes jaillirent, les larmes de Nicolas, les larmes de l'empathe pleurant le chagrin d'autrui.

— Moi non plus je ne veux pas te perdre, murmura-t-il, ne distinguant plus sa propre détresse de celle de Thaïs. Je ne veux pas te perdre.

CHAPITRE 6

Les lumières de Psyché :
incarnat, la braise

La grande murale du hall de l'Institut. Du mauve, de l'incarnat, un pourpre très profond, marbrés d'ombres lentement mouvantes. C'était le sommeil des esprits, ou plutôt leur absence. La tranche des marches transparentes du grand escalier luisait doucement dans le silence.

«Tu me reviendras quand même, n'est-ce pas?»

Thaïs l'avait regardé d'un air interrogateur, pas sûre d'avoir compris sa question.

« Même si tu me trouvais métapse à ton retour, tu me reviendrais quand même?»

«Bien sûr», avait-elle répondu à mi-voix, l'étreignant avec une force inattendue chez cette fille gracile.

Elle était convaincue. Mais de quoi? Ce soir, dans les salles et les couloirs presque déserts de l'Institut, le doute hantait Nicolas. Personne dans les chambres d'isolement réservées aux sondeurs; leurs portes opaques s'alignaient d'un côté de la galerie des Visions. De l'autre côté, la paroi de transplastal, inclinée, donnait vue sur l'extérieur du cratère et sur l'espace. Nicolas s'arrêta un moment; ignorant le paysage de roc sombre, son regard erra vers le haut.

Le *Xanten* se trouvait là, quelque part, invisible bien entendu.

Thaïs était partie ce matin-là; il l'avait reconduite à l'astroport de Corinthe. C'est là qu'il avait commis la bêtise de poser cette question et, depuis, la réponse de Thaïs le hantait.

Si elle espérait lui rendre la décision plus facile en s'éclipsant, ce simple « bien sûr » pathétique avait à nouveau jeté Nicolas dans le doute.

Les couloirs des cités éryméennes baignaient constamment dans un éclairage tamisé. Mais c'était une véritable pénombre, bleutée, qui régnait dans les ateliers déserts où le menèrent ses pas. Il s'avança entre deux longs établis où les appareils démontés étaient recouverts d'une housse transparente.

Dans la pénombre, une rangée de têtes blêmes, presque fantomatiques sous les veilleuses bleues: des supports pour les électrocervicaux. Nicolas s'approcha, en souleva un délicatement. L'appareil évoquait un combiné d'écouteurs sauf que, au lieu de se placer sur les oreilles, il se branchait sur les prises temporales d'un métapse, lui faisant une coiffe anguleuse sertie de petites commandes et de quelques diodes. C'était cet électrocervical qui activait et commandait les implants, stimulant par leur biais le siège des facultés métapsychiques. Il servait aussi d'interface: c'est à Psyché, vraisemblablement, que se ferait la première union entre un humain et un ordinateur.

Est-ce qu'on n'aurait pas dû s'asseoir, tous, et bien réfléchir à la portée de semblables desseins? Quelle différence y avait-il entre ce genre d'idée et celles de certains Terriens?

Une différence, au fait, et une fondamentale : ici, sur Érymède, cela ne se ferait pas pour le pouvoir et la domination.

Mais tout cela n'était pas pour demain.

Entre les mains de Nicolas, l'électrocervical ne pesait presque rien ; si peu qu'il en paraissait fragile. Et si simple en apparence. Comme semblait simple la décision de devenir métapse, lorsque Nicolas était entré à l'Institut.

Il remit l'appareil sur la fausse tête qui lui servait de support et s'éloigna. Cependant, une idée le fit se retourner et contempler cet alignement blafard dans la pénombre bleue. Sous les électrocervicaux se dressaient des têtes de mannequins, uniformes, sans traits et presque sans visage, sans regards, immobiles et muets. Comme des têtes d'automates en congé de leur corps.

Des têtes de cyborgs en congé de leur âme ?

◆

—Ce sont des observations de cet ordre qui ont amené maître Karilian à introduire la notion d'inconductibilité dans le continuum psi.

Dans le grand caisson holographique luisait un graphique à quatre variables, un nuage aux couleurs du spectre, comme prisonnier d'une grille tridimensionnelle.

—Demain, nous allons discuter globalement des diverses hypothèses explicatives, après quoi nous étudierons l'état de la recherche pour chacune de ces hypothèses. Et à notre rencontre suivante, nous nous attaquerons à la théorie des chronodes, les nœuds du temps ; je vous recommande de rafraîchir vos connaissances en calcul tensoriel.

Seta Citti éteignit le grand écran.

—Hypothèses, hypothèses… fit Nicolas à mi-voix, sans regarder directement l'instructrice. Ça laisse bien des incertitudes, tout ça.

Certains étudiants, qui allaient partir, se renfoncèrent dans leur fauteuil. Citti se tourna vers Dérec :

—Si tu penses devenir métapse pour obtenir des certitudes, il y a un malentendu quelque part. La percipience, la précognition, seront des sources de doute, pas moins que la vision et l'ouïe : elles ont aussi leurs entraves, leurs limites.

—Mais les inconductibles seront traversés un jour, ou contournés ? demanda Owen, le meilleur ami de Nicolas.

—Peut-être. Et peut-être pas. Le continuum psi est aussi nouveau que le monde visible pour un aveugle de naissance à qui on donnerait soudainement la vue. Maintenant il peut voir les canyons : cela lui permet-il de les franchir d'un saut ? Il lui faudra des années, simplement pour réinterpréter tout ce qu'il connaissait en fonction de ce qu'il en voit maintenant.

Sans apercevoir le reflet de son visage, l'air un peu désabusé, Nicolas fixait l'écran éteint dans la tablette du fauteuil, qu'il tapotait avec le coin de la plaquette. Sa voisine, une étudiante plus âgée, posa les doigts sur son poignet :

—Ce sont toutes nos notions de certitude qu'il faut écarter, Nicolas, si la théorie des trames de probabilités s'avère juste.

—Je sais, je sais.

Citti réitéra :

—Il ne faut pas que vous deveniez métapse avec la conviction que ça vous donnera accès à quelque illumination. Au contraire, ce sera plus confus bien avant de devenir clair.

Entre-temps, les ateliers de Psyché et d'autres cités mettaient au point la quincaillerie. D'abord l'O.R.M., l'ordinateur mobile qui servirait de relais, d'interface entre un métapse et le réseau informatique d'Érymède. Ensuite, la deuxième génération de métapses n'aurait plus besoin d'O.R.M. : le lien mental aurait été perfectionné, toutes les fonctions de l'O.R.M. seraient concentrées dans l'électro-cervical grâce à l'hyperminiaturisation. Pour la troisième génération, grâce aux nanotechnologies, l'électrocervical lui-même serait superflu, la prise temporale serait à elle seule l'interface.

Au-delà, on ne savait pas. Mais il était question d'une « autre voie », dédaignant la technologie des nanoprocesseurs et des réseaux cristallins, la cyber-nétique en général, cherchant dans le seul potentiel du cerveau la genèse de l'homme métapsychique.

◆

Sur les dalles rousses que peut-être Nabucho-donosor avait foulées, Nicolas s'arrêta pour lever les yeux vers l'espace. Incapable de dormir, il était sorti dans la nuit et avait marché au hasard. Il se retrouvait dans les ruines d'Agadé ; par-delà le dôme du parc-cratère, les étoiles étaient les mêmes qu'au temps de la gloire de Babylone. Elles s'étaient dé-placées juste un peu, deux ou trois étaient devenues des novæ.

Le complexe architectural des jardins se pro-filait, monumental, un peu moins sombre que le ciel, ses angles et ses arêtes adoucis par les palmes et les vignes. Au-delà, sur le versant intérieur du

cratère, brillaient les lumières de quelques logis.
Quatre jours plus tôt, Thaïs aurait dormi derrière
l'une de ces baies ouvertes et, après une promenade
nocturne, Nicolas serait allé la rejoindre, se glisser
doucement dans le lit, et elle sans s'éveiller se serait
retournée pour se blottir contre lui.

Depuis hier, lorsqu'il tournait les yeux vers Pluton
et Charon invisibles, et vers la position encore
moins visible de *Hadès II*, un vague malaise le
gagnait, comme quelque chose d'oublié qu'on tente
en vain de ramener à la mémoire et qui vous préoccupe, discrètement, petitement.

Les métapses pouvaient-ils être sereins ? Les
maîtres, en tout cas les plus âgés, étaient généralement d'humeur égale. Ce n'était pas la sérénité
béate des contemplatifs, c'était une équanimité plus
grave – et pourtant cela fascinait Nicolas. Comme
s'il y avait là quelque état de grâce à partager avec
des initiés, quelque sagesse à lui offerte.

Comment refuser la clé d'un tout autre univers,
le temps et les distances abolies, le brouillard dissipé, l'engourdissement chassé ?

◆

Six jours seulement, et Thaïs lui manquait déjà. Le
vague malaise d'avant-hier, dans les ruines d'Akkad,
pendant qu'ils regardaient les étoiles, était revenu
quelques fois depuis. Était-ce seulement parce que
son amie lui manquait ? Il redoutait quelque chose,
mais quoi exactement ? Qu'elle ne lui revienne pas ?
Qu'elle le laisse pour de bon, libre de se faire métapse ?

Sur une impulsion, en sortant de l'Institut, il
alla prendre l'intercité pour Corinthe et se rendit
aux ateliers d'art subconscient.

Il y avait moins de monde que la fois précédente. Une fillette repéra Nicolas, s'approcha de lui; elle s'y trouvait l'autre jour aussi. Dérec eut une impression d'instabilité, d'une personnalité oscillant constamment sans savoir se fixer; manifestement elle ne vivait pas au voisinage de métapses, elle n'avait pas appris à se contenir.

— Tu es Nicolas, n'est-ce pas?

— C'est ça, oui. Mais j'oublie ton nom.

— Stavi.

De fait, il ne l'avait jamais su.

— Je serais curieux de voir les œuvres de Thaïs. Tu sais où elle les range?

De sa démarche sautillante (mentalement sautillante: cette fille n'avait aucune continence empathique), Stavi le précéda jusqu'à un atelier désert, plongé dans la pénombre. De hauts cylindres, noirs à leur base et à leur sommet, transparents en leur milieu, portaient en mémoire les œuvres holographiques. Stavi en repéra un, identifié au nom de Thaïs.

— Elle l'a fini la décade dernière, expliqua Stavi de sa voix enjouée. Elle ne l'a pas montré beaucoup. Mais puisque tu es son ami…

Qu'est-ce que ce pouvait être? Thaïs n'aurait peut-être pas aimé qu'il voie quelque chose d'aussi personnel. Autrement, elle le lui aurait déjà montré.

Mais Stavi avait déjà touché la commande, et la partie transparente du cylindre s'illumina. Un corps humain prit forme, le nu d'un jeune homme. Blême telle une larve, lisse et sans poils. Entre les cuisses, des organes flasques et livides, évoquant ceux d'un cadavre. La tête était disproportionnée, sans que fût évident le défaut qui provoquait cette impression. Voulue, sans doute.

Du cou émergeaient des tubes tronqués, médicaux. Des cheveux s'échappaient quelques fils raides, des fibres optiques. Sous la peau du front, de petites bosses rubicondes, anguleuses, les tumeurs de quelque maladie géométrisante. Des yeux de verre, aveugles, inexpressifs, des lèvres fades en latex. Et, de chaque côté du crâne, énormes excroissances plates et triangulaires, verrues de métal grossier, des prises temporales.

Métapse.

Mais c'est moi!

La pose, surtout, était contrefaite, cette tête inclinée comme celle d'un chat lorsqu'il se colle à vous, c'était l'attitude même de Nicolas lorsqu'il se faisait câlin, lorsqu'il frottait affectueusement son oreille et sa joue à celle de Thaïs. Mais grotesquement caricaturée, la parodie d'un automate essayant d'imiter la tendresse humaine.

Elle avait pensé, elle, au fait qu'elle sentirait sur sa joue ces arêtes métalliques lorsqu'il l'embrasserait dans le cou.

— Stavi, qu'est-ce que tu fais là?

La fille se retourna. De l'atelier voisin, une femme entra: Ruth, la meilleure amie de Thaïs, la marraine du groupe dont elle faisait partie, adolescente.

— Que dirais-tu si on montrait tes projections à tout un chacun? reprocha-t-elle à Stavi.

— Mais puisqu'il est son ami!

— Justement. Allez, sauve-toi!

La fillette s'éloigna, un oiseau voletant et ne sachant où se poser. Ruth s'interposa entre Nicolas et la projection, fascinante et écœurante à la fois, tel un fœtus monstrueux dans un bocal de formol.

— C'est comme ça… fit-il à mi-voix, c'est comme ça qu'elle m'imagine?

— Pas consciemment, non. C'est la représentation fantasmatique de ses craintes, de ses angoisses.

Tu ne serais plus humain. Thaïs le lui avait-elle déjà dit si clairement ? La rassurer, lui expliquer, ça n'avait servi à rien.

— Elle avait beau se raisonner, une part d'elle-même continuait de se représenter… ça.

— Mais c'est…

Monstrueux ?

Était-ce pour cela, à sa visite précédente à l'atelier, ce mur mental que Thaïs avait brusquement dressé contre lui en sortant de cette pièce ? Sans doute venait-elle de voir la création de son propre subconscient ?

— Les images qui lui venaient parfois, cela pouvait influencer ta décision, elle le savait. C'est pour ça qu'elle est partie sur le *Xanten*.

Comment Thaïs aurait-elle accepté qu'il devienne métapse, avec les craintes, l'horreur qu'elle entretenait ?

— Avant, elle gardait ces choses-là pour elle. Mais cette fois, cette projection-là… Je crois qu'elle souhaitait un peu que tu la voies. Autrement, elle l'aurait laissée sous code.

Souhaiter qu'il la voie, si le hasard s'y prêtait, mais non la lui montrer carrément, ni le mettre face à ses phobies.

En somme, Thaïs était plus irrésolue que lui, parfois.

— Elle ne s'est pas éloignée juste pour toi, tu sais. Elle voulait aussi se soustraire à la pression de ton choix. Elle sentait peut-être venir ta décision et elle retardait l'affrontement.

Toutes ces motivations cachées, dont il n'avait que soupçonné l'existence sans les interpréter correctement. Ce qu'elle présentait comme de l'abnégation et qui était peut-être de la lâcheté.

Son propre amour se gonfla, le porta presque aux confins du Système solaire pour la serrer, elle, Thaïs, Thaïs.

— Tu vois, le mieux, pour elle – pour vous deux, en fait – le mieux aurait été qu'elle te quitte. Mais elle ne s'y décidait pas.

Ruth et Nicolas avaient trouvé deux fauteuils où s'asseoir, dans l'atelier désert.

— Après, c'était trop tard, poursuivit la femme. Tu aurais compris qu'elle s'éloignait *parce que* tu allais devenir métapse, tu aurais peut-être décidé le contraire pour la retenir, mais ce serait toujours resté entre vous, elle aurait senti un reproche.

— Mais non.

Elle le dévisagea :

— Tu en es sûr ?

Il la regarda, figure mince malgré certains arrondis, du gris dans ses boucles noires en dépit de ses quarante ans, la couleur de l'acier dans ses yeux mais une bonté spontanée. Il ne répondit pas à sa question.

— Thaïs revient seulement dans quinze jours. Ne prends pas de décision précipitée à cause de ce que tu viens de voir. Fais la part des choses.

La part des choses.

Mais l'effigie du cyborg ne se laisserait pas oublier.

◆

Dans la galerie des Visions, Nicolas leva instinctivement les yeux vers Hadès II, au-dessus de la position présumée de Pluton. Le malaise ne l'avait pas quitté, ces derniers jours, un malaise bien plus vague et diffus que celui causé par la projection de Thaïs dans l'atelier de Trikilis.

Pier Winden passa dans la galerie; Nicolas ne l'avait pas trouvé à son bureau.

— Aucun sondeur dans les chambres d'isolement, ce matin?

— Aucun aujourd'hui, aucun demain : il n'y en a pas assez pour qu'on fasse même une transe par jour. Maître Ilfor et maîtresse Citti se trouvent sur la Lune pour s'adresser au Conseil d'Argus. Sofia Link est en route vers Neptune pour des expériences de longue transmission. Fay Bryer se remet d'une méningite.

Nicolas hocha vaguement la tête.

— Avais-tu quelque chose de particulier à me dire? lui demanda Winden.

— Ces tests que j'ai passés hier… ?

— C'est comme tu le soupçonnais. Retour sensible de la faculté d'empathie.

Déjà l'autre jour, aux ateliers de Trikilis, cette fillette au tempérament si transparent… Un mois plus tôt, il ne l'aurait pas *sentie* aussi spontanément, aussi clairement. Se pouvait-il que l'absence de Thaïs…

— C'est comme si un blocage avait été levé.

Un blocage inconscient, alors, instinctif. Que Nicolas se serait imposé pour ne pas sentir ce que Thaïs éprouvait, ne pas voir ce qu'elle fantasmait? Parce qu'il avait déjà l'intuition de ce qu'il y trouverait s'il fouillait un peu? De ce qu'il comprendrait s'il consentait à entendre?

J'ai été sourd. J'ai fait le sourd.

Et en étouffant l'empathie, il avait étouffé d'autres facultés dans une moindre mesure : ce qui le tourmentait depuis peu, n'était-ce pas le retour de sa percipience ? Comme le retour de l'ouïe chez un sourd se serait manifesté d'abord par un bruit confus et agaçant, encore assourdi ?

Est-ce que ça se résoudrait à cela : l'une ou l'autre, mais pas les deux ? Garder Thaïs au sacrifice, non seulement de la métapsité, mais au sacrifice même de sa percipience ?

Alors il ne savait plus, il ne savait vraiment plus. Le début d'assurance qui lui était venu depuis quelques décades était à nouveau dégonflé…

◆

Phil Yaeger sondait, aujourd'hui. Nicolas, qui l'avait croisé dans le hall de l'Institut, lui avait demandé l'autorisation d'assister à sa transe. La veille, l'avant-veille, aucun métapse n'avait sondé le continuum psi.

Dans la galerie des Visions, qui desservait les chambres d'isolement réservées aux sondeurs, Nicolas leva les yeux vers l'espace, vers la position présumée de Pluton-Charon. Là-bas, le *Xanten* se trouvait en orbite autour de la station Hadès II ; il devait y demeurer une vingtaine d'heures selon l'horaire fourni par l'Amirauté. Le malaise de ces derniers jours était devenu anxiété : la savoir si loin, Thaïs, aux confins du Système.

Réprimant un frisson, Nicolas ferma la porte de la chambre d'isolement, qui s'éclaira d'un bleu profond pour indiquer que la pièce était occupée. Ils étaient trois, là-dedans, mais la pièce était spacieuse.

Phil Yaeger n'était pas encore un maître – c'est-à-dire qu'il n'avait pas encore l'entière maîtrise de ses facultés métapsychiques. Aussi la transe se faisait-elle en présence d'un entraîneur, en l'occurrence maîtresse Citti. Toutefois, elle se contentait d'observer. Elle était soucieuse, aujourd'hui, elle semblait avoir hâte de connaître les résultats de la transe.

Yaeger se mit lui-même au cou le collier semi-rigide destiné à lui maintenir sur la gorge un petit biosenseur, couplé à une osmoseringue de calmant pour les cas de tension excessive. Il parlait, tout en faisant ses préparatifs :

— Depuis que je me suis levé ce matin, j'ai un pressentiment.

Un pressentiment ? Est-ce que cela avait un rapport avec l'anxiété confuse qui tourmentait Nicolas depuis quelques jours ?

— Une espèce d'attirance mentale, m'incitant à sortir dans le continuum psi, comme s'il y avait « quelque chose à voir ». Une légère sensation d'agacement, quelque part dans le cerveau.

— Comme une faim, enchérit Seta Citti, ou le manque d'une drogue. J'ai senti la même chose. J'y aurais cédé, si je n'avais su que vous-même vous sondiez ce matin.

Yaeger plaça l'électrocervical sur sa tête. Un double timbre lui confirma que l'interface était parfaite. D'une main il exécuta quelques commandes sur la console devant lui, puis de minutieux réglages aux curseurs de son électrocervical.

Ah, l'économie de ses gestes, le calme dont il faisait preuve ! D'habitude c'était admirable, mais aujourd'hui cela paraissait si long !

Yaeger inséra l'ampoule de synthèse 7 dans une osmoseringue, dont il appliqua le diffuseur au-dessus d'une artère de son bras. Citti modifia l'éclairage de la chambre, jusqu'à une pénombre verte où le rouge des diodes devint perçant.

—Probablement une perturbation très sensible dans le continuum psi, commentait-elle d'une voix qui avait baissé avec l'éclairage. Hier déjà, ou avant-hier, si un métapse s'était mis en transe, il l'aurait perçue et aurait pu la sonder.

Sans perdre conscience de ce qui l'entourait, Yaeger s'éloigna graduellement, en lui-même, et par là vers un autre état de conscience, la conscience d'un versant presque inconnu de l'univers, le continuum psi. Il devint une antenne, immergée dans ce continuum où distance et temps étaient contractés, bizarrement tordus.

—Je suis déjà saisi par un courant, annonça Yaeger. Il y a là-bas un puissant remous, je n'en distingue pas encore la cause. Proche dans le temps, loin dans l'espace. Un événement soudain.

—Un événement majeur? s'inquiéta Citti.

Mais Yaeger n'était pas encore en mesure de répondre.

—Si c'est grave, et que ç'aurait pu être prévenu… grommela Citti.

L'expression de Yaeger changea rapidement: de soucieuse, elle devint alarmée. Qu'est-ce qu'il y avait?

—C'est du côté de… commença Yaeger d'une voix précipitée.

Une crispation l'interrompit, il ferma les yeux et leva les mains comme pour se protéger d'une aveuglante lumière. Les tracés de l'e.e.g. s'affolèrent sur les écrans témoins, mais Citti retint un instant l'injection du calmant, penchée sur le métapse comme pour dévorer ses paroles.

—Hadès II, râla Yaeger, Hadès II!

Nicolas vacilla. Hadès II, la station de l'Institut de recherche sur l'antimatière!

Hadès I avait coûté à Neptune une de ses lunes.

Déjà Seta Citti se penchait sur le comterm, demandant l'Amirauté, à Corinthe. Nicolas s'affola. Sortir de la cellule, s'élancer dans la galerie des Visions, crier, appeler… À travers le transplastal et l'espace interplanétaire ? Courir… pour aller où ? Attendre… espérer quoi ?

Déchirement. Dans son cerveau, un soudain éclatement de lumière, le hurlement muet de cent esprits aspirés dans le néant. Un silence couvrit tous ces silences : brusquement Thaïs n'était plus, et plus rien n'existait.

◆

Un éclairage, un décor qui se précisait, une odeur d'infirmerie.

Pier Winden et Owen Lubin se trouvaient au chevet de Nicolas. Le maître parlait, doucement, sur ce ton léger que prennent les médecins pour atténuer les choses graves. Il racontait : dans la galerie des Visions, Nicolas avait tournoyé et s'était affalé comme si une grenade avait explosé à ses côtés.

Son électroencéphalogramme avait inquiété tout le monde : lorsque le médic était arrivé, le cerveau de Nicolas n'émettait plus qu'un tracé minimal, comateux.

Le black-out après un court-circuit.

—Ensuite ça s'est rétabli, rapidement. Tes tracés sont redevenus normaux.

—Et… Hadès ?

Owen baissa les yeux. Winden hésita, puis murmura :

—L'Amirauté a… perdu contact avec Hadès II. Il semble que la vision de Phil n'ait précédé… le désastre… que de quelques minutes.

Quelques minutes, trop brèves pour évacuer la station, même si le message d'alerte s'était rendu en deux secondes grâce aux tachyons.

Un médic protesta lorsque Nicolas se leva. Mais ni lui ni Winden ne parvinrent à le dissuader et il quitta l'infirmerie. Owen voulut l'accompagner, mais Dérec, d'un signe brusque et muet, le lui interdit.

•

Le hall de l'Institut. Par quels détours ? Nicolas avançait comme un somnambule. La grande murale.

Les lumières de Psyché brillaient pour lui seul : le hall était désert en cet instant, même si les salles et les laboratoires de l'I.M.B. bourdonnaient de leur activité diurne. La commotion autour des chambres d'isolement et de Yaeger avait dû ajouter des teintes vives au tableau vibrant.

Les pensées de Nicolas se trouvaient là, rien de plus qu'une vague lueur, sans doute, tant il était anéanti. S'il avait été une de ces lumières, vives et scintillantes, un esprit en alerte, en pleine maîtrise de son potentiel, la vague anxiété des derniers jours aurait été un pressentiment. Et, de ce pressentiment, il aurait tiré une prémonition claire, bien avant celle de Yaeger. Le désastre aurait pu être évité, le *Xanten* aurait pu s'éloigner.

Il se rappela les soirs où il contemplait, envoûté, les lumières de Psyché. Les lentes mouvances aux teintes profondes, bleues, violettes, bourgogne ; une fascination quasi mystique, une attirance. Sa place était là, parmi les lumières.

La sienne serait rouge, le rouge profond d'une blessure, le pourpre de la tristesse, l'incarnat d'une braise qui refuse de s'éteindre.

En attendant, il retourna à la galerie des Visions. À travers la paroi transparente, il leva les yeux vers un point précis, un degré « au-dessus » de Pluton-Charon… Une nouvelle et brève étoile naîtrait là, mais dans seulement deux heures, à la lenteur de la lumière. Un peu de Thaïs lui parviendrait, un ultime contact, quelques photons nés de la désintégration de ses atomes dans le sauvage cyclotron du désastre.

CHAPITRE 7

Les trois de Troie

Le tigre émergea des bambous, son pelage vert ondoyant sur ses épaules musclées. Bril Ghyota tressaillit, saisie par l'apparition, et s'immobilisa pour laisser passer le fauve. D'un pas royal, il traversa l'allée de gravillons et s'enfonça dans le sous-bois de l'autre côté.

Elle le perdit de vue, car l'éclairage baissait graduellement sous le dôme. De jour, on laissait briller le vrai Soleil, ce qui procurait un éclairage équivalent à celui d'une journée terrienne nébuleuse. Pour marquer la fin du jour, cette lumière était graduellement tamisée par le dôme et un projecteur géant, mobile sur un pylône, prenait le relais. Dressé près de l'horizon du cratère, il déversait une lueur oblique et dorée, virant à l'orange.

Un moment plus tard, la femme d'âge mûr s'accouda au garde-fou d'une terrasse qui dominait un point d'eau. Elle portait un ample pantalon noir, une tunique de soie pourpre à motifs écarlates.

Sur une mince grève sablonneuse, cinq crocodiles semblaient attendre la fin des temps. Une bouffée de détresse envahit la poitrine de Ghyota : pour elle, « la fin des temps » prenait un tout autre sens ces jours-ci – deux sens, en fait. Au sens premier, impitoyable, c'était la fin de soi. Quant à l'attente qui suivrait, qui savait combien elle durerait ?

Pour l'heure, Ghyota n'eut pas à patienter trop longtemps : il restait encore une luminosité bleue entre les doubles parois du dôme lorsque Barry Bruhn arriva par un sentier en contrebas et monta la rejoindre en bondissant de pierre en pierre.

Dans la mi-vingtaine, il était davantage à l'aise en sa présence, bien plus qu'à leur première rencontre. Il travaillait maintenant à la Sûreté, quoiqu'il n'eût pas entièrement abandonné le théâtre. Quant à Bril Ghyota, il ne l'avait plus revue dans l'état où elle s'était présentée à lui, quatre ans plus tôt, avec cette fébrilité donnant l'impression qu'il fallait élucider la mort de maître Karilian dans les mois qui venaient, sinon dans les décades.

Heureusement, car l'enquête officieuse n'était pas plus avancée que le jour de leur première rencontre.

Barry et Ghyota ne se dirent rien de conséquent tandis qu'ils attendaient Sing Ha. Et pourtant il y avait quelque chose de nouveau, même Barry pouvait s'en rendre compte. Quelque chose de grave. La Psychéenne, qui se montrait rarement souriante, avait le visage encore plus fermé que d'habitude.

Les lampadaires s'allumèrent dans le parc-cratère. Le concert de la faune crépusculaire remplaçait graduellement celui de la faune diurne. Barry se rappelait avoir, enfant, appris par cœur le nom de toutes les espèces – mammifères, oiseaux, reptiles et même un bon nombre d'insectes – qui se partageaient la jungle du parc de Troie. Bien entendu, seuls les principaux lui revenaient en mémoire ce soir, tandis que deux tamarins secouaient le feuillage au-dessus de lui.

Le tigre au pelage vert olive, aux rayures d'un noir profond, reparut au bord du point d'eau, allongeant son échine puissante pour boire tout en fixant de ses yeux clairs les humains qui l'observaient.

À travers le dôme devenu si transparent qu'on en oubliait presque l'existence, le vrai Soleil faisait l'objet d'un traitement optique qui en ramenait l'éclat à celui d'une pleine lune terrienne. Des promeneurs allaient et venaient, plusieurs s'accoudant à la rambarde non loin du banc où Bruhn et Ghyota avaient fini par s'asseoir.

— Ah, la voilà.

Sing Ha se hâtait, un sourire contrit au visage, prête à expliquer la raison de son retard.

— Les trois de Troie, commenta Barry lorsque le trio fut réuni.

— Les trois de Troie ?

— Mais oui, vous n'avez pas remarqué ? C'est presque toujours ici, à Troie, que nous nous retrouvons.

Sing Ha ne releva pas l'observation de Bruhn : cela faisait trop songer à une conspiration, et il ne s'agissait pas du tout de ça. Du reste, ils ne se réunissaient que quatre ou cinq fois par année, et pas toujours à la cité-cratère de Troie.

Membre depuis peu du Conseil supérieur d'Érymède, Sing Ha jouissait d'encore moins de temps libre que lorsqu'elle siégeait au Conseil d'Argus. Mais elle gardait son visage épanoui, dix ou quinze ans plus jeune que son âge réel, et dégageait toujours une impression de vitalité.

— Qu'est-ce qui ne va pas, Bril ?

Ce que Barry avait pris un moment à remarquer avait sauté aux yeux de Sing Ha.

— Votre santé… ?

— Pas besoin d'être empathe, n'est-ce pas ? répliqua Ghyota avec un sourire triste.

Puis, après avoir inspiré profondément :

— Je ne m'épuiserai pas en préambules : d'ici une décade, deux au maximum, on doit me mettre en hiberstase, à Hespérie.

Barry eut un frisson, Sing Ha une brusque inspiration proche du hoquet.

La cité-cratère d'Hespérie était le siège du principal centre médical d'Érymède. Chaque cité avait sa clinique, dont les services suffisaient à la plupart des Éryméens. Si on était hospitalisé à Hespérie, c'est qu'on était gravement malade ou accidenté.

— Un cancer du pancréas, précisa Ghyota avant que la question lui soit posée, et en plus j'ai tardé à consulter : il y a des métastases sur les côtes.

Un nouveau frisson, plus intense, secoua Barry tandis qu'il fixait les mains tendineuses de la malade. Il ne s'y connaissait pas plus en médecine que la moyenne des citoyens, mais il savait que le cancer du pancréas était le dernier contre lequel la médecine éryméenne n'avait encore mis au point aucun traitement décisif. La seule solution, contre cette maladie et les quelques autres encore incurables, était l'hiberstase, la mise en hibernation à un stade pas trop avancé, avec promesse de réanimation quand un traitement de guérison ou de remplacement serait au point.

Une image vint à Barry, celle d'une longue galerie baignant dans une pénombre mauve, un couloir aux parois blanches carrelées de compartiments fermés, serties de minuscules diodes brillant telles les étoiles vertes d'une constellation linéaire. Il avait déjà accompagné une amie dont le père avait été congelé quelques années plus tôt, et la galerie d'hiberstase lui avait laissé une impression lugubre, oppressante malgré la fraîcheur qui y régnait.

S'étendre et fermer les yeux pour quelques années ou quelques décennies. C'était long, mais tout de même moins que pour les hibernautes qui partiraient un jour avec les missions Exode afin de répandre dans d'autres systèmes stellaires la semence humaine. Quoique, avec le désastreux contretemps qu'avait représenté l'explosion d'Hadès II l'année précédente, on ignorait quand pourrait se poursuivre la construction des vaisseaux de l'Exode.

Sing Ha prit la main de Ghyota.

— C'est la mémoire qui m'inquiète, confia la malade. Les personnes qui ont été tirées de leur stase… il a fallu les rééduquer, à divers degrés. Alors dans les prochaines semaines, je vais dicter beaucoup à mon micrord. Des souvenirs personnels, les références de documents et d'enregistrements que je voudrai consulter à mon réveil…

— Tout ira bien, Bril, vous verrez.

Une phrase lancée au hasard, en guise de réconfort. Nul ne savait si tout irait bien, et si la Ghyota qu'on réveillerait serait plus que l'ombre d'elle-même.

Elle regarda Sing Ha dans les yeux, puis Barry.

— Et je compterai sur vous – toi surtout, Barry – pour me mettre à jour sur… sur l'affaire qui nous préoccupe.

Lui, Barry Bruhn, parce qu'il serait encore vivant et alerte dans trente ou quarante ans, alors que Sing Ha approcherait ou dépasserait la centaine. Mais que saurait-on de plus, dans trente ans, au sujet de la dernière mission et du suicide de Karel Karilian ? Une ou deux choses, quand même : cette guerre interplanétaire et cette extermination de l'humanité, dont il avait « vu » le présage dans le futur d'une jeune femme inconnue, auraient peut-être eu lieu –

ou auraient été évitées si d'autres métapses, maîtrisant mieux leur science débutante, retrouvaient le chronode que Karilian avait si brièvement frôlé dans le continuum psi.

– Entre-temps…

Bruhn releva les yeux : le ton de Bril Ghyota s'était raffermi, elle retrouvait contenance. L'administratrice de l'Institut reprenait le dessus, comme si son corps défaillant n'était qu'une entrave.

— J'aurais voulu vous mettre à jour sur les rapports de nos sondeurs, mais…

— Il n'y a guère de neuf, compléta Sing Ha.

Le Conseil supérieur recevait des rapports réguliers de l'I.M.B., et des rapports spéciaux lorsqu'un métapse signalait un événement d'importance dans le continuum psi.

— Je ne comprends pas, s'impatienta Barry. Ce que Karel avait perçu, c'étaient des perturbations d'envergure mondiale. Ça ne se peut pas qu'aucun autre métapse ne les ait perçues, surtout à mesure qu'on s'en rapproche dans le temps !

— Des perturbations majeures, nos sondeurs en rapportent chaque mois, répondit Ghyota. Mais nos théoriciens penchent de plus en plus pour cette explication : c'est qu'il y aurait de multiples lignes temporelles, pour ne pas dire de multiples univers.

— Une vieille théorie.

— Et la seule qui explique les observations de nos sondeurs : leur perception s'étendrait à toutes les lignes temporelles, ou du moins à plusieurs d'entre elles, celles qui croisent la nôtre. Certains événements ont été perçus, qui en fin de compte n'ont pas eu lieu sur notre ligne temporelle. Leur moment est venu et est passé sans que l'événement ne se produise.

— Et inversement, je suppose ? demanda Bruhn.

— Possible… Il y a peut-être un métapse, sur une autre ligne temporelle, qui a eu l'an dernier la vision de l'actuelle guerre des Malouines.

— Personne ne l'aura pris au sérieux, commenta Sing Ha, caustique.

— Surtout si la guerre n'a pas eu lieu sur *sa* ligne temporelle pour confirmer sa prédiction.

Barry laissa s'écouler un moment avant de dire à mi-voix :

— Alors, ce que Karel avait perçu…

— Peut se produire ou non sur notre ligne temporelle. Si ces événements se situent dans vingt ans d'ici, seuls les sondeurs les plus doués peuvent les percevoir, et encore, le hasard y sera pour quelque chose.

— Karel était-il si… ?

— Sensitif ? N'oublie pas qu'il n'a pas *vu* les événements en question, il les a seulement sentis, en puissance, dans le futur de la personne cible. Cette personne-là, comme nous tous, est *une* dans le continuum temps, elle est une continuité étendue sur trente, soixante, cent ans. Si elle est douée d'une percipience exceptionnelle, elle a accès à elle-même dans le futur, elle a accès à son propre futur. Et si elle est dépourvue de facultés psi, un métapse entrant en contact avec elle peut, lui, avoir accès à son passé ou à son futur. C'est probablement ce qui s'est produit cet été-là, au lac Clifton.

— Mais ce contact, pourquoi aucun autre sondeur n'a-t-il pu l'établir ?

— Demande-toi plutôt pourquoi maître Karilian, lui, a pu l'établir. Qu'est-ce qui a favorisé leur contact télépathique ? Si nous savions ça, commenta sombrement Ghyota, nous aurions certaines réponses depuis longtemps.

Barry s'enferma dans un silence morose, laissant errer son regard vers le haut, où l'armature translucide du dôme se distinguait à peine.

Une exclamation étouffée lui échappa, et les deux femmes levèrent les yeux elles aussi. Un gros planétoïde passait dans le « ciel » d'Érymède, si massif qu'il dépassait la largeur apparente de la Lune vue de la Terre. On voyait surtout sa face obscure, absolument opaque, et une mince marge accidentée, d'un roux profond, le long du terminateur. Le planétoïde avait presque la forme d'un dirigeable, mais un dirigeable cabossé, qui ne pointait pas du tout dans la direction de son mouvement.

La conjonction ne dura qu'un instant. À l'échelle de l'espace interplanétaire, les deux astéroïdes se frôlaient, à des milliers de kilomètres de distance. Il s'agissait de Narnia, le plus gros parmi les planétoïdes qu'Érymède doublait chaque année dans sa course folle le long de la ceinture interne – mais la conjonction était rarement aussi serrée. Sur tous les comterms et les comcols des cités éryméennes, l'Institut d'astronomie annonçait l'heure exacte de cette rencontre depuis plusieurs jours. Les astronomes terriens, eux, en auraient pour des mois ou des années à se demander ce qui avait perturbé, de manière infinitésimale, l'orbite de Narnia.

— Tous les seize mois, fit Barry à mi-voix.

— Pardon ?

— La conjonction avec Narnia : tous les seize mois, environ.

Le jeune homme se tourna pour faire face à Bril Ghyota.

— Donnons-nous rendez-vous ici, les trois de Troie. Au passage de Narnia dans le ciel d'Érymède, l'année où vous serez sortie de stase, Bril. Je vous le promets, nous ne vous oublierons pas. N'est-ce pas ?

Sing Ha hocha la tête en signe d'assentiment. Si elle souriait intérieurement de la ferveur de ce serment de jeunesse, elle ne le laissa pas voir.

Ghyota ne desserra pas les lèvres. Quand on la sortirait d'hiberstase, ses proches seraient prévenus – le peu de proches qu'elle avait. Sing Ha serait du nombre, et elle y ajouterait Barry Bruhn, au cas où.

Mais elle, se souviendrait-elle d'eux en les revoyant ?

CHAPITRE 8

Une journée dans la vie de Clara Krasnoï

Voilà ce qu'affichaient les écrans de la comcol près de laquelle s'impatientait Clara Krasnoï. Sa conférence sur les souvenirs profonds était annoncée, mais Dénié n'arrivait toujours pas avec la plaquette-mémoire. Clara se trouvait à un carrefour de la cité souterraine de Psyché, non loin du complexe des congrès. D'où elle se tenait, elle avait vue sur un quai de l'intracité en contrebas. Un intra arrivait justement, et Dénié en jaillit. Il prit l'escalier mobile, le visage levé vers Clara, essayant de raconter par les seules expressions de son visage les motifs du contretemps.

—Ça ne fait rien, lui dit-elle lorsqu'il la rejoignit en brandissant la plaquette pas plus grosse qu'un carré d'échiquier. Nous ne sommes pas encore en retard.

Elle le précéda dans le complexe des congrès, jusqu'à la salle où elle devait donner sa communication. Maître Ilfor remerciait justement le conférencier précédent ; il la vit arriver, mais ne donna aucun signe de s'être inquiété.

Tandis que Clara insérait la plaquette dans le micrord de la tribune et choisissait les documents qu'elle voulait transmettre à l'auditoire, Ilfor présenta la conférencière.

— Peu de gens ici ne connaissent pas Clara Krasnoï, qui a publié dans plusieurs spécialités de la neurologie.

Généraliste, quoi, ne put-elle s'empêcher de songer amèrement. Mais aussitôt sa raison le lui reprocha : Ilfor ne faisait que constater un fait statistique.

— Cette année seulement, elle a produit deux didacticiels à l'intention de nos jeunes chercheurs, l'un sur les neurotransmetteurs, le second une introduction à la métapsychique. Et elle a quand même eu le temps de réaliser deux recherches spécifiques sur la méthionine-enképhaline et la leucine-enképhaline.

Dans la salle, des regards complices, des sourires approbateurs : elle connaissait beaucoup de ces gens-là, certains avaient collaboré avec elle dans ses recherches et dans la production des instruxets, les didacticiels.

— Aujourd'hui, Clara Krasnoï nous présente le résultat d'une recherche en neurochimie dont vous avez maintenant le fichier sous les yeux : « Stimulation des bathysmnèmes : une approche expérimentale ».

Clara était confiante, en pleine possession de ses moyens. Dénié était arrivé à temps, après tout. Elle était même prête à oublier un instant l'imperfection de certaines séquences d'animation tri-d, réalisées à la dernière minute. Lorsqu'elle monta à la console du conférencier, elle était souriante…

•

Clara regardait distraitement, en contrebas de la mezzanine où elle se trouvait, l'un des carrefours majeurs de Psyché. Les gens, ses concitoyens, allaient et venaient en un mouvement incessant, les uns affairés, d'autres se promenant à loisir, constituant tous ensemble ce qui sur Érymède se rapprochait le plus d'une foule.

Elle se trouvait non loin du complexe des congrès et elle songeait à l'accueil qu'avait reçu sa communication. Un accueil poli, des questions pointues : un scepticisme assez évident.

Elle avait redouté cet accueil : il lui manquait des confirmations claires de ses hypothèses sur les souvenirs profonds, acquis inconsciemment par un sujet, et sur la manière de les ramener à la surface de la conscience. Clara savait que sa recherche en était à un stade embryonnaire ; elle aurait dû attendre avant de proposer une communication.

Elle pivota, tournant le dos à la rambarde pour s'y appuyer. Elle avait devant elle un de ces appareils ornementaux où s'exerçait l'ingéniosité des Éryméens : un puits de microgravité marqué d'un treillis doré presque insubstantiel. Dans ce cylindre quasi imaginaire, au gré de courants d'air ascendants ou descendants, une myriade d'infimes paillettes à l'éclat métallique dessinaient des traînées de couleur, évanescentes tels des filets de fumée, tantôt banderoles ou guirlandes, tantôt pans de rideaux intangibles comme ceux des aurores boréales. Les teintes ne se mélangeaient pas, gardant par quelque chimie leur cohérence propre dans les remous de la colonne de lumière. C'était un scintillement incessant, blanc argent et bleu cobalt, cuivre et bronze, iridium.

Figures insaisissables, courants imprévisibles; il s'agissait d'un processus absolument dénué de sens. Une bonne partie de l'art éryméen était comme ça: beau, creux et vide.

Clara, elle, conservait encore l'espoir que l'un de ses travaux, la recherche de grande envergure sur certains neuropeptides qu'elle avait menée durant quatre ans, serait primée à ce symposium. Certes, elle ne travaillait pas dans le but de recevoir une mention honorable dans les symposiums annuels de Psyché. Mais cela lui ferait plaisir, au-delà de tous les bons commentaires que pouvaient formuler ses pairs; une sorte d'hommage collectif, et donc plus flatteur.

Est-ce seulement ça? Recevoir un hommage flatteur?

Dénié la tira de ses réflexions:

— Tu ne participes pas à la visite qu'organise Ilfor? Ça devrait être intéressant.

Ce pouvait l'être, oui. Davantage que de ruminer ses espoirs et ses frustrations en regardant flotter des étincelles.

Maître Ilfor était directeur de l'I.M.B., hôte du symposium. Aux quelques congressistes intéressés, il faisait visiter les laboratoires et les salles où les «chercheurs» de Psyché exploraient les domaines sans frontières de leurs facultés extrasensorielles.

Bien que résidant et travaillant elle-même à Psyché, Clara n'était pas en contact quotidien avec l'Institut – elle menait ses recherches avec une certaine marge d'autonomie.

Le groupe traversa une salle d'étude, divisée en compartiments ouverts qui isolaient partiellement des chercheurs devant leur micrord; certains, absorbés, ne se retournèrent pas au passage des visiteurs.

La tournée n'apprenait rien à Clara ; moins, en tout cas, qu'aux visiteurs venus d'autres cités ou même d'Argus et de Mars. Aussi elle ne refusa pas d'engager la conversation avec un étudiant qui lui adressa la parole, ayant lu son nom sur sa plaquette.

— Madame Krasnoï. Je suis justement en train de bûcher mes neuropeptides…

Il désignait l'écran auquel il tournait maintenant le dos. Une chaîne d'acides aminés s'y déployait en tournant sur elle-même, quelque protéine précurseure des endorphines. Clara songea à la colonne lumineuse qu'elle avait contemplée un instant plus tôt ; ces molécules hypercomplexes, aux liaisons multiples enchevêtrées telles les cellules d'une ruche en trois dimensions étaient, elles, sensées et fonctionnelles. Celle-là en particulier était la chaîne de la proopiomélanocortine. Pourtant, il n'y avait pas une grande différence entre la signifiance et l'insignifiance, à première vue.

— Angiotensine et neurotensine, TRH et LHRH, disait l'étudiant. Ce serait si simple si chacun était le vecteur d'un seul type de message.

— Mais rien n'est aussi clair, n'est-ce pas ? dit Clara avec un sourire en appuyant une épaule sur la cloison du compartiment.

— Vous vous y retrouvez facilement, vous ?

— Si tu trouves compliquées ces substances et leurs fonctions, attends de voir le chapitre suivant.

Cependant, elle n'alla pas plus loin. Elle ne prenait pas tellement plaisir à discuter boutique avec les étudiants qui se servaient de ses instruxets. Savoir qu'elles leur étaient utiles lui suffisait – et on lui faisait une fleur en ajoutant qu'elles étaient bien conçues.

C'est ce que lui disait maintenant ce jeune homme – mais était-ce par politesse, parce qu'il avait Clara

Krasnoï devant lui ? Lui avait-il adressé la parole
pour se changer les idées, pour s'accorder une pause
à mi-chemin de cinq heures d'étude et se reposer la
tête en enlevant ses écouteurs ?

Il avait l'air sérieux, avait-elle trouvé lorsqu'il
s'était tourné vers elle. Mais elle se rendait compte
que c'était autre chose : ce jeune homme était grave,
même triste, et il se contraignait à converser pour se
changer les idées. *Il a sûrement de plus grandes
contrariétés que moi.*

— J'ai assisté à votre communication ce matin.

— Tu es inscrit au congrès ?

— Bien entendu.

Mais ils n'avaient rien à se dire vraiment, ce
garçon semblait bien trop sérieux, quoiqu'il eût une
mine sympathique. Elle le laissa, sur un souhait
poli que le hasard les fît se croiser à nouveau.

Elle ne rejoignit pas le groupe que guidait maître
Ilfor, mais alla entendre maîtresse Link faire en
conférence le point sur les hypothèses relatives à
l'inconductibilité dans le continuum psi.

•

En fin de journée, Clara arriva en retard à la
cérémonie des hommages. Certes, elle n'avait pas
souhaité y être trop à l'avance, mais son retard lui-
même fut involontaire. Elle avait croisé, dans le hall
du complexe des congrès, une personne membre
de la direction de l'Institut, Bril Ghyota, qu'elle
connaissait un peu pour lui avoir parlé un an plus
tôt, et que ses supérieurs connaissaient très bien.

— J'ai assisté à votre conférence, lui dit la quinquagénaire, j'aurais des questions à vous poser.

— Je vous écoute.

— Pourrions-nous sortir un moment ?

— C'est que… hésita Clara.

— C'est très important et c'est… urgent.

Il y avait de l'urgence, en effet, dans la prière de Bril Ghyota, une vibration à la limite du perceptible et une intensité tout à fait manifeste.

Clara se laissa entraîner vers la sortie du hall, qui donnait directement sur le parc-cratère de Psyché.

Exploité comme carrière de minerai de fer au début de la construction des cités, ce cratère était le plus profond sur Érymède. Le fond était une vaste aire ronde aménagée en jardin géométrique, encerclé dix mètres plus haut par une large terrasse annulaire, le plancher originel du cratère. Pour le reste, ce cratère offrait le même aspect que presque tous les autres, son versant intérieur formant un cirque au faîte duquel s'appuyaient les consoles du dôme.

Près du complexe des congrès, des cerisiers de toutes variétés s'alignaient sur une belle pelouse. Ghyota et Clara Krasnoï s'engagèrent dans une allée ombragée de branches fleuries. Chemin faisant, l'administratrice avait posé des questions sur les recherches de Clara, interrogations dont cette dernière sentait qu'elles tournaient autour du pot, tout en témoignant d'une réelle connaissance du sujet. La vraie question vint quand les deux femmes foulaient depuis un instant la pelouse du parc :

— Ces souvenirs profonds, ces bathysmnèmes, comme vous les appelez, croyez-vous qu'ils puissent survivre à une longue hiberstase – disons, une *très* longue hiberstase ?

— On n'a jamais eu l'occasion de le vérifier, vous vous en doutez bien.

— Mais si le protocole de stimulation que vous avez exposé ce matin était appliqué durant les jours qui précèdent la mise en stase, et si on y donnait suite vingt ans plus tard durant la phase de récupération… ?

— Théoriquement, la dégradation des synapses durant la stase n'est pas inéluctable. Les cas d'amnésie chez les sujets réanimés sont de moins en moins sévères chaque année, à mesure que les protocoles…

— Mais on ranime si rarement des sujets mis en stase, interrompit amèrement Ghyota.

— On en *met* si rarement en stase, aussi. Il est question de vous, je présume ? demanda Clara après une brève pause.

La femme hocha affirmativement la tête, un petit mouvement sec, presque agressif.

Dans les minutes qui suivirent, Clara livra à son interlocutrice des détails qu'elle avait laissés de côté durant sa présentation, des pistes de recherche qui relevaient encore trop de l'intuition pour être énoncées dans le cadre formel d'une communication.

Leurs pas menèrent les deux femmes au bord de la terrasse annulaire, à une balustrade d'où l'on dominait le fond central du cratère. On embrassait toute la symétrie complexe du parc, avec ses jardins à l'anglaise, à l'italienne et à la japonaise élégamment intégrés à la géométrie d'ensemble.

— Seriez-vous prête à commencer avec moi ? s'enquit Ghyota après un silence.

— Quand ?

— Demain si c'est possible. Je dois me présenter à Hespérie dans huit jours pour les traitements préparatoires.

Clara sentit dans sa poitrine une bouffée d'émotion, mélange de fierté, d'appréhension et de défi exaltant. Les réactions positives qui lui avaient manqué à la fin de sa communication, voilà qu'elles se présentaient, concentrées dans cette requête unique mais combien stimulante. Et pas de la part de n'importe qui : cette administratrice de l'Institut, disait-on, était au nombre des successeurs pressentis de maître Ilfor, bien qu'elle ne fût pas elle-même métapse.

Pressentie, du moins, jusqu'à ce que se déclare cette maladie dont elle n'avait pas encore parlé.

Clara se plaça devant son aînée en lui prenant les mains. Elle la regarda dans ces yeux sombres qui n'avaient peut-être pas toujours été aussi graves.

— Je peux vous promettre une seule chose, madame : tout ce qu'il est possible de tenter, je le ferai pour vous, pour votre esprit et pour votre mémoire. Pour que la femme qu'on ranimera dans dix ou vingt ans soit la même qu'on aura mise en stase, jusqu'à la moindre liaison synaptique.

Un sourire, bref mais sincère, parut sur le visage de la malade. Elle serra brièvement les mains de Clara.

— Voici ma carte. J'attendrai votre appel demain. Allez, maintenant, je vous ai retenue trop longtemps.

Clara prit congé, se hâta vers le complexe des congrès et la salle où se faisait la remise des hommages.

•

Lorsque Clara Krasnoï entra dans la salle, le discours d'introduction était terminé et les attributions étaient en cours. Elle repéra Dénié dans les dernières rangées et elle alla s'asseoir juste derrière lui. Il la salua, lui dit que deux hommages avaient été remis déjà ; elle ne demanda pas à qui, puisqu'il n'aurait pas manqué de le lui souligner si ç'avait été une de leurs connaissances.

L'an dernier, Clara était venue près de s'en voir décerner un; elle avait considéré comme une injustice, non pas le fait de ne pas en gagner, mais que l'autre personne en particulier eût reçu l'hommage, pour un travail moins excellent. Il s'agissait d'un sentiment pas très élégant, Clara en était consciente et, du reste, elle ne l'avait pas entretenu longtemps. Maintenant c'était une autre année, et elle avait de modestes espoirs. Modestes car elle savait qu'il s'était fait des recherches plus significatives que les siennes, dans des spécialités plus en vue ces années-ci.

Pour l'heure, on attribuait un hommage à un neurologue d'Eden, Ion Sremac, pour sa théorie sur la latence des facultés métapsychiques, formulée des décennies plus tôt mais récemment mise à jour et précisée en regard de données nouvelles. Il était rare que le symposium annuel de Psyché décernât de ses hommages à quelqu'un d'une autre cité, mais dans ce cas c'était amplement mérité: le choix était même évident.

Il ne restait plus qu'un hommage à la recherche, et Clara tentait de faire taire l'espoir qu'elle entretenait encore – nullement motivé, en toute objectivité.

Sa raison avait raison; son sentiment fut déçu. Le dernier hommage – et le plus sincère, d'après l'enthousiasme de maître Ilfor et la place qu'il lui avait réservée – allait à Béra Ofiu et son équipe, qui venaient de mettre au point la «synthèse 8» de la propsychine. C'était un cocktail de substances agissant sur plusieurs fonctions du cerveau, en particulier sur les aires et les liaisons associées aux facultés métapsychiques. La synthèse 8 s'avérait presque pure d'éléments toxiques; plus pure, en tout cas, que celle précédemment utilisée, qui laissait dans le réseau capillaire de l'encéphale un résidu infime auquel il fallait entre chaque transe laisser le temps de s'éliminer. À la connaissance de Clara, un usage intensif de la propsychine avait été un facteur dans la mort du précédent directeur de l'Institut, maître Karilian.

Pour la synthèse 8, les ordinateurs biomédicaux rendaient un verdict d'innocuité à moyen terme ; cela levait certaines restrictions sur l'usage de cette drogue à l'utilité inestimable.

Clara Krasnoï applaudit aussi chaleureusement que tous les autres – elle se sentait même soulagée de la tension de l'espoir, tension qu'elle avait nettement ressentie ces derniers jours. Cependant, elle ne resta pas pour le cocktail qui suivait la remise des hommages. C'eût pourtant exorcisé sa déception, qu'elle aurait évacuée en bavardages et en conversations légères. Mais peut-être préférait-elle souligner que, si elle ne comptait pas, elle n'avait pas à être présente.

Et puis, elle savait depuis tout à l'heure qu'elle comptait au moins aux yeux d'une femme, pour qui c'était une question de vie ou de mort – la mort de l'esprit et de la mémoire, donc essentiellement celle de la personne.

•

Le Bois d'Ariane. Une fantaisie à laquelle les moyens illimités d'Érymède avaient donné forme. La forêt, le bois : lieu de retraite, d'isolement, de promenade et d'errance tranquille. Mais une forêt dans un espace relativement restreint, et avec bien peu d'arbres. Pour toute végétation, des plantes et des arbustes infiniment variés, mais quelques arbres seulement et plutôt petits. Au lieu de grands arbres, des draperies de vigne et de lierre, et des kilomètres d'étoffe verte. Tous les tissus, et tous les verts : du velours et du crêpe, de la soie et du satin, émeraude, céladon, jade et malachite. Des successions de bandes tendues en diagonale du sol à la haute verrière, des bannières suspendues en rideaux mouvants ; des projections, des trompe-l'œil, des hologrammes aux dimensions d'une chambre. Des doradilles et de petits palmiers, des aloès et des dragonniers, des philodendrons et du laurier. Des montées et des descentes, des sentes et des pistes imprévisibles, des haies-tunnels et des passerelles gazonnées : Érymède avait besoin de fantaisies de ce genre.

Difficile de deviner quelle forme ou même quelles dimensions avait la caverne ainsi aménagée. Mais il pouvait y errer des douzaines de personnes et de couples à la fois sans que jamais ils se voient ou s'entendent, des centaines à la fois sans qu'ils fassent plus que se frôler de temps à autre – et la cité n'était pas assez populeuse pour que cela arrive.

Il y avait encore au Bois d'Ariane des alcôves, des niches de verdure, des tonnelles, des charmilles fermées par des claies de laine ou d'osier fin. En les longeant, on percevait parfois des râles étouffés, derrière des voiles on devinait le mouvement de cuisses nues.

Mais on venait aussi au Bois d'Ariane pour lire, pour converser, pour réfléchir, ou se délasser en ne pensant à rien, en marchant sans but.

C'était un dédale : on y entrait avec l'entente qu'on ne savait quand on en sortirait et que nulle comcol ne vous indiquerait la sortie. Les dalles irrégulières des sentiers y étaient fréquemment dé-placées, ce qui assurait l'imprévu même aux habitués. Les enfants y menaient d'interminables parties de cache-cache et de poursuite ; plus vieux ils y revenaient, ces jeux devenus prétextes à d'autres.

Clara Krasnoï s'y trouvait, aujourd'hui, pour affronter ses sentiments, cherchant peut-être dans la complexité du Bois un écho à sa confusion. Chaque année passait sans lui apporter ni détachement ni sérénité. Elle avait réagi une heure plus tôt comme une adolescente égocentrique – boudant après une déception que la raison lui annonçait pourtant depuis un bon moment. Estimait-elle si peu son propre travail, qu'elle eût tant besoin d'hommages et de félicitations ? Fallait-il absolument qu'il fût comparé, et jugé meilleur ? Les hommages du symposium – on le répétait chaque année – n'étaient pas compétitifs : on mettait à l'honneur des personnes ou des équipes dont les accomplissements étaient particulièrement significatifs, mais cela ne devait enlever de mérite à quiconque.

Paroles que tout cela, malgré tout. De bien élégantes idées.

Pourquoi les hommages faisaient-ils tant plaisir ? Et pourquoi Clara était-elle déçue lorsque, en ayant espéré un, elle…

Clara se rendit compte qu'elle ruminait, et que cela ne la menait nulle part. Elle avait connu d'autres déceptions, les années passées, et les avait toujours surmontées en quelques heures ou quelques jours. Pourquoi ne pas prendre de l'avance, cette fois, pourquoi ne pas tout oublier immédiatement ?

Elle s'aperçut qu'on l'observait. Elle se trouvait sur un ponceau en dos d'âne, dominant un ruisseau qui irriguait une large laize de nature, chaude et moelleuse : des lits de mousse sèche, des bouffées de fougère, des plantes riches et grasses dans l'impression de vapeur qui flottait là, comme si l'eau était chaude, et le lieu une serre. Près de la cascade, masquée jusqu'aux hanches par une avalanche de clématites, une personne immobile regardait Clara, un demi-sourire aux lèvres. Homme ou femme, c'était impossible à dire : les cheveux lisses et sombres, mi-longs, les traits plutôt délicats mais affirmés, soulignés de toute façon par un maquillage remarquable. Les épaules, la poitrine, la taille : toute caractéristique pertinente était faussée par le vêtement, une sorte de large collerette et une cape légère.

Leurs regards se soutinrent un moment ; ses yeux paraissaient verts, rehaussés d'un maquillage évoquant celui d'une princesse égyptienne. Puis la personne se détourna posément et reprit sa marche. Elle tourna la tête une dernière fois avant de disparaître derrière un rideau de funaires.

Clara suivit ; ou du moins elle marcha à son tour dans cette direction, qui était plus ou moins la sienne. Elle revit la personne au détour d'un tronc mort où prospéraient des champignons aux teintes vives. C'était un homme de taille moyenne ou une femme grande, ses épaules étaient moyennes pour une femme, étroites pour un homme ; sa démarche… sa démarche était étudiée pour entretenir l'ambiguïté, ses cuisses étaient minces et ses hanches pas particulièrement larges, à peu près cachées par la courte cape.

Il n'y avait personne d'autre en vue et le silence était complet ; un éclairage laiteux venait du plafond proche, fait de panneaux de verre givré.

Près d'un massif de mimules écarlates, la personne l'attendait ; elle lui demanda « tu viens ? »

lorsque Clara fut proche. Ni sa voix ni ses traits ne levaient davantage l'ambiguïté ; son parfum était discret, se confondant avec celui des plantes environnantes.

Clara lui effleura la joue, caresse et exploration à la fois, puis elle approcha ses lèvres de la bouche carmine. Leurs corps se joignirent, et c'était là la poitrine d'un homme, finalement. Mais jeune, la barbe encore rare, l'étreinte douce et ferme, chaleureuse. Ses yeux étaient de ce gris verdâtre que généreusement on appelle vert.

L'homme et Clara allèrent s'étendre sur une couche de sphaigne sèche, à l'abri de fougères plumeuses.

Toutefois, Clara ne voulut pas faire l'amour. C'était trop bête, elle n'allait pas le faire par dépit ou pour oublier sa déception. Elle s'en expliqua en quelques mots et souhaita revoir l'homme. Il la laissa partir après un dernier baiser et se recoucha sur la mousse sèche, les yeux grands ouverts tels ceux d'un fauve.

•

Le même soir avait lieu le bal costumé, une tradition du Symposium annuel de neurologie. Clara Krasnoï y arriva en retard à cause de sa rencontre au Bois d'Ariane. Elle était déguisée comme l'une de ces vedettes pop androgynes tellement en vogue sur Terre. Elle avait piqué dans ses cheveux un œillet aux pétales frangés de pourpre.

Les costumes étaient variés ; les conversations, un peu moins. Clara se sentait étonnamment bien disposée ; elle n'entendait pas parler boutique, mais elle le ferait si elle y était acculée.

Dénié la rejoignit, déguisé en Inuit ; le contraste était grotesque. Ensemble ils déambulèrent au hasard.

Clara se trouva à un moment voisine d'un noble de l'Ancien Régime et, bien qu'elle le vît seulement de trois quarts arrière, elle reconnut le jeune chercheur qui lui avait adressé la parole ce midi.

Quelqu'un, un camarade un peu plus jeune, lui parlait énergiquement :

— Tu ne peux partir tout de suite, Nicolas, on vient à peine d'arriver !

— Je trouve ça rasant.

— Il faut que tu consentes un effort, c'est sûr… Avec la gueule que tu fais !

— Owen, j'aurais dû suivre ma première idée et ne pas venir.

L'autre, qui s'impatientait, lui intima avant de s'éloigner :

— Écoute, ne bouge pas : je reviens tout de suite.

Par impulsion, Clara prit congé de Dénié et aborda le jeune homme réticent :

— Tu ne sembles pas te plaire ici, tu t'ennuies de tes études ?

Il la reconnut, esquissa un sourire – un sourire grave, eut-elle l'impression.

— Vous, par contre, vous êtes beaucoup plus détendue que cet après-midi. Plus sereine, plus… harmonieuse, je crois.

— Encore un empathe ! protesta-t-elle en riant. On n'est plus chez soi nulle part !

Il se présenta – Nicolas Dérec – et elle se rendit vite compte qu'elle l'avait mal jugé ce midi : il n'était pas raseur et il ne lui dit rien des neurotransmetteurs. Du coup, elle se montra rieuse et enjouée, comme si le travail et ses contraintes avaient été exorcisés.

Ils conversèrent un moment, bien que Dérec ne fût pas très bavard. Clara eut l'impression que c'était de cela qu'il avait besoin : de compagnie, de conversation, de badinage. Il avait été éprouvé récemment, Clara le devinait : une séparation ou un deuil, mais elle ne tenait pas à le savoir et Dérec ne l'aurait probablement pas confié à la première venue.

Lorsque son camarade revint avec quelques jeunes gens, et qu'elle prit congé, Clara eut l'impression qu'elle avait aidé Dérec à sa modeste façon : peut-être passerait-il cette soirée dans la bonne humeur et peut-être la fête costumée remonterait-elle son moral.

Dérec aussi lui avait rendu service : « plus harmonieuse », avait-il dit ? C'était vrai, et il lui en avait fait prendre conscience. Pourtant, Clara ne se rappelait pas quand cela avait pu venir. Au Bois d'Ariane ? Lui avait-il suffi de se changer les idées ? L'amertume et le dépit éteints, même le désir était au repos, le désir ambitieux qui parfois la tiraillait de petits tourments informulés.

Ne pas *vouloir*, ne pas désirer, c'était se prémunir contre la déception. Laisser venir les choses, les événements, suivre leur mouvement sans les forcer. Le vieux Lao Tseu avait peut-être raison, du haut de ses vingt-cinq siècles.

Clara aimait son métier, et le faisait bien. Elle en faisait beaucoup, et son travail était utile à bien des gens : cela suffisait amplement pour que sa vie ne fût pas vaine. Si elle réussissait ce que Bril Ghyota espérait d'elle, et si cela pouvait rendre moins aléatoire le recours à l'hiberstase, sa carrière trouverait là une justification majeure.

Clara se laissa dériver parmi les couples et les groupes, promenant son regard sur les mandragores, les Jivaros, les rois africains et les déesses de la fertilité.

Le bal avait lieu dans le grand hall du complexe des congrès et, en se retrouvant à proximité de l'entrée, Clara pouvait très bien voir l'appareil ornemental devant lequel, ce midi encore, elle avait ruminé l'accueil réservé à sa communication. Les paillettes qui y flottaient à cet instant étaient pourpres, montant en une lente spirale dans un milieu de particules argentées.

Dès le lendemain matin elle irait chercher Bril Ghyota chez elle et l'emmènerait à son laboratoire; elles étudieraient en détail le protocole à appliquer et se traceraient un calendrier de traitement.

En attendant, Clara posa le verre qu'elle tenait à la main, quitta le hall et le bal, descendit vers le quai de l'intracité. Dans le Bois d'Ariane elle se mit en chasse, et il lui suffit d'une heure pour retrouver la personne aux yeux verts qui l'attendait parmi les agaves.

CHAPITRE 9

Petits archipels

Nicolas Dérec sonna à la porte, une enfant sur les épaules. Elle était inerte, les jambes pendant d'un côté de sa tête, le torse et les bras de l'autre.

—Monsieur Lubin, c'est pour un remboursement, déclara-t-il dès que la porte s'ouvrit.

—Ah non, pas encore !

—Si vous arrêtiez de me fournir des modèles défectueux, je ne reviendrais pas à toutes les décades.

—Bon alors, qu'est-ce qu'il y a cette fois ?

Dérec entra dans la pièce de séjour et, se penchant, fit rouler son fardeau sans trop de ménagement sur un sofa.

—D'abord elle n'est pas très propre : regardez les ongles de ses doigts !

Un gloussement échappa à la forme inerte, étalée sur les coussins telle une poupée aux articulations lâches.

—C'est à vous de la garder propre, protesta le préposé aux enfants. Elle l'était quand je vous l'ai remise.

—Deuxièmement elle n'arrête *pas* de bavarder. C'est infernal !

—Si vous aviez lu les instructions, vous sauriez qu'il y a une sourdine.

—Où est le bouton?

—Ah, ça dépend des modèles, répondit Owen Lubin en s'agenouillant devant l'objet de la plainte. Sur ce modèle-ci, je ne me rappelle pas trop.

Du bout des doigts, il palpa vigoureusement la fillette, en divers endroits, concentrant ses recherches le long des côtes, ce qui eut l'effet contraire à celui désiré: elle se mit à crier et à s'agiter spasmodiquement.

—Bon, ça y est, vous l'avez relancée!

Des vagissements réjouis répondirent à la crise de fou rire. Ils venaient d'un contenant déposé sur la moquette, sorte de panier en forme de siège miniature.

—Et celle-là, elle fonctionne avec une télécommande?

—Elle réagit aux sons, répondit Lubin.

Dérec se pencha sur le spécimen miniature, potelé, qui bavait copieusement.

—Elle déborde, signala-t-il au préposé. Et elle produit des bulles, c'est normal?

—Si ce n'était que ça!

Le visiteur reporta son attention sur le plus grand modèle, qui s'était assis et qui immobilisait de force l'un des bras du préposé Lubin.

—En plus j'ai été obligé de l'alimenter. Savez-vous qu'elle est capable de jacasser tout en mangeant? Par le même orifice!

—Ce n'était pas nécessaire, protesta Lubin, manifestement contrarié. Je l'avais déjà nourrie ce matin. Un seul repas par jour, sinon elle élimine tout ce qu'elle a absorbé, pur gâchis!

—Ce système n'est pas au point, décréta Dérec. Je crois que je ne reviendrai plus. Bon, au moins j'ai trouvé le bouchon pour ce spécimen-ci.

Mais la tétine ne resta pas en place et la salive coula encore plus profusément.

Nicolas amorça un protocole de communication avec la créature babillante. Cela consistait en la répétition de phrases élémentaires, désignant l'interlocutrice à la troisième personne du singulier. Elles étaient énoncées sur un ton chantant, un peu *falsetto*, avec des inclinaisons de tête peu usitées dans les échanges courants. Un observateur aurait diagnostiqué une soudaine régression de la faculté discursive de Nicolas Dérec.

En même temps, avec le coin d'un linge, Dérec tentait d'éponger le produit de l'épanchement en cours, mais le petit spécimen faisait obstacle à ses efforts à l'aide de doigts lilliputiens, aussi poisseux que le menton.

– Bon, c'est l'heure du bain, décréta le préposé Lubin après un moment.

— Immersion dans de l'eau tiède et savonneuse, à des fins de décontamination, expliqua Dérec au petit être potelé, qui se tut et le dévisagea comme s'il venait de bénéficier d'une révélation.

— Nelle, va faire couler de l'eau.

— Dans la baignoire, crut bon de préciser Nicolas à la fillette brusquement saisie de bougonnements.

La scène devint graduellement plus paisible, ou du moins l'agitation se déplaça vers la plus petite pièce de l'appartement. Dans le salon, Dérec alluma l'écran, qui lui donna le poste des informations continues. Il se livra à un peu de ramassage et de rangement, habité par un sentiment analogue à celui que devait éprouver Sisyphe juste après que son rocher eut dévalé la pente.

Un visage connu ramena son attention à l'écran. D'Exopolis, on annonçait le départ du vaisseau *Nessus*, pour un périple aller-retour de trois ans qui le mènerait à l'orée du nuage d'Oort, où l'une ou l'autre comète le ravitaillerait pour la rentrée au bercail. On interviewait Ivars Wakelin, qui allait être le navigateur du *Nessus*. Dérec l'avait eu comme professeur à l'École d'astronautique deux ans plus tôt. Il enseignait les mathématiques appliquées à la navigation et il avait dit à Nicolas qu'il était l'un de ses plus brillants élèves – ce que le principal intéressé avait eu peine à croire.

En réponse au reporter, Wakelin rappelait que l'expédition *Nessus* était la première réalisation astronautique d'envergure depuis l'explosion d'Hadès II et la mise en chantier d'Hadès III. *Nessus*, à l'époque où il était opérationnel mais pas complètement équipé, avait échappé au désastre grâce à une croisière d'essai de quelques unités astronomiques. Bien des ingénieurs et des techniciens, spécialistes de l'antimatière, avaient eu la vie sauve grâce à ce petit voyage.

Nicolas eut un pincement au cœur en se rendant compte qu'il avait passé plusieurs jours sans penser à Thaïs.

Quatre ans. Était-ce normal d'oublier déjà ? Mais il n'avait pas oublié. C'est le chagrin qui s'évaporait, non le souvenir.

Tandis que lui parvenaient, dans son dos, des bruits d'éclaboussements, deux registres de rires aigus et le bourdonnement d'une voix patiente, Nicolas ouvrit la porte vitrée et sortit sur l'étroite terrasse dominant les jardins de Psyché. Le vaste miroir de forme lenticulaire qui tenait lieu de soleil au crépuscule descendait à vue d'œil vers le bord du cratère, reflétant la lumière vermillon d'un projecteur ultra-puissant braqué sur lui. Cylindres géants, ces projecteurs pivotants se dissimulaient dans deux grottes diamétralement opposées, au flanc du versant circulaire du cratère.

Il y avait quelques promeneurs dans le vaste parc de Psyché. Dérec se rappela les impressions de sa première visite, combien… ? Huit ans plus tôt. Ce qui l'avait frappé surtout, c'étaient les plans d'eau et les fontaines : des bassins intégrés à l'architecture, de grandes vasques étagées et des cascades musicales où le débit et la hauteur de chute, variables, créaient des cadences liquides. Des jets d'eau formaient des voiles mouvants. Selon l'heure du jour ou du soir, la lumière se jouait dans ces arabesques, teintant de vermeil ces flammes liquides, jetant des paillettes d'or et d'argent dans les tourbillons.

Tout dans ce paysage lui avait semblé artificiel, une esthétique de l'esprit dans une ambiance austère.

Maintenant, lui-même y habitait depuis quatre ans, presque en face de chez Owen, de l'autre côté du cratère. Il avait quitté l'appartement d'Asgard tout de suite après la mort de Thaïs. À peu près à la même époque, Owen avait fait la connaissance de Lucie Chihuan, une physicienne, avec qui il allait concevoir Maraguej, la pouponne potelée qui semblait s'être tue depuis un instant. Être père à vingt-deux ans, voilà qui était exceptionnel sur Érymède.

Nelle, pour sa part, était la petite sœur d'Owen ; le fait pour un aîné d'assumer la garde d'un frère ou d'une sœur plus jeunes était moins rare. Nelle était de quinze ans sa cadette.

Les pelouses et les bassins, sous les yeux de Dérec, furent soudainement remplacés par un vide obscur, immense. Saisi, il eut le temps de distinguer un paysage de glace, véritable champ de saphirs sans éclat, sous un ciel étoilé presque entièrement occulté par un immense disque noir. Pris d'un vertige, il eut l'impression de flotter au-dessus d'un puits aux dimensions sidérales, un néant sans fond. Le disque acquit graduellement une dimension supplémentaire, devint un titanesque hémisphère concave, dont des stries moins sombres, indigo, trahissaient la courbure.

Des voix dans le salon derrière Nicolas le ramenèrent à la réalité du moment présent, aux gerbes et aux arcs liquides des fontaines en contrebas. Une partie de la petite famille était revenue du bain.

— Tu peux rester avec nous dans le salon à condition d'être tranquille.

Dérec regagna le salon, laissant ouverte la porte vitrée. Nelle se plongeait dans la lecture d'un grand livre illustré. Dans la chambre des filles, Owen s'assoyait et, Maraguej au bras, s'installait pour lui donner le biberon. Dérec alla s'appuyer au chambranle de la porte.

— Refile-moi le bavoir, là.

Dérec cueillit le linge et le plaça sur l'épaule du jeune père.

— Je viens d'avoir une jonction, lui confia-t-il.

— Aujourd'hui ?

— À l'instant, sur la terrasse. Ça n'a paru durer qu'un instant, mais quand je suis «revenu», tu avais fini de donner leur bain aux filles.

Tout en maintenant le biberon dans l'angle approprié, Owen Lubin reporta son attention sur Dérec.

— Tu es sûr que c'était une jonction ?

— On le sait, n'est-ce pas, quand on se retrouve dans sa propre peau.

Lubin hocha la tête pour signifier son accord.

— As-tu eu une idée de la distance ?

— Aucune, mais il faisait diantrement noir : je crois que c'était loin, peut-être même pas dans notre

Système solaire. J'étais sur le seuil d'un puits ou d'un portail…

Dérec raconta sa vision. La «distance» évoquée était aussi une distance dans le temps, car les voyages vers d'autres systèmes stellaires n'étaient pas pour bientôt, à moins que les Éryméens ne tombent par hasard sur un réseau de portails ou de passages stellaires. Le *Nessus*, après tout, n'était qu'un prototype et son voyage inaugural ne dépasserait pas les confins du Système solaire.

— C'est drôle que tu me parles de ça, fit Owen après un moment de silence. Moi aussi j'ai eu une jonction, pas plus tard qu'avant-hier.

Il tendit à Dérec le biberon presque vide, déplaça Maraguej et se mit à lui tapoter le dos.

— C'était sur Terre, rapporta-t-il. Ça au moins c'était clair. Et ça ne devait pas être si loin dans le futur : il y avait encore des téléviseurs.

Il raconta avoir vu, par une porte ouverte, l'intérieur d'un appartement sans luxe, même plutôt sordide. Un téléroman commençait à la télé, Owen en avait distingué clairement le titre, *Tales from the Twin Towers*. Le générique d'ouverture alternait entre des séquences d'effets spéciaux et des portraits de personnages, clips de quelques secondes auxquels étaient surimposés les noms des acteurs.

— Je ne suis pas sûr si c'était une télésérie d'action ou un… comment disent-ils, un opéra-mousse ?

— Un *soap opera*, ou «feuilleton savon», rectifia le Terrien d'origine.

— Faudra que tu m'expliques un jour. En tout cas, les tours jumelles en question étaient des édifices qui s'effondraient après qu'un avion – ou deux, je suppose – les aient heurtées. C'était vachement bien fait, la fumée, la panique et tout.

Évidemment, ça semblait se passer aux États-Unis. Parmi les personnages il y avait un pompier, un prêtre, un genre de secouriste, et beaucoup de femmes bien coiffées.

— Tu as « vu » l'épisode au complet, dis donc ?

— Juste une partie du générique : j'étais dans le couloir de ce qui devait être un hôtel ou une conciergerie. Je suivais deux autres personnes et nous portions des mallettes. Puis je me suis retrouvé devant Nelle, au petit déjeuner ; elle me dévisageait…

— Ouais, ça les inquiète toujours quand on « s'absente » un moment, comme ça.

Owen déposa Maraguej dans son berceau et, peu après, elle se lança dans un entretien gazouillé avec le mobile phosphorescent suspendu au-dessus d'elle. Les deux hommes regagnèrent le salon, où Nelle lisait toujours son album.

— Tu boirais quelque chose, Nic ?

— La même chose que toi.

— Strychnine ?

— Sur glace.

Lorsque Owen revint de la cuisine avec de petits verres, il proposa :

— On reprend cette partie ?

— Pourquoi pas.

Il sortit la vieille planche de gojahec, longue de presque un mètre, et la posa sur la moquette entre eux, ayant soin de la garder à l'horizontale pour ne pas faire glisser les pièces. Il s'assit en lotus sur un coussin, à même le sol, tout comme Nicolas qui, lui, s'adossa au canapé, les jambes repliées de côté, déchaussé comme son hôte. Sur Érymède, on s'habituait à ne point se lever brusquement lorsqu'on ne portait pas ses chaussures à semelles d'osmium.

En rappel des premiers jeux où une véritable rivière était représentée, la vieille tablette comportait un parcours éclairé par en dessous ; elle aurait pu servir de veilleuse s'il n'y avait eu dans le salon d'autres sources d'éclairage.

Le tracé réglementaire, en dépression par rapport à la planche, était large et légèrement sinueux, tel un chemin dans un parc, ou tel le cours d'un fleuve, qu'il symbolisait effectivement. La version à deux joueurs comportait, dans le lit du « fleuve », trois parcours parallèles, trois bandes d'un bleu plus soutenu, des cases s'échelonnant le long de chacune. Les pièces, de trois couleurs, étaient des rectangles aux coins arrondis, ambre, vert jade et gris perle.

Sur l'écran du comterm, où il fit apparaître une image de leur partie de gojahec au moment de son ajournement, Owen vérifia que les pièces se trouvaient bien à leur dernier emplacement – précaution indispensable dans une maisonnée à deux enfants.

— Quand est-ce qu'elle revient, Lucie ?

Nelle avait posé son album et, allongée sur le ventre, le menton sur les mains, observait la planche de jeu.

— Après-demain, ma chouette.

La physicienne était allée mettre en place des instruments d'observation solaire sur Mercure. Leur télémétrie lui permettrait de mener à bien une recherche qui durait depuis des mois.

Pour se remémorer sa stratégie, Dérec suivit du doigt, à distance, l'enchaînement des pièces vertes, enchaînement lacunaire où les vides correspondaient (mais pas toujours) à la présence de pièces ambre ou grises sur les tracés voisins.

— Comment ça se joue ?

— Nelle, répondit Owen avec une trace d'agacement dans la voix, je t'ai déjà dit que c'était trop compliqué pour une enfant de ton âge.

—Je sais que le début est là et la fin ici, répliqua la fillette, assez sage pour ne laisser transparaître aucune pétulance dans sa voix.

—Il n'y a pas vraiment de début ni de fin, expliqua Dérec. Comme le cours du temps.

—Ou les histoires, enchérit Lubin.

—Mais les histoires ont un début et une fin, objecta la fillette.

—Pas dans la vraie vie.

—Ni au gojahec. Cette partie, c'est la même que nous jouons, ton frère et moi, depuis un an. Même si nous avons atteint plusieurs fois le bout du plateau.

—Vous recommencez tout le temps?

—Non, on continue…

—Ouaip, et moi je continue… comme ceci.

Lubin avait pris une pièce d'ambre sur la «berge» du cours d'eau, de son côté. Il la plaça de manière à ce qu'on puisse bifurquer de l'histoire grise à l'histoire verte, et réciproquement (on appelait «histoire» le tracé, en pointillé ou continu, que chaque joueur constituait avec ses pièces).

Dans le cours du «fleuve», aléatoirement, des nœuds apparaissaient ou disparaissaient. Lorsque le jeu avait été perfectionné, au XVIIIe siècle, une horlogerie complexe, aux rouages montés à plat dans le corps de la table, faisait apparaître ou disparaître des pastilles azur ou indigo dans des trous circulaires perçant le «lit» de la rivière. C'étaient les «nœuds», ou intersections, lesquels pouvaient être additifs ou soustractifs. La planche dont Owen était propriétaire, vieille de plus d'un siècle, recourait à la chimio-luminescence pour éveiller des lueurs plus intenses ou pour «éteindre» de petites zones dans le lit phosphorescent du cours d'eau.

Un nœud s'assombrit justement au moment où Dérec tenait entre ses doigts une pièce de jade. Il

s'empressa de couvrir l'endroit, puis tout aussi vivement il se tapa le front, se retenant juste à temps
de proférer un juron en présence de Nelle.

—Oh oh, chantonna la fillette, qui ne connaissait
peut-être pas les subtilités du gojahec mais savait
interpréter un geste de contrariété lorsqu'elle en
voyait un.

Tandis que Nicolas ruminait son faux pas, Owen
continuait d'étudier le jeu.

—Tu vois, expliqua Dérec lorsqu'il eut dissipé
sa mauvaise humeur, nous composons des histoires
parallèles, qui sont en même temps une seule histoire,
unique.

—Comprends pas.

—C'est comme ces colliers que tu fabriques en
enfilant des perles de toutes les couleurs. Imagine
que chaque perle est un épisode d'une même histoire.
Tu peux choisir de raconter toute l'histoire, perle
par perle, ou alors ne raconter que les épisodes verts,
ou les jaunes, ou les blancs…

—Un jour tu racontes l'histoire verte, précisa
Owen à qui l'analogie plaisait, le lendemain tu
choisis de raconter l'histoire jaune. C'est toujours
la même histoire, sauf que tu ne racontes pas les
mêmes épisodes.

—Mais toutes les perles sont importantes pour
que ton collier se tienne, compléta Dérec.

—Hm hm, fit Nelle sur le ton d'une fille qui a
tout compris.

Elle se laissa rouler – toute légère – du canapé
où elle était allongée, et atterrit sur la moquette, la
tête appuyée sur la cuisse de Nicolas, le visage tourné
vers le jeu.

—Je peux prendre une pièce ?

—Seulement celles qui sont sur la rive.

De ses doigts courts et fins, Nelle cueillit délicatement une plaquette couleur de perle.

— Vous les appelez comment ?

— Des îlots.

— « Zilos » ?

— Îlots. Des petites îles, dans le cours du fleuve.

Depuis un long moment Owen tenait, appuyé contre sa lèvre inférieure, un rectangle d'ambre. Son regard descendait et remontait le cours du temps, aggravant son indécision à chaque hypothèse qu'il testait. Nelle eut une illumination :

— C'est comme les roches dans le grand ruisseau du parc Laga : on peut traverser à pied sec.

— Tout juste. Maintenant, imagine des roches qui permettraient de suivre le cours du ruisseau au lieu de le traverser.

— Vers l'amont et vers l'aval.

Owen Lubin haussa un sourcil et dévisagea sa petite sœur, agréablement surpris.

Un air satisfait, sinon suffisant, s'afficha sur le fin visage auréolé de boucles rousses. Elle avait appris ces notions, amont et aval, lors de la récente visite dudit parc avec ses camarades, et n'était pas peu fière d'avoir pu les placer dans une conversation. Plus fière, en tout cas, que si elle avait dû raconter sa chute humiliante entre les pierres du ruisseau, et le fond de culotte mouillé qu'elle avait arboré durant l'heure suivante.

Toutefois, rien de ce petit drame n'était parvenu aux oreilles de Lucie ou d'Owen.

— Archipel, annonça calmement Lubin en plaçant finalement son îlot dans un hiatus de l'un des enchaînements.

Dérec lui adressa, silencieusement mais avec des mouvements de lèvres parfaitement lisibles, un chapelet d'invectives en lui décochant un regard furibond.

— Ouais ouais, répliqua nonchalamment Owen. En attendant, joue donc ton coup.

Dérec considéra le jeu en caressant distraitement la joue de Nelle et en promenant ses doigts dans les boucles encore humides. L'« histoire » qu'avait tracée Lubin, avec son archipel d'îlots ambrés, se prolongeait maintenant jusque dans la dernière courbe.

— Archipel… un chapelet d'îles… fit Dérec à mi-voix après un moment de silence. Savais-tu que les deux mots avaient la même origine ?

— N'importe quoi.

— Tu paries ?

— Contre toi ? Jamais. Surveille donc le jeu, à la place. Tu viens de manquer un nœud.

— Qui te dit que je ne l'ai pas vu ? Tu sauras que je l'avais même prévu.

— N'importe quoi.

— Arrêtez donc de vous chamailler, intervint Nelle d'une voix que gagnait le sommeil. De vrais enfants !

Les deux jeunes hommes levèrent les yeux l'un vers l'autre. Leurs sourires amusés étaient le reflet l'un de l'autre, et sous le pont de leurs regards complices, le cours du temps s'arrêta un moment.

Sans un mot, ils reportèrent leurs regards sur la table de gojahec, et leur jeu dura jusqu'au milieu de la nuit, paisible, réfléchi, bien après que Nelle eut été déposée dans son lit couleur d'écume.

CHAPITRE 10

Rêves de métal :
machines de bronze

L'index de Nicolas Dérec rencontra une surface métallique. Il l'avait oubliée. Sa prise temporale, pour la première fois, il en avait oublié la présence. Il allait machinalement se gratter la tempe, à cause d'une vague démangeaison ; son index avait rencontré le plastique et le métal de la prise triangulaire.

Fermant sa petite valise, il releva la tête et se regarda dans la glace de l'alcôve-lavabo. Mais cette fois il résista à l'obsession de s'approcher, de s'examiner, un profil puis l'autre, le regard de côté. Il les connaissait par cœur, ses tempes : l'orée linéaire des cheveux, les arêtes et les pointes gris clair des triangles jumeaux, apparemment posés sur la peau, un peu enfoncés comme par une légère pression. Aucune rougeur, aucune décoloration : le matériau était biologiquement neutre et le tissu dermique s'était cicatrisé à même les microalvéoles de la surface interne. L'espace triangulaire des interfaces proprement dites arborait un réseau de points minuscules et de lignes à peine visibles.

Dérec avait laissé repousser ses cheveux, qui retombaient désormais et couvraient presque entièrement les prises. Les cheveux courts, les prises temporales bien visibles, ce serait une autre étape : dans quelques mois, ou quelques années.

Aujourd'hui, il quittait pour de bon la clinique.

Certes, il sortait depuis quelques décades. Mais aujourd'hui, on détachait le mousqueton, on enroulait le filin : flottaison libre dans l'espace, hors du scaphe, pour ainsi dire.

Les portes se refermèrent derrière lui avec un roulement feutré. Pas un mot. Ses salutations au personnel médical, il les avait faites tout à l'heure. Il avait eu un dernier entretien, très bref, avec la psychologue Druzin. Ni son organisme, ni la personne Nicolas Dérec, ne manifestaient de rejet des implants. Il est vrai qu'on n'en était plus aux premières implantations. Et les greffes purement physiologiques étaient routinières depuis des décennies.

Dans les galeries, maintenant. Les voies publiques de la cité. Les places, les jardins, l'intracité. Personne ne regardait Dérec. Ou du moins, personne ne le regardait de façon particulière. Un sourire, un signe de tête : certains le connaissaient de vue, le saluaient. Si l'un ou l'autre avait remarqué l'angle gris clair à ses tempes, nul ne s'était retourné. Mais on se trouvait ici à Psyché. Des dizaines d'Éryméens étaient métapses, et la plupart vivaient à Psyché. On ne se retournait plus sur leur passage, même métaphoriquement.

Non, le vrai test, il se ferait hors de Psyché.

•

Machines. Many machines. Des rangées et des rangées de machines. Inconnues, massives, luisant de vagues reflets bronzés dans la pénombre. Larges tubulures lisses, coudées, hublots de quartz verdâtre, grosses lampes témoins pourpres tels les lampions de quelque sanctuaire mécanique.

Une usine entière de machines.

Mais une usine flottante, lévitant à quelques centaines de mètres du sol, avançant à l'allure lente d'un zeppelin. Les machines se trouvaient *sous* elle, saillies sans nombre de son ventre, divisées par des allées, liées par des faisceaux de fibres.

Des cadences sourdes résonnaient entre leurs socles de métal, issues des cavernes au cœur de l'usine, où peut-être des pistons géants glissaient dans l'huile des cylindres. La vapeur fusait en jets intermittents.

Le sol défilait lentement sous l'usine, et sous Dérec. Il le voyait entre ses pieds, lointain et morne, dans un clair-obscur rougeâtre. Reliefs indécis, usés : une plaine sans fin, à peine bosselée. Au loin, d'autres usines flottaient au-dessus de cette contrée, vastes tels des nuages, plaquant leur ombre-lueur sur la plaine.

Un vertige saisit Dérec, la non-chute interminable des mauvais rêves. Il jaillit hors de lui, comme la graisse d'un tube de lubrifiant qu'on presse, et se vit pendu aux machines. Suspendu, par la tête, par les serres métalliques enfoncées dans ses tempes, des pinces anguleuses longées par des tubes. Son corps était flasque, amorphe, un peu nitescent à la plante des pieds.

Dérec s'éveilla avec ces mots à la bouche, *machines, many machines,* entendus peut-être dans un film terrien récent. À quelque distance de lui, à une échelle qui échappa un moment à son appréhension, une masse défilait, métallique, écrasante, bardée de saillies anguleuses, de conduites et de tuyères, blindée de plaques et de panneaux.

L'instant se résolut : une baie vitrée tout près de Dérec, et là-bas un mésocargo qui entrait à quai lentement, à vingt mètres de distance. Le propre astrobus de Dérec alunissait aussi, plus rapide, dans une autre aire de l'astroport.

Les parois de l'immense sas défilaient maintenant, juste à quelques mètres, sous un éclairage rose. Dérec combattit posément le malaise d'un trop brusque réveil. Cinq heures de vol depuis Érymède ; ce somme dans un fauteuil avait eu la viscosité des torpeurs que donnent certaines fièvres et qui vous laissent égaré.

Druzin l'avait prévenu que les rêves reviendraient.

•

La vallée de l'*Argo* était l'œuvre d'ingénierie environnementale la plus frappante d'Argus – l'égale des parcs éryméens. Certes, il s'agissait d'un canyon plus que d'une vallée, mais il faisait quelques centaines de mètres de largeur au niveau des crêtes, et les arches de transplastal qui l'enjambaient pour soutenir la voûte étaient d'un seul tenant. Ce jour-là, le soleil entrait à flots, enflammant la végétation de l'un des versants. Pas une plate-forme, pas une corniche, pas une saillie, que les botanistes d'Argus n'eussent verdies de plantes tropicales ou même d'arbustes. Le roc stérile de la vieille lune se couvrait de lierre et d'orchidées. Quant au fond incliné du canyon, une jungle clairsemée l'ombrageait, ses arbres dépassant allégrement leur hauteur terrienne, leurs branches fleuries de toucans et de rupicolas.

Là se dressait l'*Argo*, la fusée des premiers habitants d'Argus. Une fusée, oui, presque un siècle d'âge, comme échappée des anticipations d'un Jules

Verne. On la laissait ternir et prendre la patine du vieux bronze. La verdure avait conquis ses pattes massives, la mousse garnissait ses tuyères.

Dérec, qui avait plusieurs heures à tuer ici, à Argus, s'était pris une chambre. Mais, comme il ne s'endormait plus, il était descendu dans le parc, dont la fenêtre de sa chambre ne donnait qu'une vue partielle. Il ne connaissait aucun citoyen d'Argus, du moins personnellement, hormis Kate Hagen. Mais Kate se trouvait en mission, absente pour quelques mois.

Comment auraient été leurs retrouvailles, après tant d'années ? Dérec tenta vainement d'imaginer la scène. Kate était un peu moins exubérante qu'à l'époque où il l'avait connue à la Fondation Peers, onze ans plus tôt. Et lui… Lui avait quelques grammes de corps étrangers dans les replis de son cerveau, et deux interfaces ancrées dans les os temporaux.

Non. *Cela* ne l'avait pas changé. Depuis la mort de Thaïs, sept années l'avaient graduellement mûri, transformé : ses études, son entraînement, ses expériences. Les quelques implants dans son cerveau ne constituaient qu'un facteur de plus.

Et puis, comment savoir ?

Il interrompit délibérément cette chaîne de pensées et contempla l'*Argo*, en contrebas dans la vallée, se profilant sur la verrière qui fermait le canyon. Ourlée de verdure, la paroi de transplastal s'embuait, ne livrant qu'en flou la vision minérale et grise du vaste cratère Tsiolkovsky.

Pourtant, ce n'était qu'en relation avec autrui que Dérec saurait s'il avait changé. Le plus longtemps il éviterait les contacts, le plus étranger il deviendrait aux autres. Bon. Mais allait-il pour autant se jeter à la tête de tout un chacun, «devenons amis, devenons amants, je veux savoir si je suis encore humain»?

Il se surprit à observer les promeneurs dans le parc. Cette fille aux cheveux couleur de cerise, par exemple; elle aussi l'observait. Elle l'avait suivi, même, car il se rappelait l'avoir croisée en haut du parc.

Ridicule. Elle se baladait, tout simplement; c'était fait pour ça, un parc. Il détourna le regard, vaguement irrité du tour que prenaient ses sentiments. Il essaya de se représenter l'*Argo* lorsqu'elle se dressait au sommet de son lanceur, deux fois plus haut qu'elle, en d'immenses puits dans les steppes d'Asie. Autant d'orages par temps clair, pour les Toungouzes, quand elle et ses sœurs avaient décollé, un demi-siècle avant les fusées de l'ère moderne.

La jeune femme reparut dans le champ de vision de Dérec; avait-elle même vingt ans? Elle s'approcha; il ne se trompait pas, elle s'intéressait à lui. Et, très vaguement, elle ne lui était pas inconnue.

Elle était jolie, sous ses cheveux fantaisistes. Elle se nommait Stavi, elle s'assit tout près de lui. Son approche était si directe que revenait à Dérec cette surprise de ses premiers mois sur Érymède, du naturel et de la spontanéité des rapports humains entre Éryméens. L'étonnement était passé, et un peu de la subtilité de ces rapports lui était apparue au fil des ans.

Chez Stavi, rien de cela: quelques moments de conversation avec Dérec la confirmaient dans son attirance, et déjà elle lui demandait où il résidait. Elle-même vivait ici, à Argus, et elle étudiait en sciences de la vie; plus tard elle comptait bien être médecin, peut-être même chirurgienne.

Quelques silences, quelques retards de Dérec à répondre, intriguèrent Stavi; mais comment aurait-elle pu comprendre sa réticence?

Les interfaces, en tout cas, ne la rebutaient pas. Avec une curiosité juvénile, elle suivit de l'index le contour d'une prise et demanda si deux personnes pouvaient avec cela « se brancher » l'une à l'autre.

— Se brancher pour quoi ? demanda Nicolas avec un sourire.

— Je ne sais pas, moi. Recevoir les sensations de l'autre.

Je n'ai pas besoin de ça, lui répondit-il muettement, pour lui-même. Il se leva et lui tendit la main. Ils remontèrent lentement la pente du parc, et Nicolas se demanda s'il briserait l'énigme en lui demandant son âge ou s'il entretiendrait, par le silence, le fantasme qu'elle n'avait que seize ou dix-sept ans.

◆

Assis derrière la place vide du copilote, Dérec disposait d'une vue presque parfaite par la baie à la proue de la navette. Le quasi-cercle bleuté de la Terre s'élargissait presque à vue d'œil. Son attention au repos, Dérec ne tentait même pas d'identifier les côtes et les archipels.

Seize ans. Stavi n'avait effectivement que seize ans, il avait fini par le lui demander, après. Un sourire lui revint aux lèvres à l'évocation de cette rencontre d'hier. Il y avait quelque chose dans le plaisir de Stavi, une allégresse presque triomphante, comme si cette relation avec Dérec, tout éphémère qu'elle fût, constituait une réussite. Et cet autre petit mystère : à qui ressemblait-elle, si l'on faisait abstraction de ses cheveux rouge cerise ? Était-elle la sœur biologique d'une connaissance à lui ? Stavi : le prénom était courant sur Érymède, il n'y avait aucun indice à trouver de ce côté.

Il se secoua ; le sourire quitta ses lèvres. Aujourd'hui commençait son travail d'adjoint – ou d'apprenti – auprès de maître Bryer, la métapse de l'*Arvaker*. Le croiseur n'était plus loin, s'il fallait en croire les écrans du poste de pilotage. Au-delà, encore plus proche de la Terre, un point brillant était perceptible, une étincelle tranchant sur le bleu profond de l'océan : la station orbitale *Mir*, que l'*Arvaker* surveillait de près ces jours-là. Le croiseur lui-même était invisible, bien que plus proche et beaucoup plus gros. Dérec s'amusa un moment à le chercher des yeux, puis renonça et tricha en consultant les écrans du poste de pilotage. Avec cette indication, il repéra une zone où l'image limpide de la Terre fluctuait un peu, comme vue à travers de l'air chaud. Cela cessa, puis reprit brièvement : le fugace tremblement qui seul trahissait l'action d'un écran optique. D'une orbite inférieure, d'un hublot de *Mir* par exemple, cela aurait paru encore moins : il fallait que le fugace vacillement se produise devant des étoiles brillantes pour être perçu – à condition de savoir exactement où regarder.

C'est seulement lorsque la navette arriva à quelques mètres de l'*Arvaker*, qu'une tache phosphorescente apparut, rosée, se déployant en largeur et en profondeur, puis se révélant brusquement comme l'aire d'appontage lorsque l'écran optique fut franchi.

•

—Tu verras, l'ambiance de la passerelle est très bonne.

Fay Bryer y était pour quelque chose, Nicolas n'en doutait pas. Cette femme dans la quarantaine, au sourire facile et pourtant pondéré, montrait une grande aisance dans ses rapports avec les gens. Dérec la connaissait : ils avaient parfois travaillé ensemble, d'épisodiques séances de quelques heures, comme il en avait eu avec la plupart des maîtres.

Dérec était heureux de cette affectation auprès de Fay Bryer. Il connaissait des métapses avec lesquels il n'aurait pas été à l'aise ; son propre ami Owen s'était retrouvé dans cette situation quelques décades plus tôt.

Bryer se tint un peu en retrait tandis que Dérec ouvrait sa mallette. L'électrocervical paraissait encore tout neuf dans son logement moulé.

— Encore un nouveau modèle ? s'étonna Bryer.

— Le sur-mesure poussé à l'extrême. C'est l'équipe d'Ysidro qui l'a mis au point. Presque chaque nouvel appareil est un prototype, ils ont toujours une petite amélioration à intégrer, mois après mois.

Dérec éleva l'appareil et le déposa sur sa propre tête.

— Contact guidé, commenta-t-il, tandis qu'un son très léger lui indiquait combien l'interface de l'appareil était près de sa prise temporale.

On pouvait le brancher sans glace, ou dans le noir, même avec une seule main. Le son devenait aigu s'il se trouvait des cheveux, fût-ce un seul, en travers de la prise.

Bryer observa avec un sourire amusé, tandis que Dérec branchait l'autre interface à son autre prise. Un jeu de pivots et de tiges permettait l'ajustement le plus souple possible. L'électrocervical évoquait un de ces casques d'écoute en usage dans les studios terriens, mais sans écouteurs. La masse de l'appareil se posait sur le dessus et les côtés du crâne, toutefois elle était légère et compacte, avec quelques touches bien réparties, de forme et de texture différente.

—Et pour la propsychine? demanda Fay Bryer.

Involontairement, le regard de Dérec se porta sur le cou de la métapse, où se devinaient les valves vasculaires auxquelles elle pouvait brancher une bio-pompe.

—Je ne suis pas encore… équipé, répondit Dérec à mi-voix. Une chose à la fois, ajouta-t-il avec un sourire embarrassé.

Elle n'insista pas. Elle n'aurait guère de peine à deviner, si ce n'était déjà fait, les appréhensions qu'il avait face à la propsychine, même si la drogue n'était plus dangereuse. Et il lui dirait, pourquoi le cacher, sa légère phobie de savoir ses artères constamment ouvertes – à deux valves près – sur l'air ambiant. Il savait bien le degré de sécurité élevé de ces valves, produits d'une bio-ingénierie qui remplaçait cœurs et reins sans problème, mais…

—Comme vous voyez, dit Dérec, je n'ai pas encore mon cybord.

—Ton O.R.M.

—Oui. On commence à les appeler cybord, à Psyché. C'est plus simple que « Ordinateur Relais Mobile ». Et plus évocateur.

—Du moment qu'ils ne les font pas trop autonomes… Sur la passerelle, tu pourras recourir au mien.

—Comment sont les officiers?

—Très réceptifs, très coopératifs. L'ingénieur a même disposé des commandes mentales dans ma cabine et dans la tienne.

—Ici?

—Oui. Éteins la lumière.

Le plafonnier s'éteignit, dès qu'en pensée Dérec répondit à la suggestion de maître Bryer.

Il ralluma, sans lever le petit doigt. Puis il mit sous tension le comterm, dont l'écran se moira puis se stabilisa à sa couleur de base. Dérec lui donna quelques commandes élémentaires et obtint sans l'avoir voulue la communication avec la passerelle.

C'est la capitaine elle-même qui apparut à l'écran. *Faudra élever le seuil de réception,* songea Dérec, et la communication se trouva aussitôt interrompue. Un peu embarrassé, Nicolas regarda maître Bryer :

— Ça réagit aux idées même non complétées, dit-il à mi-voix. Comment vous vous y prenez ?

— Question d'ajustement.

— Elle a dû être agacée, la capitaine.

— Viens, je vais te présenter.

CHAPITRE 11

Rêves de métal :
rouages rusés

La plaine – une fiction de plaine toute en isohypses largement espacés – prenait un peu de relief à mesure qu'elle défilait, sous un ciel pourpre. Les flancs arrondis de monts et de collines se reflétaient en des lacs de lueur vibrante. Puis ce furent des vallées et des falaises, le relief abandonna tout semblant de naturel.

Un canyon rectiligne apparut. Métalliques, ses parois vaguement luisantes étaient des bâtisses aveugles ou d'immenses machines, verticales, parfois lisses, nervurées ailleurs. Des tours de fractionnement se dressaient, captives de conduites sans nombre.

Des grondements sourds, rythmés, résonnaient dans cette vallée au fond de laquelle coulait une rivière de câbles et de conduits. Sourd, sourd, sourd, le pouls d'un monde en métal, les battements-séismes d'un cœur planétaire.

Et peut-être était-ce une caverne, cette vallée qui défilait et s'embranchait à d'autres canyons ; n'y avait-il pas des voûtes au-delà des nuées sombres ? Les falaises prenaient une texture, une charpente d'échafaudage ou de pont, d'abord appliquée, puis gagnant de la profondeur, s'ajourant pour montrer des lueurs lointaines, livides dans un brouillard huileux.

Et le regard y plongeait, le regard du rêve, le travelling d'un œil intangible. Poutrelles, treillis et traverses se suivaient comme la superstructure d'une usine sans fin, sous un toit humide et enfumé, tandis qu'en contrebas des lueurs de forge mimaient un volcanisme sulfureux.

Suspendu à ses rails, un portique continuait d'avancer, ses bras assez robustes pour porter une cuve de métal en fusion. Mais ce n'était pas une cuve, c'était Dérec qui s'y trouvait suspendu, par la tête, mais sans attache tangible. Seuls des rais de lumière, broches immatérielles traversant son crâne, semblaient suffire, tandis que son corps suivait passivement, luisant du réseau pâle de ses veines.

•

La passerelle d'un croiseur ne réservait aucune surprise à Dérec, sauf que tout différait subtilement. Différent des salles holographiques de simulation où il avait suivi des cours. Surtout, c'était habité – là résidait peut-être la principale distinction. Quelques hommes et femmes, un groupe dont il sentait dès l'abord les individualités et, en même temps la complicité d'une équipe habituée à fonctionner ensemble. Fay Bryer, il le sentit, restait un peu en retrait d'eux, bien que l'ambiance fût cordiale comme elle l'avait dit. Et lui, Dérec, faisait figure de visiteur.

Une neutralisation s'amorçait, à laquelle Bryer et l'équipe s'étaient préparées la veille en salle de réunion, étudiant tous les dossiers des Renseignements et les observations antérieures. *Atlantis* se trouvait sur orbite, sa soute déjà ouverte, et les astronautes états-uniens déployaient le bras télé-manipulateur.

Fay Bryer était au maximum de sa transe lucide, son cerveau ouvert à toutes les perceptions du continuum psi, ses neurones grisés de propsychine, ses implants stimulés par l'électrocervical. L'O.R.M., au moyen du biocollier, suivait de près tous les paramètres physiologiques. Bryer elle-même n'était pas absente de son environnement : il ne s'agissait pas d'une séance de spiritisme. Recevant des données mentales du cybord et des perceptions extrasensorielles, tout au plus réagissait-elle lentement, parfois, aux remarques ou aux questions des officiers.

Sur le pont supérieur du croiseur, les scaphes de neutralisation étaient prêts à sortir ; pilotes et techniciens se trouvaient aux commandes.

Fay Bryer entra en syncope.

Avec un bel ensemble, vingt timbres différents se déclenchèrent dans l'O.R.M. ; une bouffée de panique trempa instantanément Dérec.

— Appelez un médic ! lança-t-il en s'approchant de maître Bryer, impuissant.

Il ne pouvait qu'observer, constater sur un des écrans de l'O.R.M. que toutes les mesures d'urgence étaient déjà en cours : le biocollier relayait les signes vitaux, il diffusait déjà dans le flot sanguin un inhibiteur de la propsychine et un tonique cardiaque.

Si, il y avait quelque chose à faire : d'un compartiment de l'O.R.M. avait surgi un masque à oxygène avec son petit réservoir sous pression. Le sentiment d'impuissance de Dérec était déjà passé et il appliqua le masque sur le visage de maître Bryer. Elle n'avait pas totalement perdu connaissance ; son regard effaré redevint graduellement lucide. Un médecin surgit sur la passerelle.

—Elle est stabilisée, lança Dérec en désignant un écran témoin apaisé.

Bryer confirma d'un signe de tête et écarta le masque à oxygène.

—Une catastrophe aérienne, prononça-t-elle, comme essoufflée. Juste au-dessous de nous.

—À venir? demanda Dérec. On peut l'éviter?

—Dans les minutes qui viennent. Non, je ne crois pas qu'on puisse la prévenir. Mais c'est un événement critique: un avion de ligne qui explose en vol, un gros!

—Vous avez entendu? lança Dérec à la capitaine. Il faut prévenir Contrôle-Argus.

—Peut-elle en dire davantage?

—C'est venu comme une bouffée glacée. Mon cerveau était à nu, et soudain cette explosion, des centaines de morts en quelques secondes... Sept cent quarante-sept...

—Vous avez pu les compter? s'étonna un jeune officier.

—Non: Boeing 747. Au-dessus d'un village anglais ou écossais...

Délicatement, Dérec lui retira son électrocervical. Le médecin, satisfait des courbes e.e.g. et e.c.g. que montraient les écrans du cybord, préféra quand même employer la civière qu'on apportait. Très secouée, Bryer consentit à s'y étendre. À la capitaine Credali qui s'était approchée, elle assura:

—La neutralisation se passera bien. Aucun événement violent autour d'*Atlantis* dans la prochaine heure. Mais je n'ai pas eu le temps de sonder l'équipage; je ne connais pas leurs intentions.

La capitaine sembla contrariée:

—Argus demande un examen immédiat de *SeekSat 4*.

—Dérec me remplace, répondit Bryer à mi-voix. Le médecin ne m'autorisera pas à refaire une transe. Sers-toi de mon O.R.M., ajouta-t-elle à l'intention de son adjoint.

Tandis que Bryer était emmenée, un pâle sourire sur ses lèvres, il sembla à Dérec que cent visages pleins d'attente se tournaient vers lui.

Mais je n'ai pas assisté à la réunion préparatoire! voulut protester Dérec; toutefois il se retint à temps. *Et je ne maîtrise pas encore la transe psi.*

La capitaine Credali sembla percevoir quelque chose de son hésitation, car elle avança:

—Je peux appeler la coordinatrice aux Neutralisations…

—Non non, protesta Dérec, et en même temps il entendit un officier:

—Nous avons fait des neutralisations pendant vingt ans sans métapses. On peut encore faire celle-ci.

—C'était avant que les Terriens ne connaissent notre existence, répliqua Credali. Ils deviennent de plus en plus rusés.

Durant cet échange, Dérec s'était assis à la console de Bryer. Il portait déjà son électrocervical, à l'aide duquel il avait suivi le travail de la métapse. Il y asservit l'O.R.M. de Bryer, encastré dans la console.

Au poste de neutralisation tout proche, qui occupait le tiers de la passerelle, Dérec entendait bien les demandes des pilotes de scaphes, qui réclamaient des directives. Les officiers de la passerelle, eux, s'étaient tus, regardant Credali et Dérec tour à tour.

Quelque chose dans l'attitude de Dérec avait dû les impressionner ces dernières secondes, une apparente assurance qu'il était loin d'éprouver réellement. « Une minute », annonça muettement Dérec à la capitaine, en dressant un doigt et en formant le mot avec ses lèvres. Son propre calme l'étonnait.

Les doigts sur un clavier, les ordres mentaux relayés par son électrocervical, il plongea dans les dossiers de la neutralisation en cours. Il inventoria d'abord ce que les Renseignements offraient de pertinent. Ces derniers jours, ils avaient mis la main sur un mémorandum adressé quelques mois plus tôt au président états-unien. Il en prit connaissance mentalement, dix fois plus vite qu'il n'aurait pu le lire :

RAPPORT SECRET AU PRÉSIDENT

Depuis le sommet secret du lac Clifton en juillet 1977, les puissances astronautiques ont peu progressé dans leur connaissance de l'U.S.I.O. – Unidentified Spaceborne Interfering Organization. L'unique certitude est qu'il ne s'agit pas d'une organisation terrienne et qu'elle est nettement plus avancée que nos agences spatiales sur les plans scientifique et technologique.

Les seules manifestations connues de leur activité restent : a) l'interruption de télémétrie entre nos satellites et nos bases au moment de la mise sur orbite, interruption brève qui nous donne à penser que nos engins sont examinés et peut-être manipulés ; b) une courte panne de tous les systèmes électriques embarqués.

Les radars camouflés et les caméras cachées dont nous avons équipé certains de nos satellites à partir de 1978 ne nous ont retransmis aucune information en temps réel : leurs éventuelles données ont été perdues dans l'interruption de télémétrie qui trahit les interventions de l'U.S.I.O., ou encore elles n'ont pas été recueillies à cause de la panne ou de l'inhibition des systèmes.

Les appareils d'enregistrement et de retransmission des données que nous avons couplés à ces radars et caméras cachés n'ont rien montré. Une de nos hypothèses de travail est que l'U.S.I.O. dispose d'un système anti-radar perfectionné, que nos ingénieurs imaginent, à défaut de savoir le réaliser. Pour l'absence de détection optique, nos physiciens ne peuvent avancer d'hypothèse solide. Leur seul indice est un épisode très bref de *vacillement* dans l'image du champ stellaire, mais ils ne peuvent exclure la possibilité d'une défaillance de l'équipement. Toutefois, sur cette base, la prochaine étape de nos investigations sur l'U.S.I.O. sera de dissimuler sur un de nos satellites des caméras ultra-stables, à alimentation indépendante, qui capteront sur *film* haute résolution les images du champ stellaire. L'optique, l'électronique et la chimie d'un tel système sont au point ; elles permettront d'exclure des observations tout artefact généré par une imperfection du système lui-même.

Le texte ne précisait pas sur quel satellite seraient montées ces caméras. Continuant de puiser mentalement dans l'ordinateur de bord au moyen de l'O.R.M., Dérec se fit donner tout ce que savaient les Renseignements sur l'assemblage de *SeekSat 4*, avec la liste des firmes impliquées dans sa mise au point. Dates, tableaux et données concises défilèrent sur les écrans de sa console. Le satellite faisait partie d'une série; une firme nouvelle aurait-elle été intégrée à la chaîne de production pour le quatrième engin? Il y avait tant de composantes, tant de sous-contracteurs.

Dérec arrêta soudain le défilement des données. Optimum Optics ne figurait pas dans le tableau pour les trois premiers *SeekSat*. Petite firme, contrat mineur selon le cahier des charges. Mais la mémoire d'OCArgus, immédiatement sollicitée à l'aide de l'ordinateur de bord, en savait un peu plus sur cette société. Elle avait été récemment fondée, n'avait jamais été sollicitée par la Défense nationale, et pourtant elle possédait déjà une expertise de pointe en optique de grande précision. Physiciens d'expérience – européens, pourquoi? –, des spécialistes avaient été engagés du jour au lendemain par cette Optimum Optics fondée *ad hoc* pour brouiller les pistes…

Dérec continua de fouiller. Les Renseignements n'avaient pu espionner l'assemblage de *SeekSat*, se heurtant à des mesures de sécurité jamais vues en astronautique civile. La raison en était claire: ce satellite de géophysique avait été conscrit pour d'autres fins.

Autre détail suspect: STS 47 n'était que le deuxième vol d'une navette après le hiatus de trente-trois mois causé par l'explosion de *Challenger*. N'y avait-il pas d'autres engins dont la mise en orbite était plus urgente que celle d'un satellite à vocation géophysique?

Seuls les plans de quelques systèmes ou appareils fournis par des firmes où la sécurité avait pu être prise en défaut étaient parvenus aux Renseignements. Rien de stratégique, apparemment: de la mécanique, des rouages, des ressorts. Des rouages et des ressorts dans un satellite, en 1988?

Un bref coup d'œil à un écran montra à Dérec que *SeekSat* avait déjà été cueilli dans la soute de la navette *Atlantis* par le bras télémanipulateur, et délicatement lâché dans le vide. À très grande distance, les télécaméras de l'*Arvaker* en donnaient une image limpide et plus grande que nature. Dérec fit revenir les images équivalentes des *SeekSat* précédents.

— Vous voyez la différence ? demanda-t-il laconiquement aux ingénieurs des Neutralisations, tout près de lui.

Ils observaient l'engin depuis quelques minutes, mais il leur fallut encore des secondes supplémentaires avant de noter ce que Dérec avait remarqué : une configuration subtilement différente des appareils garnissant le « dessous » du satellite, la partie tournée vers la Terre.

— Examinez ça. Qu'est-ce que ça peut être ?

Déjà les dossiers personnels des astronautes d'*Atlantis* étaient présents à son esprit, avant même qu'il n'ait achevé sa phrase. Il s'intéressa sans tarder aux experts civils, les spécialistes de charge utile, mais rien de pertinent ne le frappa. Les astronautes eux-mêmes, alors ? L'un était nouveau, il s'était joint à l'équipe à la dernière heure – c'est-à-dire quelques mois avant le lancement –, pour remplacer un collègue affecté par une hépatite. Dérec fouilla le passé de ce Summers, y trouva des études en physique plutôt qu'en ingénierie comme chez la plupart des pilotes. Il avait été stagiaire dans des firmes civiles ayant des contrats avec la Défense nationale. Rien que de très normal. Et pourtant. *Corrélation possible entre Optimum Optics et ces firmes ?* Dans les profondeurs de la Lune, les réseaux cristallins d'OCArgus collationnèrent des milliards de données. Leitz Macro, firme européenne, s'avéra être la « mère » d'Optimum Optics.

Voilà.

— Transmissions d'*Atlantis* ? demanda Dérec.

— Très peu d'audio : ils parlent le moins possible. Par contre, beaucoup de télémétrie vers *SeekSat*. Ils n'ont jamais mis autant de soin à « placer » un satellite sur orbite, à l'orienter au millimètre près, à s'assurer de sa stabilité.

Voilà.

Voilà le satellite équipé de caméras capables de déceler le champ optique d'un croiseur éryméen – un croiseur de l'U.S.I.O., comme disaient les États-Uniens. Mais comment retransmettrait-il ses données ? Une antenne, même cachée, serait inhibée en même temps que le reste de l'électronique embarquée, les Terriens le savaient. Alors une capsule récupérable, comme celles des satellites-espions soviétiques ? D'où le dispositif « sous » *SeekSat* : catapulte à minuterie mécanique, avec un angle d'éjection pré-programmé qui nécessitait un alignement parfait de tout le satellite. D'où les rouages et les ressorts…

— Capitaine…

Soixante-dix secondes. Selon l'O.R.M., soixante-dix secondes s'étaient écoulées depuis qu'il avait demandé une minute à la capitaine.

— Capitaine, si nos scaphes s'approchent pour une neutralisation conventionnelle, l'effet mirage de leur champ optique sera décelé par des caméras cachées.

— Plusieurs satellites portent des caméras cachées depuis quelques années.

— Celles-là pourront *effectivement* percevoir l'effet mirage.

— Leur observation ne pourra être transmise. Nous inhiberons, comme d'habitude.

— Les Terriens ont une parade : l'observation est enregistrée sur pellicule, et une capsule sera éjectée mécaniquement, sans impulsion électrique ou électronique.

Credali ne cacha pas son étonnement :

— Fay Bryer vous a rapporté la réunion préparatoire d'hier matin ?

— Pas du tout.

Il se représenta aisément ce que les officiers de la passerelle avaient pu voir de son travail : en soixante-dix secondes, des données qui défilaient sur ses écrans trop vite pour être lues, photos et diagrammes s'y succédant aux fractions de seconde, des remarques laconiques n'attendant pas de réponse, des indicateurs témoignant d'une activité intense de l'ordinateur de bord et d'une sollicitation intensive d'OCArgus sur la Lune. Cet apprenti métapse pouvait-il, en une minute, avoir parcouru le même chemin que toute l'équipe de neutralisation, hier, en quelques heures de préparation, et avoir poussé leurs hypothèses vers la certitude ? Et ce, sans s'injecter de propsychine, sans recourir à la prémonition, à la voyance, au sondage télépathique des astronautes d'*Atlantis* – à aucune des ressources psi d'un métapse, hormis peut-être l'intuition ?

— Recommandation ? demanda Credali, et ce mot-là allait mettre quelques minutes à éveiller les sentiments de Dérec, à le gonfler d'une euphorie rarement éprouvée. Mais déjà sa raison répondait :

— Rester à distance, même nous éloigner, au cas où notre mirage optique serait décelable à cette distance. Ne pas inhiber le *SeekSat* : c'est ça qui déclencherait la minuterie de la catapulte. Revenir dans quelques jours ou quelques décades quand *Atlantis* sera redescendue, revenir avec un dispositif de capture pour intercepter la capsule. Il faut savoir ce qu'ils ont mis au point.

Dérec se rendit compte à nouveau du silence, mais cette fois c'était un silence attentif, un silence d'estime. Personne ici ne doutait de la pertinence de ses recommandations.

— Ohayon, éloignez-nous doucement. Verniers seulement, pour ne pas trahir notre présence. Reichel, contactez Quesada aux Neutralisations et organisez une holo-conférence.

Elle s'adressa ensuite à ses officiers au poste de neutralisation :

— Dites à vos pilotes qu'ils peuvent quitter leurs scaphes. Qu'ils nous retrouvent à la salle de réunion.

Elle se tourna vers Dérec :

— Vous vous joignez à nous, bien entendu.

•

Malgré sa fatigue, Dérec tint à passer à l'infirmerie pour voir Fay Bryer. On lui répondit qu'elle était retournée à sa cabine, son état n'exigeant que du repos.

— Entrez, retransmit l'interphone, et la porte de Bryer s'ouvrit à cette commande vocale.

Elle avait quitté sa chambrette ; elle vint s'asseoir au salon, invitant Dérec à en faire autant.

— Je n'ai pas pu venir avant, annonça Dérec, il y a eu une séance de travail qui a duré des heures.

— Avec la coordinatrice aux Neutralisations elle-même en holo, oui, je me suis renseignée. Tu auras vite fait tes preuves, Nicolas Dérec.

Il ne répondit pas, la tête lourde et légère à la fois. Il était encore étonné. Comme s'il n'avait pas, maintes fois, à l'Institut, réussi le même exploit qu'aujourd'hui sur la passerelle : synthétiser en une minute les éléments épars d'un problème complexe, en puisant à une variété de sources, et formuler une recommandation presque aussi vite que l'aurait fait un ordinateur, mais avec le complément de l'intuition, qui manquait encore à l'intelligence artificielle. Mais cette fois-ci c'était vrai, et la décision s'était avérée cruciale.

— Et cette catastrophe aérienne ? demanda-t-il à Bryer.

— Elle s'est produite deux minutes seulement après ma prémonition : c'était tout proche dans le temps, c'est pour cela que ç'a été si intense. Comme si mon cerveau nu avait été soudainement plongé dans l'eau glacée.

Dérec eut un demi-sourire : lui et ses collègues de l'Institut étaient passés maîtres dans ces métaphores aptes à expliquer à un profane les sensations inédites du continuum psi.

— Un avion civil de la Pan Am, liaison Francfort-New York, a été victime d'un attentat à la bombe : deux cent cinquante-neuf morts, plus onze au sol, dans un patelin écossais nommé Lockerbie.

Bryer laissa planer un silence. Les mots, sans doute, ne suffisaient pas à évoquer ce qu'elle avait éprouvé à cet instant tragique.

— Telfer, à l'Institut, a étudié mes graphes. Il me recommande de ne pas tenter une transe avant quarante heures.

— Une dispense du médecin, remarqua Dérec en souriant.

— Toi aussi tu devrais te reposer, recommanda-t-elle.

C'est ce qu'il alla faire, après avoir prolongé un moment la conversation. Durant le bref trajet jusqu'à sa propre cabine, il ne croisa aucun membre de l'équipage. Quelle serait l'ambiance demain ? Devinerait-il dans son dos, se retournant sur son passage, des gens qui parleraient à mi-voix de ce Psychéen qui avait un ordinateur entre les deux oreilles ? Et, surtout, sur quel ton cela serait-il murmuré ?

Qu'est-ce que ça peut me faire ? se demanda-t-il en entrant dans sa cabine. N'était-il pas habitué, depuis son adolescence, à être mentalement différent des autres ? N'avait-il rien acquis, en sept ans d'entraînement ?

Le plafonnier s'alluma à son entrée, mais il l'éteignit – avec sa main, comme tout le monde, puisqu'il ne portait pas son électrocervical. À la seule clarté des étoiles, il s'approcha des hublots triangulaires, qui plaquaient au plafond des scalènes lumineux. La Lune devint visible au loin, vers le « bas », lorsqu'il colla son front au transplastal. Elle se trouvait à demi ensoleillée ; Argus, sur la face cachée, se trouvait donc elle aussi au soleil. Humide, la vallée de l'*Argo* fumait sans doute sous les rayons obliques du jour, ses petits singes criant d'une branche à l'autre, brièvement visibles dans les taches de lumière que traversaient leurs bonds. Il revoyait les orchidées, dans un flou humide, surpris de les avoir si bien photographiées ; il ne se rappelait pas les avoir contemplées si longtemps.

Puis il revit la fillette, Stavi… D'où lui venait cette image d'une fillette, elle si grande et si épanouie à seize ans ?

Tout se mit en place, Dérec découvrit d'où lui venait cette conviction d'avoir déjà aperçu Stavi : c'était à l'atelier d'art de Trikilis, où Thaïs faisait jadis de la sculpture holovisuelle. Stavi avait peut-être huit ou neuf ans à l'époque, avec une coiffure moins flamboyante ; voilà pourquoi il ne l'avait pas reconnue. Mais elle, sans nul doute, savait qui il était, peut-être avait-elle fantasmé sur lui lorsqu'elle l'apercevait sans qu'il lui prête attention.

Un sourire, brièvement apparu, quitta ses lèvres. Il pensait maintenant à Thaïs, c'était inévitable. Il la revit dans les cavernes scintillantes de Mandos, dans les jardins opulents d'Asgard, les eaux turquoises de l'Ulmo, il revit son corps resté menu même en entrant dans l'âge adulte, ambré et délicat, son tempérament enjoué était présent à son esprit, immédiat, son rire presque audible. N'était-ce pas cela qu'il avait cherché, l'avant-veille, chez Stavi qu'il devinait toute jeune ? Il sourit à nouveau, à demi conscient de ses yeux humides ; la lumière scintilla dans les arcs de gouttes d'eau jaillissant au bout des pieds de Thaïs, parmi les cascades de Laga.

◆

L'eau qui coulait dans la vallée de l'*Argo* était moins vive que les torrents de Laga, les berges de ses ruisseaux étouffées d'herbes et de racines aériennes, ses cascades masquées par un dais de lourdes fougères. Pour quinze jours, Argus se trouvait dans la nuit, ses parcs éclairés artificiellement selon des cycles de vingt-quatre heures. Le projecteur géant, unique et bleuté, ménageait de saisissants effets d'ombre et de lumière dans la vallée, réduisant au noir et blanc le pelage des ocelots.

C'était le premier congé de Dérec depuis son affectation à l'*Arvaker* quatre décades plus tôt. L'avant-veille, il avait visiophoné à Stavi mais elle n'était pas chez elle ; il avait laissé un message.

Aujourd'hui, pour la première fois, il avait pensé aux parcs-cratères d'Asgard et de Laga sans que le souvenir de Thaïs n'ombre ces images. Et souvent, ces derniers soirs, il avait revu Stavi en pensée, son corps arqué au soleil, les seins presque effacés dans la cambrure, les surfaces dures du thorax et celle si tendre du ventre, l'arête des hanches et le duvet marron moussant entre ses aines claires.

Un pangolin gagna en se dandinant le bord d'un ru. La jungle bruissait sans cesse, de ses feuilles, de sa faune, de ses eaux. Deux fois déjà, en remontant les allées gazonnées, Dérec était passé près de couples joints dans la pénombre bleue, et avait senti monter le désir. Les machines n'éprouvent pas d'envies, s'était-il rappelé avec plaisir.

Et voilà que Stavi se trouvait devant lui, au détour d'un massif, surgie pour le surprendre, l'ayant aperçu un moment plus tôt mais ayant joué à l'attendre, cachée, puisque c'était là une jungle et que leur désir subitement attisé avait quelque chose de fauve.

DEUXIÈME PARTIE

LES ANNÉES GRISES

CHAPITRE 12

La mémoire des uns…

La lune se couche, enflée, roussâtre. Sans bruit, Lion et ses lionnes vont en procession vers le point d'eau. Le sol est encore tiède des chaleurs de la veille, mais un peu de rosée courbe les hautes herbes.

Avant-hier, les falaises proches renvoyaient l'écho de bruits très lointains, jamais entendus dans ces contrées : des coups de feu. Les lions l'ignorent, mais Britanniques, Français et Allemands explorent le cœur du continent, émissaires de puissances qui porteront ombrage à la fière Abyssinie et asserviront même l'immémoriale Nubie. À quelques lieues patrouille une troupe et, qui sait, demain ou après-demain, le petit royaume sera peut-être brusquement découvert par le siècle.

Au pied de la falaise s'étale en effet la cité, aux couleurs rousses et ocre du paysage. Il y a longtemps que la flamme des lampes n'a brillé aux fenêtres de ses maisons arrondies. On voyait hier encore les ouvrages de la haute ville, creusés dans la falaise, montant jusqu'à son faîte qu'ils couronnaient : les résidences excavées, les palais, les tombeaux, les temples, sanctuaires d'où la voix claire des *muezzins* n'avait jamais appelé, et où le murmure des moines coptes n'avait jamais chanté.

Darfour, Kordofan et Zande étaient ses voisins, mais le nom de ce royaume-ci est oublié. Depuis longtemps les vastes salles creusées sont désertes, plus personne ne monte au pied des augustes pilastres. Les chasseurs avec leurs sagaies, quand ils ont à marcher en vue de ces falaises, chantonnent des paroles superstitieuses, à mi-voix pour ne point briser le silence.

Lion et ses lionnes ont été troublés toute la nuit, comme par un des rares orages de cette contrée. Les éclairs étaient soutenus, incessants, et verdâtres. Le tonnerre ne s'interrompait guère, plus sourd et moins heurté que d'habitude, parfois ponctué de formidables claquements.

Très loin au nord se dressent les pylônes et les pyramides de l'antique Égypte, mais Lion n'en a jamais vu. S'il les avait connus, il aurait cru en voir autour de la cité cette nuit, ou du moins des choses aussi massives. D'elles venaient les éclairs, les lueurs, le tonnerre.

L'une de ces masses a même survolé Lion et le bosquet de sa famille, éclipsant un moment le disque blanc de la lune. À son approche, il a vu le poil se dresser sur le corps de ses lionnes, de ses lionceaux, une myriade de lucioles courant dans leur fourrure.

Immobiles, dépassant le moins possible des broussailles où ils se terraient, Lion et les siens ont observé en silence, jusqu'à ce que cela cesse et que tout s'en aille. Tout: les nuages massifs et anguleux, les temples, les tombeaux, les palais de la falaise, tout est parti vers le haut.

Le calme règne, ce matin. L'éclairage rasant du soleil souligne le relief en terrasses de la cité, les blocs adoucis de ses maisons, les quelques taches de vert dans les tranchées de ses cours ou de ses jardins. Intrigué, Lion regarde plus longtemps que d'habitude, vers cette cité qui pour lui n'est que de la plaine et de la montagne. Quelque chose a changé, mais il ne peut se rappeler quoi ; de même il oubliera bien vite les frayeurs de la nuit.

Lion détourne la tête et reprend sa marche posée vers le point d'eau. Lionne Beige, plus jeune, plus alerte, s'attarde un moment encore. Elle, elle voit ce qui a changé : la crête de la montagne a reculé ou, plutôt, s'est creusée d'un immense demi-cirque ouvert à la plaine. Jamais plus, au couchant, la cité déserte ne recevra l'ombre de la falaise, de ses temples creusés et de ses palais, de ses hauts sanctuaires.

Lionne Beige s'éloigne, satisfaite d'avoir compris : cette nuit on a enlevé vers les cieux tout le devant de la montagne.

●

Barry Bruhn retira la visière de réalité virtuelle grâce à laquelle il avait suivi le didacticiel sur la cité rupestre africaine. Autour de lui, sur la terrasse Soudan, une dizaine d'enfants d'âges divers et leur accompagnateur en firent autant. C'était la première fois que Barry s'arrêtait à regarder la reconstitution virtuelle, même s'il travaillait à la cité-cratère de Manwé depuis quelques années maintenant, la Sûreté y ayant ses bureaux. Comme tout le monde, il savait que le rocher dressé au centre du parc-cratère – appelé respectueusement le mont Manwé – avait été transplanté là par les Mentors, un siècle et demi plus tôt, à l'époque où ils commençaient à aménager l'astéroïde à l'intention des Éryméens. Le dôme coiffant le cratère était le plus élevé et le plus hémisphérique de tous ceux d'Érymède. Tout près de là, soustraite à la même époque à l'avide curiosité des puissances impériales, Eldorado se dressait sous un autre dôme, dominant la luxuriance d'une jungle équatoriale.

Le mont Manwé se dressait en face de Bruhn et des écoliers, entouré d'une savane de type africain que dominait la terrasse Soudan. D'autres didacticiels en réalité virtuelle offraient aux visiteurs une information botanique, zoologique ou écologique. Barry apercevait en contrebas les masses grises des éléphants, un troupeau d'autruches ; puis, en cherchant un peu, des marabouts aux têtes chauves et disgracieuses, des hérons perchés sur des buffles et, beaucoup plus près, une tribu de pintades bleutées parmi les hautes herbes.

— Où ils sont, les Mentors ? demanda une voix flûtée. Pourquoi on ne peut pas les voir ?

Bruhn se réjouit de ne pas être à la place de l'accompagnateur et de ne pas avoir à répondre à de telles questions. Drôles d'oiseaux que les Mentors. On ne savait rien de leur corps d'origine : les premiers à avoir visité la Terre avaient un cerveau de chair, mais ils trouvaient plus commode de le promener dans des corps androïdes auxquels ils avaient donné une apparence humaine. Aujourd'hui, ils étaient sans doute plus avancés dans leur quête pour se libérer de l'organique, et donc du mortel.

Quoi qu'il en fût, très peu d'Éryméens avaient effectivement rencontré des Mentors, et presque aucun depuis une génération. Les Mentors avaient accéléré Érymède et l'avaient emmené dans la ceinture intérieure des astéroïdes, ils l'avaient muni d'une centrale à fusion nucléaire pour l'alimenter en énergie et d'un méga-réacteur pour le maintenir sur son orbite. Puis ils avaient creusé en son cœur une vaste caverne sphérique et y avaient logé un micro-trou-noir pour générer de la gravité. Leur dernière grande intervention au bénéfice des Éryméens avait été de les transporter, par dizaines de milliers, de la Lune à leur nouveau planétoïde-gruyère, où cités souterraines et parcs-cratères étaient prêts à les accueillir.

Leur legs comprenait les mines-usines qui fonctionnaient encore sur certains satellites et astéroïdes, le formidable outillage robotisé qui servait à creuser des cités dans le roc des lunes, et le réacteur central d'un vaisseau-mère dont on avait fait le cœur d'Exopolis. Et surtout, héritage empoisonné celui-là, le mandat de protéger la Terre et l'humanité (ou protéger la Terre *de* l'humanité, ce n'était hélas pas clair). Protéger l'humanité contre elle-même, voilà en tout cas à quoi s'affairait Érymède – et Érym avant lui – depuis plus de deux siècles.

Bruhn allait consulter sa montre, quand Sing Ha apparut sur la terrasse Soudan. Son pas était alerte, pour une femme de soixante-cinq ans, et son regard était vif. Bruhn vit qu'elle l'avait aperçu et s'avança lentement dans sa direction. Toutefois elle bifurqua, avec un sourire d'excuses, et se rapprocha du groupe d'enfants. Un gamin et une fillette la reconnurent et s'élancèrent vers elle, la bonne humeur cuivrant leurs voix aiguës. La sexagénaire s'accroupit souplement et leur ouvrit les bras, tandis que d'autres bambins observaient, curieux.

—Les enfants de ma fille, expliqua-t-elle à l'intention de Bruhn qui s'était approché. Je savais qu'ils visitaient Manwé aujourd'hui ; avec notre réunion de cet après-midi, je faisais d'une pierre deux coups.

— Vous voulez vous joindre à la promenade ? offrit l'accompagnateur, un homme à la peau de soie marron que Barry trouvait fort à son goût.

Il avait peut-être trente ans, ou un peu moins ; Bruhn se promit de l'interroger discrètement sur son lieu de résidence et les endroits qu'il fréquentait le soir.

Tout le groupe se mit en route vers le fond plat du cratère, empruntant un sentier caillouteux qui serpentait en lacets le long du versant. Au pied de la pente raide, des zèbres broutaient à l'ombre des acacias. Une fillette prit Bruhn par la manche :

— Paraît qu'il y a trois sortes de gazelles dans le parc.

— Ah oui ?

— Thomson, springbok et gerenuk, s'empressa d'affirmer sa copine (ou sa rivale) en s'emparant de l'autre manche. Tu sauras nous dire lesquelles sont lesquelles ?

— Euh… Il n'y en a pas une de ces trois-là qui est une gazelle-girafe ? hasarda Barry.

Maintenant qu'ils se trouvaient plus près, Bruhn reconnaissait l'un des garçons, l'aîné de la bande. C'était le fils d'un ingénieur dont il avait été l'amant quelques mois, deux ans plus tôt. Il avait évidemment grandi et changé. Comment s'appelait-il, déjà ? Burt ? Brian ? Bruce ? Quelque chose du genre.

— Il y a aussi des gnous, des okapis et des hip-potragues, enchérissait un gamin, comme si Bruhn avait implicitement été désigné comme juge d'un concours de mémoire.

— Hmm… Les okapis n'ont pas de cornes, si je ne me trompe pas.

— Mais les éléphants en ont, une trompe, sou-ligna un petit comique, profitant de ce que la langue éryméenne permettait ce jeu de mots.

On dérape, là, protesta intérieurement Bruhn. Il regardait avec insistance en direction de Sing Ha, espérant lui signaler, du regard, qu'il avait envisagé un tout autre ordre du jour pour leur rendez-vous.

Chaque enfant portait à l'oreille un écouteur, par lequel un micrord, que l'enseignant portait à sa ceinture, signalait la proximité d'un spécimen en précisant la direction. Tous les animaux, hormis les plus communs, portaient en effet une puce localisatrice.

Bruhn n'eut d'autre choix que d'admirer, tour à tour, des touracos verts, une grappe de colious, de grands calaos coiffés comme les prêtres de quelque ancien culte, et de petites veuves aux interminables rectrices noires. Las de se faire lancer des noms d'oiseaux par des voix haut perchées, il saisit un prétexte pour libérer ses mains de celles des deux fillettes et se rapprocher de la conseillère Sing Ha. Quand il put obtenir son attention, il fut soulagé de recevoir une réponse muette accompagnée d'un sourire, «ça ne sera pas long».

Son estime pour l'accompagnateur crût d'un cran lorsque celui-ci accepta de prendre sur ses épaules un bambin – et pas le plus petit. Elle retomba aussitôt lorsqu'un camarade du premier, apparemment sans envisager la possibilité d'un refus, choisit Barry comme monture à la faveur d'une roche qui lui servit de marchepied. Et il s'agissait du plus grand, justement. Mel? Val?

La chaleur du parc, déjà bien sensible, parut monter de plusieurs degrés et le dos de Bruhn fut bientôt trempé sous l'étoffe. *Et il supporte ça à longueur de journée…* songea-t-il en détaillant d'un regard admiratif le corps athlétique de l'accompagnateur.

— Simon est le père de mes petits-enfants, lui glissa Sing Ha en le désignant du menton.

L'accompagnateur hocha la tête en lui adressant un sourire cordial. Bruhn répondit en retroussant un coin de ses lèvres, la déception enlevant beaucoup d'aménité à ce demi-sourire.

Bon, c'est pas tout, ça.

— J'ai aperçu des lycaons, mentit Bruhn, il paraît que ça chasse en bande, ces bêtes-là. Vous êtes sûr que les rhinos ne vont pas nous charger ? Que ces babouins, là, ne vont pas se jeter sur nous ?

Le dénommé Simon lui décocha cette fois un regard sombre, mais c'est sur le ton le plus léger qu'il le rabroua, parlant fort pour que chaque enfant l'entende :

— Avec leur micro-puce, vous savez bien que ces animaux-là ne peuvent s'approcher de nous.

Bruhn n'en ignorait rien, bien entendu, et Sing Ha lui adressa un sourire de reproche amical. Elle commença néanmoins à prendre congé de sa descendance.

— De toute façon, commenta le gamin perché sur les épaules de Bruhn, ici je suis en sécurité.

•

— La réunion commence à quinze heures, dit Sing Ha en s'adossant à un arbre au branchage quasi horizontal. Ça nous laisse une heure pour bavarder.

Barry Bruhn s'assit en tailleur en face d'elle et déposa dans l'herbe haute son jeune cavalier – il s'appelait Liam, finalement.

— Ce n'est pas que nous ayons tant de secrets à échanger, dit-il, mais je voulais profiter de votre visite à Manwé pour faire le point. Je sais que vos journées libres sont rares.

Membre du Conseil supérieur d'Érymède depuis près de quinze ans, elle essayait quand même de ne pas s'enfermer dans la capitale, Élysée, et tenait à rencontrer les officiers des divers services dans leurs cités respectives – ceux du moins dont le siège se trouvait hors de la capitale. C'était le cas de la Sûreté, le service où Bruhn était agent depuis treize ans. La réunion de cet après-midi allait explorer un possible élargissement du mandat de ce service.

Le reste du groupe d'enfants était parti, avec Simon, vers la cité rupestre du mont Manwé. La petite-fille de Sing Ha avait tenu à rester avec elle. Liam, quant à lui, avait reconnu Bruhn dès la terrasse Soudan et semblait l'avoir adopté comme grand frère. Pour ne pas recourir constamment aux sous-entendus, les adultes discutaient en anglais, une langue que leurs fonctions les avaient depuis longtemps amenés à maîtriser.

— En soi, ce n'est pas une bonne nouvelle, convenait Bruhn, parlant du prochain élargissement du mandat de la Sûreté. Ça veut dire que nous sommes désormais sur la défensive.

— Partiellement, du moins.

La sexagénaire avait trouvé un peigne dans le petit sac de la fillette ; elle entreprit de démêler sa chevelure d'ébène, heureusement pas très longue.

Les ruses des Terriens ayant jusque-là été déjouées, ceux-ci en avaient correctement déduit que l'U.S.I.O. – comme ils l'appelaient – disposait de renseignements de première main, donc d'agents infiltrés dans les diverses agences spatiales, dans les grandes compagnies aérospatiales, voire même dans les départements ou ministères de la Défense. Les États-Uniens venaient en tête de cette réaction qui ne relevait pas entièrement de la paranoïa.

Quelques agents des Renseignements d'Argus avaient failli être victimes de coups montés lorsque certains de leurs informateurs, repérés par les services terriens, avaient été forcés de jouer double jeu. Les Renseignements soupçonnaient aussi qu'ils étaient victimes, désormais, de désinformation planifiée. Le service du Recrutement, quant à lui, avait renoncé à enrôler des Terriens adultes de l'Amérique du Nord ou du bloc de l'Est, quels que fussent leur potentiel psi ou leurs aptitudes intellectuelles. Le risque était désormais trop important, de recruter une personne secrètement vouée à espionner sa nouvelle planète d'accueil. Même un jeune sujet de seize ans n'était plus à l'abri des soupçons. Il fallait désormais un cas vraiment pathétique – un tout jeune prodige exploité pour ses facultés psi et maltraité, par exemple – pour que le Recrutement envisage de lui faire quitter la Terre.

—Et puis, annonça Bruhn – c'est une primeur, mon chef de service va vous l'annoncer tout à l'heure –, on s'est rendu compte que le traitement amnégène n'est pas toujours fiable à cent pour cent.

—Il ne l'a jamais été, répliqua Sing Ha en fronçant les sourcils. On considérait que quatre-vingt-quinze pour cent d'effacement était un seuil sécuritaire. Les quelques bribes de souvenirs qui leur restent sont tout au plus matière à journaux tabolides.

—Tabloïds, rectifia l'agent. C'est vrai, peu de gens prennent au sérieux les histoires d'enlèvements et de rencontres du troisième type…

—Ce en quoi ils ont tort, et de toute façon c'est pris très sérieusement en haut lieu.

L'homme en convint d'un signe de tête, son humeur assombrie par l'allusion contenue dans cette

remarque. Dans son giron, Liam le dévisagea, intrigué par les soucis qu'il sentait planer entre les
deux adultes. Bruhn lui passa affectueusement la
main dans le visage et lui adressa un sourire rassurant.

— Toujours est-il que nous avons eu une alerte,
une catastrophe évitée de justesse – le cas vous sera
résumé à la réunion. Une jeune généticienne qui avait
été approchée, en Afrique du Sud, mais qui avait
fini par décliner les offres de l'agente du Recrutement. Traitement amnégène standard, pour qu'elle
oublie ce que l'agente lui avait révélé d'Érymède ;
tout semble bien aller. Mais la voilà, quelques
décades plus tard, chez un psychologue qu'elle a
convaincu de la soumettre à une régression hypnotique.

— *Elle* l'a convaincu, lui le spécialiste ?

— Semblerait. Seule façon de découvrir ce qui
se cachait derrière ces rêves qui lui revenaient toutes
les nuits. Car elle revoyait sa balade en navette, la
belle Sud-Africaine, pas juste la Terre mais aussi la
Lune. Et sans extraterrestres à peau grise, voilà ce
qui laissait perplexe le psychologue.

— Sinon il aurait écarté ses prétentions.

— Et vous savez le pire ? poursuivait Bruhn.
C'est que nous avons su tout ça par hasard, même
par accident. Alors combien d'autres sujets se sont
avérés réfractaires à l'amnégène sans que nous
l'ayons su ?

Le visage de Sing Ha devint grave, ce qui, dans
son registre d'expressions, était presque un extrême.
Tout près, sa petite-fille se concentrait sur une
mystérieuse besogne impliquant les breloques de
ses bracelets.

— Nous l'avons reprise, compléta l'agent, et cette
fois ç'a été l'effacement en règle de la mémoire,

malheureusement pour la fille. Table rase, hormis le langage et les connaissances acquises jusqu'à quinze ou vingt ans. Mais quand même. Les neurochimistes de Psyché sont retournés à leurs manuels d'instructions…

— Et à leurs tables statistiques, sûrement. Même un cas sur mille, ce serait trop.

La conseillère recueillit un brimborion qui avait échappé à sa petite-fille. Un silence plana entre elle et l'agent de la Sûreté.

Le regard de Bruhn mit au foyer le troupeau de zèbres, où avait retenti un hennissement. Une surprenante bulle de mémoire, issue de son enfance, remonta à la surface de sa conscience : il existait trois espèces de zèbres et une demi-douzaine de sous-espèces, se rappelait-il soudain, et les biologistes éryméens élevaient ici la plus rare, considérée comme éteinte en Afrique. De quoi épater les élèves de Simon. Pourtant, le prénom de Liam, appris bien plus récemment, avait obstinément refusé de lui revenir.

Bruhn ramena son attention vers le gamin dont la tête était appuyée sur sa cuisse et dont il lissait machinalement les cheveux. Ses joues étaient constellées de taches de rousseur, version pâle de la robe d'un léopard, et sa lèvre portait un duvet presque immatériel, précurseur de celui qui pousserait dans quelques années. Avec le côté du pouce, Bruhn lui caressa la mâchoire et la joue. Lorsque le garçon ouvrit ses yeux noisette, Barry fit bouger ses propres narines en une imitation fort réussie d'un museau de lapin.

Sing Ha rompit le silence :

— Quant à notre autre affaire, elle semble bien classée pour de bon.

Avec réticence, l'agent hocha la tête pour lui donner raison :

— Peut-être que le chronode s'est défait, le chronode qu'avait frôlé Karel. Un nœud qui se défait tout seul…

— Dans le monde tangible, ça ne se produit jamais, pas un nœud de cette importance. Mais un point de convergence des lignes temporelles… Ah, si j'avais ton âge, je prendrais le temps de retourner sur les bancs d'école, à l'Institut de métapsychique et de bionique…

Un ange passa. Du pouce et de l'index, Barry jouait machinalement avec le lobe de l'oreille du gamin, qui ronronnait d'aise.

— Ne me regardez pas comme ça, protesta Bruhn en comprenant le silence et le regard de son interlocutrice. Pas l'I.M.B., jamais. Je n'en ai ni le goût ni les aptitudes, et je déteste l'ambiance de Psyché. Puis, je n'ai jamais envié le métier que faisait Karel, ni celui de Dérec.

— Dérec, répéta Sing Ha pensivement. Rien de neuf à son propos ?

— Hétéro.

La conseillère haussa un sourcil.

— J'ai demandé à un ami de tâter le terrain, juste par curiosité. Rien à faire de ce côté.

Sing Ha s'enquit, avec un sourire narquois :

— Tu avais envisagé de…

— C'était une approche à ne pas négliger.

— Beau bonhomme, c'est vrai. Presque ton âge, aussi.

— Pas du tout mon genre, protesta Barry sans convaincre entièrement son interlocutrice. Et puis il est télépathe. Si j'avais eu des intentions cachées, il aurait fini par les deviner, ne serait-ce que par hasard.

—Des intentions… Par exemple?

L'agent haussa les épaules:

—Je ne le sais même pas. Découvrir si Karel lui avait fait des confidences le dernier jour ou la veille de son suicide. Ou si quelque chose les liait, quelque chose qui nous a échappé et qui expliquerait ces… ces invraisemblables…

—Coïncidences, Barry. Tu sais combien Bril Ghyota a cherché fort, et pourtant elle n'a pu mettre en cause autre chose que le hasard.

L'agent esquissa une grimace désabusée; il n'y avait effectivement rien à ajouter sur le sujet. Un timbre électronique retentit, ténu. Liam l'interrompit, à son bracelet, et se redressa:

—J'avais réglé ma montre, tu m'avais demandé de te prévenir à quatorze heures trente.

—Merci, mon grand.

Bruhn tenta de se relever. Les jambes faillirent lui manquer: il était resté trop longtemps assis en tailleur. Il se massa les mollets pour chasser les centaines d'aiguilles intangibles qui les assaillaient. De son côté, par son commini, la conseillère avait mandé une voiturette automate. Le véhicule se présenta au bout d'un moment.

—Vous allez rejoindre Simon et vos amis sans faire de détour, enjoignit Sing Ha à sa petite-fille et à Liam après avoir programmé l'autopilote.

Les enfants l'assurèrent que oui, même si, à n'en pas douter, ils auraient su reprogrammer le véhicule si ce n'avait été du code de priorité de la conseillère. Elle fit un dernier câlin à sa petite-fille. Liam en fit autant à Barry, l'étreignant brièvement en collant sa joue sur sa poitrine. Pris de court par cette démonstration d'affection, Bruhn lui ébouriffa les cheveux et lui dit au revoir.

Sur la piste qui les ramenait au périmètre du parc-cratère, l'homme remarqua au bout d'un moment le sourire de Sing Ha.

— Quoi ? demanda-t-il, agacé.

Le sourire de la dame s'élargit, devint franchement hilare, mais elle n'ajouta rien.

Éclat de verre incrusté dans la chair...

La vieille Seta est sur le pas de sa porte, à observer les pintades qui picorent le sol. Parfois elles s'aventurent au soleil, et la dame distingue du bleu dans le gris ocellé de leur plumage. À l'ombre des acacias aux branches étalées, se trouve leur nid qu'elles regagnent régulièrement : depuis hier, Seta entend des pépiements en provenance de là.

D'un geste ample, elle leur lance une dernière poignée de graines, vers lesquelles les volatiles se précipitent comme des poules. Au loin elle distingue la harde de zèbres, leurs rayures vacillant dans la chaleur. Puis elle fait demi-tour et repasse le rideau de verroterie qui constitue sa porte. Il y a là des enfilades de menus coquillages, des osselets creux d'oiseaux, des perles de verre à facettes, qui tintent un moment après son passage, agitant éclats de lumière et taches d'ombre sur les carreaux de terre cuite du plancher.

Seta s'assoit ; les grincements sont ceux du bois et du rotin, bien qu'elle ait le sentiment que ce pourraient être ses os.

Elle ne se couche plus aussi souvent pour faire une méridienne, de peur des visions qui lui viendraient. Mais au plus chaud de la journée, le sommeil la gagne quand même, assise plutôt qu'allongée.

Et aujourd'hui encore une vision lui vient, claire et nette comme quand elle prenait de la propsychine. Brève, cette fois : un cargo en approche lunaire, les grandes portes s'ouvrant déjà pour son entrée à Argus. Mais sa trajectoire dévie et ses propulseurs se rallument, sans raison. Quelques secondes plus tard, quelques secondes seulement, le vaisseau traverse la verrière verticale du parc des Hespérides. Le cargo se retrouve au centre d'un geyser, qui l'arrête presque. Seuls l'air et d'étincelants débris jaillissent dans le vide, comme si la brèche était assez étroite pour limiter le désastre.

Puis le cargo explose, volutes instantanées, rosées ; la grande verrière se disloque, cascade au ralenti. Dans la lumière crue du soleil, un nuage blanc se répand au-dessus du cratère Tsiolkovsky, traversé par la chute lente des gens, transformés en pantins, et d'une myriade de menus objets et de choses moins petites, vertes, métalliques ou plastiques.

Les yeux de Seta s'ouvrent brusquement ; leur regard met un moment à ramener au foyer la portière de verroterie, pluie figée d'éclats et de reflets.

Elle porte la main à sa poitrine, où une sourde douleur s'est éveillée en même temps qu'elle.

CHAPITRE 13

Néons bleus et roses dans un salon désert

Sinishi Yoro entra dans son appartement ; une lueur tamisée, mauve, clignota et se répandit dans le salon. Il disposait d'environ une heure pour faire sa valise et gagner le périport afin de prendre la deuxième navette – ce serait quand même préférable de vérifier l'heure exacte du départ.

À son micrord, il composa le numéro de Reichel, une de ses lieutenantes ; en principe, elle devait regagner l'*Alsveder* à bord de la première navette. Lorsque le buste de l'officière se cadra dans l'écran, Yoro devina à l'arrière-plan un vaste espace et un certain va-et-vient : le débarcadère.

– Vous partez bientôt avec la première navette ? demanda-t-il.

– L'embarquement est commencé. Kizim et Rhassan sont à bord ; Soarez, Zaft, les pilotes de scaphes… Et le sous-lieutenant Dérec, ajouta Reichel après une pause.

Son hésitation n'échappa guère à Yoro. Sa propre antipathie envers les Psychéens, particulièrement les métapses, était connue de ses officiers, du moins ceux qui le côtoyaient depuis longtemps.

En tout cas, Yoro ne risquerait pas de se retrouver assis à côté de son nouveau sous-lieutenant pour le trajet entre Corinthe et le croiseur en orbite.

Il se fit confirmer par Reichel l'heure du deuxième départ de la navette, lui dit au revoir puis coupa la communication. Posément, il gagna la baie vitrée qui dominait la Faille. Seule cité éryméenne à ne pas être aménagée dans et sous un cratère, Eldamar avait été construite à même les parois d'une profonde crevasse de l'astéroïde. Une verrière légèrement inclinée remplaçait le dôme traditionnel ; l'appartement du capitaine, situé au dernier niveau, s'en trouvait tout proche.

Après un moment, Sinishi Yoro s'éloigna de la vitre interposée entre la noirceur de la nuit et le clair-obscur du salon. Dans la pièce, seuls luisaient deux longs tubes parallèles, étirant leurs courbes et leurs droites azur et roses sur deux murs de la pièce. Il regarda un moment le piano, le reflet glacé du rose et du bleu sur sa surface blanche, mais aucune envie de jouer ne lui vint. Sur une table basse luisait un tablier de gojahec, ses pièces d'ambre et de jade délinéées par des points et des traits de lueur le long de leurs arêtes. De quand datait la partie qui s'était interrompue là, deux histoires parvenues à une impasse, les archipels de la troisième ligne trop éloignés pour que l'intervalle soit comblé ? Se pouvait-il que cela remontât à la dernière visite de Vernale ? Absurde.

Avec un soulagement qu'il ne put s'expliquer tout à fait, il se rappela que la partie inachevée avait été entamée voilà moins longtemps avec son amie la conseillère Sing Ha, lors de son avant-dernier congé. Ça faisait quand même quelques mois.

Une lueur fauve envahit le salon et l'ombre de l'homme s'allongea devant lui, balayant la moquette

gris perle telle l'aiguille d'une horloge antique.
Derrière lui, sans doute, un long-courrier descendait
vers l'astroport de Corinthe, tout proche, et le feu
de ses réacteurs embrasait la nuit.

Sinishi fit trois pas vers le micrord dont l'écran
luisait, blafard. Quelques manœuvres de ses doigts
y firent apparaître le symbole d'un fichier, « lettres
à Vernale », accompagné de caractères alpha-
numériques.

Il hésita un moment, son index arrêté au-dessus
d'une touche puis, sans s'asseoir tout de suite, il
ouvrit le premier document.

> *Un jour ou l'autre, cela arrivera : une belle
> fille comme toi ne peut rester sans ami, sans
> amant. J'en étais tragiquement conscient, chaque
> année un peu plus. Tragiquement : le sen-
> timent de l'inéluctable, de l'implacable destin.
> Le destin s'appelle aujourd'hui, plus modes-
> tement, « la force des choses ».*
>
> *Je ne pouvais être le seul à t'aimer, à aimer
> ta tranquille discrétion, à aimer chercher les
> failles de ta sérénité. Nos longues conver-
> sations ajourées de silences plus longs, c'était
> ma façon de te tenir la main. Mes compliments,
> qui tant t'agaçaient et te gênaient, c'étaient
> les caresses d'un rapport sexuel élémentaire.
> Caresses verbales, qui disaient ton long corps
> mince, ta peau vierge ; mes mots te frôlaient
> comme t'aurait frôlée mon souffle. Et d'autres
> mots encore ne trouvaient pas l'audace d'être
> dits : mes lèvres auraient baisé tes cuisses,
> mes dents mordu tes fesses, ma bouche dévoré
> ton sexe. Sur la plage nue de ton ventre, mon
> visage aurait voulu s'imprimer comme sur un
> saint suaire.*

Ma langue, par l'orifice rose qu'elle désirait tant fouiller, si elle avait changé en plaisir tout l'amour que j'avais pour toi, t'aurait fait défaillir doucement.

Tes yeux bleus, je les aurais embrassés tendrement à travers leurs paupières, et tes lèvres ma Vernale auraient appris en un baiser tout l'amour du monde.

De cela je n'ai eu que des miettes, que des bribes : je prenais tout ce que je pouvais. Ma main dans tes cheveux, que tu tolérais si mal et écartais sans complaisance. Mes yeux sur ton corps superbe et, si tu avais senti l'intensité de mon désir, tu aurais été plus chaste encore que tu ne l'étais, lorsque tu séjournais chez moi. Je guettais un éclair de peau ; à partir d'un aperçu de ventre, j'imaginais l'aine et ce qui se cachait dans son prolongement.

Mais un rayon de soleil éveillant l'ambre gris de tes yeux suffisait à me rendre heureux.

Tu n'acceptais rien de moi. Les cadeaux que tu m'as faits, c'est sans doute parce que je t'en avais donné avant. Tu ne voulais pas m'être obligée : craignais-tu qu'un jour je réclame quelque faveur en retour ?

J'aurais saisi, Vernale, tout ce que tu m'aurais consenti : faire l'amour à ton corps que tu m'aurais laissé toucher par miséricorde, à ton corps endormi, même. Ç'aurait été un peu te faire l'amour à toi. Et je songeais : mes mains t'atteindraient, là où mes mots trop souvent retenus n'ont pu te toucher.

Seule une amie aurait enduré si patiemment mes empressements importuns. Peut-être croyais-tu que je me contenterais de cela : l'amitié.

Peut-être as-tu même cru que je m'y étais ré-
signé : tu ne connaîtras jamais l'obsession que
j'ai vécue. (Ou peut-être la connaîtras-tu. Je
veux croire que non, car te savoir passionnée
pour un autre me torturerait plus encore.)

Pour toi, la question était réglée : nous étions
amis. Tout était si simple, à tes yeux : le soir où
j'ai mis la main sur ton sein et où tu as dit non,
tu as cru qu'après quelques heures de malaise
et quelques explications, tout serait dit et réglé.
Que je pourrais ranger mon désir et n'y plus
penser.

Sinishi expira par le nez, un genre de soupir irrité.
Il se leva et s'éloigna un moment du comterm. Il
avait écrit cela. Ce lyrisme, cette complaisance,
c'était lui, il l'avait signée, même s'il n'avait jamais
transmis le message. Onze ans déjà. Onze ans.

Dehors, les étoiles brillaient par centaines, mais
l'œil repérait assez vite Mars, à l'éclat de son minuscule croissant orangé. Le passage d'un astéroïde l'éclipsa une seconde, puis sa lueur redevint
fixe, sans plus de vacillement que les étoiles. Dans
le salon, derrière Sinishi, le silence était entier,
hormis le bourdonnement étouffé des néons dont
les reflets linéaires se superposaient au panorama
nocturne.

Puis, après un moment, il quitta la vaste baie
transparente ouverte sur la nuit et retourna s'asseoir
devant l'écran gris-bleu où s'éployaient en deux
dimensions les sentiments d'une saison, les sentiments d'une vie.

Il changea la fonction du micrord et lança un
appel à l'*Alsveder*. Dès qu'on lui répondit, il demanda à parler à Pernas, son ingénieur. Celui-ci lui

apprit qu'il venait de croiser, dans les corridors, le tiers de l'équipage fraîchement arrivé par la navette.

—Votre métapse était du nombre.

Il y avait un soupçon d'ironie dans sa remarque, et l'ombre d'un sourire narquois sur son visage quinquagénaire. Parmi les officiers que commandait Yoro, Pernas était le seul qui pût se permettre un peu d'humour aux dépens du capitaine et s'en tirer à bon compte. Aucun autre n'aurait osé.

Pernas lui-même n'aurait plus cette audace, probablement, car son esquisse de sourire disparut lorsqu'il décela, dans le regard minéral de Yoro, une mauvaise humeur qu'il lui avait rarement connu.

—L'*Alsveder* est fin prêt pour le départ, capitaine, se reprit Pernas pour changer de sujet le plus vite possible. Les réacteurs…

Et il continua ainsi un moment, d'un débit neutre et rapide, donnant à son supérieur le rapport qu'il était venu quérir. Yoro aussi croyait avoir appelé pour cela, afin de savoir à quelle heure l'*Alsveder* pourrait quitter l'orbite d'Érymède et mettre le cap sur la Terre. Mais il dut s'avouer secrètement que ce qu'il voulait se faire dire lui avait été dit dès la deuxième phrase : « son » métapse était à bord, le Psychéen dont l'Amirauté lui avait imposé la présence, comme à tous les autres capitaines de croiseur, non en tant que consultant comme naguère, mais inséré dans la hiérarchie du vaisseau sans avoir suivi le cheminement des officiers réguliers.

Sur les questions de hiérarchie, l'Amirauté était moins stricte que ne l'étaient les institutions terriennes équivalentes : on y comptait moins de grades et on y intégrait plus souplement ceux que sur Terre on aurait appelés des « civils ». Mais rien n'avait été facile dans la carrière de l'officier Yoro et, sa cinquantaine bien entamée, il se savait enlisé au grade de capitaine : pas assez diplomate, pas assez conciliant, pas assez apprécié par ses pairs pour devenir un jour commodore. L'affectation du sous-lieutenant Dérec à bord de l'*Alsveder* lui apparaissait donc comme un soufflet. S'il ne le laissait deviner à personne, hormis ses plus proches seconds, c'était par respect de l'autorité.

La communication terminée, Yoro gagna sa chambre et rangea dans une petite valise quelques objets de toilette, des vêtements, quatre ou cinq plaquettes de musique, surtout des concertos pour flûte ou pour hautbois.

Lorsqu'il revint au salon, les gestes mécaniques de ses préparatifs l'avaient rasséréné.

Il ouvrit sur l'écran la deuxième lettre.

Je t'écris ceci, Vernale, car je ne pourrais jamais te le dire, fût-ce en message vidéo. Même lorsque, au bout de la nuit bue, je te parlais de mes sentiments envers toi, une pudeur enrobait mes confidences de circonlocutions, mettait des litotes entre ma pensée et ma parole, retenait sur mes lèvres le « je t'aime » qui tant me pesait.

Tu as compris, pourtant, que je t'aimais. Mais longtemps, peut-être, tu n'as pas su ce que c'était.

Mon amour ne renonçait pas, n'a jamais renoncé. Pas renoncé à devenir ton ami, d'abord : ce fut long, une patiente conquête entravée par la distance. Puis à découvrir si tu pouvais m'aimer, moi plus vieux que toi : constamment guetter les signes, subtilement tendre les perches, patiemment attendre les circonstances jusqu'à ce soir où j'ai cru, la poitrine étreinte et le souffle difficile, que l'instant était dans ma main tremblante.

« Ma main tremblante », vraiment ! Et ce mot, « jamais »…

Mais ce n'était pas un étranger qui avait écrit cela, et les muets sarcasmes de Sinishi ne trouvaient pas tout leur cinglant.

Même après, je n'ai jamais renoncé, au mépris de la raison, à infléchir ta volonté, à obtenir un consentement. Comme si mon amour était une force à l'œuvre, rien ne pouvant y résister à la longue. Mais je ne suis ni la mer implacable ni le vent des siècles, et toi, falaise, je ne t'userai jamais.

Tout le long je te comprenais : à ta place, je n'aurais pas cédé non plus, et j'aurais peut-être patienté moins longtemps. Notre amour n'était pas impossible (si beau, dans ma pensée, si proche), mais c'eût été trop espérer d'une vie jamais généreuse, où les joies sont des liards échappés de la bourse d'un avare.

Parfois je me suis dit : laisse-la à sa vie, à ses amis dont elle ne te confie rien. Laisse-la avant que l'existence ne vienne te meurtrir davantage, et te blesser d'autant plus que tu serais resté proche. Mais je n'ai pu. Comme l'insecte qu'attire la lumière, je suis resté, buvant les moments que tu m'accordais, cherchant inlassablement à te frôler.

Ce qui devait venir, ce qui ne t'était jamais arrivé mais devait un jour ou l'autre venir à toi… c'est arrivé. Quelque part de moi-même se réjouit que tu aimes, que tu puisses aimer.

Mais quelle douleur. Tes lèvres pour d'autres lèvres, ta langue pour une autre langue, alors que la mienne voudrait tant se consumer dans ta bouche. Ton corps, Vernale, ton long corps de soie vivante, tes minces jambes à d'autres emmêlées et ton ventre collé à un autre que le mien. Tes bras, qui ne semblaient jamais devoir se passionner, étreignant un autre amour.

Je brûle, Vernale, un feu sourd et froid, un poison qui imprègne tout mon être et aigrit les sentiments les plus généreux. J'essaie d'aimer ce garçon, de me réjouir de son bonheur, mais je ne puis : je songe aux murs qui pour lui se sont ouverts, où mon amour s'est si souvent heurté. À ce fossé franchi si aisément, où moi je m'embourbais impuissant. Sa main à lui peut presser ton sein à travers la barrière du vêtement, et tu ne la chasseras pas. Ses doigts à lui, le soir, pourront glisser sur tes cuisses, pénétrer sous l'étoffe et abaisser le voile devant ton sexe, ses lèvres y poser le baiser de l'adoration.

La complicité que je n'aurai jamais gagnée, la complicité des corps et des bouches, l'abandon dont j'ai rêvé... À lui tu donneras tout cela, et rien à moi qui l'ai tant désiré.

À nouveau Sinishi était à la baie vitrée, des lambeaux de phrases dans son esprit. «Le baiser de l'adoration» ! Pourtant c'était bien lui, lui qui ce soir se croisait les bras derrière le dos et inclinait son visage vers la cité en contrebas, vers les feux glacés de ses luminaires. Lui qui contemplait avec détachement les galeries vitrées et les tubes de l'intracité, tunnels transparents tendus dans le vide entre deux falaises de roc ou de plastal. Les lumières, argent ou ambrées, ne trahissaient rien de leur chaleur ; tout était vitre et métal, avec la vie par en dedans. *Tant de mysticisme, pour une envie de baiser.* Une longue envie, qui avait duré des lustres.

Ses pas le menèrent au bar encastré dans un mur du salon. La glace derrière les tablettes lui renvoyait un visage à la Van Gogh, aux yeux gris qui paraissaient noirs dans la pénombre. Des fragments de rose et d'azur sur tous les verres captèrent son regard sans rien y éveiller. Il se versa une eau minérale, froide, légèrement pétillante.

Puis, de retour au micrord, il rétablit la communication avec l'*Alsveder*, cette fois pour parler à son aide de camp. Gavriel héritait de toutes les tâches qui ennuyaient Sinishi Yoro, essentiellement l'intendance.

— J'ai assigné des cabines aux nouveaux membres de l'équipage, l'informa Gavriel. Les quarts ont été établis, seul le troisième est incomplet : j'attends la navette dans une heure environ. Vous serez à bord ?

Yoro fit signe que oui. Il aurait pu affréter une vedette et rejoindre l'*Alsveder* seul, à son heure. Mais il ne se prévalait presque jamais de ce genre de privilège.

— Et Dérec ?

— Je l'ai logé où vous m'aviez dit.

Parmi les sous-officiers, et dans une autre coursive que celle desservant la cabine du capitaine. Afin de le croiser le moins souvent possible. Certes il y avait les repas, que Yoro ne pourrait prendre chaque fois dans sa propre cabine : il ne se ferait pas ermite sur son propre vaisseau.

Et puis, Sinishi Yoro se voulait raisonnable. Il avait étudié le dossier de Nicolas Dérec et l'avait trouvé impeccable, il devait se l'avouer, émaillé des notes positives de divers officiers, dont les commandantes de l'*Arvaker* et du *Sköll* sur chacun desquels il avait servi plusieurs années. Le jeune homme lui-même, qu'il avait eu en face de lui durant une longue réunion à l'Amirauté, paraissait fort avenant. Discret, il affichait une allure juvénile malgré ses trente-six ans ; Yoro l'avait revu brièvement lors d'une réception, le surlendemain de la réunion, toujours à l'Amirauté. Il était accompagné d'une femme de son âge. Conjointe ou compagne d'occasion, Yoro n'avait pas conversé avec eux assez longtemps pour le savoir. L'idée qu'on puisse partager sa vie – ou même son lit – avec une personne capable de lire dans vos pensées, cette idée lui paraissait totalement aberrante.

Après avoir réglé certaines questions mineures avec son aide de camp, Yoro mit un terme à la communication.

Dans l'écran, viré au gris ardoise, il distingua le fantôme de sa propre tête au moment où il se passait la main sur le crâne. Geste machinal où sa paume retrouvait le contact pelucheux de ses cheveux coupés très court, d'une couleur indécise où dominait le gris, le même gris acier que ses yeux.

Ses doigts sur le clavier firent revenir sa correspondance destinée à Vernale. À l'écran redevenu clair parut une troisième lettre.

Je viens de relire ce que j'ai écrit voilà trois ans. Je rédige si rarement que cette écriture m'était étrangère, comme celle d'un autre. Ce qui était dit, aussi : étranger et familier à la fois. Est-ce bien moi qui ai composé ces en-

volées lyriques ? Eh oui c'est moi, tout ça est en moi. Comme est mienne cette mélancolie qui aujourd'hui me pèse et dans laquelle je me complais.

Comme je m'étais complu à pleurer ta mort proche, au début de notre amitié, lorsqu'une fausse nouvelle transmise par un messager mal informé m'avait, pour quelques heures, persuadé que tu étais impliquée dans cet accident au périport, blessée et dans un état critique.

Oui, je me complais ; tout ce qui arrive était prévu.

Mais n'avait pas été prévu exactement ainsi. Je pensais, Vernale, que cet homme qui partait avec ton équipe, était ou deviendrait ton amoureux – comme tu étais vague et imprécise lorsque tu en disais un mot.

J'ai lu dans ma lettre précédente une phrase disant que je me réjouissais pour toi. Était-ce vrai, à ce moment ? Aujourd'hui j'essaie de susciter en moi ce sentiment généreux : se réjouir que l'être aimé ait trouvé l'amour, fût-ce avec un autre, parce que l'amour est le bonheur. Ce serait élégant. Mais cela ne me vient pas.

Je ne rage pas, je n'ai pas la jalousie flamboyante des scènes et des meurtres. Je macère dans mon chagrin, je n'en parlerai à personne sauf ivre, et si jamais je te laisse deviner mon sentiment, ce sera par l'absence. Je ne serai pas là pour t'accueillir à ton retour (de peur de le voir avec toi, ta main sur sa hanche ; et aussi pour te blesser, un peu).

Peut-être que mon signal ne se rendra même pas : je ne serai plus visible, je te rencontrerai le moins souvent possible pour ne pas voir l'air épanoui que tu auras peut-être, et qui me brûlerait davantage.

Car de là-bas tu reviendras épanouie, je le crains. Dorée par le soleil qui inonde les verrières de la stratostation vénusienne. Tes yeux seront plus beaux que jamais, la peau de ton visage assainie et devenue lisse comme celle de ton sein.

Je croyais que tu partais avec un amoureux, mais en fait tu l'as trouvé là-bas. C'est pire. Ce n'est plus quelqu'un qui te connaissait depuis des mois, c'est quelqu'un qui t'a vue débarquer, qui t'a remarquée et aimée, qui t'a plu en quelques jours, est devenu ton amant en moins d'un mois.

Il est joli et « ça risque de devenir sérieux », m'as-tu confié.

Je croyais que cela passerait, graduellement. Mais non. Ç'a été comme une morsure, des mâchoires intangibles se refermant doucement sur quelque chose dans ma poitrine, et désormais il manque un morceau.

Reviendras-tu bientôt ? Choisiras-tu plutôt de rester pour une année, toi partie pour quelques mois ? Un coup de tête dont je ne te croyais pas capable, toi si pondérée. Mais l'amour a tant tardé à éclore, il te débordera peut-être en bousculant tout.

Peut-être partirai-je, moi. Juvénile revanche, de vouloir te blesser par mon absence, comme tu m'as meurtri en en aimant un autre. Mais le tragique est que cela ne te toucherait point, ou si peu. (Je vois bien que je n'enverrai pas ce message, pas plus que les précédents.)

Et ça se termine comme ça. Pas de grande finale. Je me suis éclipsé, et c'est moi qui ne ressens plus rien.

Rien qu'un vague étonnement, à nouveau : *J'ai écrit ça. J'ai vraiment écrit ça.*

Sinishi regarda les dernières lignes du texte disparaître de l'écran sur un geste de son doigt. Le deuxième message, il l'avait écrit après que Vernale lui eut mentionné qu'elle avait eu une idylle. Le troisième, après qu'elle eut parlé d'un amoureux, une liaison plus sérieuse. Sinishi se rappelait la tiède antipathie qu'il avait éprouvée pour cet homme – il l'avait trouvé tellement insignifiant... Il se rappelait sa déception face à Vernale : si au moins le prétendant avait été remarquable !

Maintenant, intérieurement, il souriait à son dépit de l'époque : le même dépit qui avait aigri des milliards d'hommes ou de femmes depuis le début des temps. Aujourd'hui, rien ne lui restait de cette énergie qui avait attisé des émotions si brûlantes.

Au moins il n'écrirait plus des lettres pareilles ; le ridicule se tarissait avec le reste. Naguère, il avait même pris des dispositions pour que ces messages fussent envoyés à Vernale s'il venait à mourir, avec l'espoir qu'un peu de remords la tourmenterait si sa mort avait quelque apparence d'avoir été voulue.

Il ne ferait plus ça à Vernale. Non par bonté, mais plutôt par indifférence. Il se sonda, à la recherche de quelque trace de sentiment, mais n'en trouva pas. Sa vie continuait, sa vie à elle ; il n'en savait plus grand-chose. Il n'était pas sûr qu'il la fréquenterait à nouveau si elle se retrouvait sans attache sen-timentale.

Sinishi frappa quelques touches. Le micrord lui demanda s'il voulait vraiment effacer les trois documents, desquels n'existait aucune copie. Il laissa s'inscrire dans sa mémoire l'image et la question de l'écran, puis répondit oui. Telles les lumières de la ville qu'une panne aurait soudain éteintes, quelques milliers d'octets se trouvèrent instantanément gommés, laissant le cerveau de Sinishi Yoro comme seul support de cette information – ces tourments aujourd'hui estompés, ces phrases dont le détail serait bientôt imprécis, fragmentaire, un vestige.

Cela fait, il appela une dernière fois l'*Alsveder*. Reichel se trouvait maintenant sur la passerelle, où elle venait tout juste de relever la lieutenante McDoyle. L'écran encadrait un champ assez large, où les officiers à l'arrière-plan se trouvaient presque au foyer. Tandis que Reichel lui confirmait que le pilote serait prêt à allumer les réacteurs de l'*Alsveder* dans une demi-heure, Yoro reconnaissait au premier coup d'œil Nicolas Dérec, conversant avec McDoyle près d'une console. Il ne pouvait détailler leur visage, mais leur posture était détendue.

Voilà.

Le métapse était déjà à son poste à bord de l'*Alsveder*, sans doute ne tarderait-il pas à se sentir chez lui sur le croiseur.

D'une voix égale, Sinishi Yoro annonça à sa lieutenante :

—Je pars à l'instant, je serai au périport dans un quart d'heure.

Une fois encore il se laissa dériver jusqu'à la baie vitrée, où sa silhouette se découpa dans les reflets de l'éclairage du salon, doux et froid. D'infimes mouvements aux fenêtres d'autres appartements, des lumières masquées brièvement sur les passerelles voûtées de verre, le passage des wagons de l'intracité, témoignaient du perpétuel éveil de la cité. Au-dessus de la grande verrière, c'était le vide. Mais dans le parc, les bars, les chambres, des courants soufflaient en permanence, embrasés ou froids, des sentiments comme ceux que Sinishi venait de lire à l'écran, des paroles et des pensées, des murmures. L'amour, le désamour, le désir, l'amertume… Tout cela consumait tranquillement les vies, telles les flammes incolores dans un film en noir et blanc.

Sinishi se retourna posément, considéra un instant le salon désert, à l'éclairage froid, couleur de bonbon et d'azur. D'un mot il éteignit le comterm. Une dernière fois il chercha, en lui-même, une braise ultime qui rougeoierait encore pour Vernale, mais il n'en trouva point.

Sa montre lui rappela que l'heure approchait où il devait s'embarquer sur la navette. Posément il passa au cabinet, prit ensuite sa veste d'uniforme et sa valise compacte. La porte de l'appartement se referma derrière lui avec un sifflement feutré, et il gagna l'ascenseur au bout d'un couloir silencieux.

Dans le salon, commandés par l'ordinateur domestique, les longs tubes pastel s'éteignirent après un moment et il n'entra plus dans la pièce qu'une vague lueur urbaine, les feux glacés de la ville.

CHAPITRE 14

Inconductible :
un mauvais pressentiment

Bien qu'il fût arrivé sur Érymède vingt ans plus tôt, il y avait encore des choses que Nicolas Dérec n'avait jamais vues de ses yeux. La capture d'une comète dans la ceinture des astéroïdes, par exemple : périodiquement, Érymède se constituait un réservoir d'eau gelée, installant des stations mobiles de fusion-pompage sur ces icebergs aux dimensions himalayennes, agrégés à l'astéroïde pour quelques années.

Après avoir déposé son bagage à la cabine qui lui avait été assignée, puis s'être rapporté à l'officier de quart sur la passerelle, Dérec s'était permis une visite de l'*Alsveder* tandis que le croiseur quittait l'orbite d'Érymède.

D'une baie d'observation à tribord du vaisseau, le métapse avait aperçu cette masse en mouvement. Il se rappela en avoir lu la mention dans les bulletins d'information, même s'il ne se souvenait pas du nom ni du numéro de la comète. En fait, si ce n'eût été de deux personnes qui observaient déjà l'opération, il ne l'aurait pas remarquée tant la comète ne luisait guère ; si loin du soleil, son dégazage avait à peine commencé.

Six ans plus tôt, avec l'équipage du *Sköll*, Dérec avait patrouillé la ceinture de Kuiper ; entre autres observations passionnantes, les astronomes y relevaient les orbites cométaires, plaçant sur les comètes qu'ils croisaient des balises passives qui les rendraient plus visibles aux radiotélescopes éryméens. Avec le grade d'enseigne, il était navigateur à bord du *Sköll* lorsque celui-ci avait détourné de sa trajectoire la comète Maelstrom-Watts, destinée à frôler la Terre de trop près.

Cette comète-ci, que le métapse contemplait par une baie vitrée de l'*Alsveder*, était plutôt sombre. Avant qu'elle ne devienne repérable par les télescopes terrestres, la comète avait été aspergée de graphite pulvérisé par un patrouilleur éryméen. Ainsi, aucun astronome terrien ne s'étonnerait de la voir disparaître du jour au lendemain dans la ceinture des astéroïdes. Vue de près, elle évoquait une masse de plomb informe.

On avait installé à sa surface des groupes propulseurs – *rétro*propulseurs, plutôt, puisqu'il s'agissait de ralentir la comète et d'infléchir sa course de telle sorte qu'elle se retrouve sur l'orbite d'Érymède, mais *devant* l'astéroïde. C'était désormais Érymède qui la rattrapait graduellement. Le rendez-vous était fixé pour le lendemain, confirmèrent les sous-officiers auxquels Dérec s'était joint. D'ici là les réacteurs, dont on voyait en alternance les brefs jets de plasma, effectueraient une série d'ajustements de trajectoire, si finement calculés que la comète se poserait sur Érymède presque sans heurt, bien qu'elle eût un quinzième de son diamètre. À tout hasard, les dômes des parcs et des cités seraient évacués, sur l'autre face d'Érymède, et les installations critiques mises sous haute surveillance. Mais, par le passé, ces collisions au ralenti n'avaient eu d'autre effet que de fendre les comètes en fragments plus commodes à exploiter – de la taille d'icebergs géants.

Après le départ des sous-officiers, Dérec resta un moment encore planté devant la baie vitrée, s'appuyant à la main courante pour résister à l'effet de l'accélération. L'endroit était un élargissement du corridor, sorte de petit salon ouvert où quelques hautes plantes se gorgeaient de la lumière de plafonniers. Le transplastal faisant office de miroir, Dérec voyait dans son dos le reflet verdoyant de l'une d'elles. Le silence revenu, il entendait au loin les sons discrets du vaisseau, la vibration à basse fréquence des réacteurs, le froissement ténu de l'air dans les conduits d'aération, quelques voix et des pas étouffés, parfois un discret timbre électronique ou le bruit d'une porte qui se fermait.

Tout à coup il sut que quelqu'un approchait. Non par le bruit de ses pas mais par ce phénomène devenu pour lui si familier en un quart de siècle : il arrivait à Dérec de percevoir, comme des bulles à la dérive qui auraient brièvement auréolé sa propre tête, des images venues d'autres esprits. Images anodines associées à une pensée ou à un souvenir, souvent fragmentaires, guère plus que des bribes.

Il eut la vision fugitive d'une main sur le clavier d'un micrord, et d'une phrase sur l'écran, *Effacer le fichier « lettres à Vernale » ? Aucune copie existante.* Un index touchait *Oui* sur l'écran, qui confirmait ensuite *Fichier « lettres à Vernale » effacé.* Quatre ou cinq secondes, voilà ce que dura la vision, mais Dérec eut le temps de percevoir le sentiment qui l'accompagnait, ou plutôt l'état d'esprit.

Il en eut un frisson.

C'était lugubre ou, du moins, triste ; les lettres détruites avaient eu une grande importance pour leur auteur. Dérec ressentit une sorte de résignation sereine, grise et glaciale comme la comète observée à l'instant, aussi morte qu'elle.

Morte ? Pourquoi « morte » ? Dérec eût été en peine de l'expliquer, mais la mort était partie à cet état d'âme, en tout cas une idée de la mort. Non pas une certitude, mais du moins une prédisposition. La personne souffrait-elle d'une maladie en phase terminale ?

L'impression se dissipa, l'instant n'avait duré que le temps d'un souffle retenu. Dans la glace noire de la baie vitrée, le métapse vit passer l'homme derrière lui, le pas soutenu d'une personne affairée ou attendue : un officier. Dérec tourna discrètement la tête, reconnut le gris foncé d'un uniforme de capitaine et la chevelure, taillée en brosse, d'un capitaine en particulier, Sinishi Yoro.

Manifestement, la joie de vivre ne faisait pas partie de sa gamme d'émotions ces jours-ci.

◆

—Les ajustements à votre console sont terminés, maître Dérec.

Nicolas Dérec adressa un regard surpris et embarrassé à la technicienne qui refermait son coffret à outils et en passait la bandoulière sur son épaule. Il ne put s'empêcher de jeter un coup d'œil discret autour de lui et devina la même surprise parmi le personnel de la passerelle qui avait entendu ce

« maître » Dérec. Mais tous n'avaient pas vu le sourire complice, presque narquois, avec lequel cela avait été dit. Sigur, la technicienne, avait fait avec lui le trajet en navette, l'avant-veille ; ils avaient noué connaissance et bavardé, rapprochés par un ami commun qu'ils avaient à Psyché, Owen Lubin.

Sigur connaissait assez la culture de l'I.M.B., d'ailleurs, pour savoir que le titre de maître, encore peu usité même à Psyché, était réservé à ceux et celles qui maîtrisaient leurs facultés métapsychiques depuis des lustres, généralement des personnes d'âge mûr.

Ce qu'aurait dû savoir Sigur, qui quittait la passerelle, c'était que l'*Alsveder* n'était pas l'endroit où exercer ce genre d'humour, surtout pas en présence de son capitaine. Car Sinishi Yoro se trouvait à son poste au moment où Dérec entrait sur la passerelle ; à coup sûr, les mots d'accueil de la technicienne ne lui avaient pas échappé.

Yoro avait mis toute sa maîtrise de soi à réprimer un sursaut et à ne pas se retourner, mais Dérec avait bien perçu sa réaction. Comme il avait senti, ces deux derniers jours, l'hostilité du commandant. De tous les capitaines de vaisseau, Yoro était celui qui accueillait le moins bien l'insertion des métapses dans la chaîne de commandement ; il n'était pas le seul, mais il était le plus réticent.

Et il fallait que Nicolas Dérec, à sa première affectation autonome en tant que métapse, tombe sur ce cas.

La console qu'on lui avait assignée avait été munie d'une interface dans laquelle pouvait s'encastrer la base de son cybord, l'ordinateur relais mobile capable de le suivre n'importe où grâce à un système antigrav et des jets d'air comprimé. Jusqu'à son récent séjour aux chantiers de Corinthe, l'*Alsveder* était le seul croiseur de la flotte dont la passerelle n'était pas encore équipée pour recevoir le cybord d'un métapse. Opération mineure, que pourtant Sinishi Yoro avait refusée jusque-là parce que la présence de métapses à bord était facultative et leur rôle consultatif.

Leur rôle demeurait consultatif, mais leur présence était désormais la norme. L'Amirauté avait créé pour eux un nouveau grade, sous-lieutenant, leur donnant autorité sur les enseignes et le personnel civil, sans toutefois les rendre égaux aux lieutenants. On avait ajouté une nuance à la gamme de gris des uniformes, à mi-chemin entre le galet des lieutenants et le gris très pâle des enseignes.

Mettant sous tension l'antigrav de son cybord, à la puissance minimale, Dérec le souleva sans peine. Lorsqu'il l'eut bien placé au-dessus de l'interface, il l'y laissa retomber en coupant le courant. Des claquements ténus confirmèrent l'encastrement. Le cybord s'éveilla sur une simple pensée de Dérec et un voyant lumineux confirma qu'il se trouvait relié au réseau informatique de l'*Alsveder*. Sur un écran défilèrent les détails de cette entrée en réseau.

Sans perdre de temps, Nicolas sortit son électro-cervical de sa mallette et s'en coiffa. Se servant pour l'instant de ses doigts et de ses yeux, il accéda ensuite aux dossiers d'Argus sur les lancements imminents d'engins terriens. Un seul préoccupait les officiers et les techniciens de l'*Alsveder*: l'engin russe *Okotnik*. Le lancement en était à ses derniers préparatifs et ce serait l'*Alsveder* qui irait l'examiner et le neutraliser dès qu'il se trouverait en orbite.

Réunis dans leur atelier, les spécialistes désignés pour cette intervention examinaient depuis un bon moment tout ce qu'Argus avait pu obtenir comme renseignements sur *Okotnik* – ce qui était peu – pour mettre au point la procédure de neutralisation. Vingt ans plus tôt, c'eût été une opération de routine. Mais les Terriens se montraient de plus en plus retors, comme l'avait prouvé *SeekSat 4* neuf ans plus tôt.

De son fauteuil, le capitaine Yoro manda l'effectif opérationnel. Dans un moment, le personnel de la passerelle et d'autres secteurs-clés du croiseur serait doublé. Les pilotes de scaphes repassaient déjà diverses options avec les spécialistes.

Dérec fit pivoter un peu sa chaise et regarda discrètement le capitaine ; à cause de leurs positions, ils se tournaient presque le dos. Quel lugubre personnage, que ce Yoro. Jamais un sourire, jamais un mot d'esprit, rarement un signe de complicité avec quiconque. Pourtant ses officiers lui étaient loyaux, peut-être même certains l'aimaient-ils sincèrement. Se fondant sur quelques remarques entendues, Dérec savait que l'attitude du capitaine avait changé pendant les jours que l'*Alsveder* avait passés dans le chantier astronautique de Corinthe, période où l'équipage avait été mis en congé et partiellement renouvelé. Le hasard avait donné au métapse confirmation de l'état d'esprit morose de Yoro.

Mais Dérec ne voulait pas juger le capitaine sur la foi de deux jours de fréquentation. (« Fréquentation » ! Il ne l'avait guère vu en dehors de ses quarts.) Peut-être Yoro n'était-il que strict et sévère, à cheval sur le protocole ; peut-être avait-il, hors de l'Amirauté et loin de l'*Alsveder*, des amis avec qui il se comportait tout autrement.

Le métapse reporta son attention sur ses écrans. Argus relayait des images du décollage d'une fusée *Energia*, porteuse d'*Okotnik*.

— Enfin, voilà qui est fait, commenta Yoro.

La fusée était prête depuis des mois, mais le lancement avait été reporté à quelques reprises. À la dernière minute, les Russes semblaient avoir ajouté des dispositifs secrets au satellite *Okotnik*, un engin militaire armé d'un canon-laser. Le service des Renseignements d'Argus n'avait pu se faire une idée complète des systèmes que comportait le satellite. Les modifications de dernière heure avaient été entourées d'un tel secret que les informateurs n'avaient rien obtenu de précis. Argus recommandait donc la plus grande circonspection.

Nicolas Dérec se livra aux préparatifs d'une transe psi, sans attendre que le capitaine le lui demande. Le métapse était seul maître de ses décisions dans son champ d'expertise.

Il se plaça autour du cou le collier semi-rigide destiné à lui maintenir sur la gorge deux petits bio-senseurs couplés à quatre osmoseringues. Cela permettait à son cybord de surveiller ses fonctions vitales. Deux des seringues contenaient l'anta-goniste de la propsychine, capable d'en neutraliser très rapidement les effets stimulants. Les deux autres osmoseringues pouvaient injecter un tonique cardiaque ou un hypotenseur, selon la crise diagnos-tiquée. Un troisième biosenseur, greffé celui-là dans le sternum, monitorait les signes vitaux du métapse; cet implant-là était flanqué d'une ampoule-dard capable d'injecter dans le cœur une dose d'adré-naline en cas d'arrêt cardiaque. La télésurveillance du système nerveux, elle, était assurée par les implants cervicaux.

Les biopompes requérant des valves miniatures à même les carotides, comme en avait porté Fay Bryer, n'étaient plus nécessaires, au grand soulagement de Dérec.

De la mallette qui avait contenu l'électrocervical et le biocollier, le métapse tira un petit pistolet à injection dans lequel il ficha une ampoule de propsychine. La manche gauche de son uniforme était dotée d'une fermeture velcro permettant de l'ouvrir à la saignée du bras.

Le petit chuintement d'air comprimé attira l'attention du capitaine Yoro. Il vit Dérec rouvrir le poing, se délier les doigts et agiter un peu l'avant-bras, puis refermer sa manche et ranger le pistolet à injection.

Si une remarque lui vint à l'esprit, il la garda pour lui. D'autres officiers arrivaient et prenaient leur place sur la passerelle. Le poste de neutralisation, attenant à sa salle principale, bourdonnait déjà d'activité, des images et des graphiques de l'ascension puis de la séparation d'*Energia* se multipliant sur les écrans.

Dans le crâne de Nicolas Dérec, selon une séquence contrôlée par l'électrocervical, les micro-implants stimulaient les zones cérébrales d'où émanaient les facultés métapsychiques. Son cerveau devenait graduellement une antenne mise à l'écoute d'un autre plan de l'univers, le continuum psi, où les distances spatiotemporelles s'amenuisaient et où l'esprit s'affranchissait de la matière.

Le métapse percevait toujours le monde tangible autour de lui, l'information continuait de lui parvenir par ses yeux, ses oreilles, mais cela exigeait un effort d'attention accru. Il porta son regard sur le grand écran du poste de neutralisation. Profilé sur le fond luminescent de la planète bleue et blanche, juste à la limite du vaste arc de cercle que dessinait la courbure terrestre, *Okotnik* se séparait du dernier étage d'*Energia*. Cette image, en rapprochement maximum, était captée par l'*Alsveder* lui-même, dont la prudente approche était décrite par une série de paramètres superposés au noir de l'espace.

Des impressions venaient au métapse, l'intense trépidation du réacteur qui s'interrompait, la secousse de la séparation, le silence glacial de l'espace. Montant le cours du temps, Dérec vit et sentit en même temps l'éjection des panneaux protecteurs, puis le déploiement des capteurs solaires, enfin le pivotement bien huilé des diverses composantes mobiles d'*Okotnik*.

Ensuite les perceptions se firent plus distantes, insaisissables, s'estompèrent complètement. Il ne put retenir une exclamation de dépit.

Elle lui avait échappé à mi-voix, mais le capitaine Yoro s'enquit :

— Quelque chose ne va pas, sous-lieutenant ?

Dérec leva quelques doigts pour lui faire signe de patienter un instant. Mentalement, il commanda une augmentation de l'infime stimulation électrique de ses implants. L'électrocervical exécuta l'ordre graduellement, à l'intérieur de paramètres de sécurité prédéterminés.

Dans le poste d'intervention et sur la passerelle, les préparatifs de la neutralisation allaient bon train. Le pilote annonça que l'*Alsveder* se trouvait en orbite synchrone avec l'*Okotnik*, mais à plus haute altitude. La préposée aux communications disait ne rien remarquer de spécial dans les transmissions de Baïkonour. Contrôle-Argus ne signalait rien de neuf. Dans leur hangar pressurisé, les scaphes de l'*Alsveder* étaient parés, leurs équipages s'embarquaient à l'instant.

Dans le continuum psi, les perceptions du métapse ne se clarifiaient pas. Il n'y avait rien à faire contre un inconductible, Dérec le savait bien. De toutes les choses qui pouvaient arriver, pourquoi un tel contretemps avait-il choisi ce moment précis pour se produire ?

Sinishi Yoro s'adressa de nouveau à lui :

— Sous-lieutenant, Contrôle-Argus nous donne le feu vert mais recommande toujours la circonspection. Décelez-vous quelque chose de suspect au sujet d'*Okotnik* ?

Dérec ramena son attention au capitaine, qui avait parlé d'un ton incisif, appelant une réponse rapide et précise. Il se résigna à répliquer :

— J'ai des réserves quant à une intervention immédiate.

— Explicitez.

— Je me... hésita le métapse, je me heurte présentement à ce que nous appelons un inconductible, une zone du continuum psi dans laquelle... ou *durant* laquelle la percipience est inhibée.

— Bref, vous êtes dans le noir.

Dérec lui donna raison d'un hochement de tête, toujours concentré sur ses efforts pour sonder le futur proche.

C'était quelque chose que les chercheurs de Psyché s'expliquaient encore mal. Ils ne connaissaient pas le principe des inconductibles, encore moins leur cause, et certes pas le moyen de les pallier. Sans doute Sinishi Yoro avait-il lu sur les travaux de l'I.M.B., car il semblait savoir de quoi parlait son nouvel officier. Dérec s'attendait à demi à un commentaire ironique sur les capacités des métapse et leur utilité à bord d'un croiseur, mais le capitaine s'en abstint.

— Je ne peux vous dire, ajouta Dérec, si la neutralisation se fera en toute sécurité ou s'il y a un danger. Si vous pouviez seulement…

— Oui?

— Attendre que cet inconductible se dissipe.

— Combien de temps?

— Impossible à déterminer.

Yoro secoua la tête, contrarié:

— Vous connaissez la situation en Russie, Dérec. Cette guerre contre la république tchétchène, les autres conflits internes avec des entités de la Fédération… L'état-major russe peut être tenté d'employer *Okotnik* dès aujourd'hui, pour faire un exemple en même temps qu'il en testerait la puissance. Et comme les États-Uniens ont leurs radars et leurs télescopes braqués sur l'engin, ça ne restera pas un problème interne de la Russie. Les plans de leur fameuse « Guerre des Étoiles », ils ne les ont pas rangés très loin.

Dérec hocha la tête: il savait tout cela aussi bien que Yoro.

— J'ai un mauvais pressentiment.

— Un « mauvais pressentiment »? Vous pouvez l'étayer?

Le métapse resta muet. Où tracer la démarcation entre une simple intuition et les observations plus fiables obtenues en état de transe? Un interlocuteur psychéen aurait accepté ce pressentiment comme base d'une décision, quitte à la revoir plus tard. Mais un sceptique comme Sinishi Yoro…

La fixité du regard du métapse indiqua au capitaine qu'il se concentrait à nouveau. Sur l'écran témoin de son cybord, des indications jusque-là écrites en caractères jaune-vert changèrent, s'affichèrent en orangé et se mirent à clignoter. Sur un autre écran, des tracés, probablement les e.e.g. et e.c.g., s'amplifièrent et se firent plus pointus.

Du brouillard… Dérec ne voyait que du brouillard, comme si son esprit dérivait dans un banc de brume, incolore et vide de repères, qui étouffait toute perception. Un seul sentiment l'habitait, une vague angoisse qui pouvait être due autant à sa crainte de l'échec qu'à l'imminence d'un danger.

Les consignes de sécurité du cybord prirent le pas et ramenèrent graduellement à zéro la stimulation des implants cervicaux. Le seuil était proche où il aurait également commandé une injection de l'inhibiteur de la propsychine.

Dérec exhala un soupir de frustration.

—Je ne peux rien dire de plus, admit-il : je recommande de retarder l'intervention, au cas où *Okotnik* serait piégé comme *Taranis* l'an dernier.

—Je ne peux pas, répliqua Yoro, pas sur la foi d'un mauvais présage, pas dans une situation urgente.

—Tout est relatif, capitaine, commenta le métapse. Émettons une impulsion électro-magnétique : le canon laser d'*Okotnik* sera neutralisé et il n'y aurait pas escalade dans la crise tchétchène. De toute manière, il n'y a plus de secret à préserver : États-Uniens et Russes savent que nous sommes ici, que nous intervenons sur leurs engins, c'est pour ça qu'ils les piègent.

—Justement, c'est peut-être l'impulsion inhib qui amorcera le piège.

Il y eut un silence, durant lequel certains yeux – et l'attention de tous les officiers – restèrent braqués sur le capitaine. Les sillons verticaux de son front se creusèrent davantage, ses yeux gris se déplacèrent lentement mais son regard était ailleurs.

— McDoyle, je vous laisse la passerelle, annonça-t-il finalement. L'intervention commencera, mais je piloterai moi-même le scaphe de reconnaissance. Prévenez le pont d'envol.

Il y eut quelques murmures de surprise, d'incrédulité ou de protestation, mais si légers et si diffus qu'on n'aurait pu préciser de quels officiers ils étaient venus : on eût dit l'expression collective de l'équipage de la passerelle.

Sinishi Yoro gagna la sortie, laissant planer sur la salle une tension perceptible, comme si sa décision ajoutait du poids au pressentiment du métapse.

•

Dans leur hangar maintenant dépressurisé, les trois véhicules de neutralisation faisaient face aux portes ovales ouvertes sur le vide. Mais un contrordre était venu de la passerelle : les grandes portes se refermèrent, la pression fut rétablie et l'éclairage du hangar passa d'un blanc rosé à un blanc bleuté. L'un des pilotes, Takenaka, fut invité à quitter son scaphe avec son copilote. Quand les deux regagnèrent la chambre des scaphandres, en quelque sorte le vestibule du hangar, ce fut pour y voir le capitaine Yoro lui-même enfilant une combinaison avec l'aide d'un technicien. Le lieutenant Zaft protestait avec toute la vigueur qu'il pouvait se permettre :

— Mais s'il y a vraiment un risque, capitaine, ce n'est pas à vous de l'assumer, non ?

— *On ne sait pas* s'il y a un risque. Le métapse est incapable de l'affirmer.

– C'est le rôle de ces pilotes de scaphes que d'affronter les risques. Le vôtre, capitaine…

Cependant, figé par un regard de Yoro, il s'interrompit avant de lui dire quel était son rôle.

—Emmenez-moi au moins comme copilote, intervint Takenaka.

Pour toute réponse, le capitaine secoua la tête.

—Les deux autres scaphes ne bougent pas sans que j'en donne l'ordre, précisa-t-il avant de rabattre sa visière de casque avec un claquement sec.

CHAPITRE 15

Inconductible :
un mauvais quart d'heure

Sur la passerelle, la lieutenante McDoyle prit l'initiative de mander l'effectif d'urgence : l'avertissement de Nicolas Dérec, tout imprécis fût-il, avait mis tout le monde dans l'attente de complications.

Un écran du poste de neutralisation montra l'éjection des panneaux protecteurs d'*Okotnik*. Avant même que se déploient les capteurs solaires, tels les pétales d'une fleur de métal et de verre, une part du pressentiment de Dérec se confirma :

— Comme *SeekSat*, commenta Soarez, l'un des officiers du poste de neutralisation.

En plus de deux télécaméras de visée pour son canon laser, *Okotnik* était muni de caméras à grand angle, probablement au nombre de six, de manière à ce que rien ne puisse s'en approcher sans être filmé. Est-ce que ces images seraient retransmises à la Terre en direct ou enregistrées pour récupération ultérieure ? On ne le saurait qu'en interceptant les transmissions de l'engin russe.

— Capitaine Yoro, soignez la mise au point de votre écran optique : *Okotnik* est équipé pour déceler visuellement toute approche.

— Bien vu, merci.

Un autre écran du poste permettait de suivre l'envol des scaphes : les grandes portes ovales s'étaient rouvertes sur le hangar à l'éclairage rosé. Le long d'un rail, le premier scaphe en émergea et s'avança sur l'aire d'appontage, noir mat sur noir mat. Vaguement ovoïde, le petit véhicule biplace montrait des flancs renflés d'excroissances sphériques, les quatre sondes téléguidées destinées à tourner autour d'*Okotnik* pour en fournir des scopies et des images en gros plan.

— Vous voyez autre chose ? s'enquit Yoro, qui recevait les mêmes images d'*Okotnik* mais sur des écrans bien plus petits.

— Radars défensifs, qui semblent de type conventionnel. Mais on distingue aussi ce qui pourrait bien être des senseurs à courte portée, des détecteurs de masse.

Contre les ondes radar, les vaisseaux et véhicules éryméens étaient fort bien protégés, et ce depuis des décennies. Cependant, rien ne pouvait dissimuler leur masse à des senseurs gravimétriques. À trois kilomètres de l'engin russe, l'*Alsveder* demeurait indétectable, mais le scaphe, lui, s'en approcherait bien davantage.

— Ce n'est pas une technologie russe, ces détecteurs, commenta amèrement Dérec.

Puis, élevant la voix à l'intention du capitaine dont le scaphe venait de survoler la coupole de la passerelle après un virage en U :

— On n'en connaît ni la portée ni la sensibilité, prévint-il. Ce n'est vraiment pas prudent de s'en approcher.

— Émettez la décharge électromagnétique, ordonna Yoro sans commenter la mise en garde du métapse.

Sur Terre, les physiciens savaient depuis longtemps que l'orage électromagnétique déchaîné par une explosion nucléaire bousillait tout réseau de communication et tout système informatique non protégé. Ceux d'Érymède avaient mis au point un procédé apparenté, mais ne requérant qu'une puissante décharge plutôt qu'une explosion thermonucléaire.

Après un moment, un officier du poste de neutralisation, Soarez, annonça :

—L'anabserveur décèle une quantité massive d'un alliage inconnu dans la coque d'*Okotnik*. Il défie toute analyse pour l'instant. Impénétrable à cette distance.

—Peut-être un nouveau blindage pour le mini-réacteur nucléaire ? avança McDoyle.

—Possible, commenta un autre ingénieur des Neutralisations.

—Nous saurons bientôt ce qu'il a dans le ventre, se contenta de répliquer Yoro, sur un ton égal qui ne masquait pas complètement sa tension. Je lance les sondes et je ralentis.

Dérec expira par le nez, brièvement, trahissant son irritation. Quelle tête de mule, que ce Yoro : l'*Okotnik* était étiqueté « piège » sur toutes ses faces, chacun à bord de l'*Alsveder* s'en rendait compte. Inconductible ou pas, le seul bon sens réclamait un report de la neutralisation, peu importait la volatilité de la crise tchétchène. Normalement, c'est au capitaine du croiseur que serait revenue cette décision, mais Sinishi Yoro semblait avoir abdiqué sa faculté de jugement.

—C'est suicidaire, observa Soarez en masquant le micro de son combiné.

—J'espère que quelqu'un ici vous a entendu, commenta Dérec en regardant autour de lui.

Quelques autres officiers semblaient partager cette opinion, mais sans y donner voix. Le métapse repensa à l'état d'esprit lugubre qu'il avait lu chez Yoro, les premières heures de son affectation sur l'*Alsveder*. Le capitaine semblait indifférent à la perspective d'un accident mortel. Se pouvait-il qu'il se portât *délibérément* au-devant d'un tel péril?

Tel un plancher de linoléum bleu sur lequel on aurait jeté des poignées de farine et de sel, l'océan Atlantique défilait sous *Okotnik*. L'engin russe se voyait surtout grâce aux longs paravents noirs de ses panneaux solaires, dont un segment sur deux renvoyait un reflet bleuté.

Intentionnellement, Nicolas Dérec neutralisa le premier niveau de sécurité de son cybord, ce qui lui permettrait d'encourir des risques accrus. La procédure comportait une épreuve requérant toute la lucidité du métapse, afin d'établir qu'il ne prenait pas cette décision impulsivement ou dans un état de confusion mentale. Ses doigts pianotèrent sur le petit clavier du cybord en réponse à une équation algébrique tandis qu'à mi-voix il débitait une formule complexe où il devait, entre autres, insérer les antonymes de concepts proposés par l'ordinateur.

Le cybord confirma que la première ligne de mesures de protection était désactivée. Déjà, sa manche ouverte et sa saignée dénudée, Dérec s'injectait une demi-dose supplémentaire de propsychine.

Là-bas, le scaphe d'intervention n'avançait plus qu'à quelques mètres/seconde, toutefois ses sondes continuaient leur lancée vers *Okotnik*. Elles étaient pratiquement invisibles aux caméras de l'engin comme à celles de l'*Alsveder*, cependant l'ordinateur du croiseur superposait leur image virtuelle à celle du satellite artificiel, sur le fond gris et bleu de l'océan. Guère plus grosses que des ballons de soccer, elles n'étaient pas munies d'écrans optiques très efficaces ; *Okotnik* risquait fort bien de les détecter, si ses circuits électroniques n'étaient pas tous inhibés. Une telle immunité était possible désormais, avec les avancées de la micro-informatique terrienne.

Il fallut à Dérec une concentration accrue pour garder à distance les émotions des officiers de la passerelle, auxquelles la propsychine le rendait graduellement plus sensible. Cette anxiété, cette incompréhension irritée, n'étaient que l'écho atténué des siennes propres. Pour lui, il y avait davantage en jeu. Il y avait, égoïstement, la perspective d'un échec cuisant si Nicolas Dérec, et Psyché à travers lui, échouaient à prévenir une catastrophe. Et surtout, dans la guerre sourde qu'Argus et la Terre se livraient, il y avait potentiellement une défaite qui réorienterait radicalement le cours de leurs relations.

Les seize ans d'entraînement de Dérec n'avaient pas été vains : il ne lui fallut qu'un instant pour faire le vide des émotions qui l'entouraient. À nouveau il était une antenne syntonisée aux événements du continuum psi. Plongée encore cette fois dans une brume froide, quasi opaque.

Mais, d'un effort de volonté, le métapse résolut cette brume en une sorte de neige à travers laquelle sa perception s'élargissait, portant « un peu plus loin ». Une masse indistincte devenait visible, ou plutôt perceptible, comme une tonne de fer serait devenue perceptible à un aimant s'il avait été doué de sensibilité.

Okotnik.

Ou plutôt le mini-réacteur nucléaire d'*Okotnik*, la source d'énergie indispensable à son canon laser.

En même temps, par le lien mental qu'il conservait avec son cybord par l'électrocervical, Dérec recevait les données initiales recueillies par les sondes du scaphe lors de leurs premières révolutions autour de l'engin russe, à bonne distance. Leur appareillage fonctionnait correctement, ainsi qu'en témoignaient les scopies tout à fait claires de certains modules d'*Okotnik*. Mais les parties blindées par le nouvel alliage ne livraient que des images confuses. Des passages plus nombreux et plus rapprochés des sondes seraient nécessaires ; à bord de son scaphe, Yoro envoyait justement cette télécommande à ses sondes.

La voix excitée de Soarez parvint à Dérec :

—Certains mécanismes d'*Okotnik* sont toujours actifs malgré nos émissions inhib, capitaine Yoro. Les détecteurs de masse fonctionnent peut-être encore.

Mains crispées sur l'accoudoir de son siège, Nicolas Dérec déployait un effort tel que la sueur perlait à son front. Les biosenseurs transmettaient au cybord des indications alarmantes, qui clignotaient toutes dans l'orangé et qui lui auraient fait interrompre la transe du métapse si le premier niveau de sécurité n'avait été neutralisé.

Toutefois ses efforts commençaient à porter fruit – ou alors l'inconductible se dissipait déjà de lui-même – : la « brume » devenait translucide, les perceptions du métapse retrouvaient profondeur et clarté. Une vision commençait même à s'imposer à lui, une minuscule forme oblongue, étincelante sur fond d'espace, peut-être *Okotnik* vu d'un kilomètre de distance, éclairé par le soleil.

—Subite émission d'énergie ! lança Soarez. *Okotnik* a lancé quelque chose vers la Terre.

—Envoyez un scaphe pour intercepter, ordonna Yoro.

—Inutile : le projectile n'est pas inerte, il est propulsé par fusée.

—Détruisez.

Un des canons laser si rarement employés par l'*Alsveder* fut mis sous tension tandis qu'au poste de vigie l'ordinateur de visée orientait l'affût. Le petit missile d'*Okotnik* se désintégra, simple étincelle qui s'allongea puis s'éteignit sur les écrans vidéo du croiseur.

Dans la tête de Dérec, un soleil s'alluma.

—*ÉCRAN D'HYSTÉRÈSE!* cria-t-il en portant instinctivement ses poings à ses paupières crispées. *McDoyle, écran d'hystérèse!*

La lieutenante commandant la passerelle enfonça une touche dans l'accoudoir de son fauteuil.

—Capitaine Yoro, cria Dérec en rouvrant les yeux, faites demi-tour! McDoyle, éloignez-nous, *Okotnik* va sauter! Explosion nucléaire!

Mais il criait pour rien, il le savait: dans sa vision qui n'avait qu'un moment d'avance sur la réalité, le grand hublot à l'avant du scaphe d'intervention faisait toujours face à l'Okotnik lorsque…

Une lumière aveuglante, insuffisamment filtrée par le transplastal auto-ombreur de la coupole, inonda la passerelle tandis que, sur un ultime flash, s'éteignaient tous les écrans vidéo qui avaient retransmis l'image d'*Okotnik*. Un petit soleil était en expansion à l'endroit où, une seconde plus tôt, s'était trouvé l'engin russe.

Sur son orbite, l'*Alsveder* freinait de toute la puissance de ses rétropropulseurs. Le champ d'hystérèse, un dispositif récemment mis au point par les physiciens d'Érymède, absorba dans une certaine mesure l'onde de choc. Cela atténua l'intensité du choc thermique et la violence de l'accélération que subit le croiseur. Selon leur position, les officiers de la passerelle furent écrasés dans leur siège, plaqués sur leur console ou projetés sur une cloison.

Derrière les paupières fermées de Nicolas Dérec dansait l'image en négatif d'une nova brusquement déployée.

Une douleur de part et d'autre de son cou : les osmoseringues lui injectaient quelque chose, sur l'ordre de son O.R.M. L'antagoniste de la pro-psychine. Partie de son cerveau où s'interrompait la stimulation des implants cervicaux, une vague de lassitude se répandit dans son corps, noyant presque la douleur à son flanc, là où l'appui-bras de son siège l'avait meurtri lors du choc.

La dernière image dont il fut conscient avant de perdre connaissance fut celle d'un petit météore éblouissant, couleur de perle, laissant une brève traînée lumineuse en disparaissant dans un firmament ardoise.

◆

De la dernière navette à quitter l'*Alsveder*, Nicolas Dérec observait gravement le croiseur meurtri. Difficile d'y voir quoi que ce fût : les vaisseaux éryméens destinés à évoluer en orbite terrienne portaient tous la couleur noire afin d'être le moins visibles possible même si leur écran optique venait à faire défaut. Des voisins de Dérec firent quand même remarquer un certain lustre à la proue du croiseur, témoignant de la haute température à laquelle la coque avait été portée par l'explosion nucléaire. Grâce à la distance et au blindage, l'équipage n'avait été soumis qu'à une dose minime de radiations, même à la proue du vaisseau.

Bientôt l'*Alsveder* ne fut plus visible par la baie du poste de pilotage, mais un écran vidéo prit le relais, montrant le croiseur qui changeait d'attitude sous l'action de ses verniers, puis l'allumage des propulseurs.

À une allure lente, triste spectacle, le vaisseau mettrait quelques jours à regagner Érymède, soit dix fois plus de temps qu'à son allure de croisière. En route, il croiserait l'*Arvaker* équipé de propulseurs tout neufs : ses vols d'essai avaient été interrompus et on l'avait dépêché vers la Terre afin qu'il se joigne aux quatre autres croiseurs et pare à toute éventualité dans le cas où l'explosion d'une bombe nucléaire russe en orbite ranimerait une guerre froide éteinte depuis dix ans.

Mené par le lieutenant Reichel et l'ingénieur Pernas, l'*Alsveder*, lui, retournait avec un équipage réduit aux chantiers de Corinthe dont il était sorti si récemment. La coque n'avait pas perdu son intégrité et la structure semblait intacte, mais une inspection minutieuse s'imposait : après tout, c'était la première fois qu'un vaisseau éryméen essuyait l'onde de choc d'une bombe nucléaire.

Presque tout l'équipage avait été évacué vers Argus. Au point de vue médical, la ville lunaire était bien mieux équipée qu'un croiseur. Tout le monde à bord n'avait pas été blessé, et toutes les blessures n'étaient pas graves : ecchymoses (Dérec en portait une vilaine au flanc gauche), luxations, entorses, quelques côtes fêlées. Néanmoins, on comptait aussi certaines fractures – maxillaires, crâniennes, cervicales – et certaines lésions internes, surtout au niveau abdominal.

Mais pas de morts.

Chaque fois que les idées noires menaçaient de le submerger, Nicolas Dérec se le répétait : pas de morts.

Hormis le capitaine Yoro, mais ç'avait été son choix.

Il avait beau retourner les faits, les examiner sous tous les angles, Dérec en venait toujours à cette même conclusion : Sinishi Yoro avait cherché la mort.

Même ceux et celles qui n'avaient pas, comme le métapse, perçu l'état d'esprit lugubre dans lequel Yoro avait regagné l'*Alsveder*, même eux convenaient à mots couverts que le capitaine avait agi de manière suicidaire.

On n'avait pas encore récupéré l'épave de son scaphe. Heureusement, une vidéocam à la poupe du croiseur avait enregistré durant deux secondes le passage d'une petite masse en fusion – le météore dont Dérec avait eu la vision – et on avait pu en déduire sa trajectoire.

La brève traînée lumineuse qui l'avait suivi, c'était l'atmosphère de l'habitacle mêlée aux restes de carburant. Le scaphe avait donc perdu son intégrité. Le fait que sa coque de plastal fût en fusion, du moins partiellement, témoignait de la température extrême à laquelle elle avait instantanément été portée. Il avait dû y avoir combustion des matériaux plastiques dans l'habitacle. Le scaphe était partiellement blindé contre les rayons cosmiques, les scaphandres des pilotes comportaient une certaine protection, mais Sinishi Yoro avait sûrement été irradié en même temps qu'il avait été aveuglé.

Cuit aux micro-ondes ou carbonisé, il était mort en une seconde.

Dans l'heure qui avait suivi, tandis que l'*Alsveder* gagnait la Lune et que les blessés affluaient dans son infirmerie, les officiers valides avaient fait le point, en conférence avec Contrôle-Argus. L'analyse de la télémétrie trancherait peut-être entre les deux hypothèses qui se partageaient les opinions. Une chaîne préprogrammée d'événements avait été déclenchée, soit par l'impulsion électromagnétique, soit par l'approche des sondes du scaphe. Le lancement du missile contenant les observations des caméras-espions et la mise à feu de la charge nucléaire étaient les deux événements observables survenus à retardement. Une partie au moins des circuits électroniques d'*Okotnik* était protégée contre l'impulsion inhib, ce qui aurait permis aux détecteurs gravimétriques de rester sous tension. L'électronique de la bombe nucléaire devait l'être aussi, par ce fameux blindage fait d'un alliage inédit.

Ni le lancement ni l'explosion n'étaient accidentels : *Okotnik* s'était avéré un piège. Même pas un satellite piégé, comme *SeekSat 4* et *Taranis* avant lui, mais un piège en soi. L'appât, un des seuls qui aurait pu attirer un croiseur malgré la nouvelle méfiance des Éryméens, l'appât était ce canon laser dont il *fallait* connaître les capacités et empêcher l'utilisation contre une population civile.

Cela indiquait que les Terriens étaient désormais au fait des motivations de ce qu'ils appelaient toujours l'U.S.I.O., en plus d'en savoir long sur leurs méthodes de neutralisation.

Il ne s'agissait plus d'une guerre sourde.

On allait sûrement discuter de cela durant la réunion du Conseil d'Argus à laquelle Dérec était convoqué. De cela, et de sa responsabilité dans la catastrophe survenue à l'*Alsveder*.

En somme, le sous-lieutenant Dérec n'aurait été en poste que deux jours. On le renverrait sur Érymède, à Psyché où les recherches des métapses ne rimaient à rien si leurs facultés ne pouvaient trouver application dans la surveillance de la Terre et la protection des Terriens.

Érymède.

Cela aurait au moins un bon côté : Dérec n'aurait pas été longtemps séparé de Jordane. Ce n'est pas que la décision avait été difficile à prendre : il avait été clair dès le début que Dérec recevrait un jour une assignation à long terme à l'extérieur d'Érymède. Non, après trois ans de vie commune, c'étaient les petits vides quotidiens auxquels Nicolas avait été le plus sensible ces premiers jours. (La séparation datait d'avant le départ de l'*Alsveder* : Jordane vaquait du côté de Saturne depuis quelques jours lorsque le croiseur avait quitté Érymède.)

Une main sur son avant-bras.

Dérec tourna la tête vers McDoyle : à travers l'allée qui séparait leurs sièges, elle s'était penchée vers lui et lui avait touché le bras.

— Ne sois pas si sombre, Dérec. Tu as bien fait.

Il dévisagea la lieutenante, essayant de se persuader de sa sincérité. Pourquoi, du reste, aurait-elle menti ? Reichel, Gavriel, Pernas, ceux-là lui avaient jeté des regards sombres lorsqu'il les avait croisés depuis le désastre. Mais aucune remarque acerbe, il devait l'admettre.

McDoyle, elle, comme Soarez, avait semblé prendre son parti durant toute la crise – si parti il y avait à prendre. Spontanément, avec une totale confiance, elle avait cru les avertissements du métapse et avait enfoncé les bonnes commandes, sans même prendre le temps de relayer des ordres au pilote. Le champ d'hystérèse et les quelques dizaines de kilomètres d'écart qu'avait assurés l'action des rétro-propulseurs avaient sauvé l'*Alsveder* et son équipage.

La main de McDoyle ne le quitta que lorsqu'il esquissa un sourire et hocha la tête, l'air de lui donner raison.

N'empêche que, si ses facultés métapsychiques ne lui avaient fait défaut au moment le plus crucial, Dérec aurait pu empêcher l'événement de se produire. Prévenue de l'existence du piège, l'équipe de neutralisation du croiseur se serait contentée de surveiller *Okotnik* à distance, ses armes braquées sur le primitif canon laser de l'engin russe, prêtes à le détruire en une seconde à la première mise sous tension.

Dérec réprima un soupir. Rien ne servait de ruminer tout cela. Depuis quelques heures, il avait eu le temps de réécrire vingt fois le scénario des événements.

La navette se mit à ralentir. Chaque fois que le torse de Dérec appuyait contre le baudrier de son fauteuil, il sentait la boucle meurtrir son flanc contus. Il n'avait pas songé à choisir une banquette de gauche, où les boucles des ceintures de sécurité se trouvaient à droite.

La paroi du cratère Tsiolkovsky devint visible par la baie du poste de pilotage. Les reliefs familiers de la falaise se trouvaient à leur place. L'une des grandes portes camouflées par un motif de roc se découpa en se retirant, puis se rabattit vers le haut, découvrant l'éclairage rosé d'une aire d'alunissage.

Pour la première fois, Dérec vit les passagers respecter la consigne et rester assis tant que la navette ne se fut pas immobilisée le long d'un quai de l'astroport. Il ne devait pas être le seul à bord à souffrir de contusions.

Dérec et McDoyle furent parmi les derniers à quitter la navette, puisqu'ils avaient été assis à l'avant.

Curieux : il y avait bien du monde sur le quai. Attendait-on un long-courrier ?

Plus curieux encore : il y avait un certain nombre de haut gradés, mais c'étaient surtout des gens de l'*Alsveder* que Dérec reconnaissait là, y compris des membres d'équipage qui avaient quitté le croiseur par les premières navettes. Il vit même certains blessés, fraîchement pansés ou arborant les gangues ostéo dans lesquelles on immobilisait les membres fracturés. Bien des inconnus, hommes et femmes, serraient par la taille ou l'épaule tel officier de l'*Alsveder*, tel technicien, tel membre d'équipage.

Le métapse tourna vers McDoyle un regard perplexe, sous des sourcils froncés.

— Maître Dérec, l'interpella une voix.

Il reporta son attention vers ces gens qui, il s'en rendait compte un peu tard, se tournaient tous vers lui.

— Vous me reconnaissez ?

— Ma… Madame la Présidente ? hésita Dérec.

C'était bien Sa Park, présidente du Conseil d'Argus et membre du Conseil suprême d'Érymède. Si elle ne s'était pas signalée à son attention, Dérec ne l'aurait pas identifiée tant elle n'en imposait guère, ni par sa stature ni par son costume. Elle devait dépasser les quatre-vingts ans, cependant elle marchait encore droit malgré son apparente fragilité.

Une totale incompréhension, voisine d'un état de choc, paralysait Dérec, comme si l'air de ses poumons et le sang de ses veines s'étaient subitement figés.

— Vous êtes des nôtres depuis assez longtemps pour savoir que…

Voilà, on lui remettait sous le nez son origine terrienne ; ça ne lui était jamais arrivé, sauf de la part de quelques adolescents, les premières années.

— … que sur Érymède on ne remet pas de médailles. Les uniformes, les galons, les rubans… dit Park sans compléter sa pensée autrement que par l'ironie de son ton.

Lentement, quelques visages s'imposaient à son esprit, ceux de Soarez, de Zaft, de la technicienne Sigur, de cette jolie pilote dont, hier, il n'avait pas compris le nom après se l'être fait répéter deux fois.

— Mais imaginons aujourd'hui une médaille virtuelle, poursuivait la présidente du Conseil, un témoignage de reconnaissance de la part de l'Amirauté et du Conseil d'Argus, sous-lieutenant Dérec, pour avoir sauvé la vie des deux cents membres d'équipage du croiseur *Alsveder*.

Les visages souriants de plusieurs dizaines de personnes rassemblées achevèrent de plonger Dérec dans un sentiment d'irréalité. Sûrement il allait s'éveiller de ce curieux rêve où se jouaient des fantasmes de gloire dont il n'avait jamais été conscient.

Mais tandis que tardait son réveil et que s'additionnaient divers détails tangibles – rumeur d'applaudissements, poignées de main, accolades, l'haleine parfumée de la pilote au nom imprononçable –, Nicolas Dérec prenait graduellement conscience de ce qui lui importait : il n'avait pas échoué, il n'avait pas infligé à ses collègues et à ses maîtres de Psyché l'embarras d'un échec désastreux.

Puis, aussi brusquement que lui vinrent les larmes, l'essentiel lui apparut sur le visage de tous ces gens qui l'entouraient : il y avait là cent, deux cents Thaïs qui, eux, elles, avaient échappé au feu nucléaire d'une explosion, et deux cents amoureux, amantes, parents ou amis qui lui devaient, à lui Nicolas, la joie de serrer à nouveau dans leurs bras l'être cher.

CHAPITRE 16

La prophétie des Lunes : fange et brouillard

—Comment font-ils… ?

Lubin ne compléta pas sa question, mais Barry Bruhn en devina le sens et n'y répondit que par un sourire désabusé, tournant brièvement la tête vers son interlocuteur.

Agent d'Argus sur Terre depuis quelques années, Bruhn avait fini par s'accoutumer aux conditions de vie des indigènes, les Terriens de la variété urbaine de l'hémisphère Nord, son champ d'action. Toutefois, Montréal en janvier lui était particulièrement désagréable. Un froid humide, au-dessous de zéro – accompagné de neige, cette nuit, une neige épaisse et lourde, s'accumulant sur rues et trottoirs pour former une boue grise et glacée pour laquelle les indigènes avaient un nom, quelque chose comme « sloche ».

Le métier qu'exerçait Bruhn aux Renseignements était très exigeant, tant moralement que physiquement. Deux ans d'entraînement quasi olympique et de vaccinations, un an d'acclimatation à la base régionale du Maine, des études sociologiques pendant tout ce temps afin de survivre à une immersion parmi l'humanité terrienne…

—Vous comprenez toutes ces langues? lui demanda encore Lubin.

—Seulement cinq ou six. Mais avec l'anglais et le français, on arrive à se débrouiller, du moins au centre-ville.

Sous un assortiment hétéroclite de coiffures, foulards et manteaux, des Terriens de toutes les nuances de brun, avec en mosaïque quelques visages plus pâles au poil sombre, se hâtaient dans les couleurs crues des néons.

—Et ces deux-là que nous venons de croiser, celles qui avaient les joues roses, quelle langue parlaient-elles?

—C'est la variété locale du français, lui apprit Bruhn.

Les deux hommes pouvaient au moins – mince avantage – se parler éryméen sans attirer l'attention.

Lubin, plus habitué à exercer ses facultés dans les installations aseptisées d'Argus ou d'Érymède, suivait à la lettre les consignes de Barry Bruhn: ne laisser personne l'arrêter sur le trottoir, esquiver les contacts physiques, ne pas répondre à quiconque lui adresserait la parole car, sept fois sur dix, il s'agirait de mendiants – les trois autres seraient vendeur de drogues, putain ou prostitué.

—C'est partout pareil? demanda encore le métapse, conscient qu'il devait donner l'impression d'un râleur.

—Non, bien sûr, il y a des quartiers résidentiels.

—Pourquoi est-ce qu'il ne réside pas dans un quartier résidentiel, votre bonhomme?

—Il était écrivain.

Si Bruhn expliqua sa réponse, Lubin n'entendit rien, car un camion particulièrement bruyant les frôla à ce moment. Plus que l'odeur de l'air ambiant, c'est le bruit qui poussait le métapse au bord de la détresse : tous ces moteurs à combustion interne, ces klaxons, cette musique tonitruante s'échappant de certains commerces…

Et des gens parvenaient à dormir dans tout cela, non seulement à l'abri de fenêtres closes, mais à même les trottoirs, avait découvert Lubin avec consternation. Une ou deux rues plus au sud, le long d'une artère où les édifices étaient bien plus hauts et la circulation piétonne moins dense, des sans-abri se pelotonnaient sous des évacuateurs d'air chaud, ou sur des grilles métalliques ménagées à même les trottoirs, probablement au-dessus de transformateurs électriques – l'Éryméen apprenait tout cela d'un coup, cette technologie antique et cette socio-démographie de crise.

Vers l'ouest, sur l'artère commerciale que suivaient les Éryméens, un commerce neuf ou prospère avait disposé un système de lasers au-dessus de la rue. De fins rayons bleus et verts traçaient dans l'air chargé de neige des lignes scintillantes, si droites qu'elles en paraissaient courbes, puis se transformaient en éventails, en nappes, en tunnels.

Bruhn prit Lubin par le bras et le tira brusquement dans l'entrée d'un commerce.

— Qu'est-ce… ? s'exclama le métapse, alarmé.

— Voilà notre homme.

Prenant exemple sur Bruhn, le Psychéen feignit de s'intéresser au contenu des vitrines, dans une sorte de large porche vitré garni de barreaux métalliques. S'il y avait mis le temps, il aurait sans doute fini par deviner l'usage de certains des appareils, accessoires et jouets (ou bibelots ?) qui s'empilaient sous ses yeux, mais il regardait de côté pour apercevoir Lépine, l'homme que Bruhn voulait lui présenter.

Lépine se trouvait de l'autre côté de la rue lorsque l'agent l'avait repéré, attendant une éclaircie parmi les voitures qui passaient. Maintenant il traversait à la hâte dans la direction des Éryméens, les mains enfoncées dans les poches. Il allait nu-tête et Lubin le reconnaissait aux photos que Bruhn lui avait montrées : petit et malingre, pas rasé de ce jour, cheveux longs semés de gris noués derrière la nuque. Rien ne le distinguait de la faune qui le croisait, et aucun mendiant ne lui tendait sa sébile.

Une fois de ce côté-ci de la rue, il marcha dans la direction qu'avaient suivie les Éryméens. Bruhn et Lubin regagnèrent le trottoir avec précaution.

À l'intersection suivante, le Montréalais tourna à gauche dans une petite rue qu'il traversa en dia-gonale. Dans le porche d'une bâtisse à façade de briques pâles, il ralentit pour parler avec un homme planté là, cigarette aux lèvres. Maigre lui aussi mais plus grand, il portait barbiche et cheveux longs, certains tissés en minces tresses garnies de verroterie. Un discret échange se fit, dont Lubin ne put voir la nature : quoi qu'ait acheté Lépine, ça ne prenait guère de place.

— Faudra attendre un quart d'heure, dit Barry Bruhn.

Lubin le suivit dans un restaurant-minute à l'éclairage blafard, dont les tables et les comptoirs aux diverses teintes de gris avaient jadis été neufs. Le casse-croûte faisait l'angle de la rue.

— C'est cette fenêtre-là, au deuxième, dit Bruhn en choisissant deux places devant la vitrine latérale. Vous avez faim, soif ?

Le métapse promena un regard sceptique sur les tables et les clients, essayant de reconnaître ce qu'ils mangeaient.

— À boire seulement, demanda-t-il. Je me fie à vous.

S'il fallait ingérer quelque chose, un breuvage artificiel présentait moins de risques qu'une nourriture semi-organique.

Se juchant sur un tabouret et s'accoudant au comptoir qui longeait la baie vitrée, Lubin porta son attention sur la fenêtre qui venait de s'illuminer dans la façade latérale du petit immeuble, au-dessus d'une allée peut-être trop étroite pour être appelée ruelle. L'endroit était une sorte de conciergerie ou d'hôtel, lui avait expliqué l'agent Bruhn.

Lubin essaya de comprendre la nature du motif de barres horizontales qui semblait capter la lumière derrière la vitre. Bruhn revenait avec deux gobelets lorsqu'il devina enfin : c'étaient les lattes d'un dispositif servant à occulter la fenêtre.

— Un store, lui confirma l'agent d'Argus. Mais nous ne serons pas obligés de faire de l'escalade et de regarder par sa fenêtre. Abboud nous donne accès à l'appartement contigu.

Retirant le couvercle de plastique, Lubin aventura ses lèvres jusqu'au liquide sombre, très chaud, que contenait son gobelet de carton ciré. Il en aspira une petite gorgée, qui le fit grimacer : c'était du café, mais imbuvable.

— Tenez, vous pouvez sucrer avec ceci, dit Bruhn en lui tendant quelques sachets de papier.

Tout en imitant les gestes de son compagnon, Lubin se confia :

— Bruhn, je renonce à paraître autre chose qu'un parfait ignare, mais…

Il fit un geste de l'avant-bras englobant le casse-croûte, les deux rues, tout le quartier sans doute :

—Bon, c'est un quartier pauvre, vous m'aviez prévenu…

—Un secteur pauvre du centre-ville, précisa l'agent d'Argus.

—Dans une ville en déclin, de ça aussi vous m'aviez prévenu.

—Mais vous trouveriez l'équivalent à New York ou Detroit, en pire et en plus gros.

Owen Lubin risqua une nouvelle gorgée, qui lui parut moins amère ; il allait au moins pouvoir se réchauffer en ingérant la moitié du café – disons le tiers. Une part de son désarroi venait peut-être du fait que cette partie de continent où il se voyait plongé dans la fosse de la misère humaine était le pays d'origine de son meilleur ami, Nicolas Dérec. Il avait beau savoir que la situation s'était dégradée en un quart de siècle, il ne pouvait s'empêcher de se demander si Nicolas avait côtoyé à l'occasion cette indigence.

—Et ce Lépine, j'ai lu vos notes, il vit dans la misère.

—Le dénuement, disons. La misère, ce sont les sans-abri que nous avons enjambés tout à l'heure. Certaines nuits de janvier ou de février, il y en a qui meurent de froid, ceux qui sont trop confus pour se couvrir adéquatement.

—Confus comme dans…

—Ivres. Drogués. Neurovégétatifs ou presque, à cause de dommages au cerveau.

Lubin réprima un frisson : son corps, sans doute, accueillait avec satisfaction la chaleur de la boisson.

—La condition de Lépine, poursuivait Bruhn… Il a déjà vécu à l'aise, selon ce que j'ai pu déduire. Jamais riche, mais à l'abri du besoin. Ses pièces ont été jouées, certaines ont été publiées sous forme de

livres, dont quelques-uns se vendaient raisonna-
blement bien.

— Des livres…

— En papier, oui : des livres.

— Je sais bien, « en papier », répliqua Lubin sans
cacher son agacement. Nous en avons aussi sur
Érymède, des livres en papier.

— Désolé, s'excusa Bruhn à mi-voix.

Le métapse l'observa : il était sincère, cet agent
des Renseignements. Comment il supportait de
baigner ainsi, chaque jour, dans le sordide, voilà ce
que le métapse aurait été curieux d'apprendre, mais
l'éthique de Psyché lui interdisait tout sondage
empathique pour obtenir sa réponse.

Et comment parvenait-il à rester en santé ? Lubin,
qui n'avait suivi qu'une décade d'entraînement en
vue de cette mission, sentait déjà la fatigue musculaire le gagner, sous cette accablante gravité
terrestre. Il lui faudrait reprendre une ampoule de
stimyo avant de quitter le restaurant. Et la quarantaine médicale serait inévitable, au retour sur
Argus : sauf miracle, il allait être malade demain
ou après-demain, n'ayant eu le temps de recevoir
qu'un seul multi-vaccin avant son départ pour la
Terre.

— Continuez, au sujet de Lépine.

— C'est la même histoire que pour des dizaines
de millions de Terriens : fuite des emplois vers les
« économies émergentes », puis vers le tiers-monde,
privatisation des sécurités sociales, dévaluation des
épargnes. Les économistes, apparemment, n'avaient
pas prévu que, lorsque presque tout le monde aurait
été appauvri, pratiquement plus personne n'aurait
les moyens de consommer. Les sociétés deviennent
bipolaires : plusieurs degrés de richesse, quelques

degrés de misère, mais pas de classe moyenne entre les deux, ou alors très précaire, faite de situations éphémères, transitoires. Généralement un transit vers le bas…

Lubin hocha la tête : cela au moins correspondait à ce qu'il savait (non, il n'était pas ignorant, pas plus que ses concitoyens éryméens). Mais le voir sur place, le sentir dans sa propre chair…

De temps à autre, le regard du métapse se laissait distraire par l'artère commerciale, à droite, les rayons laser telles des ficelles de lumière semées de paillettes métalliques, le va-et-vient incessant des gens et des voitures. Il en vit une ralentir et se ranger le long du trottoir : relativement propre malgré l'état de la chaussée, elle semblait noire, mais le reflet bleuté de certaines lumières révélait sa couleur indigo. Ses deux portières se soulevèrent longitudinalement, articulées à l'avant, et un couple mieux vêtu que la moyenne en sortit. Leur attitude, leur démarche, la mobilité de leur tête et de leurs yeux, tout trahissait le criminel ou le policier.

Ils disparurent de la vue de Lubin.

— Ils vont se faire voler leur véhicule, non ?

Bruhn regarda à son tour.

— Probablement pas.

Il ne se passa qu'un moment avant que deux voyous s'approchent, de part et d'autre de la belle automobile, hésitants.

— Grillera, grillera pas ? commenta Bruhn.

Celui des truands qui se trouvait sur le trottoir saisit par la manche un mendiant qui passait, vacillant, et le jeta contre la voiture. Un éclair mauve fusa, accompagné d'un crépitement bien gras. Lubin sursauta, ébloui, tandis que l'alarme antivol entonnait son ululement exaspérant.

Les deux voleurs s'éloignèrent en hâte, tandis que des passants contrariés enjambaient le corps inerte du mendiant, dont la main gantée et la manche fumaient.

— Il est… il est… ? s'exclama Lubin en se levant à demi de son tabouret.

— Peut-être pas, répondit Bruhn à mi-voix en le faisant se rasseoir.

Puis, après avoir vérifié que la fenêtre de Lépine était toujours éclairée, l'agent réclama l'attention de son compagnon :

— Vous voyez les deux fenêtres d'angle, au même étage ? Lubin, regardez ici.

— Oui oui.

— Cette chambre-là, à l'angle de la façade, c'est celle d'Abboud, notre contact.

— La percipiente.

— Ouais.

Le métapse se remémora ce que Bruhn lui en avait dit, tant pour se concentrer à nouveau sur la mission que pour se distraire du petit drame auquel il venait d'assister – et qui, ici, n'en était manifestement pas un.

La femme nommée Abboud – prénom inconnu, du moins ne s'en souvenait-il pas – était l'une de ces nombreux Terriens qui œuvraient comme agents d'Argus sans le savoir. Ou du moins sans savoir quelle était cette organisation qui les payait. Réseau criminel, agence de leur propre gouvernement ou organisation internationale, on leur servait la fiction la plus susceptible de les motiver. Concrètement, de toute manière, cela impliquait toujours de l'argent, qu'Argus contrefaisait à la perfection dans les principales devises en demande.

Avec Abboud, les rapports étaient compliqués par le fait qu'elle était empathe et, dans une certaine mesure, télépathe. L'I.M.B. avait mis au point, pour ce genre de situation rare mais pas unique, un dispositif isolant qui protégeait l'agent d'Argus contre toute intrusion dans ses pensées : une délicate résille métallique incrustée dans le derme du cuir chevelu, reliée à deux implants sub-cutanés derrière les oreilles. Lorsque mise sous tension – avec un voltage aussi faible que celui de l'activité cérébrale –, la résille générait un champ qui brouillait la réception d'un percipient «ordinaire».

— Et cette Abboud, elle perçoit ce que voit Lépine ?

— Elle perçoit qu'il voit quelque chose en tout cas, qu'il a des flashs intenses au moment de l'orgasme. «Il voit des étoiles», c'est comme ça qu'elle m'a résumé le phénomène, mais quand on la questionne, on comprend que c'est plus complexe, plus profond. Et je soupçonne qu'il voit des choses réelles.

Dans la rue principale, l'alarme antivol s'était tue et les propriétaires de la voiture de luxe revenaient, pressés. Leur transaction avait peut-être tourné court. En tout cas, leur système antivol n'était probablement pas légal, sur une artère aussi passante, et ils ne tenaient sans doute point à se trouver là quand la police viendrait se pencher sur le corps du miséreux – si jamais cela se produisait.

Les portières en se soulevant s'animèrent à nouveau de reflets linéaires, tandis que le passager enjambait le mendiant. La femme prit place au volant, la voiture recula puis s'inséra en souplesse dans la circulation à la faveur d'une éclaircie.

— Tiens, il a éteint.

Lubin ramena son attention à la fenêtre de Lépine.

— Il serait déjà couché ?

— Il a laissé une lampe allumée. Vous distinguez cette lueur mauve ?

Le métapse répondit par un grognement : la vue de l'agent était sûrement meilleure que la sienne.

— Je crois qu'on peut monter, annonça Bruhn en quittant son tabouret.

— Accordez-moi juste un instant…

— Discrètement, prévint l'agent en devinant l'ampoule de stimyo entre ses doigts.

Lubin brisa le col de l'ampoule sous le comptoir, puis la porta à sa bouche dans son poing en feignant de tousser.

Il prit soin de remettre l'ampoule vide dans sa poche et, sans regret, laissa dans son gobelet les trois quarts de l'âcre café.

Sur le trottoir, quelqu'un avait enfin tassé le corps du mendiant le long de la façade du casse-croûte.

•

— Quelle est cette puanteur ? protesta Lubin en plissant le nez dans la pénombre de l'escalier.

Mais Bruhn resta coi et le métapse parut trouver la réponse à sa propre question, d'après la grimace qu'il fit : cela sentait la vieille urine humaine.

Divers sons meublaient le calme relatif de l'étage : des dialogues et des trames sonores d'émissions télévisées, de la musique, rarement des voix de chambreurs. Des tubes en forme de U serré luisaient dans un plafonnier sur deux, baignant le couloir d'une semi-clarté lugubre. De petites brûlures constellaient la moquette gris taupe, tandis que des taches y figuraient des amibes géantes.

Bruhn gagna une porte sertie de quelques serrures, et dont le bord était renforcé de métal. Il y frappa des coups secs avec les ongles de deux doigts.

Au bout d'un moment, Abboud ouvrit, une femme de petite taille aux longs cheveux noirs qui devaient, quelquefois, être beaux. Avec ses yeux au maquillage outrancier, elle aurait semblé tout droit sortie d'un spectacle de saltimbanques, si elle avait porté autre chose que les vêtements les plus ordinaires.

Tout de suite son attention se fixa sur Lubin, dont elle tenta de sonder l'esprit. Sans effort, le métapse lui opposa un brouillard de pensées neutres et banales, sorte de refrain si souvent chantonné qu'il n'exigeait de lui qu'une fraction de sa vigilance. En même temps, Lubin s'immisçait dans la conscience de la Terrienne, y amorçant un sondage dont elle n'aurait même pas connaissance. Ce qu'il y lut n'avait rien d'édifiant mais ne le surprit guère, car Bruhn lui avait parlé d'elle, sachant à quoi s'en tenir au sujet de son informatrice d'occasion. Même sans facultés psi, l'agent la traitait avec toute la méfiance requise.

Quelques pas, quelques gestes, quelques phrases inconséquentes : les deux Éryméens se trouvaient maintenant dans la chambre d'Abboud, pièce unique jouxtant un cabinet de toilette exigu. Les regards de Lubin et de la femme se toisèrent, méfiants, bientôt hostiles dans le cas d'Abboud.

Dans la pièce principale, Bruhn lui fit éteindre la lumière déprimante du plafonnier. Passant dans le cabinet plongé dans l'ombre, il appuya ses cuisses au lavabo et tira sur la glace qui servait de porte à une pharmacie. Délicatement, il retira la petite armoire au complet.

Abboud semblait agacée qu'il agisse ainsi, sans lui laisser de rôle, mais elle se taisait : sans doute la payait-il convenablement.

Dans le mur du cabinet de toilette, le trou rectangulaire donnait sur les petites tablettes presque vides d'une autre pharmacie : un flacon et un tube d'analgésiques, un vaporisateur nasal, quatre ou cinq contenants vides ayant renfermé des médicaments d'ordonnance.

À la faveur de la quasi-obscurité, Bruhn poussa doucement la petite porte, de l'intérieur.

Le regard des Éryméens plongea dans un cabinet de toilette identique, obscur ; au-delà, la chambre de Lépine baignait dans une pénombre mauve, mitigée seulement par les lueurs de la rue débitées en minces tranches horizontales.

Lubin tenta de comprendre ce qu'il voyait.

Meublée de boîtes de carton, la chambre de l'ex-dramaturge évoquait un débarras. Il n'y avait guère de mobilier sauf une table étroite et deux chaises dépareillées. Des boîtes servaient de sommier sous le matelas, d'autres faisaient office de commode en en supportant de plus petites, ouvertes, qui contenaient les effets personnels du chambreur : vêtements ou sous-vêtements, menus objets.

Seuls deux appareils électriques semblaient fonctionner, hormis la lampe à néon. L'un était noir, avec des formes arrondies et une diode brillante, couleur de jade ; Lubin n'aurait pu l'identifier s'il n'avait été la source de la musique qui emplissait la pièce. Quel était le support d'information musicale le plus usité sur Terre, déjà ? Des disques optiques, lui semblait-il, plutôt encombrants pour le peu de données qu'ils contenaient ; il en devinait une pile à côté de l'appareil.

— Intéressante, cette musique, commenta à mi-voix le métapse, qui inventoriait déjà d'autres stimuli, ceux transmis par son odorat par exemple.

— Pink Floyd.

— Pardon ? Cette odeur ?

—Non, la musique. Un groupe britannique qui a été actif durant une trentaine d'années.

—Mais cette odeur chimique?

—C'est sa drogue, murmura Barry Bruhn: un dérivé de nitrite d'amyle.

—«Dérivé»…?

—Je devrais dire « de deuxième génération », en fait: le nitrite d'amyle ne représente qu'une part du composé, on y a ajouté une molécule complexe qui retarde l'accoutumance.

—Donc…

—La drogue perd moins rapidement son effet. Je n'ai pas dit « qui retarde l'assuétude », notez bien.

Lorsqu'il tournait la tête vers son compatriote, Lubin voyait du coin de l'œil Abboud, qui écoutait leurs murmures avec un air buté.

Sous un cache-col de laine, le métapse portait au cou un biocollier miniaturisé; ses implants temporaux étaient dissimulés par un serre-tête. Il commanda mentalement l'injection de propsychine dans ses carotides.

D'un effort de volonté, Lubin écarta sa pudeur et laissa Manuel Lépine devenir le centre de son attention. Il l'avait vu du premier coup, bien entendu, nu sur son matelas, le bas des jambes caché par une couverture, mi-couché mi-assis avec deux oreillers comme dossier. Sous la peau saillaient les os de ses hanches et l'on aurait pu compter ses côtes; mais le ventre était rondelet. Sur sa poitrine, le poil semblait gris.

Dans le cerveau de Lubin, la propsychine commençait à faire effet: la porte de la pharmacie, l'antichambre que représentait le cabinet de toilette, la chambre violacée au-delà, tout cela se déployait en perspectives dans une autre dimension.

D'un geste lent et posé, Lépine se masturbait, doigts et gland luisant d'un lubrifiant quelconque. Sur son visage et son torse déferlait, en vagues paresseuses, la lueur rose orangée d'un écran. Cet appareil assez massif à deux éléments, posé sur une boîte, les yeux de Lubin n'en voyaient que le dos, téléviseur ou micro-ordinateur.

Dans son esprit toutefois, par les yeux de Lépine, le métapse en percevait clairement les images, sorte d'arrière-plan mouvant et dédoublé. C'était décidément très érotique, un territoire de peaux claires où le poil était rare, les courbes douces et les sexes délicats. En se préparant à la mission, puisque la sexualité y jouait un rôle important, Lubin s'était renseigné sur les normes actuelles dans la société qu'il allait visiter. Il n'y en avait guère, et elles ne coïncidaient pas avec les lois en vigueur. Toutefois, ce que regardait Lépine, entre les moments où il fermait les yeux, était à coup sûr illégal sur ce continent-ci, même si les personnages étaient probablement des images de synthèse.

Le métapse expira par le nez, un son qui dut ressembler à un soupir car Bruhn murmura :

— Ça ira ?

— Je n'aime pas ça.

— Ce que vous percevez ?

— Ce que je fais.

Ce qu'il percevait ne le choquait pas vraiment, même s'il était surpris par la cohérence et la netteté des fantasmes de Lépine. Tout baignait dans une sorte de candide euphorie, sans violence ni agressivité, sans contrainte ni domination. En venant ici, Lubin avait été troublé par les accessoires et costumes aperçus dans les vitrines de commerces à vocation sexuelle : le noir et le rouge y dominaient, le métal, le cuir, le plastique. Dans un langage dont certaines phrases lui échappaient entièrement, tout cela lui avait parlé de violence, d'agression, de domination et d'asservissement.

Rien de tel dans l'euphorie sexuelle que vivait présentement Lépine.

De temps à autre, ce dernier portait à son nez, une narine après l'autre, un petit flacon dont il découvrait au dernier instant le goulot. Un moment après ces inhalations, une bouffée euphorique affluait à son cerveau, puis ses fantasmes acquéraient une présence et une profondeur accrues. Ils étaient si réels que pas un instant le métapse ne les aurait confondus avec la fiction vidéo, même si celle-ci s'était déployée en trois dimensions sur grand écran. Le « son » était confus, une rumeur ténue où dominaient des voix et des rires juvéniles, comme si Lépine n'affectait à cet aspect de son fantasme qu'une infime portion de son imagination. Cependant, les textures étaient réussies, celles perçues par les doigts et la langue, dans le registre du souple, du lisse et du doux, l'équivalent tactile d'une palette de beige, d'ivoire, de nacre et d'un blanc rosé.

La musique lui parvenait par vagues, telles des pulsations, comme si quelqu'un avait alternativement enlevé puis appuyé ses pouces sur les oreilles de Lépine.

L'empathie étant complète, Lubin ne fut guère surpris de se sentir en érection. Mais la douleur passait en même temps que le plaisir : la douleur aux sinus, de plus en plus congestionnés, la douleur au seuil des narines, où la peau était irritée, un mal de tête qui croissait en pulsations de plus en plus soutenues, une sensation diffuse de congestion dans la poitrine.

Et la griserie du vertige, de sorte que le métapse dut serrer les deux mains sur le lavabo. Il sentit une main ferme, celle de Bruhn, le tenir au flanc : il avait dû vaciller sans s'en rendre compte.

Imprévue parce que ce plaisir n'était quand même pas le sien, la montée vers l'orgasme s'imposa au métapse dans l'instant suivant. Sa respiration un moment suspendue, il crispa les doigts sur les bords du lavabo tandis que dans la chambre voisine se succédaient trois exclamations étouffées – on eût dit des protestations en même temps que des éclats de rire. Dans la tête de Lubin, pâle reflet de ce qui traversait celle de Lépine, des étoiles brillèrent subitement, des motifs et des formes luminescentes comme lorsqu'on presse ses globes oculaires à travers les paupières.

Le Psychéen laissa s'échapper son souffle entre ses lèvres serrées, les joues gonflées.

— Pfffff…

Puis il soupira, cherchant à retenir les derniers lambeaux de la vision, tandis qu'il sentait une langueur proche de l'évanouissement envahir Lépine.

— Ouf, c'est vrai qu'il voit des étoiles ! commenta le métapse en rouvrant les yeux.

Devant les siens, le rectangle mauve découpé par la porte des toilettes cessa de tanguer, peu à peu, et les dimensions de la chambre de Lépine revinrent au nombre de trois. Sans qu'il ne s'en rende compte, le biocollier lui avait injecté l'antagoniste de la propsychine.

— Mais pas juste des étoiles, précisa Lubin à mi-voix. Il a vu un satellite terrien filant sur son orbite, et l'une de nos navettes.

— *Nos* navettes ? murmura Bruhn le moins fort qu'il put.

CHAPITRE 17

La prophétie des Lunes :
oracle obscur

Nothing was stranger than being yourself
- Al Stewart, « Broadway Hotel »

De la mezzanine, Barry Bruhn dominait deux quais du métro, station Berri-UQAM. Il avait rendez-vous avec Pekar, à qui il avait confié la filature de Manuel Lépine. Mais il risquait d'y avoir contretemps, car Lépine et l'informateur se trouvaient justement là, sur le quai direction ouest : si l'ancien dramaturge reprenait un métro, Pekar serait devant le dilemme de continuer de le suivre ou de rejoindre Bruhn.

Pour l'instant, Lépine récupérait sur une banquette, apparemment fatigué. Le sac qu'il avait posé à côté de lui semblait particulièrement lourd.

Même rasé de ce matin, le pauvre hère avait l'air amoché : narines rouges, yeux cernés, paupières ourlées de rose, on l'entendait s'éclaircir la gorge sans cesse, comme si ses bronches irritées secrétaient constamment du mucus.

Morose, il fixait sans le voir le bord du quai devant lui.

— Manuel ? Manuel !

Lépine tressaillit, néanmoins il ne releva pas la tête. Sur le quai d'en face, un homme et une femme dans la jeune trentaine l'avaient reconnu et tentaient d'attirer son attention, sans crier toutefois, le type appelant juste assez fort pour que sa voix porte de l'autre côté.

La jeune femme faisait des signes de la main, comme quand on veut sortir quelqu'un «de la lune».

Mais Lépine n'était plus dans la lune. Bruhn aurait juré qu'il ne *voulait* pas répondre. Une personne assise à un mètre de lui se pencha pour lui toucher le bras et lui désigner ceux qui l'interpellaient.

Délibérément, il la regarda, ne levant les yeux que quand il eut la tête tournée vers elle. Avec un air de zombi dont Bruhn eût pu jurer qu'il était feint, il lui dit une courte phrase qui parut l'interloquer. Puis Lépine se leva et marcha vers les escaliers, regardant droit devant lui, passant devant Pekar qui se trouvait sur la même banquette.

De leur côté de la station, les deux jeunes gens semblaient atterrés. Déjà ils avaient paru consternés de reconnaître Lépine, de le reconnaître surtout dans l'état de déchéance où il se trouvait. Peut-être avaient-ils été de ses amis, même s'ils paraissaient vingt ans plus jeunes que lui.

S'étant brièvement consultés, renonçant à prendre leur train qui arrivait, les deux amis gagnèrent eux aussi un escalier dans l'espoir de rejoindre l'ancien dramaturge. Mais ils allaient à contre-courant des usagers qui se hâtaient vers leur métro.

Ils ne retrouvèrent pas Lépine dans le dédale des couloirs, des niveaux et des sorties. Manifestement, la honte avait donné à l'ancien écrivain un regain d'énergie.

Bruhn aussi l'avait perdu, mais il finit par repérer Pekar et, grâce à lui, Lépine quelques dizaines de mètres plus loin. Il s'arrêtait au pied d'un escalier

mécanique en panne, voûté par la fatigue ou le découragement, posant lourdement son sac pour s'appuyer d'une main au mur.

Il resta un moment immobile puis, donnant un
coup de pied colérique au sac de plastique, l'abandonna là pour monter l'escalier qui le mènerait à la
rue.

L'Éryméen rejoignit Pekar.

— J'ai failli vous perdre. En bas, sur le quai, as-
tu entendu ce qu'il a dit à la vieille qui lui tirait la
manche, sur la banquette ?

— Quelque chose comme « on va tous mourir,
de toute manière».

Une certitude, oui, mais elle était peut-être plus
imminente pour Manuel Lépine.

— Et qu'est-ce qu'il avait dans ce sac ?

— Des livres, je pense. Il a fait quatre ou cinq
boutiques de biens d'occasion. Il est parvenu à vendre
des disques compacts, mais personne n'a voulu de
ses bouquins.

Bruhn se pencha au passage sur le sac à demi
effondré, dont quelques livres s'échappaient. Ils
étaient tous à l'état neuf, hormis la nuance jaunâtre
de leur tranche. Il semblait y avoir plus d'un exemplaire
de chaque titre.

— Ses propres bouquins, fit l'agent d'Argus en
se relevant.

Là-haut, Lépine reprenait son souffle au sommet
des marches, puis gagnait la sortie sans un regard
derrière lui.

◆

Le chemin était familier à Barry Bruhn : le portique
à l'éclairage cru, son plancher au carrelage couleur

de galets, l'escalier nauséabond, le couloir mal illuminé. La porte de l'une des chambres était ouverte, toutefois l'occupant lui-même restait invisible. Sur l'écran d'un téléviseur commençait le générique d'un téléroman vespéral quotidien, *Tales from the Twin Towers*.

Bruhn gratta à la porte de l'appartement où il se rendait, et c'est Lubin qui lui ouvrit, un écouteur à la main.

—Lépine est bien embêté, murmura le métapse, son voisin est encore venu lui casser les pieds.

—Le poète?

—Ouais.

Bruhn s'assit sur le lit étroit, en face de l'écran plat du moniteur qui donnait vue sur l'appartement voisin. Une minuscule vidéocam dissimulée dans la chambre du dramaturge fournissait aux agents d'Argus une image de la pièce. Manuel Lépine était effectivement en conversation, manifestement à contrecœur; seul son interlocuteur ne semblait pas remarquer cette réticence. L'agent s'enfonça un écouteur dans l'oreille.

—Comment tu voudrais mourir, toi? demandait le poète.

—Pfffff! soupira Lépine avec un haussement d'épaules, en laissant durer le silence pour toute réponse.

—Il le sait bien, comment il voudrait mourir, commenta Lubin à voix basse.

—Tu parles d'une conversation! C'est léger comme ça depuis le début?

—L'autre type semble se prendre très au sérieux.

«L'autre type», ex-poète d'après ce qu'on avait glané de conversations antérieures, revenait à la charge:

—Dis-moi alors comment tu ne voudrais *pas* mourir.

Sur l'écran du moniteur, on vit que Lépine faisait des yeux le tour de sa chambre sordide.

—Qu'est-ce que ça peut faire, que je ne veuille pas? Je mourrai bien comme je mourrai. Probablement ici, au bout de mon rouleau, parmi mes invendus.

La dernière phrase avait été tout juste audible, à peine un souffle capté grâce à la technologie éryméenne.

Lubin se racla la gorge. Une irritation du pharynx l'agaçait depuis aujourd'hui, témoignant de ce qu'un rhinovirus était à l'œuvre et lui rendrait la vie misérable dans les jours prochains.

—Il a eu des visions? lui demanda Bruhn à voix basse.

—Pas eu le temps : le casse-pieds a frappé à sa porte alors qu'il se mettait au lit.

Maintenant Lépine reconduisait le casse-pieds à la porte : il s'était levé, était allé ouvrir le battant et désignait la sortie au poète.

—Si ça ne te fait rien, je me couche de bonne heure : *Qui dort dîne.*

Lubin, qui avait suspendu ses préparatifs une demi-heure plus tôt, s'apprêta à nouveau à se faire une injection de propsychine. Ils commençaient à avoir chacun leur rituel : l'ex-dramaturge se livrant au sien depuis des mois, sinon des années, le métapse essayant de s'abstraire de son environnement inconfortable pour recréer les conditions idéales.

Cette fois, Lépine disposait d'un flacon neuf, Lubin le comprit à l'intensité et à la clarté des images, à la nouveauté du scénario fantasmatique.

Les métapses suivaient, à l'Institut, des années et des lustres d'entraînement mental. La maîtrise des facultés empathique et télépathique ne s'obtenait qu'au prix d'une certaine capacité de distanciation, sans quoi un métapse aurait été trop facilement submergé par son sujet d'observation. Mais, pour Lubin, jamais cette faculté de créer et de maintenir une distance n'avait été aussi sérieusement mise à l'épreuve que ces jours-ci, avec les fantasmes érotiques de Manuel Lépine. Son réflexe premier aurait été de se retirer, mais il devait laisser de côté la pudeur et tenter de maintenir une approche clinique.

La vision finale le prit de court, tel un éblouissement, un mandala compact, scintillant en jaune et en vert, mais de scintillements stroboscopiques. Gagné par l'euphorie, la quasi-hilarité de Lépine, Lubin eut peine à discerner le fin réseau de lignes entourant la figure centrale. À peine perceptibles, elles ne semblaient présenter aucun motif significatif.

—*Now we're flying!* entendit le métapse, et il lui fallut un moment pour se rappeler que Lépine était francophone et employait rarement l'anglais.

L'écrivain riait doucement, tandis que s'apaisaient ses pulsations cardiaques. Puis il se mit à respirer plus profondément, et le métapse l'entendit soupirer.

« Comment tu voudrais mourir, toi ? » lui avait demandé son voisin un quart d'heure plus tôt. La réponse ne faisait guère de doute dans l'esprit de Lépine – ni, désormais, dans celui de Lubin.

◆

Deux heures qu'il était là, Lépine ; peut-être trois. À se réchauffer après une longue errance dans les

rues du centre-ville, qui l'avait mené de soupe populaire en soupe populaire, jusqu'à ce qu'il en eût
trouvé une qui n'affichait pas complet. Mais il n'y
était guère resté qu'une demi-heure – après avoir
fait la queue sur le trottoir durant le double de ce
laps de temps.

Puis ses pas, un peu moins chancelants qu'à l'aller,
l'avaient ramené ici, dans la ville souterraine.

L'air, dans ce centre commercial intérieur, s'avérait d'une confortable tiédeur. Plus chaud, sans
doute, que dans la chambre de Lépine, aux cadres
de fenêtres mal isolés et aux plaques murales man-
quantes.

Owen Lubin l'observait de loin, assis lui aussi
sur une des banquettes du mail, profitant du maigre
écran offert par des plantes en pot.

Il ne se rappelait pas s'être déjà senti aussi
accablé, et ce n'était pas seulement à cause de la
gravité terrestre. Certes, il y avait des milliers d'autres
misérables dans la cité, plusieurs dizaines de milliers.
Juste durant cet après-midi, Lépine et Lubin en
avaient croisé quelques centaines, mains dans les
poches presque tous, le regard s'attardant parfois sur
une poubelle ou des cartons éventrés au coin d'une
ruelle.

Mais celui-ci, celui auquel s'attachaient ses yeux
et son esprit, il lui était désormais lié. Même sans
effort, Lubin recevait à l'occasion des impressions
empathiques. Toutes ses années d'entraînement à
l'Institut, tous ses lustres d'expérience, ne l'avaient
pas préparé à sentir autant de détresse, de solitude,
d'absolue résignation.

Avec Lépine, il avait chancelé au bord des rues,
les pieds enlisés dans une sloche trop épaisse. Avec
lui, il avait senti des spasmes et des douleurs dans

l'estomac ; confus, il y avait reconnu la faim. Et l'es-
soufflement, une fatigue proche de l'épuisement.
Puis ce froid, ce froid partout, ses pieds qu'il ne
sentait plus, ses oreilles douloureuses, son torse
décharné que l'air froid atteignait malgré le nylon.

Maintenant, assis ici dans la tiédeur et la lumière, les os et la chair de Lépine se réchauffaient
enfin, tandis qu'à sa main un café ne fumait plus
depuis longtemps dans son gobelet de styromousse.

Morose, Lubin avait à peine la curiosité d'observer autour de lui. Il avait l'impression que ce
n'était guère l'un des plus luxueux centres com-
merciaux, loin de là. Des indices de saleté, de détérioration, des vitrines vides ou placardées de papier
beige, évoquaient le déclin ; les pauvres étaient légion
sur ses bancs de granite.

Pourtant certaines vitrines regorgeaient de produits
étincelants, appareils et objets dont l'usage n'était
pas toujours évident pour l'Éryméen. Celle en face
de laquelle Lépine s'était assis offrait à voir de
grands écrans plats où les images étaient saturées
de couleurs criardes.

À en juger par son immobilité, on eût dit que
l'ex-dramaturge était captivé par ces appareils ou,
plutôt, ce qu'ils montraient. Mais Lubin ne recevait
qu'une impression de vide, la conscience mise en
attente comme pour économiser un peu d'énergie.

À quelques mètres du Montréalais, le métapse
voyait aussi bien que lui ce qui était montré à la
télévision. Ce semblait être un enchaînement de
réclames et de clips, sortes de performances visuelles
et musicales dont les éclats parvenaient jusqu'à lui
– mais les réclames étaient bien plus nombreuses.

Plusieurs des services annoncés ne rimaient à
rien pour l'Éryméen, toutefois il reconnaissait quand

même des voitures électriques, des visiophones portables, des systèmes domotiques, des divertissements de réalité virtuelle. Toute cette quincaillerie défilait, bien plus abondante que dans les vitrines ; à en croire la voix claironnante des annonceurs, il s'agissait de merveilles de luxe ou d'ingéniosité.

L'une des chaînes montrait *Tales from the Twin Towers* – Owen avait bien sûr tiqué lorsqu'il avait (re)vu pour la première fois le générique d'ouverture, à sa deuxième visite à l'immeuble où vivait Lépine. Un de ses voisins, celui qui vivait la porte ouverte, suivait assidûment la série, et Owen s'était brièvement retrouvé à son appartement de Psyché, déjeunant avec sa petite sœur Nelle, alors âgée de six ou sept ans. Il s'était rappelé cette jonction – anodine en apparence – et surtout le cuisant sentiment d'amertume et d'impuissance lorsque, en septembre 2001, il s'était rendu compte à quel point pouvait être vaine, quelquefois, la faculté d'entrevoir des fragments du futur… En 1985, sa brève vision lui avait montré, non pas l'apocalyptique événement de 2001, mais une fiction encore plus tardive, inspirée de lui, et Lubin l'avait pris pour cela : une fiction.

Sur un autre écran, un flash d'information capta l'attention de Lubin. Ce lui sembla être le décollage du X-33 états-unien, le prototype de véhicule orbital sans pilote, puis son premier amarrage dans l'espace. Coïncidence, une de ses collègues métapses avait sondé, la décade précédente, une ligne temporelle où le X-33 avait été mis au rencart au début du millénaire, le projet Venture Star abandonné, et où la navette *Columbia* s'était désintégrée en vol au moment d'une rentrée dans l'atmosphère.

Le Psychéen profita de l'occasion pour sonder Lépine, curieux de savoir quelles réactions des images astronautiques éveillaient en lui. Toutefois, le coup de sonde ne rencontra rien qu'un vide gris, fuligineux, tel du brouillard dans un tunnel de béton.

Le moral du métapse s'assombrit un peu plus.

— Et alors ?

Lubin sursauta, puis se rendit compte qu'on lui avait parlé éryméen, en même temps qu'il reconnaissait Barry Bruhn s'assoyant à ses côtés.

— Cette filature vous a rapporté quelque chose ?

Le métapse haussa les épaules. Désabusé, il avoua :

— J'ignore même ce que j'espérais. Que Lépine ait des contacts avec un groupe de recherche, peut-être, en neurochimie, dans une université ou un laboratoire pharmaceutique. Ne serait-ce qu'avec un astronome dans une université quelconque, je ne sais pas…

— Nous avons épluché les fichiers informatiques des cliniques d'essais pharmaceutiques. Celles qui recrutent des cobayes humains pour tester de nouveaux médicaments. Notre homme y a déjà fait des séjours, mais le dernier remonte à plusieurs années.

Bruhn non plus n'était pas entièrement à l'aise avec l'idée que les visions de l'ex-dramaturge fussent exclusivement dues au hasard.

L'attention de Lubin s'était reportée sur Manuel Lépine, qui était maintenant penché, les coudes sur les genoux, le visage dans les mains.

— Et ses pensées ?

— Le vide. Manger, se réchauffer. La solitude, surtout.

— Le désespoir ?

—Même pas. L'absence d'espoir. Comme si…

Lubin se tut, incapable de préciser sa pensée.

Là-bas, Lépine avait tourné la tête dans leur direction, mais sans les voir. Ses yeux… Ses yeux étaient liquides, la teinte indécise des prunelles baignant dans le rose, entre le double ourlet des paupières.

Atones, sans regard.

Une tristesse sans nom saisit le métapse à la poitrine : son propre cœur semblait avoir disparu brusquement, laissant à sa place un vide glacé.

—Comme si l'espoir était absent depuis si longtemps qu'il ne se rappelle pas ce que c'est.

CHAPITRE 18

La prophétie des Lunes :
un goût de cendre

Pekar, déguisé par une perruque de longs cheveux frisés et une fausse barbiche, s'était déniché un manteau qui lui descendait aux genoux. Il parvint à attirer dans une ruelle, sous prétexte d'achat, le fournisseur de Lépine, celui qui se postait de temps à autre dans l'entrée de sa conciergerie.

Barry Bruhn s'engagea à son tour dans la venelle, longeant le mur d'un bon pas, comme s'il se rendait à une porte d'arrière-boutique ou à une voiture stationnée, sans accorder plus qu'un bref regard au duo.

Son chapeau étant muni d'une vidéocam miniaturisée à l'arrière, il repéra le moment où le fournisseur lui tourna le dos. Il fit volte-face en sortant de sa poche un pistolet à gaz comprimé et tira un dard sans coup férir dans le haut de la cuisse du vendeur.

Celui-ci sursauta avec un cri de douleur, porta la main au site de la piqûre et se retourna. Pekar lui asséna, des deux poings joints, un coup à l'occiput. Le petit truand vacilla, voulut se retourner à nouveau et perdit l'équilibre durant ce mouvement. Appuyé d'un coude sur le pavé, il lutta un instant contre la torpeur qui glaçait ses veines, mais finit par rouler sur le dos.

Bruhn avait sorti de sa poche une autre sorte de pistolet, évoquant davantage un ancien rasoir électrique. Il le pointa vers l'unique lampe éclairant la ruelle ; un bruit sourd comme une décharge électrique en jaillit. L'ampoule brilla puis s'éteignit en grésillant dans son globe.

Pekar ne parut que modérément intrigué. Déjà il s'agenouillait sur le corps du revendeur et, dans l'ombre, lui faisait les poches.

— Je peux garder ça pour me payer ? demanda-t-il en montrant à l'agent des sachets de poudre blanche.

— C'est à tes risques, répondit Bruhn en haussant les épaules.

Il s'accroupit à son tour :

— Moi, je veux les petits flacons de *poppers*.

— Tiens.

Une autre poche contenait bien entendu de l'argent, une liasse de billets de cinquante et de vingt dollars.

— J'en mettrais bien dans la chambre de Lépine, fit Pekar à mi-voix. Il se nourrit seulement dans les soupes populaires, et quand c'est complet, il se passe de manger ce jour-là.

Bruhn hocha la tête, adoptant tout de go la suggestion de son informateur, et divisa le magot en tiers approximatifs : l'un pour Pekar, l'autre pour ses propres dépenses, le dernier pour Lépine. Justement, le docteur Beijeren comptait endormir l'ex-dramaturge ce soir-là pour lui faire subir un examen complet. Certes, le matin suivant, le pauvre homme serait déconcerté de trouver de l'argent dans sa poche, mais on pouvait espérer qu'il en profiterait pour renouveler quelques ordonnances médicales.

Le plus triste était que, ayant d'occasionnelles périodes de confusion, il renoncerait probablement bien vite à s'expliquer l'origine de cette fortune inattendue.

Bruhn se releva, réprimant l'envie de donner un coup de pied au flanc du revendeur. Si sa main, dans sa poche, tenait deux ou trois flacons de nitrite d'amyle, c'était parce qu'Argus comptait demander à des chimistes éryméen de synthétiser le même produit.

Peut-être pour en fournir à Manuel Lépine, ça restait à décider.

•

Les Éryméens avaient désormais à leur disposition exclusive la chambre voisine de celle de l'ancien écrivain. Abboud n'était plus dans le portrait depuis plusieurs jours, et le métapse ne s'informait pas d'elle. Pekar avait découpé dans le panneau mural de gypse un grand carré, de sorte qu'un centimètre seulement de matériau séparait Lubin de la chambre voisine, à hauteur de la tête de Lépine lorsqu'il était couché.

Fiévreux, le métapse était aux prises avec une maladie comme il l'avait pressenti, quelque rhino-virus ou un virus grippal, dont on le soignerait bien à la base régionale. Il dormait chaque soir – chaque jour, plutôt – à la base locale, dans un caisson d'eau salée où le fait de flotter pendant son sommeil le reposait de la gravité terrestre. Pourtant, à mesure que la nuit se prolongeait, la stimyo échouait à tenir la fatigue à distance.

Cette nuit, comme la veille et l'avant-veille, Lubin était coiffé d'un électrocervical qui enregistrerait

les visions reçues du cerveau de Manuel Lépine.
L'idéal aurait été bien entendu de placer sur la tête
même de Lépine un stéréoencéphalographe, mais
cette décision-là se prendrait plus tard, en haut lieu.
De toute façon, les visions de Lépine ne s'avéraient
pas toutes intéressantes – même les visions finales,
celles qui lui venaient juste après l'orgasme.

Barry Bruhn s'affairait silencieusement, tandis
que le docteur Beijeren attendait et que le métapse
ouvrait son esprit aux fantasmes quasi hallucinatoires
de Manuel Lépine. Le mur mitoyen était percé d'un
minuscule orifice, dans lequel Bruhn avait inséré
plus tôt une micro-valve. Il y fixa un tube souple et
transparent, qu'il brancha sur une toute petite
bonbonne de gaz comprimé rapportée de la base
locale. Il prépara aussi trois masques-respirateurs
munis de filtres imprégnés de l'antagoniste du
soporifique. Dans l'appartement contigu résonnait
la musique qu'écoutait Lépine, pas assez fort pour
irriter les voisins.

—Nous y voilà, prévint Lubin à mi-voix.

Bruhn leva les yeux vers le métapse. Assis face
au mur, la tête penchée vers le carré découpé, les
arêtes de son appareillage, sur la tête et le cou,
luisaient de reflets perle dans l'éclairage tamisé de
la pièce. La respiration de Lubin se faisait plus
audible, de petites inspirations brèves, espacées.

Des exclamations, dans la chambre voisine :
Lépine, tout à son spasme, brièvement emporté au
firmament de l'extase par des anges sans ailes. Ses
exclamations avaient quelque chose de primitif,
comme jaillies d'une époque où le désir était chose
simple, échappant encore aux lois et aux tabous.

Après un moment, Lubin rouvrit les yeux, puis
retira l'électrocervical qui pesait sur son crâne. Il y

vérifia les indications sur l'écran d'un micrord posé en son giron, et parut satisfait :

— C'est enregistré. Malheureusement pour vous, Bruhn, seuls des métapses pourront voir ce que j'ai vu par l'intermédiaire de Lépine. Ce sera transposable en images de synthèse, mais ce ne sera qu'une approximation.

Sa voix se raffermissait au fil des phrases.

— Vous pouvez m'en dire quelque chose ?

— Des étoiles, encore une fois. Un astronome pourra confirmer si ce sont celles qu'on voit depuis une orbite terrestre.

— Rien d'autre ?

— Oh que si. Lépine a vu l'un de nos croiseurs, tout près de l'I.S.S., la station spatiale internationale. Encore là, ça prendra des spécialistes, les experts de Contrôle-Argus, pour estimer à quelle date se situe la vision, d'après l'état d'avancement de la station terrienne.

— Il y a un « mais » à la fin de votre phrase, observa Bruhn après un silence.

— Mais l'I.S.S. semblait assez avancée. Et le croiseur… le croiseur éryméen semblait sur le point de s'y arrimer.

À demi-incrédule, Barry Bruhn dévisagea le métapse.

— Arrimer ? Et comment pouvez-vous *voir* un croiseur ? Ils ne seront plus noirs, dans le futur ?

— Non, ils seront blancs. De toute façon, dans les visions de Lépine, il y a des éléments en fausses couleurs : derrière leurs écrans optiques, les vaisseaux sont verdâtres, comme ces phosphènes qu'on voit lorsqu'on se presse les yeux à travers les paupières.

— Vous permettez ? intervint le docteur Beijeren en désignant l'ouverture dans le mur.

Bruhn acquiesça et ouvrit la valve de la petite bonbonne. Avec un chuintement à peine audible, le gaz soporifique jaillit dans la chambre de Manuel Lépine. Les trois Éryméens prirent les masques et Bruhn sortit dans le couloir avec précaution. Un détecteur de proximité, dont le signal lui serait parvenu par l'écouteur qu'il portait à l'oreille, lui confirma que nul autre chambreur ne s'appuyait à sa propre porte pour surveiller le couloir par un œil-de-porte. Le poète semblait sorti pour la soirée et l'amateur de *Twin Towers* avait fermé sa porte.

Bruhn retint sa respiration et, une fois ouverte la porte de la chambre de Lépine, enfila des gants de latex et son masque-filtre. Ses deux collègues en firent autant et le rejoignirent dans la pièce éclairée en mauve.

Tout à fait inattendue, une image morose vint à Bruhn, celle de la galerie d'hiberstase à Hespérie, ce long couloir à l'éclairage mauve où le corps de Bril Ghyota attendait depuis vingt-deux ans un traitement médical qui puisse lui sauver la vie. Quant à son esprit…

Manuel Lépine gisait, nu, sur son matelas au drap froissé. Un essuie-mains cachait son sexe et son ventre : il avait dû s'endormir tandis qu'il s'essuyait. Le micro-ordinateur – c'en était un, finalement, et non un téléviseur – continuait de diffuser une vidéo pornographique, dont Lubin avait eu mentalement un aperçu. La lecture recommencerait une fois terminée, en boucle ; Bruhn se contenta de baisser le son du lecteur de disques compacts.

Déjà le médecin s'installait au chevet de Lépine en ouvrant sa mallette. Il se mit au front une lampe qui porterait l'équivalent d'un éclairage diurne sur ce qu'il regardait.

—Il a les lèvres mauves.

Bruhn, qui avait rafraîchi aujourd'hui ses notions de soins infirmiers, aida Beijeren autant qu'il le pouvait. Des échantillons de sang, de lymphe, d'urine et de salive furent prélevés, une auscultation thoracique, un e.c.g. au repos (évidemment), un e.e.g. et une échographie abdominale furent pratiqués.

Lubin, pour sa part, inventoriait la misérable chambre, tout en restant en éveil empathique, afin de déceler tout signe d'alarme ou de surprise chez les autres chambreurs de l'étage. Voulant satisfaire sa propre curiosité, il ouvrit l'une des boîtes qui servaient de sommier au matelas. Elle contenait des dizaines de copies d'un même livre de Lépine. D'autres cartons faisaient office de commode : même auteur, autre livre, plus mince celui-là. Manuel Lépine campait littéralement sur un monceau de boîtes de ses propres invendus.

Au bout d'une heure, Beijeren inventoria le contenu de sa mallette, pour s'assurer de ne rien laisser sur place, et annonça :

—J'ai toutes les données que je pouvais obtenir dans les circonstances. Je ferai les analyses à Argus.

Bruhn hocha la tête et chercha le maigre portefeuille de Lépine dans les poches de son manteau élimé. Il y plaça l'argent pris au revendeur de drogue et fit une dernière inspection de la chambre tandis que ses collègues en sortaient sans bruit.

Sur le matelas où il n'avait pas bougé un muscle, Manuel Lépine dormait toujours, la bouche entrouverte, la respiration sifflante.

◆

Nicolas Dérec entra, d'un pas hâtif mais silencieux, dans l'une des salles de réunion de Contrôle-

Argus. Il portait son uniforme gris de lieutenant, n'ayant pas eu le temps de se changer comme il le faisait toujours dès qu'il quittait le croiseur.

Léa Laredo, coordonnatrice du service des Opérations, était assise à la table de conférence, avec à ses côtés un homme de l'âge de Dérec qu'elle présenta comme son adjoint, Carl Andersen. Margie Chisholm, coordonnatrice aux Renseignements, s'y trouvait aussi, en compagnie de l'un de ses agents, Barry Bruhn. Le métapse Owen Lubin, à qui Dérec adressa un clin d'œil, portait un masque médical afin de ne pas répandre ses microbes. Il y avait aussi un médecin, le docteur Beijeren, et un officier du Recrutement.

— J'arrive en navette de l'*Alsveder*, s'excusa Dérec en s'assoyant, maître Winden m'a prié de le remplacer à pied levé, il ne pouvait quitter Psyché.

— Vous représentez donc l'Institut à cette réunion ? demanda Laredo.

— Il semble bien que oui, répondit Dérec avec l'ombre d'un sourire.

Puis, devant le regard sérieux de la coordonnatrice, il se fit plus affirmatif :

— Oui, je représente le directeur de l'I.M.B.

À quarante-trois ans, il arrivait encore à Dérec de ne pouvoir se prendre trop au sérieux. Peut-être le cas intéressant cette réunion était-il plus crucial qu'il ne l'avait saisi ? Le rapide tour de table qu'il fit, du regard, s'arrêta sur l'homme assis en face de lui. L'agent des Renseignements, Bruhn, quarante-cinq ans peut-être, qui le dévisageait ouvertement. Est-ce qu'ils se connaissaient ? Dérec avait la certitude que non. Peut-être s'étaient-ils déjà trouvés en présence l'un de l'autre : Argus n'était pas une si grande ville. Il semblait en tout cas mortellement sérieux.

Laredo, qui présidait la réunion, donna la parole au médecin :

— Beijeren, vous alliez nous parler de l'état du Terrien Manuel Lépine…

— Lamentable, résuma le médecin. Pourtant, je suis affecté à la base régionale de l'Amérique Nord-Est, je sais quelque chose de la santé des Terriens. Mais celui-là…

Il échangea un regard grave avec Barry Bruhn.

— Sa capacité respiratoire est très réduite, à cause des dommages infligés à ses poumons par le produit qu'il inhale. Il souffre d'une bronchite chimique chronique. Le cœur est en mauvais état ; une défaillance cardiaque à l'effort ne me surprendrait pas, à court terme. Les analyses sanguines révèlent que son organisme combat un cancer, j'ignore dans quel organe. Un combat qu'il est en train de perdre : il est sous-alimenté et ses défenses immunitaires ne sont pas à leur meilleur – c'est le moins qu'on puisse dire. Finalement, le cerveau est endommagé : c'est comme pour le cancer, sans examens plus poussés, je ne puis dire quels centres sont affectés.

Involontairement, Dérec perçut une intense réaction de Barry Bruhn à l'évocation du cancer ; l'image d'une femme maigre, dans la cinquantaine, lui parvint brièvement. Une parente, une amie ? Le sentiment de perte était voisin de celui qu'on éprouve au moment d'un deuil.

Par discrétion, Dérec rehaussa son propre seuil d'empathie.

— Pronostic ? demanda Laredo.

— Si son rôle est crucial à vos yeux, vous l'emmenez à Argus dès demain. Si le cancer est avancé ou généralisé, Lépine ne survivra pas à des traitements radicaux dans l'état général où il se trouve, mais au moins il lui restera quelques mois. S'il est *très* chanceux, et si son cancer est parmi les plus faciles à traiter, nous parviendrons à le sauver. Peut-être. Et il restera la question de sa dépendance au dérivé de nitrite d'amyle.

La fameuse drogue. Une substance assez banale, dont l'usage n'avait jamais été associé aux facultés psi, du moins pas à l'Institut. Dérec avait pris connaissance du dossier en route pour la Lune, et ce qu'Owen Lubin y avait consigné l'intriguait fort.

Son ami Owen dut deviner sa curiosité, car il attira à lui le micrord portatif posé sur la table à portée de sa main, et l'ouvrit.

— Vous avez votre électrocervical, maître Dérec ? demanda-t-il, une lueur malicieuse dans les prunelles.

La question était plutôt rhétorique : les métapses ne s'en séparaient jamais, hormis en période de loisir. Dérec ouvrit sa propre mallette tandis que Lubin résumait :

— Les hallucinations que vit Lépine au moment de l'orgasme s'apparentent aux visions que nous avons lorsque nous sommes en transe psi, sous l'effet de la propsychine. Elles sont plus brèves mais aussi claires et structurées que les nôtres. Parfois elles semblent anodines, impossibles à relier à quelque réalité, mais parfois elles relèvent de la voyance et de la précognition.

Le métapse enrhumé poussa son micrord, sur la surface polie de la table, en direction de Dérec qui y syntonisa son électrocervical.

— Au début de l'enregistrement, prévint Lubin, il y a la fin d'un fantasme sexuel de Lépine. La vision vient tout de suite après, et elle ne dure qu'un instant. Parmi celles que j'ai enregistrées, c'est la seule qui m'ait paru pertinente.

Dérec ferma les yeux et déclencha l'enregistrement. Après un instant, un sourire effleura ses lèvres à la perception des fantasmes du Terrien ; « mignon » est le mot qui lui serait venu s'il les avait commentés. Brusquement, des étoiles scintillèrent sur un fond noir, mobiles comme pendant un feu d'artifice mais s'arrêtant vite à des positions fixes qu'il reconnut comme les constellations du ciel austral. Plus tard, il pourrait se brancher mentalement à une banque de données astronomiques et établir la position orbitale d'où elles étaient vues.

Toutefois, les étoiles ne constituaient qu'un fond de scène. Au premier plan dérivait un croiseur éryméen, luisant d'une phosphorescence verdâtre. Juste derrière brillait la station spatiale internationale, toute blanche avec les taches étincelantes, or ou cuivrées, des pellicules métalliques protégeant certains appareils dans l'arantèle longiligne des structures.

— Cette agressivité, demanda Dérec en ouvrant les yeux quand ce fut fini, c'était dans la vision ou… ?

— Agressivité… ? demanda Lubin.

— Tu n'as pas perçu une hostilité diffuse, liée à l'image des vaisseaux ?

Le métapse enrhumé fit signe que non. Sur l'écran de la salle, une image de synthèse offrait une approximation de l'image mentale recueillie dans l'esprit de Lépine.

— Remarquable, commenta Dérec. On a un échantillon de cette drogue ?

C'est le docteur Beijeren qui posa devant lui un petit flacon de verre brun au capuchon noir. Glissant une plaquette-mémoire dans un lecteur intégré à la table, il fit apparaître la formule chimique de la drogue sur le grand écran.

— Vous avez ici le radical amyle, modifié pour accueillir ces atomes-là, qui forment…

Il s'interrompit pour adresser un geste de mise en garde :

— Je ne vous conseille pas de humer, maître Dérec, à moins que madame Laredo veuille nous accorder une pause de cinq ou dix minutes.

Le métapse suspendit le geste de décapsuler le contenant et reposa le petit flacon, avec l'ombre d'un sourire :

— Il faudra pourtant bien que l'un d'entre nous essaie…

Sous le regard de Barry Bruhn, il retrouva tout son sérieux.

— Si maître Lubin est d'accord, j'aimerais me mettre en contact télépathique avec ce Manuel Lépine au cours de son prochain… de sa prochaine transe. *A priori*, je suis d'accord avec votre évaluation : ces visions ne sont ni aléatoires ni insignifiantes. La question : est-ce que ça se fera ici ou à Montréal ?

L'officier du Recrutement, muet jusque-là, observa :

— Emmener sur Érymède un Terrien qui n'y est aucunement préparé, ça ne s'est presque jamais fait. D'après les rapports de monsieur Bruhn, l'état mental de Lépine est parfois confus : imaginez qu'il se réveille sur la Lune et que nous commencions à lui expliquer ce que nous sommes… Est-ce qu'il ne sombrerait pas pour de bon ?

Léa Laredo opina dans le même sens :

— Puis supposons qu'il ne perde pas la raison : combien de temps nous faudra-t-il pour le persuader de collaborer avec un métapse, en prenant sa drogue dans des conditions contrôlées ?

— Et une mise en scène… ? proposa Barry Bruhn. Une reconstitution holographique de sa conciergerie, même du coin de rue où il réside… Nous avons l'appareillage et le matériel qu'il faudrait.

—À la base régionale ? intervint le docteur Beijeren. Est-ce qu'ils ont l'espace requis ? Pour reconstituer sa chambre et l'étage, peut-être, et même l'escalier, mais guère plus. Et ça impliquerait de monopoliser l'un des hangars à navette pour plusieurs jours, sinon davantage.

—Il y aurait plus de place à Argus, convint Bruhn, mais notre Terrien est encore assez lucide pour se rendre compte qu'il ne pèserait plus que dix kilos.

—Et puis… intervint Carl Andersen. Même si on reconstituait sa chambre, il faudrait interagir avec lui, lui expliquer pourquoi il ne peut plus sortir, obtenir sa confiance pour qu'il se prête aux expériences de maîtres Lubin et Dérec…

—C'est faisable, observa Bruhn.

—… mais ça exigerait une dépense de temps, de matériel et de personnel qui doivent se justifier, répliqua Laredo.

Margie Chisholm fit signe qu'elle voulait parler, puis hésita, regardant tour à tour Lubin et Dérec.

—Allez, dites ! fit le métapse enrhumé, et on devina son sourire derrière son masque médical.

—Maître Dérec a paru plus…

—Il *est* plus sensible, convint Lubin sans ambages. Il est meilleur percipient que moi, vous ne me vexez pas du tout, Margie.

Dérec et lui échangèrent un regard complice. La coordonnatrice des Renseignements parut soulagée et compléta sa proposition :

—Si nous retardions notre décision jusqu'à ce que maître Dérec se soit mis en contact une ou deux fois avec votre sujet, durant une de ses… transes.

Dérec, vous croyez que l'*Alsveder* pourrait se passer de vos services quelques jours ?

— Parlez-en à McDoyle, ma capitaine, suggéra le métapse. Je ne crois pas qu'elle aura d'objection.

De la tête, Bruhn fit signe qu'il se ralliait à la proposition de sa coordonnatrice, quoique sans enthousiasme. Lubin approuva, mais le docteur Beijeren tint à rappeler :

— La santé de Lépine est *très* mauvaise, je ne sais pas si je vous l'ai bien fait sentir. Précaire, même. J'aimerais profiter de son sommeil pour lui faire des perfusions nutritives vitaminées : pallier au moins son problème de sous-alimentation.

— C'est le moins qu'on puisse faire, convint Laredo. Réglez les détails logistiques avec Bruhn.

La coordonnatrice des Opérations se leva, s'excusa et laissa son adjoint Andersen conférer avec les gens des Renseignements, du Recrutement, les métapses et Beijeren. Durant le reste de la réunion, les regards de Bruhn et de Dérec se croisèrent à quelques reprises, sans que Dérec puisse deviner ce que l'agent avait en tête.

CHAPITRE 19

La prophétie des Lunes :
vain devin

Fatima Abboud s'immobilisa au coin du boulevard René-Lévesque et de la petite rue transversale où se dressait sa conciergerie. Les rideaux de sa chambre étaient toujours tirés : elle ne pouvait donc pas retourner chez elle ce soir-là. Cela l'irritait, bien qu'elle n'eût aucune raison de se plaindre : en attendant, on lui payait une chambre dans un hôtel d'une chaîne bas de gamme, quelque chose de plus beau et d'infiniment plus confortable que sa propre piaule. Salle de bain individuelle, proprette, grand lit aux draps neufs, téléviseur vissé à la commode, avec une trentaine de canaux disponibles.

Un mouvement dans le ciel attira son regard au-dessus d'un vieil immeuble de sept ou huit étages en briques presque noires jouxtant la maison de chambres. Pas vraiment dans le ciel, au fait, plutôt dans l'air au-dessus de l'immeuble, sur fond d'édifices plus modernes dont certaines fenêtres étaient éclairées et dont la façade vitrée reflétait d'autres lumières urbaines.

Là, à nouveau.

Sans doute une bouffée d'air très chaud s'échappant de cheminées qu'Abboud ne pouvait apercevoir de

son angle de vision. Une bourrasque sembla sou-
lever un tourbillon de neige, là-haut, et l'air vacilla
encore en se moirant, mais plus bas que tout à l'heure,
quelques mètres au-dessus du toit.

— Combien pour une pipe ?

Abboud décocha un regard hargneux au passager de l'automobile qui venait de ralentir à ses
côtés. Le chauffeur remit le pied sur l'accélérateur,
tandis que son compagnon adressait des lazzis à la
femme.

Lorsque celle-ci reporta son regard vers le sommet
de l'édifice centenaire, elle n'aperçut qu'un peu de
vapeur s'élevant dans la lueur ambrée de la nuit
urbaine.

•

Revenir sur Terre aurait dû lancer l'esprit de
Nicolas Dérec dans une ronde de sentiments contradictoires. Mais le passage par la base régionale
du Maine fut aussi bref que la première fois, vingt-
sept ans plus tôt : il n'avait alors séjourné que
quelques heures à la base, avant que Kate Hagen
ne l'emmène vers Érymède. Will Curtis, l'actuel
coordonnateur de la base, eut beau lui dire qu'il se
rappelait son passage, adolescent en détresse au
regard perdu, Dérec fut incapable de le reconnaître.
Il reconnut à peine l'intérieur de la base, d'ailleurs,
hormis le hangar souterrain où s'alignaient navops
et navettes ; le reste avait été rénové depuis, appareils
et ordinateurs remplacés par de plus modernes,
compacts et performants.

Quant à Montréal, Dérec n'y avait pas vécu, n'y
étant venu qu'à quelques reprises durant sa jeunesse,
sans compter la traversée qu'il en avait faite le jour

de son départ, fatigué et en fuite, seul au monde (hormis sa petite sœur imaginaire) et abandonnant son père adoptif, son ami Claude Rogel et surtout Diane, le premier amour sérieux de sa vie. Adolescent, il s'était entiché d'autres filles avant elle, mais celle-là il l'avait vraiment aimée – même si aujourd'hui il ne parvenait à visualiser sa figure qu'avec des traits incertains, incapables de se fixer.

Dérec ne resta à la base du Maine qu'une heure, le temps de passer d'une navette, conçue pour le vol orbital/atmosphérique, à une navop capable de vol stationnaire. La gravité s'abattit sur lui comme un filet lesté de plomb. En enfilant sa combinaison isolante, il avait déjà hâte d'être allongé dans le caisson de flottaison qu'on allait charger à bord de la navop. C'est que, contrairement à Owen Lubin qui était parfois appelé à agir sur Terre, et qui avait bénéficié d'une décade d'entraînement musculaire, Dérec débarquait ici sans préavis, quelques heures après la conférence dans une des salles de Contrôle-Argus.

Le seul délai fut celui requis pour installer et brancher son O.R.M. à une console de la navop. L'intérieur du caisson, pour sa part, faisait beaucoup songer à un cockpit d'intercepteur, sauf que le siège quasi horizontal – en pratique, un coussin gonflable semi-rigide – flottait sur un mètre cube d'eau salée.

Le caisson fut hissé à bord d'une navop modifiée pour le recevoir.

Une heure plus tard, le véhicule se posait en douceur, presque invisible, sur le toit d'un immeuble voisin de la maison de chambres où Manuel Lépine inhalait ce qui lui restait de jours à vivre.

●

Disposant d'un accès mental au plan tri-d de l'immeuble, branché sur la vidéocam dissimulée, Dérec pouvait virtuellement se déplacer en esprit dans la chambre de Lépine et dans la pièce voisine où veillaient Bruhn, Beijeren et Owen qui avait tenu à revenir malgré qu'il fût malade. Seul un cocktail de médicaments le tenait éveillé et relativement alerte. Son moral, également, était sérieusement affecté, mais seul le temps allégerait ce mal.

— Je pense que Lépine va s'y remettre, prévint l'agent des Renseignements.

— Je pense que vous avez raison, convint Dérec.

— Ce n'est pas sa première fois ce soir, selon Pekar.

— Il se brûle à vue d'œil, commenta Beijeren, que Dérec entendait dans le même écouteur.

— Quand je songe à toutes les visions qu'il a eues avant qu'on le repère, déplora Lubin. Je parie qu'il a vu toute l'Histoire du Futur et qu'on ne le saura jamais.

— Il y a peut-être des reprises, commenta Bruhn à mi-voix.

Dans l'autre oreille, Dérec recevait les bruits de la chambre de Lépine : les quintes de toux, la musique – une musique planante des années soixante-dix.

Mentalement, Dérec avait eu peine à repérer Manuel Lépine : comme si son esprit, déjà, s'effaçait. Il l'avait finalement identifié, boule d'ouate dans laquelle des pensées amorphes laissaient d'éphémères traces d'étincelles sans éclat.

Une détresse sans nom s'était emparée de Dérec, passagère, le temps de rétablir une distance avec Lépine. Il s'agissait d'une résignation au-delà du désespoir, la négation même qu'il puisse y avoir un espoir. Sa seule joie, dont le prix était de plus en plus cher, c'étaient ces moments d'extase où les fantasmes prenaient vie, remplaçant brièvement la réalité couleur de cendre, illuminant des corps parfaits auxquels succédaient de fugaces mirages étoilés.

Dans sa chambre, l'ancien dramaturge défit le sceau d'un nouveau flacon et le décapsula. À la réunion, sur la Lune, Bruhn, Dérec, Lubin, Beijeren et leurs supérieurs avaient débattu de la possibilité de fournir à Lépine une synthèse plus pure et plus forte de sa drogue. Voir si ses visions ne s'en trouveraient pas prolongées et approfondies. Bien entendu, il y avait du pour et du contre et presque chacun à la table avait défendu tour à tour l'une des positions – sauf Beijeren, qui s'était opiniâtrement opposé à l'idée. On n'en était pas là, de toute manière : pour le moment, le laboratoire n'avait rien à offrir.

Sous l'éclairage mauve d'un tube au néon, Lépine recommençait à se masturber. Dérec s'injecta une dose de propsychine. Et lui, est-ce que ce dérivé de nitrite d'amyle pourrait avoir un effet sur lui ? Un effet comparable à celui de la synthèse 8 de la propsychine ? Il en doutait. Quant à l'actualisation des fantasmes – sexuels ou autres –, les Éryméens disposaient d'Idéa et des autres supports de réalité virtuelle ; cela ne laissait pas beaucoup de lacunes dans la gamme des loisirs disponibles.

— Dérec, là-haut, vous avez du plaisir dans votre caisson ?

Ce devait être Bruhn qui lui avait lancé cette remarque, à mi-voix. Y avait-il une trace d'animosité ?

— S'il vous plaît, répliqua le métapse, observez le silence radio, je vais avoir besoin de toute ma concentration.

Dérec aurait bien voulu disposer d'une image vidéo de la chambre d'Abboud, et pouvoir lire l'expression du visage de Bruhn. Ou, mieux encore, sonder son esprit. Mais il ne pouvait être à trois endroits en même temps, et de toute manière il adhérait sans réserve aux règles éthiques de Psyché : jamais il n'aurait lu sans permission dans l'esprit d'un collègue ou d'un compatriote.

Concentration.

C'est d'un type particulier de concentration que Dérec avait besoin en ce moment : syntoniser l'esprit de Lépine afin d'être prêt à plonger dans sa vision finale, mais en même temps maintenir une forme de barrière mentale pour ne point se laisser emporter dans son fantasme sexuel. Pas juste afin d'éviter de passer l'heure suivante dans un sous-vêtement gluant, mais surtout à cause d'un reste de pudeur.

Après tout, quand il avait quitté la Terre vingt-sept ans plus tôt, c'était en protestation contre des chercheurs militaires pour qui rien n'était sacré, ni l'intimité mentale de leurs « sujets », ni le libre-arbitre de ceux-ci, ni le respect de leurs opinions ou de leurs sentiments.

Il avait quand même eu à « visionner » les enregistrements faits par Owen, y glanant des images de bains-tourbillons et de piscines, de salons confortables avec feu de foyer et pénombre ambrée, de lits moelleux et d'immaculées serviettes de bain – le tout peuplé d'une cohorte de garçons et de filles tout juste pubères, entièrement voués à un érotisme serein, presque euphorique.

Ce soir non plus, Dérec ne pourrait s'empêcher de voir. Owen l'avait prévenu, mais Nicolas était saisi par la *présence* des fantasmes : n'eût été des sauts de point de vue d'une scène à l'autre, ou au contraire des reprises de scènes, le métapse aurait cru assister en direct à des événements vécus plutôt qu'aux songes éveillés d'un sujet imaginatif. Stimulés par l'apport accru d'oxygène, des millions de neurones de Lépine carburaient au maximum, arrivant à créer des scènes virtuelles de manière aussi convaincante qu'un ordinateur.

À mesure qu'approchait l'orgasme, Dérec allégeait la barrière mentale qui filtrait les fantasmes – et les malaises physiques – de Lépine. L'expérience s'avérerait peut-être un coup d'épée dans l'eau : selon Owen, dans deux cas sur trois, la vision finale semblait incohérente, arbitraire. Dérec pourrait en juger mieux, trouver du sens là où son ami n'en avait perçu aucun.

Le Psychéen avait mal à la tête, maintenant, mal à la gorge, une sensation de congestion dans la poitrine, l'impression que ses sinus étaient remplis de lave.

Il ne put retenir une exclamation au moment où, dans sa chambre, Lépine criait – de douleur autant que de plaisir, eût on dit. Un ultime sentiment résonna dans la tête du dramaturge – et dans celle de Dérec –, une tendresse désespérée, profonde comme le puits où retentirait un appel de détresse, et vaine comme l'écho de ce cri. Telle une rémanence rétinienne, une image persista, celle d'une main en tenant une autre plus grande, posées toutes deux sur une aine nue.

Alors le ciel se déploya, au-dessus d'un matelas usé aux oreillers grisâtres, dans une pièce sordide à l'odeur chimique.

Un ciel noir criblé d'étoiles, une scène en orbite terrestre. Au premier plan, phosphorescente comme dans toutes les visions de Lépine, une des dix-huit stations-relais du réseau Hugin, sans lequel Argus aurait été aveugle, sourde et muette. Feu d'artifice silencieux : l'un des modules de la station était détruit. Dans le nuage de gaz en expansion brilla un instant la paille éblouissante d'un rayon laser.

À l'arrière-plan, un croiseur dérivait, sans aucun signe d'activité à bord. Nouveau feu d'artifice : un des propulseurs se désintégra, faisant tournoyer le vaisseau sur une trajectoire erratique. À nouveau un rayon avait été brièvement visible, quasi vertical, venant d'en bas – de la Terre.

Lépine eut un hoquet, un dernier spasme. Nouvelle vision, toujours sur fond étoilé. La station terrienne I.S.S., cette fois, un nid hostile auquel on livrait l'un des croiseurs éryméens, désarmé, peut-être dépeuplé – son équipage hors de combat, en tout cas, car on ne sentait pas les dizaines de consciences éveillées représentant l'équipage.

La dernière image, fugace, projetée sur un écran noir en train de se dissoudre : le porte-intercepteurs *Thor*, le vaisseau le plus puissant jamais conçu dans les chantiers de Corinthe, assemblé dans l'espace et mis sur orbite terrestre cinq ans plus tôt. De furieuses étincelles brillèrent sur la face externe de sa vaste roue.

Puis tout s'évanouit, Lépine aussi.

Retrouvant sa voix – une voix rauque comme on en a au matin lorsqu'on vous fait parler en vous tirant du lit –, Dérec prévint :

— Beijeren…

— Vous avez capté ?

— Plutôt, oui. Allez voir votre malade sans tarder, je crois qu'il a forcé la dose cette fois.

Puis le métapse tenta de se détendre, tandis que dans un de ses écouteurs il entendait les échos de l'alarme qu'il venait de sonner.

Heureusement que son O.R.M. avait tout enregistré car, ce qu'il venait de percevoir là, c'était sans doute la guerre interplanétaire que maître Karel Karilian, vingt-sept ans plus tôt, avait prédite sur la foi d'un éphémère contact avec une Terrienne inconnue.

•

Sur l'un des écrans du poste de commandement mobile qu'était l'intérieur de la navop, une image mauve et violette luisait, immobile. Au centre de cette image, petit et dérisoire, un corps tordu gisait sur le dos, balayé par les lueurs rosées d'un écran vidéo.

Le docteur Beijeren n'avait rien pu faire : l'hémorragie cérébrale, survenue peu après l'orgasme, s'était avérée massive et foudroyante.

Beijeren, Lubin et Bruhn s'entassaient maintenant dans la navop, en compagnie de la pilote, du copilote et de Dérec qui était sorti de son caisson. Incongru dans sa combinaison isolante qu'il avait sommairement essuyée avec une serviette pour ne pas mouiller les sièges de la cabine, il s'était assis et avait lampé le contenu d'une ampoule de stimyo.

Tous baignaient dans un éclairage rouge où tranchaient les écrans et indicateurs des consoles. On attendait, de Laredo ou d'Andersen, une autorisation pour l'enlèvement du corps de Manuel Lépine, à des fins d'autopsie sur la Lune. Comme on ne lui connaissait pas de proches, il risquait de se décomposer sur son lit puis, lorsque l'odeur alerterait enfin le concierge, d'être mis sans cérémonie dans une fosse commune.

La récupération du corps par Argus, c'était une équipe des Opérations venue de la base régionale qui s'en chargerait, probablement par le toit de la maison de chambres. Entre-temps, Pekar remettait le rectangle de placoplâtre dans le mur mitoyen, avant d'aller décrocher la petite vidéocam. Dans un laboratoire d'Argus – ou plus vraisemblablement de Psyché –, c'est sur le cerveau de Lépine qu'on se pencherait avec le plus d'intérêt.

— Même sans me concentrer, disait Owen, j'ai senti que sa vision était plus intense que jamais.

— Je me demande s'il n'y a pas eu un effet de résonance, répondit son collègue métapse. À cause de ma présence, à cause du fait que mon esprit était en phase avec le sien…

En un geste de frustration, Dérec frappa l'accoudoir de son fauteuil. Puis il s'étonna de sa colère : de telles manifestations ne lui étaient pas coutumières.

— Dire que c'est la première fois depuis un quart de siècle que quelqu'un renouait avec la prophétie des Lunes, et voilà que notre sujet disparaît aussitôt !

— La prophétie des Lunes ? s'étonna Beijeren.

Dérec eut un sourire sans joie :

— C'est ainsi que nous l'appelons entre nous, un peu par ironie : en fait, aucun métapse ne fait de prophéties à proprement parler, et celles-là – il y en avait deux – celles-là en étaient encore moins.

— Qu'est-ce que les lunes avaient à… ?

— Allusion à la villa des Lunes, le renseigna Barry Bruhn. Un pied-à-terre dont Argus est propriétaire, près de la capitale canadienne. C'est là que Karel Karilian a eu ses prémonitions, en 1977.

Nicolas Dérec le dévisagea, confondu. Puis il sembla comprendre :

— C'est vrai, vous êtes aux Renseignements. Trouver la piste de ces événements futurs, ça doit faire partie de vos points d'intérêt. Pour nous, à l'Institut, il s'agit d'une priorité.

Encore une fois ce regard soutenu de la part de Bruhn ; Dérec n'aurait pu le déchiffrer qu'en violant la règle d'abstention que s'imposaient les télépathes.

— Et pour mon bénéfice, s'enquit Beijeren, vous pourriez… ?

Dérec ouvrit les mains en direction de Bruhn, lui laissant le soin de répondre.

— Karel Karilian, à sa dernière mission sur Terre, fut brièvement en contact avec une Terrienne dont le futur recelait, en puissance, des événements d'une portée…

Il hésita.

— Cataclysmique, proposa Dérec.

— Et d'envergure mondiale. Premièrement, une guerre interplanétaire, dont cette femme serait la cause ou l'agente.

— Interplanétaire comme dans… ?

— Entre la Terre et Érymède, j'en ai bien peur, répondit Dérec.

— Et deuxièmement ?

Bruhn et le métapse se regardèrent. C'est l'agent qui compléta :

— L'extermination de l'humanité, dont cette personne…

Il s'abstint de poursuivre, aussi Dérec ajouta-t-il :

— En tout cas, elle jouerait un rôle de premier plan dans cet holocauste.

— Et depuis, intervint Owen, tous les métapses, tous les sondeurs, sont priés de… de « garder un œil ouvert » quand ils effectuent une transe, de rester aux aguets d'indices pouvant être reliés à ces événements futurs. J'avoue que, même à mon deuxième contact avec les visions de Lépine, je n'avais pas fait le lien.

— Ç'a n'avait rien d'évident, fit Dérec, il n'y avait pas eu de tir laser. Et tu n'avais pas perçu le climat d'hostilité qui régnait sur toutes ces scènes. Maintenant, on peut ajouter un élément : la trahison.

Bruhn lui adressa un regard interrogateur : jusqu'ici, Dérec n'avait pas eu l'occasion de donner des détails :

— Les dispositifs anti-radar et les écrans optiques avaient peut-être été désactivés, tant sur les stations du réseau Hugin que sur les croiseurs et le *Thor* – du moins c'est ainsi que j'interprète ce que j'ai perçu. Puis le croiseur était livré aux Terriens de la station I.S.S. – « livré pieds et poings liés », comme si l'équipage avait été neutralisé, ou pire. Toute notre technologie mise entre les mains des Terriens. Je ne vois que la trahison qui...

— Une taupe, fit Barry Bruhn, soucieux. Ou *des* taupes.

— C'est ce que je crains. Préparez-vous à plusieurs longues réunions de tous les Services d'Argus, agent Bruhn. Et toi aussi, Owen. Je sens que chaque télépathe de Psyché va être mis à contribution...

... et que nos règles éthiques vont être révisées, compléta Dérec intérieurement. La perspective le rebutait, éveillant en lui une répulsion dont l'intensité l'étonnait presque : après tout, rien ne prouvait qu'on en viendrait effectivement à cela.

Mais des taupes... des taupes terriennes dans la société éryméenne.

Et c'était lui, Nicolas Dérec, qui serait porteur de cette mauvaise nouvelle.

•

À l'encontre des recommandations de Phan Vihn, la pilote et chef de mission, Nicolas Dérec tint à sortir sur le toit de l'immeuble. Il avait emprunté le manteau de Bruhn, qu'il portait par-dessus sa combinaison isolante, et Owen l'accompagnait. Derrière eux, la navop restait invisible sous son écran optique.

Dérec s'étouffa aux premières bouffées qu'il inspira. L'air était froid, humide et pollué. Mais la vue était superbe, ce panorama urbain tout en verticales, en lumières et en reflets, le ciel nocturne balayé par des faisceaux de lumière effleurant les nuées grises et basses. En contrebas, sous l'éclairage au sodium des lampadaires, la chaussée était sèche par endroits, craquelée tel un désert millénaire.

Malgré le stimulant musculaire, la gravité tirait le Psychéen par mille ficelles lestées de plomb. Il s'arrêta à deux pas du muret qui le séparait du vide. Le bruit, les lumières, la circulation incessante sur l'artère commerciale proche, tout aurait dû donner à Dérec le mal du pays. Mais il n'éprouvait rien de tel, juste un profond sentiment d'étrangeté – un étranger, voilà ce qu'il était ici.

D'un édicule abritant l'escalier, trois personnes émergèrent sur le toit de la bâtisse en contrebas, la maison de chambres où Barry Bruhn et Owen avaient passé tant d'heures récemment. Vêtus en Terriens, les agents d'Argus portaient Manuel Lépine comme un ivrogne qui aurait perdu connaissance : en le soutenant sous les aisselles, la pointe de ses chaussures traînant au sol.

— Voici le moment critique, fit Owen à mi-voix.

L'une derrière l'autre, les trois personnes et leur fardeau montèrent deux ou trois marches invisibles, puis disparurent dans l'air au-dessus du toit. Le tout s'était passé dans l'ombre, néanmoins la noirceur n'était jamais complète, sur un toit, en ville. Des centaines de fenêtres dominaient cet immeuble, mais il s'agissait surtout des fenêtres de locaux abandonnés ou de bureaux, et on était la nuit. Aux Opérations, on avait estimé le risque assez bas pour être négligé.

Juste avant de monter dans la navop, les agents avaient dû déposer Lépine au sol – dans l'eau qui stagnait sur le toit – pour le reprendre d'une autre manière, par les pieds et les épaules, afin de franchir en file la porte de la navop. Dans l'ombre, Owen avait bien reconnu l'ex-dramaturge, sa stature frêle, ses cheveux sombres en désordre, son teint pâle. Il savait qu'Argus n'aurait rien pu faire pour lui : même la mise en scène envisagée aurait pris un jour ou deux à organiser, on n'aurait pu la mettre en œuvre que le lendemain et Lépine aurait quand même inhalé sa drogue ce soir, soumettant les capillaires de son cerveau à un stress fatal.

Cette conviction ne le consolait pas entièrement : de la pitié était née une forme d'attachement, tout embryonnaire, pour l'ancien dramaturge déchu. Ici, dans cette ville grise, sur cette planète sale, personne ne saurait comment était mort Manuel Lépine.

Et presque personne ne s'en soucierait.

CHAPITRE 20

Les glaces de la nuit

Sur une musique de Sade Adu

Sur Terre, la réception aurait été un four : trop peu de monde, trop peu de bruit, trop peu de fumée. À cette heure avancée de la nuit, l'ambiance avait quelque peu tiédi, même pour Érymède. L'éclairage de la Nef y était pour quelque chose, les hôtes ayant choisi de ne laisser luire à cette heure que des lampes bleutées, allumant des saphirs au cou des femmes, et dans leurs yeux des diamants. Tout vêtement blanc ressortait, spectral, tranché par des pointes de néant car les hôtes avaient suggéré le port du noir et du blanc.

Sous le plancher de transplastal on projetait une Vancouver virtuelle, comme si la Nef avait été un fabuleux aérostat, invisible et silencieux, flottant vingt mètres au-dessus des plus hauts édifices de la métropole colombrite. Les canyons de lumière ne s'apaisaient pas un instant, leurs idéogrammes clignotant en couleurs crues, les images publicitaires se déployant puis s'effaçant comme autant de clignements de paupières, les chapelets multiples des phares rampant telles de longues chenilles de verre sous la pluie.

Nicolas Dérec vivait ses derniers jours sur Érymède – les derniers avant longtemps, en tout cas. Le surlendemain il quittait son appartement de Psyché, entreposait une partie de ses modestes biens et emportait le reste sur la Lune. Là-bas, à Argus, il compléterait son entraînement pour éventuellement devenir un agent d'Érymède sur Terre – ironique paradoxe qu'il savourait avec un sentiment aigre-doux.

Le Psychéen se surprenait parfois à songer à Jordane, avec qui il avait partagé douze ou treize ans de vie. Certes, ils ne cohabitaient plus souvent depuis son affectation sur l'*Alsveder*, mais c'était le choix de Dérec de se préparer à retourner sur sa planète natale qui, l'année précédente, avait scellé leur séparation définitive : les agents en mission sur la Terre ne rentraient à Argus qu'une fois ou deux par année, et jamais sur Érymède tant que durait leur affectation, pour des motifs sanitaires. C'était depuis quelques années seulement que les règles de quarantaine étaient devenues aussi sévères, compte tenu des épidémies qui balayaient la planète. Ces règles souffraient peu d'exceptions : on ne voulait pas sur Érymède de ces pathogènes multi-résistants qui faisaient des ravages dans les po-pulations terriennes.

Jordane sortie de sa vie, Dérec se sentait sans ancre, à quarante-six ans, un ballon détaché de son amarre et emporté par la brise. Liberté, et vertige.

Un autre sentiment l'habitait, en ce moment, mais sans aucun rapport avec ses pensées. Un vague malaise ; pour tout dire, il se sentait observé, ou alors quelqu'un dans la salle pensait à lui, sans toutefois l'épier constamment. Il chercha du regard, le plus discrètement qu'il put, mais n'aperçut personne qui semblât attentif à lui. Ç'aurait évidemment été un jeu d'enfant que de recourir à la télépathie, mais le code auquel il adhérait le lui interdisait à moins de motifs graves.

Une femme chantait, à l'autre bout du salon, voix feutrée aux froides réverbérations, aérienne, diaphane. C'était à nouveau cette splendide noire dont la peau avait des reflets violets – une peau trop satinée pour être entièrement naturelle. Dérec se laissa bercer un moment, tenta de faire abstraction de tout sauf de cette voix envoûtante.

Jusque-là, Dérec n'avait guère prêté attention aux paroles des chansons. Celle qu'il entendait maintenant était triste, une histoire de mère morte tragiquement et de jeune homme dispersant ses cendres du sommet d'une colline. Cela ramena des profondeurs de sa mémoire une image qu'il y croyait enfouie à jamais, celle d'un V blanc, lumineux : le bouleau aux fûts jumeaux contre lequel l'automobile avait violemment arrêté sa course, un soir d'été en 1970. La mâchoire brisée et les vertèbres cervicales rompues, la mère de Nicolas était morte sur le coup ; le bambin s'en était tiré avec de profondes égratignures, mais rien de plus.

Durant des années, par la suite, Dérec avait été hanté par des images de mort, toutes accompagnées de ce V majuscule, lumineux comme une balise, dressé tel le butoir contre lequel son enfance s'était brusquement arrêtée, pour se voir imposer une nouvelle direction.

Le métapse s'ébroua mentalement, plus surpris que bouleversé par le souvenir. Il se rendit compte que la chanteuse le fixait en laissant mourir sur ses lèvres les dernières syllabes de sa chanson.

— Elle est ravissante, n'est-ce pas ?

Il tressaillit et se tourna vers la femme qui venait de lui adresser la parole.

—Fascinante, répliqua-t-il avec un instant de retard.

Il avait reconnu Stavi, déjà entrevue au début de la soirée dans une autre salle de la Nef. Était-ce elle qui l'observait depuis un quart d'heure ?

Ils s'étreignirent chaleureusement et s'embrassèrent, puis Stavi lui présenta son compagnon du moment – ou son conjoint, il l'ignorait. C'était un officier de l'Amirauté, du nom de Kizim, que Dérec avait connu sur l'*Alsveder*, sans toutefois le fréquenter.

—Mais que deviens-tu ? s'enquit Nicolas en dévorant des yeux ce visage que la banalité n'avait toujours pas rattrapé, même à la mi-trentaine. La dernière fois qu'on s'est vus, tu étais chirurgienne depuis peu.

—Ça fait si longtemps ?

Elle échangea un regard pétillant avec son compagnon, comme si cette observation revêtait pour eux un sens particulier.

—Figure-toi que je suis retournée à la Faculté pour me spécialiser. Je termine ma neurochirurgie cette année.

—Pour pratiquer à l'Institut ?

—Eh, maître Dérec, il n'y a pas que Psyché dans l'univers !

Dérec se le tint pour dit, même si le sourire de Stavi avait émoussé tout tranchant qu'aurait pu avoir cette réplique. Il devait effectivement y avoir du travail pour des neurochirurgiens ailleurs que chez les métapses.

—Non, je vais faire mon stage à Argus. Je vais me montrer si habile qu'ils ne pourront que me garder.

Nouveau regard complice à son compagnon : comme il était toujours en service actif, un poste sur la Lune rapprocherait Stavi de lui.

Les trois bavardèrent un moment, mais Kizim et Dérec ne s'étaient pas vraiment fréquentés à bord de l'*Alsveder*, et la brève liaison du métapse avec Stavi remontait à très longtemps : les années et les lustres avaient refroidi toute complicité qu'il y avait eue entre eux, elle adolescente à l'époque et lui jeune adulte.

Ils se laissèrent sur de nouveaux baisers et une brève poignée de main.

Une fois que le couple se fut éloigné, Nicolas reporta son regard sur la simulation de panorama urbain, qui lui rappela sa brève descente sur Terre voilà bientôt trois ans. Montréal avait été moins limpide cette nuit-là : brumeuse et sale sous des nuages couleur de ciment. La simulation qu'il avait sous les yeux ce soir s'étalait avec une netteté glacée, l'éclat d'un jouet fraîchement lavé par la pluie. Trois ans, ou presque, qu'Owen Lubin et Barry Bruhn avaient repéré ce pathétique dramaturge qui allait sans le savoir ressusciter la prophétie des Lunes. Dans les jours qui avaient suivi le rapport de Lubin et Dérec, presque tous les maîtres à l'Institut de métapsychique et de bionique avaient étudié les enregistrements de cette vision tout à fait atypique et inexplicable. Une conférence avait réuni les Psychéens et les membres du Conseil d'Argus puis, peu après, le Conseil supérieur d'Érymède lui-même.

Des décisions lourdes de conséquences avaient été prises : augmentation des admissions à l'I.M.B. pour la formation de nouveaux métapses, cessation complète du recrutement de scientifiques et de percipients terriens, sondage télépathique des candidats restants et des nouveaux arrivés, envoi de métapses à Argus et même dans les bases régionales, « sur le terrain » – un terrain peut-être déjà miné par des taupes.

Les Psychéens s'étaient bien entendu remis en nombre à la recherche du chronode que Karilian avait été le premier à frôler, ce nœud du temps où se nouaient tant d'événements majeurs qu'on pouvait apparemment résumer en un terme, l'affrontement avec les puissances terriennes.

Mais en vain.

Quand s'était apaisée la ronde des réunions, le lieutenant Dérec avait repris son poste sur le croiseur *Alsveder*, mais seulement pour quelques mois. Lorsque son affectation était venue à échéance, il avait sollicité un congé indéfini de l'Amirauté et avait demandé d'être admis aux Renseignements ou aux Opérations.

Et voilà à nouveau ce sentiment d'être observé. Rien d'hostile ou de malveillant, mais un intérêt soutenu, venant de la direction générale du bar. D'où il se trouvait, Dérec ne pouvait y distinguer tout le monde. Les gens qu'il y voyait de dos n'évoquaient aucune silhouette connue.

Des notes inspirées traversèrent la salle, portées par une voix aérienne : la chanteuse commençait un air d'opéra, répertoire au sujet duquel l'ignorance de Dérec était à peu près complète.

Avec une curiosité modérée, il se tourna vers elle. Dans son nouveau champ de vision, il ne tarda pas à repérer une connaissance. Matteo Dénié se trouvait de l'autre côté de la petite scène où se produisait la chanteuse, et il aperçut le métapse à son tour. D'un regard et d'un subtil signe de tête, ils convinrent de se retrouver à l'écart. Dérec se déplaça le plus discrètement possible afin de ne pas troubler le recueillement avec lequel plusieurs convives écoutaient la diva.

Entre ses deux mains, Dénié serra chaleureusement la main du métapse. Ce n'était pas lui qui observait le métapse depuis bientôt une heure; la sensation de sa présence était entièrement différente, beaucoup plus chaleureuse.

Des rides d'expression entouraient ses yeux graves, donnant de la texture à la peau caramel de son visage. Voilà un homme qui avait beaucoup ri durant ses cinq ou six décennies de vie; mais bien moins ces dernières années.

— Vous avez l'air bien, Matteo.

— Merci. Et vous, Nicolas, vous ne vieillissez pas.

Il vouvoyait toujours Dérec, bien que celui-ci fût de dix ou quinze ans son cadet. Ils se connaissaient juste un peu, rapprochés par une amie commune que le métapse ne voyait pas si souvent: Kate Hagen. Kate, la femme qui, agente au Recrutement, avait contacté un Nicolas Dérec adolescent et l'avait persuadé que ses facultés psi n'avaient pas à faire de lui un cobaye pour le reste de sa vie.

Kate, qui avait fait briller une lueur d'espoir pour le jeune percipient tandis qu'autour de lui, à la Fondation Peers, se resserrait l'étau de la paranoïa et de l'oppression. Kate, qui lui avait révélé que ses rêves prémonitoires étaient fondés, qu'un futur moins sombre l'attendait du côté des planètes. Kate, sa première amie érymée_nne, celle qui lui avait presque littéralement tenu la main, à ses premiers pas dans les corridors d'Argus et les villes d'Érymède.

Puis il avait connu des jeunes de son âge, Owen, Thaïs, d'autres copains, et n'avait plus ressenti le besoin de voir Kate aussi souvent. Néanmoins ils se retrouvaient, à l'occasion, pour un repas, un verre, ne fût-ce qu'une fois par année. Certains soupers sur la terrasse de l'appartement élyséen de Kate, à l'époque où elle avait travaillé dans la capitale, étaient pour Nicolas inoubliables; il avait rarement connu des moments aussi doux et sereins. Par la suite, Nicolas avait fait la connaissance de Matteo Dénié, devenu le conjoint de Kate.

Puis, des années plus tard, un choc. L'incrédulité, lorsque Dérec avait appris, au retour d'une affectation, la mort subite de Kate. Accident vasculaire cérébral, lui avait murmuré un Dénié anéanti, alors que Kate était dans la jeune cinquantaine et se tenait en excellente condition physique. Elle avait été trouvée un matin sur le parquet de son bureau, terrassée par une rupture d'anévrisme, probablement la veille au soir.

Dans les jours qui avaient suivi, un peu fortuitement, Nicolas et Matteo avaient passé de longues heures ensemble, le plus jeune s'offrant pour aider le veuf à mettre de l'ordre dans les affaires de Kate, à disposer de ses biens, à recevoir la visite de ses amies.

Ensuite, à nouveau, le temps avait fait son œuvre. Les deux hommes comptaient peu de choses en commun, hormis leur deuil: Dénié était biologiste, chercheur dans quelque obscur champ de spécialisation lié aux hormones.

À la Nef, lui et Dérec passèrent un moment ensemble, le métapse soulagé d'apprendre que Matteo avait depuis un an retrouvé un sommeil normal, exempt de cauchemars, et s'était même mis à fréquenter une autre femme, ancienne amie de Kate, une liaison dont ils étaient tous deux parvenus à exorciser le remords.

— Je suis heureux pour vous, ne pouvait s'empêcher de répéter Dérec, confus de n'avoir rien de plus brillant à dire.

Ils se quittèrent au moment où l'artiste terminait son deuxième tour de chant. Dès qu'il fut abandonné à lui-même, Nicolas eut à nouveau cette perception agaçante. Cette fois il laissa se déployer un peu l'antenne de son esprit. Oui, pas de doute, cela venait du bar, plus précisément de ces deux hommes qui lui tournaient le dos et dont il aurait pu distinguer les visages si les glaces derrière le comptoir n'avaient été obstruées par des bouteilles (les organisateurs de la réception avaient reconstitué un décor terrien, jusqu'à faire jouer à des automates le rôle de barmans). Dans le clair-obscur de ce secteur, les deux silhouettes masculines n'évoquaient rien pour le métapse.

« Sous » la Nef, le paysage urbain continuait de défiler, comme si la réception avait vraiment eu lieu dans un dirigeable de croisière survolant la métropole de la Côte Nord-Ouest à une allure paresseuse. Un vaste dispositif publicitaire, occupant toute la façade d'un édifice, capta le regard distrait de Dérec. Ses pulsations concentriques, d'un blanc argenté, firent flamber dans sa mémoire un souvenir si intense qu'il en éprouva un vertige. Le *Trancer*. Cet appareil pour lequel Diane et lui avaient été cobayes, comme bien d'autres sujets doués de facultés psi – ainsi qu'on les appelait làbas, sur Terre, à la Fondation Peers.

Diane…

Leurs fréquences cérébrales mises en phase par les stimuli lumineux du *Trancer* (un artefact de la période psychédélique, ne pouvait-il s'empêcher d'ironiser un tiers de siècle plus tard), Diane et lui

avaient expérimenté deux fois une fusion de l'esprit,
quelque chose dépassant empathie et télépathie,
une brève mise au carré de leurs pouvoirs respectifs
tandis que se heurtaient leurs personnalités con-
flictuelles. C'est à cause de cela, cette résistance à
une fusion trop intime, que Diane avait mis fin à
l'expérience les deux fois – la dernière fois, pour
de bon. N'empêche : un instant, un bref instant,
Diane et lui avaient été une seule et même entité,
comme jamais auparavant, même aux plus grisants
moments de leur amour.

Car Dérec et elle avaient été amoureux jusque-
là – non sans tensions les dernières semaines.
Cependant, leur éloignement définitif datait de ce
jour-là. Nicolas Dérec avait choisi Érymède, Diane
avait refusé l'aventure, qu'elle ressentait comme
une trahison, une imposture.

Il lui arrivait parfois, comme ce soir – parce
qu'il se retrouvait célibataire ? – de se demander ce
qu'était devenue Diane, sur cette Terre dont même
les Cavaliers de l'Apocalypse étaient repartis au
galop, humiliés et obsolètes, avec leurs pluies de
sang et leurs nuées de sauterelles.

— Vous êtes bien sombre, Nicolas…

Dérec releva la tête et accommoda son regard
sur la femme qui lui faisait presque face.

— Permettez que je vous appelle Nicolas ?

— Bien sûr.

Mila Muig était ravissante ce soir. Elle l'était
toujours, aurait corrigé Owen, qui récemment était
devenu son amant, ou du moins avait couché avec
elle, couronnement de quelques mois d'espoirs et
d'une cour patiente (plusieurs mois d'espoirs, à
bien y penser). Étaient-ils amants pour autant, ou
partenaires sexuels occasionnels ? Owen cherchait

encore une réponse à cette question, une réponse claire plutôt que nuancée. (Dans ce domaine du moins, il préférait les teintes franches aux nuances subtiles, position plutôt naïve pour un métapse. Quoique…)

La femme inclina la tête d'un côté en haussant un sourcil, dévisageant Dérec avec un air mutin.

— Donc… ?

— « Donc… ? » répéta Dérec sur un autre ton.

— Bien sombre, insista Mila.

— Ah, oui. Je pensais à d'anciennes amours.

— Anciennes comment ?

— Vraiment anciennes. Guéries, cicatrisées.

— Le sont-elles jamais ?

— Après trente ans, j'espère bien que oui, répliqua le métapse, son sourire devenant sincèrement amusé.

— Et les plus récentes ?

Dérec se souvint qu'elle était présente lorsqu'il avait fait part à Owen de l'épilogue du chapitre Jordane. *Pas juste un épisode, un tome.*

— Revenez me le demander dans trente ans, plaisanta-t-il.

Pas besoin d'être télépathe pour soupçonner qu'elle désirait les lui faire oublier, ces meurtrissures – si meurtrissures il y avait, ce dont elle semblait douter. Les lui faire oublier pour de bon, ou pour cette nuit seulement ? Dans l'un ou l'autre cas, Owen aurait été bien déçu, lui qui avait si longtemps espéré recevoir des avances comme celles que Mila esquissait ce soir.

Après quinze ou seize ans de vie conjugale avec Lucie Chihuan, et quatre ou cinq avec Balula, son ingénieure, Owen ne s'était remis à chercher que cette année. Peu porté à la confidence, Owen avait récemment admis qu'il se sentait encore vulnérable après la difficile séparation d'avec Balula.

Quelle que fût la relation existant depuis peu entre Mila et lui, elle n'était manifestement pas exclusive aux yeux de Mila.

— Vous dansez ?

Elle savait que oui, puisqu'ils avaient effectivement dansé ensemble ce soir où Dérec et Owen avaient évoqué Jordane.

La chaleur de Mila l'enveloppa tel un nimbe, un nimbe qui se serait répandu à partir de sa joue, de ses seins, de ses mains, autant de braises moites appliquées aux points correspondants de son corps à lui. Un nimbe qui n'avait rien d'éthéré : un tressaillement entre ses propres jambes lui confirma que son corps avait lui aussi une perception aiguë de cette brûlante présence.

Il revit Owen, l'autre soir, le sourire grave avec lequel il avait observé Mila et Nicolas, l'effort héroïque pour n'y laisser transparaître que de la tendresse et de l'amitié, la pointe de tristesse qui y perçait. Ce sentiment tragique qu'un trésor vous échappe à l'instant même où vous le serriez entre vos doigts.

À un certain moment durant la danse, ils passèrent à l'équivalent éryméen du tutoiement.

Dérec se détacha un peu de sa partenaire, assez pour la regarder en face. Le corail de ses joues, appliqué sur un teint de chamois, velouté. Ses yeux sombres, étirés de noir. La perle de ses dents, dans l'écrin de son souffle parfumé.

Le désir était là, que oui ! Combien de jours ? Des décades, en fait, depuis Hedda.

Il suffisait de dire oui. Inutile de dire quoi que ce soit, en fait. Mais il n'était pas amoureux de Mila ; tandis qu'Owen…

La musique changea, appelant un autre rythme.

—Celle-là, je passe, dit le métapse en se détachant.

Par délicatesse, il garda la main de Mila tandis qu'ils s'éloignaient de la piste de danse.

—Allons plutôt au bar, proposa-t-il pas tout à fait innocemment.

La sensation d'être observé perdurait, et cette fois il comptait en avoir le cœur net.

En « contrebas » de la Nef, sur l'un des plans d'eau de Vancouver, les feux des quartiers riverains scintillaient en silence.

—Tu y es déjà allée ? s'enquit Dérec.

—À Hong Kong ou sur Terre ?

—C'est Vancouver, corrigea le métapse.

—Ni l'un ni l'autre, de toute façon, fit Mila en souriant. Et toi ?

—Vancouver, non.

Quant au reste, elle devait bien savoir qu'il était né sur Terre. Dans la pénombre bleutée régnant autour du bar, Dérec finit par voir un visage qui ne lui était pas inconnu. À l'autre bout du demi-cercle que faisait le bar, était installé un couple : deux hommes, ceux qu'il avait repérés tout à l'heure.

À tout hasard, le métapse adressa un signe de tête à celui qu'il était sûr d'avoir déjà rencontré. Un geste plus poli qu'il ne l'aurait été en d'autres occasions ; il avait plutôt envie de l'interpeller.

—Des amis ?

—Relation de travail, plutôt, dit Nicolas pour rester dans le vague.

Là-bas, le type en question lui avait rendu son salut, perplexe, sinon surpris. Et cela revint à Dérec : c'était cet agent des Renseignements qu'il avait connu trois ans plus tôt en marge de l'épisode Manuel Lépine.

—Relation lointaine, poursuivit Dérec à l'intention de Mila. Ça fait deux ou trois ans que je ne l'ai vu.

Comment s'appelait-il, déjà? Barry Blue? Non, Bruhn, c'était ça: Barry Bruhn. Et c'était bien lui qui l'observait par intermittence depuis deux heures; Nicolas reconnaissait sa présence.

—Ça t'ennuierait qu'on aille dire bonsoir? proposa-t-il. Juste un moment, question de courtoisie.

Si Mila était agacée, elle n'en laissa rien paraître. Elle tint tout de même Dérec par la taille pendant les quelques pas qui rapprochèrent les deux couples.

Barry Bruhn était manifestement étonné; le métapse ne put s'empêcher de percevoir sa méfiance. Même le caractère anodin des présentations et des quelques propos échangés ne sembla pas l'amadouer. Dérec percevait le mur de crispation que l'agent avait dressé mentalement. Réflexe maladroit, pas rare chez les gens qui éprouvaient un malaise face aux télépathes. Une marque d'ignorance, en même temps: une telle crispation mentale était facilement perceptible par les métapses et avait plutôt l'effet d'attirer leur attention, alors que les gens qui réagissaient ainsi le faisaient généralement par crainte de se voir devinés. Bruhn aurait mieux fait de rester détendu: il ne pouvait ignorer que les métapses avaient un principe cardinal, celui de ne pas sonder les esprits autour d'eux.

Sans même le vouloir, Nicolas capta l'image fugitive d'un souvenir: la figure de Karel Karilian. Il eut un instant de flottement proche du vertige: il n'avait pas songé à Karilian depuis des années. Barry Bruhn avait-il lui aussi connu Karilian?

Dérec présenta sa compagne du moment, Mila Muig, «une amie»; l'article indéfini ne tomba pas dans l'oreille d'une sourde.

—Mon ami Jorge Dorset, pilote de son état, présenta Bruhn.

Cela fit grimacer le pilote en question. Il regarda Bruhn de travers, comme si celui-ci avait formulé un sarcasme. Mettant de côté ce contentieux, quel qu'il fût, Dorset sourit poliment au métapse. Dérec lui rendit son sourire.

—Pilote à bord d'un patrouilleur? lui demanda-t-il à tout hasard, plus pour faire la conversation que par véritable curiosité.

—Croiseur *Dagur*.

—Capitaine Zaft, je crois?

—Lui-même. Vous le connaissez?

—Je l'ai connu quand je servais sur l'*Alsveder*.

Dorset réclama des indiscrétions au sujet du passé de son capitaine, cependant Dérec ne put lui offrir que des anecdotes inconséquentes. Mila, elle-même pilote de scaphe, fut enchantée d'apprendre que Dorset avait exercé ce métier au début de sa carrière. Le métapse et Barry Bruhn furent condamnés à les écouter parler technique; ils auraient pu se lancer dans une conversation parallèle, mais l'agent des Renseignements restait sur sa réserve, ce qui n'encourageait pas Nicolas à faire un effort de cordialité. Et puis la tension entre Bruhn et son compagnon était palpable: un désaccord avait éclaté avant la rencontre, quelque chose d'intime, à coup sûr.

L'officier des Renseignements continuait de jeter vers Dérec des regards dérobés. Pourquoi s'était-il intéressé à lui toute la soirée? Peut-être Bruhn s'était-il demandé tout simplement où il avait déjà vu Dérec. Il avait seulement mis plus de temps à le replacer.

Et pourtant, Nicolas n'était pas convaincu.

—Tiens, voilà des gens que je connais, fit une voix féminine.

La femme, dans la quarantaine elle aussi, s'était approchée du bar pour commander un verre et avait reconnu des visages familiers parmi le quatuor qui bavardait à ses côtés.

— Larissa ! Larissa dans une réception ! J'aurai tout vu !

— Dis donc à tout le monde que je suis une personne ennuyeuse, Mila Muig !

Les deux femmes s'embrassèrent.

— Nicolas, il faut que je te présente Larissa Kansen.

Les yeux gris-vert de la nouvelle venue étaient mis en valeur par un maquillage raffiné ; le métapse s'y attarda peut-être un instant de plus que la politesse ne l'y autorisait.

— Lari, ce charmant métapse s'appelle Nicolas Dérec.

— Ravie.

Il nota l'inflexion mise dans ces deux syllabes, subtilement différente de ce qu'elle aurait pu être dans une réplique banale.

— Enchanté.

— Tenez, cette table vient de se libérer, signala Jorge Dorset.

Le groupe se déplaça, hormis Bruhn qui adressa à son compagnon un vague geste pouvant signifier « plus tard ». Mais son regard dévisageait Dérec, lequel se sentit presque obligé de rester au bar, comme si l'agent des Renseignements avait quelque chose à lui dire en particulier.

Pour la première fois, le métapse se rendit compte que Bruhn avait probablement consommé quelque chose, autre chose que quelques verres d'alcool, peut-être juste avant l'arrivée de Dérec et Mila. Son regard avait une acuité nouvelle. Son esprit… son esprit avait une présence, une intensité, exceptionnelles vu la banalité des circonstances. Comme la flamme au bout d'une mèche dont les fibres auraient recelé des grains de poudre, la faisant pétiller d'un éclat singulier.

— Quelle est votre histoire, Nicolas Dérec ?

Le métapse hésita, interloqué. À nouveau cette image fugace de Karilian, et celui d'une femme maigre, quinquagénaire ou sexagénaire.

— Votre histoire, l'histoire de votre vie…

— Je ne suis pas sûr de comprendre, répliqua Dérec.

Bruhn se tut, dévisageant le Psychéen comme s'il n'attendait pas vraiment de réponse verbale, mais plutôt une révélation qui lui viendrait autrement, apparaissant peut-être sur la figure de son vis-à-vis.

— Même si j'avais cinq heures pour vous conter ma vie, vous savez bien que ce seraient seulement des fragments. Un enchaînement parmi d'autres, celui qui me viendrait à l'esprit cette nuit.

Bruhn eut un subtil hochement de tête, affirmatif.

— Et si vous me posiez la même question après-demain, poursuivait Dérec, je vous raconterais d'autres fragments, une autre séquence. Ce serait la même vie, mais avec le faisceau des projecteurs braqué sur d'autres événements, d'autres péripéties. Si ce n'était de mon nom, on croirait alors entendre la vie d'une autre personne.

Nouveau hochement de tête, plus affirmé.

— Un jour pourtant, il faudra bien…

Toutefois, l'agent des Renseignements ne compléta pas sa phrase. Il quitta son tabouret au bar et, sans un regard pour la tablée voisine, s'éloigna vers la sortie de la Nef. Son ami Dorset s'en rendit compte et, s'excusant lapidairement auprès des dames, il se hâta à sa poursuite.

—Il t'a fait des avances? s'enquit Mila sur un ton blagueur lorsque Dérec s'assit avec elles.

—Pas que je sache, répondit-il, perplexe, se demandant où Bruhn avait voulu en venir avec cette question, «Quelle est votre histoire, Nicolas Dérec?»

Est-ce que ça n'avait pas été plutôt le prélude d'un interrogatoire?

Les deux femmes s'entre-regardèrent tandis qu'il se recomposait l'air insouciant convenant mieux à une soirée mondaine.

—Larissa me racontait qu'elle te connaissait depuis fort longtemps.

—Vraiment? s'étonna le métapse tandis que l'intéressée adressait un reproche muet à son amie.

—Depuis vos études à l'Institut, précisa Mila.

Dérec dévisagea plus attentivement la nouvelle venue, notant encore une fois la beauté de ses yeux, le contraste entre son teint clair et ses cheveux d'acajou. Il ne se rappelait pas avoir connu cette élégante femme.

Elle se fit prier un peu, néanmoins Nicolas finit par obtenir l'histoire complète – mais une histoire personnelle était-elle jamais complète, comme il l'avait fait valoir à Barry Bruhn? Celle-là remontait à un quart de siècle. Après avoir réorienté ses études en cours d'adolescence, Larissa était allée suivre des cours de neurochimie à l'Institut de métapsychique et de bionique. Dérec, de trois ans son aîné, avait suivi les mêmes cours un an plus tôt. À Psyché, ils se croisaient de temps à autre mais, tout à son amour pour Thaïs, Nicolas n'avait jamais semblé la remarquer. Larissa Kansen, pour sa part, avait fantasmé à plein régime sur lui – surtout,

avoua-t-elle, lorsque le deuil lui avait donné un bel
air tragique.

Sur la foi de quelques détails, certaines anecdotes,
Dérec finit par retrouver le souvenir de cette jeune
femme dont les cheveux, à l'époque, étaient vert
jade et ne faisaient qu'un centimètre de long. Elle
n'avait pas fréquenté l'I.M.B. pour devenir métapse :
son potentiel psi avait été jugé médiocre. Non, elle
se dirigeait alors en neuro-pharmacologie, domaine
où elle était encore chercheuse.

La conversation se nourrit un bon moment de
leurs souvenirs d'études respectifs, des autres jeunes
gens qu'ils avaient fréquentés. Si Mila Muig s'impatientait de voir le cours de la nuit emprunter ce
méandre indolent, elle n'en fit guère de cas. Dérec,
pour sa part, ne pouvait chasser de son esprit la singulière requête de Barry Bruhn. Si au cours de la
soirée il avait connu une discrète flambée de désir
à l'arrivée de Mila, maintenant il n'éprouvait plus
rien de la sorte, même pour la nouvelle venue, cette
Larissa jaillie de son passé.

Aussi profita-t-il d'une accalmie dans la conversation pour annoncer, en faisant mine de se lever :

— Vous voudrez bien m'excuser, mesdames, je
crois que je vais me retirer.

Mila le dévisagea, inscrutable. Si elle était déçue
de ne pas quitter la réception à son bras, elle n'en
laissa rien paraître.

Il l'embrassa brièvement sur les lèvres, doucement (et faillit changer d'idée), puis inclina la tête
à l'intention de Larissa.

En contrebas de la Nef, sous le plancher transparent, le panorama urbain ne donnait toujours pas
signe de pâlir. Appuyée d'une hanche au piano, la
diva noire chantait à nouveau, à mi-voix pour un

cercle d'admirateurs. La salle était aux trois quarts vide.

Sur son chemin, à une table non loin de la sortie, Nicolas reconnut son ami Owen, assis seul. Un instant, leurs regards furent rivés l'un à l'autre. De sa place, Lubin avait pu observer Dérec et son amie Mila, au moins depuis qu'ils étaient assis avec Larissa, peut-être depuis plus longtemps.

Il y avait de la complicité dans ce regard, et de la gratitude. Owen lui savait gré d'avoir décliné l'invitation tacite de Mila – invitation qu'il avait pu supposer ou deviner sans peine. Non qu'il détînt un titre de propriété, lui Owen Lubin, sur la séduisante pilote de scaphe. Mais parce qu'ils savaient tous deux, Nicolas comme Owen, que ce dernier était amoureux d'elle, depuis longtemps, et que leur relation était encore précaire – éphémère de toute façon, mais au moins réelle ces jours-ci. Tandis que pour Dérec, une brève liaison avec Mila aurait signifié peu – elle « n'était pas son genre », avait-il déclaré plus d'une fois, faisant bien sûr allusion à sa personnalité et non à son physique.

Ils ne firent pas mine de se parler, ni l'un ni l'autre ; ils devaient dîner ensemble le lendemain, de toute façon. Ils se contentèrent de sourires discrets ; tout s'était dit dans ce regard, eux qui se fréquentaient depuis trente ans ou presque. Pour Owen, la nuit n'était peut-être pas finie. Pour Nicolas, dans moins d'une heure, la fraîcheur d'un oreiller, le silence d'une chambre obscure et, si le sommeil se faisait attendre, l'énigme de la question posée par l'agent Barry Bruhn.

Chapitre 21

Pluies amères :
retour à la ville grise

Turquoise. Tout autour de Nicolas Dérec, l'eau du Pacifique chatoyait, limpide et turquoise, pleine de la splendide lumière du soleil. Tout était si différent de l'espace : pas de noirceur, des lointains sans profondeur, une impression de douceur. Les éponges, en d'improbables voisinages, créaient sur le fond marin une mosaïque de teintes pastel. La coupole transparente d'une méduse flottait au-dessus de ce paysage, version molle et mobile des dômes éryméens.

Cela faisait longtemps que Dérec ne les avait revus, ces dômes. Lorsqu'il avait été admis aux Renseignements, il avait suivi une partie de l'entraînement offert sur la Lune aux futurs agents. Une partie seulement puisque, Terrien d'origine, il n'allait pas se retrouver sur une planète inconnue. Il avait quand même rafraîchi ses connaissances en anglais, en français, appris le chinois et l'espagnol puisque son champ d'activité serait l'Amérique du Nord. Durant ces deux années, il avait aussi subi le rigoureux entraînement physique et le traitement immunologique qui, à quarante-sept ans, allaient faire de lui un athlète endurant, capable d'affronter sans fatigue la gravité terrestre et de résister aux nouvelles souches bactériennes et virales, si féroces, qui tenaient en échec la médecine terrienne depuis qu'elles franchissaient la barrière des espèces.

Puis, au fil des mois et des années, il s'était trouvé affecté aux deux bases régionales de l'Amérique du Nord et aux multiples bases locales, urbaines, à partir desquelles Argus menait ses opérations. Il avait tour à tour été détaché aux Renseignements, aux Opérations, à Careta, Héraclès, Éole et Naïade – les Quatre Sœurs, comme on appelait ces sociétés-façades dûment accréditées auprès des organismes internationaux. Il avait bien tiré son épingle du jeu, sauf une fois où il avait subi un échec désastreux, mettant en péril sa carrière et même sa vie.

Et tout ce temps, bien entendu, sa principale mission avait été de sonder les Terriens et les agents d'Argus autour de lui, à leur insu autant que possible. Chou blanc : jamais il n'avait été en contact avec l'esprit d'une traîtresse ou d'un traître cachant le dessein de livrer aux puissances astronautiques l'un des croiseurs éryméens ou même la station *Thor*.

Le niveau de l'eau baissa au-dessus du récif corallien, ou plutôt ce fut Dérec qui remonta, faisant surface en un instant car l'eau était peu profonde. La lumière solaire l'éblouit, le bleu azur du ciel vira au blanc puis, graduellement, perdit tout éclat. Dérec consulta sa montre : seize heures. Il était temps de partir car l'agent voulait se retrouver tôt au point de rendez-vous, pour que Lucia Baldi n'ait pas à l'attendre si elle arrivait en avance.

Il retira la lourde visière, les gants articulés, et se redressa sur la couchette où il se trouvait étendu sur le ventre. Les déchirures du vinyle et la malpropreté du plancher lui rappelèrent que cette cabine de réalité virtuelle avait quelques années d'âge. Quand il en sortit, le cybercentre était un peu moins dépeuplé que tout à l'heure. Il partit en enfilant son lourd imperméable gris, sans oublier de faire un petit sondage empathique pour s'assurer que personne ne s'intéressait à lui et ne s'apprêtait à le filer – précaution depuis longtemps devenue un automatisme.

●

—Encore cinq minutes sous cette pluie, et je me dissolvais !

Nicolas Dérec avait lancé cette récrimination sur un ton bourru, mais s'il était soulagé de voir arriver Lucia Baldi, c'était surtout parce qu'il avait redouté un grave contretemps, sinon un malheur.

—Eh bien, tu vas te faire ronger un peu plus : la voiture est garée à huit coins de rue d'ici, je n'ai rien trouvé de plus près.

Dérec grimaça en lui emboîtant le pas. Malgré son chapeau à large bord – que la nécessité avait remis à la mode sur Terre –, la pluie avait arrosé son visage, trouvant une coupure qu'il s'était faite en se rasant, y infligeant une sensation de brûlure. Ses lèvres mouillées avaient un léger goût de vinaigre.

Dans son impatience, Dérec avait même imaginé Baldi capturée par les agents d'un service de renseignement, celui des États-Unis par exemple, pour être dans les jours prochains contrainte de tout révéler sur Érymède, grâce à quelque nouveau procédé de pénétration de l'esprit. Mais Dérec ne put la questionner tout de suite sur les motifs de son retard, la circulation était trop bruyante. Un antique autobus se trouvait en panne au coin d'une artère majeure, ce qui réduisait le passage à une voie dans chaque direction. Depuis cinq ans, la Société de transport n'avait plus les moyens de renouveler son équipement roulant ; les plus anciens véhicules publics avaient donc quinze ans, certains rendaient l'âme – généralement à l'heure de pointe.

Et tout était à l'avenant, avait constaté Dérec ces jours-ci, lui qui n'était pas revenu dans son pays natal depuis des années – depuis le pathétique cas Lépine, justement. Il se rappelait avoir éprouvé, à cette époque, le sentiment que cette planète sur laquelle il remettait les pieds lui était en bonne partie devenue étrangère, un monde hostile et anxiogène tout différent des régions rurales et des banlieues où il avait passé sa jeunesse.

D'année en année, les gouvernements au sud de la frontière avaient repoussé l'échéance des lois sur « l'air pur » : non seulement on ne pouvait pas fermer les centrales au charbon, mais il en fallait de nouvelles. Kyoto aurait pu être le nom d'un papillon, tant les effets du protocole étaient dérisoires.

Dérec avait vu de fréquents reportages sur les forêts de l'hémisphère boréal, vu des travellings aériens sur des étendues grises coupées à blanc ou rasées par les incendies. Ce qu'il avait constaté ces mois-ci ne représentait qu'une infime portion du drame, mais c'était aujourd'hui seulement que des paroles lui revenaient, *What have they done to the Earth ?,* les paroles d'une chanson qu'il entendait, jeune, *« When the music's over ».* C'était Jim Morrison qui lançait la question, un Morrison mort depuis déjà cinq ans lorsque Dérec adolescent avait acheté le disque. Maintenant le siècle était révolu, un nouveau millénaire était entamé, et la révolte en Dérec s'était essoufflée, lasse de toutes les protestations qui s'épuisaient contre le poids des faits, des besoins, des nécessités.

Lucia Baldi trébucha, jura en sautillant dans sa marche.

—Il ne me manquerait plus qu'une entorse !

En traversant la rue, elle avait mis le pied dans un nid-de-poule caché par une flaque d'eau et s'était fait mal à la cheville. Ce n'était pourtant pas faute d'entraînement : trottoirs et rues étaient devenus des parcours à obstacles, depuis longtemps les femmes ne les affrontaient plus qu'en talons plats. Dérec lui prêta son bras sur la distance de quelques pas ; il n'y avait pas d'entorse après tout, mais Baldi continuerait de boitiller. Heureusement, comme il pleuvait depuis la veille, Lucia Baldi portait ses bottes étanches. Rien de plus pénible que de l'eau dans vos chaussures, surtout si vous aviez une petite lésion près des ongles : l'eau s'y mettait, et la sensation de brûlure devenait agaçante.

Sur son bras, la main de Lucia était ferme, confiante. Ils se côtoyaient depuis un mois et, lorsqu'elle n'avait pas à se chausser de bottes étanches ni à se couvrir d'un lourd imperméable, elle portait fort élégamment les modes terriennes. À certains points de vue, elle lui rappelait Larissa – quoique Larissa fût moins jeune, presque de l'âge de Dérec. Leur taille, leurs cheveux sombres, leur teint mat… Combien, sept ou huit mois qu'ils ne s'étaient revus, sur Argus ? Peut-être seulement six ; Larissa lui manquait tellement, havre de bon sens et d'insouciance dans une existence où il fallait constamment se cuirasser contre les agressions de la vie terrienne.

D'une agile esquive de l'épaule, le métapse évita un passant qui allait le bousculer.

Boulevard de Maisonneuve, une ambulance souillée d'un graffiti emportait les derniers blessés d'une fusillade à laquelle Dérec avait échappé de peu tout à l'heure. Deux gangs rivaux, des Russes et des Latinos,

s'étaient canardés en pleine rue, les uns occupés à
une transaction dans un petit stationnement, les
autres passant en voiture. Ceux-ci avaient mitraillé
ceux-là, touchant quelques piétons du même coup.
L'un des trafiquants pris pour cible avait couru
jusqu'à la rue et déchargé son arme sur l'auto qui
s'éloignait, causant une collision, pour être à son
tour abattu par les survivants de la voiture accidentée.

Baldi et son compagnon se frayèrent un chemin
parmi l'arrière-garde des badauds, où les mendiants
se trouvaient en nombre. Dérec entrevit, derrière une
haie de jambes, un cadavre de truand sur lequel se
penchaient deux enquêteurs. Il imagina le sang se
diluant dans l'eau de pluie, dans les nombreuses
crevasses de l'asphalte.

Rue Sainte-Catherine, entre deux essaims de
piétons qui traversaient, la chaussée luisait sous la
pluie, reflétant les couleurs des rares enseignes lumineuses, celles des commerces les moins pauvres.
Le métapse essaya de se rappeler au coin de quelle
rue transversale avait habité Lépine; c'était plus à
l'est, lui sembla-t-il. Les lampadaires, du moins ceux
qui étaient allumés, combattaient la noirceur précoce
de cette fin d'après-midi automnal. Un reste de
lueur diurne donnait aux nuages deux tons de gris,
plomb et béton, avec une nuance rousse que personne
ne remarquait: qui aurait osé lever les yeux vers le
ciel par temps pluvieux?

— J'ai été retardée par une manif d'écolos, lança
Baldi à la faveur d'un répit entre deux salves de
coups de klaxon. Juste devant l'édifice de Solénapp.
Il y en avait même dans le hall.

Dérec hocha vaguement la tête: il se rappelait
avoir aperçu, tandis qu'il attendait, des gens en

poncho de nylon vert remonter la rue en direction du siège social de Solénapp. Un squelette était représenté sur le devant et le derrière de leur vêtement, manière imagée de dénoncer les effets de la pluie acide – message superflu et redondant s'il en était.

—D'ailleurs, il y en a deux qui me suivent, confia Lucia Baldi.

La vidéocam derrière son chapeau transmettait à ses lunettes une image de la rue derrière elle. Dérec se brancha mentalement sur sa propre vidéocam, pareillement dissimulée, et s'enquit :

—Lesquels ? Ils ont dû retourner leurs ponchos.

—Un couple. L'homme : la soixantaine, taille moyenne, figure variolée. La femme : asiatique, bottes pourpres aux genoux.

—Asiatique, asiatique…

—Là, une mendiante les accoste.

—Ah oui, je les vois. On les sème ?

—Pour le moment, on n'a rien à cacher. S'ils assistent à la livraison, tant mieux, ça leur montrera qu'il se fait quand même de bonnes choses.

Bousculés par des passants, Baldi et Dérec ramenèrent leur attention sur les embûches de leur trajet. Devant une entrée d'immeuble, Dérec, pressé contre la façade par la foule, fut contraint à une périlleuse gymnastique : les sans-abri, plus nombreux sous ce porche-là, débordaient sur le trottoir et il fallait enjamber leurs chiens et leurs jambes pliées. L'un des mendiants le fit trébucher délibérément, et Dérec n'évita une chute qu'en marchant sur une autre cheville. La brisa-t-il ? Il ne le saurait jamais, le ou la propriétaire de la cheville n'ayant ni crié ni bougé.

—Ce ne sera plus long, lui lança Baldi pour l'encourager, et il supposa qu'elle parlait de la voiture qui ne se trouvait plus loin.

Mais il comprit aussi « ça ne sera plus long » dans un sens global, et il repensa au choc qu'il avait ressenti à son premier passage en ville, six ans plus tôt. Lorsque Dérec avait quitté la Terre, plus de trente ans auparavant, il y avait peu de sans-abri, du moins à Ottawa ou à Montréal. C'était quelque chose qu'il voyait, adolescent, dans des reportages sur New York ou Calcutta. Maintenant, on en dénombrait vingt millions en Amérique du Nord – sans même compter le Mexique. À Montréal on en voyait partout, à certaines heures ils étaient majoritaires dans quelques rues. Et plus seulement des mendiants blancs comme jadis : des Noirs, aussi des Arabes, des Latinos…

Avenue Jean-Drapeau, les ouvriers achevaient de ramasser les fragments de verre et de remplacer les vitrines des grands immeubles, à la suite des émeutes de la nuit précédente. Ils avaient travaillé là toute la journée, remplaçant des fenêtres jusqu'au troisième étage, évacuant les débris calcinés des petits incendies, empilant les micro-ordinateurs et les télécopieurs fracassés qui jonchaient la rue, tronçonnant les arbres malingres qui avaient été brisés sur les trottoirs et le terre-plein central. Les flaques de sang, elles, avaient depuis longtemps été lavées par la pluie. Saurait-on jamais qui exactement avait tiré, les policiers trop peu nombreux, les gardes de sécurité au service des grandes compagnies ou des extrémistes parmi les émeutiers ? Il y avait eu plusieurs morts, des centaines de blessés : les sans-abri, les mendiants, les paumés, les décrocheurs, les chômeurs, même des malades sans le sou, désespérés devant la perspective de mourir sur une liste d'attente et préférant périr de mort violente plutôt que de pauvreté.

Enjambant un tas de documents qui se dissolvaient dans le ruisseau, Lucia Baldi ne commenta pas le saccage. Elle vivait sur Terre depuis des lustres, elle devait être habituée – ou peut-être montrait-elle une sorte de pudeur, peut-être sentait-elle le malaise aigu de Dérec.

Elle laissa les bruits de la ville remplir un moment leur silence, le vacarme rythmé des haut-parleurs au-dessus des portes des boutiques, le moteur des voitures à combustion interne, les imprécations d'une folle qui harcelait les passants.

— C'est là, dans cette petite rue, indiqua Lucia Baldi en tournant un coin.

Dérec comprit qu'elle ne parlait pas de la rue transversale mais d'une autre plus étroite qui y débouchait. L'éclairage y était encore moindre : des vandales avaient dû viser les globes des lampadaires, qui n'avaient jamais été remplacés. Dérec ne se sentait pas complètement rassuré, même après trois années de missions dans les grandes villes occidentales.

Un porche en renfoncement faisait l'angle d'un immeuble. Un enfant s'y abritait, onze ou douze ans. Il se leva au passage de Baldi et Dérec, laissant affalée dans les marches une femme au visage rougi, bouffi par des années de pluie.

— Un peu de change ? réclama le gamin aux yeux noirs.

— Ne t'arrête pas, recommanda Baldi en entendant de la monnaie tinter dans la poche de pantalon de Dérec.

Elle-même avait la main dans la poche de son imper. Elle l'en ressortit, non avec une aumône mais avec un choqueur au poing. Dérec sentit un flot d'adrénaline dans ses artères, et ses réflexes un instant assoupis s'éveillèrent. Personne d'autre n'était visible dans la petite rue ; mais il faisait noir, la seule lueur venant des fenêtres de bureaux encore éclairés dans les façades. Beaucoup trop tard, le métapse percevait des présences aux intentions hostiles.

Traversant l'étroite chaussée, Lucia Baldi pointait sa télécommande vers une voiture : les portières du véhicule se déverrouillèrent et se soulevèrent avec un soupir hydraulique.

— Un peu de change, bonhomme ! Madame !

Les présences mentales perçues par Dérec concentraient leur attention sur eux deux. Son regard nerveux revint au jeune, sa face pâle sous un chapeau qui fuyait, une mèche noire plaquée à la joue par la pluie.

— Emmenez-moi chez vous une heure, proposa le gamin, cent dollars.

Mais l'avertissement de Baldi coupa court à tout négoce :

— *Attention, derrière !*

Le bruit intense d'une décharge, un éclair bleuté. Un cri de surprise et de douleur. *Et ça se dit empathe !* se morigéna Dérec en pivotant sur lui-même. Déjà son propre choqueur était armé, à son poing, et sa cible était trouvée : un adolescent aux vêtements sombres, luisants de pluie. Sous la décharge, le jeune homme fut projeté vers l'arrière et retomba bruyamment sur la voiture de Baldi ; sa barre de fer tinta sur le pare-chocs et la chaussée. Les autres malfrats se ruèrent, persuadés que les choqueurs mettraient huit ou neuf secondes à se recharger. Mais ces armes-là n'étaient pas terriennes et, sous l'apparence des modèles conventionnels, elles recelaient une puissance redoutable. Le bruit intense et sourd des décharges électrisa à nouveau l'air, et la chorégraphie des assaillants s'acheva sur deux voltes sans grâce. Ils semblaient assez robustes ; ceux qui ne s'étaient rien cassé dans leur culbute survivraient. Quant à ceux qui avaient la face dans l'eau de pluie, la sensation de picotement les ramènerait assez vite à la conscience.

Dérec et Baldi gagnèrent leurs sièges à reculons, mais tout danger était écarté ; un cinquième truand s'enfuyait. Seul le gamin, furieux de la tournure des événements, hésitait sur une jambe puis sur l'autre, réticent à suivre son complice dans la déroute.

—Rends-toi service, lui lança Dérec en commandant la fermeture de sa portière, n'avance pas !

Mais c'est « rends-moi service » qu'il voulait dire : malgré tout, cela lui aurait fait mal d'envoyer une décharge au garçon, qui paraissait assez frêle pour que l'électrocution lui soit fatale. Le métapse ne trouvait qu'une excuse à sa négligence et à sa distraction : voir tant de misère dans son pays natal l'avait bouleversé plus qu'il ne se l'avouait, neutralisant un moment ses réflexes de vigilance empathique.

Tandis que les feux rouges de la voiture s'éloignaient et embrasaient les mares d'eau, le gamin se pencha sur le corps de ses aînés, dont certains commençaient à bouger mollement, et il leur fit les poches.

•

Dans la voiture, Dérec s'essuya le visage avec un mouchoir tandis que Lucia Baldi lui narrait sa dernière rencontre avec Claudine Lévesque, l'une des vice-présidents de Solénapp. Vice-présidente à l'environnement. On disait aussi vice-présidente aux relations écologiques, comme on aurait dit « relations publiques », tant il était vrai que le public réagissait aux images et aux sentiments. Des entreprises privées comme Solénapp – Solutions énergétiques d'appoint – étaient devenues nécessaires lorsque, bloquée tant du côté nucléaire que dans ses projets hydrauliques du nord, déçue par le rendement des parcs d'éoliennes, Hydro-Québec n'était plus parvenue à satisfaire la demande industrielle d'électricité. Solénapp construisait une centrale thermique à carburant fossile, ce qui, des quatre possibilités, s'avérait la pire. La réalité des besoins, traduite en baisses de tension quotidiennes et en interruptions fréquentes de service, rendait nécessaires les solutions rapides. Au nord, les réservoirs des barrages existants se trouvaient à demi vides.

Rien de tout cela n'était du ressort de Lucia Baldi, qui conduisait d'une main sûre tout en relatant son entretien. Elle et son service avaient pour mission de fournir des dispositifs de purification, de filtration ou de récupération aux grandes usines de toute sorte, à des prix si bas que les entreprises ne pouvaient refuser l'aubaine. Le plus grand talent de Baldi : la diplomatie, plutôt que la persuasion mercantile. En effet, les conseils d'administration avaient toujours une foule de questions aux lèvres : comment une technologie si révolutionnaire pouvait-elle coûter si peu, avec quoi Éole et Naïade faisaient-elles leurs profits, elles qui n'étaient inscrites à aucune Bourse ? Convaincre des P.D.G. que la philanthropie existait encore, chez certains milliardaires, et que cette générosité s'employait à sauver l'air et l'eau de la planète, voilà à quoi Lucia Baldi réussissait parfois. Ainsi résumée, l'affaire paraissait incroyable, mais Dérec, qui avait déjà accompagné Baldi, savait qu'elle offrait un boniment vraisemblable, avec chiffres et rapports à l'appui.

Y travaillant depuis des décades, elle avait décroché quelques jours plus tôt une commande de Solénapp, qui y avait vu sa chance de générer une fumée propre, sans contribution à l'effet de serre, lorsque la centrale ouvrirait l'année suivante.

Une goutte d'eau dans un lac – disons, dans une mare.

Mais enfin, cela faisait partie des mandats d'Argus, et les Éryméens avaient compris depuis un moment qu'il ne servait à rien de préserver la planète d'un holocauste bactériologique ou nucléaire si l'humanité devait y mourir étouffée, intoxiquée et rongée.

—Lévesque a tenu à assister en personne à la livraison, avec ses collègues, annonça Baldi après un silence, tandis que du doigt elle marquait la mesure des instants perdus dans un embouteillage.

—Ça, on aurait pu s'en passer, commenta Dérec en se vaporisant dans chaque œil un fluide qui apaisait la sensation de brûlure.

—Elle voulait inviter les médias, alors comptons-nous chanceux, répliqua-t-elle. Je l'ai dissuadée en menaçant d'annuler la livraison.

—Et nos techniciens?

—Elle les accepte seulement si les ingénieurs de Solénapp font équipe avec eux.

—Normal, ça.

—En attendant, notre escorte s'est trouvé un véhicule.

Sur l'écran vidéo, qu'elle désigna négligemment du pouce, les figures des deux suiveurs devinrent visibles derrière un pare-brise d'auto, grâce à un filtre polarisant sur la vidéocam arrière. Une petite auto à hydro-cell, comme il se devait pour des écologistes.

La circulation reprit lentement. À la file, les véhicules contournaient un gouffre dans la chaussée, entouré de balises à diagonales phosphorescentes. Le trou, qui semblait profond, était à demi rempli d'une eau couverte de détritus. Dérec, mal à l'aise, repensait à l'agression de tout à l'heure, aux éclairs bleutés se propageant le long des fils métalliques projetés par les choqueurs. Les armes terriennes équivalentes employaient des fils moins ténus, à plus courte portée. À volume et à poids égaux, elles ne pouvaient se recharger en une seconde comme les choqueurs éryméens. Pris d'un doute, Dérec mit la main dans la poche de son imper, et se rassura en sortant l'arme de poing. S'il avait fallu qu'il la perde dans la ruelle ! Quelle catastrophe si l'arme, en particulier son accumulateur, s'était retrouvée entre des mains terriennes.

Dehors, la pluie tombait sans relâche, monotone, abondante, créant des mares au-dessus des bouches d'égout obstruées. Sur celles qui étaient libres, des maelströms en miniature se formaient, emportant sous terre les poussières et les saletés la ville. On disait que les rats, ces survivants par excellence, s'adaptaient déjà à l'acidité des égouts pluviaux et à leur teneur en métaux lourds, après une période de quelques années où leur nombre avait radicalement décru.

Un véhicule passant à bonne vitesse en sens inverse gifla d'eau la voiture de Baldi. Ce n'était pas grave, elle ne portait plus de vernis depuis longtemps ; on avait renoncé à préserver le poli des autos et des façades de verre. L'essentiel était d'empêcher les infiltrations qui mineraient le béton, la pierre et le métal des structures ; c'étaient les égouts qui encaissaient le coup, et l'on estimait que la moitié de l'eau s'y perdait, en une infinité de trous et de fissures. Hors de question de réparer le réseau : toutes les municipalités se trouvaient au bord de la faillite. Dans le métro et certains couloirs souterrains, on épongeait quotidiennement le sol ; en d'autres endroits, c'étaient les sans-abri et leurs loques qui servaient d'éponges.

Dérec en aperçut justement un clan, alors que la voiture, prenant enfin de la vitesse, s'engageait sur un accès de la voie rapide. Sans les feux de camp, il ne l'aurait pas remarqué, ce groupe de silhouettes sombres sous la voûte de béton, par-delà un glacis de pierraille et de boue. Les projecteurs d'un hélicoptère de police, volant bas, les tirèrent un moment de la noirceur. Combien étaient-ils, cinquante, soixante dans cet espace abrité guère plus grand qu'un court de tennis ? Un grillage les empêchait de jeter des pierres sur les voitures, mais Dérec entrevit des visages, jeunes pour la plupart ; la moitié étaient des enfants.

La figure du gamin de tout à l'heure hantait encore Dérec, cette dentition incomplète aperçue malgré l'absence de sourire, ce regard calculateur qui pas un instant n'avait feint la détresse.

Oui, Solénapp coifferait ses cheminées de filtres parfaits. Et puis après ?

Chapitre 22

Pluies amères :
la dernière goutte

Sur la voie de service qui donnait accès à la gare de triage intermodale, un rassemblement de véhicules de police incita Lucia Baldi à ralentir. Sur le récepteur de sa voiture, elle syntonisa la fréquence protégée de la police dans l'espoir de glaner des renseignements.

Il semblait s'agir d'une descente sur un camp de squatteurs établi entre la voie de service et la haute clôture grillagée de la gare. À travers un rideau de pluie, Dérec et Baldi eurent la vision fugitive d'une échauffourée dans les flashs bleus et rouges des gyrophares. Ce n'était pas très loin de l'entrée principale, ils décidèrent de passer outre et de gagner une autre entrée, beaucoup plus loin.

Les échanges radio les renseignèrent de manière lacunaire : il y aurait eu ces dernières semaines des attaques sur des camions, des voitures, ainsi que des effractions sur le terrain où s'alignaient les conteneurs en transit. Les autorités de la gare de triage auraient réclamé un nettoyage des environs.

Ayant longé le terrain de la gare sur toute sa longueur, Lucia tourna sur un chemin secondaire où l'éclairage était plus pauvre.

— Pas d'accès ici, constata-t-elle en ralentissant après quelques dizaines de mètres.

—Et ça?

Dérec montrait ce qui ressemblait à une grille d'entrée flanquée d'une guérite. Baldi obliqua de façon à braquer les phares sur le grillage.

—Je vais voir, offrit Dérec en prenant une lampe de poche.

—Sois prudent.

Toutefois, le détecteur de mouvement et la vidéocam infrarouge n'indiquaient aucune présence proche. Le métapse lui-même ne percevait aucun autre esprit que celui de Lucia. Il actionna la portière en se coiffant de son chapeau. Quelques pas sous la pluie lui confirmèrent que cette entrée n'avait pas servi depuis longtemps; la chaîne et le cadenas qui la fermaient étaient rouillés.

En se retournant, Dérec balaya machinalement de sa lumière les broussailles qui hérissaient le sol. Des détritus gisaient en tas dans une mare. L'ellipse lumineuse s'arrêta sur une masse informe, tirant de l'ombre une main rouge à demi immergée.

Le cœur de Dérec se figea un moment, saisi, puis chercha un passage vers sa gorge. Sous la lumière impitoyable, le doute s'évanouit: ce tas de lambeaux luisants de pluie, il s'agissait bien de vêtements; cette forme prostrée, c'était bien un cadavre. Et sous cette chevelure tel un déchet, l'os d'une mâchoire perçait une chair couleur de viande crue, dont la peau avait été rongée par des litres d'acide.

Dérec chancela et recula, refoulant une puissante nausée. Il fouilla précipitamment dans la poche de son imper, en tira un mouchoir qu'il porta à sa bouche – mais rien ne vint, et il ne cracha qu'une aigre salive.

Depuis quand se trouvait-il là, ce corps? L'avant-veille? La semaine précédente? Une jeune femme sans abri, venant probablement du camp que la police vidait en ce moment même. Elle devait être morte de faim, ou de maladie, à même les broussailles où une faiblesse l'avait jetée, évanouie ou comateuse, et la pluie avait commencé à ronger sa peau avant même qu'elle ne soit froide.

Dérec était blême lorsqu'il se rassit dans la voiture ; il s'appliqua au visage l'un des masques à oxygène dont le véhicule était muni. Lucia Baldi, presque aussi pâle, devait avoir deviné elle aussi ce qu'éclairait la lampe de poche ; si elle distinguait mal, l'état de son compagnon acheva de la renseigner.

Elle fit reculer la voiture sans un mot et regagna la voie de service.

—Essayons quand même l'entrée principale, dit-elle laconiquement.

Là-bas, les gyrophares étaient moins nombreux que tout à l'heure, l'opération policière devait achever. L'accès à la grille principale n'était plus gêné.

Sur les paupières que Dérec ferma pour apaiser ses yeux brûlants, l'image rouge et blanche de la mâchoire flotta un moment dans une noirceur liquide.

•

La pluie se soulevait en trombes dans la lumière crue des projecteurs. Les rotors des hélicoptères-cargos la chassaient en rafales qui étaient autant de murs d'eau cinglant les quelques manutentionnaires – heureusement munis de masques et de lunettes étanches. Un peu à l'écart, Lucia Baldi, la vice-présidente Lévesque et quelques collègues observaient la livraison, tenant leurs chapeaux d'une main. Les gens de Solénapp auraient voulu avoir la chance d'en faire un événement médiatique, mais Baldi ne leur en avait pas laissé le temps : ce matériel était très en demande, d'autres acheteurs attendaient leur tour, et les conteneurs seraient allés au client suivant si Solénapp n'en avait pas pris livraison le soir même.

Couleur anthracite, les hélicoptères d'Éole étaient énormes, toutefois le bruit des rotors était moindre que ce à quoi l'on aurait pu s'attendre. Le modèle de ces engins était différent de ce que connaissaient les Terriens, mais pas assez pour qu'ils s'en étonnent à haute voix ; ils présumaient une ignorance de leur part, rassurés par des couleurs et des logotypes d'allure familière sur les fuselages. Le vidéaste des relations publiques de Solénapp n'avait pu tourner aucun plan utilisable. La mise au point automatique avait fait défaut, l'élément piézoélectrique s'obstinant à défaire le foyer de ses images, même en mode manuel.

Plus habitués aux bureaux et aux salles de réunion feutrées, les cadres de Solénapp piétinaient dans l'inconfort, certains franchement en détresse, dans cette bruyante cour de triage où des machines plus grosses que des maisons étaient en mouvement constant sous des bourrasques de pluie que l'éclairage rendait tangibles, presque solides, sur fond de nuit. Le rythme superposé d'une myriade de gyrophares ambre ou verts était quasi épileptique. Les portiques mobiles, qui cueillaient des grappes de conteneurs telles des boîtes-jouets, donnaient constamment l'impression de receler des accidents en puissance.

Les fardiers loués par Solénapp commençaient à arriver dans la cour de triage. Dans l'auto de Lucia Baldi, Dérec observait l'opération, essayant d'occulter l'image du cadavre dans la mare.

Depuis plusieurs jours, des semaines peut-être, une sorte de lassitude morale pesait sur lui, une humeur sombre qui l'avait repris dès après son retour d'une quinzaine en vacances sur la Lune. Il commençait à se l'avouer: la Terre l'avait vraiment épuisé, sapant son moral, tarissant son énergie. Sauf à de rares moments, quelques fugaces journées tout au plus, jamais en trois ans il n'avait éprouvé de bonheur à vivre de nouveau sur sa planète natale. Presque tout baignait dans la grisaille du sordide, même quand brillait le soleil, on entendait de toute part les accents de la détresse, les vents fétides de l'iniquité soufflaient sur la planète entière – et Érymède n'y pouvait tout simplement rien.

Le métapse reporta son attention sur les écologistes. Ils étaient une poignée maintenant, ralliés autour des deux indicateurs de tout à l'heure, qui avaient dû les alerter dès qu'ils avaient vu Dérec et Baldi parvenus à destination. Ils étaient arrivés peu après le départ des derniers fourgons de la police. Des agents de sécurité les tenaient à l'écart des grilles ouvertes, sans trop de peine: les écolos, pancartes hésitantes, ne savaient trop contre quoi manifester, convaincus toutefois que les grosses légumes de Solénapp ne pouvaient rien préparer de bon.

Poussé par le besoin de se changer les idées, Dérec reboutonna son imper, enfila ses gants, quitta la voiture et marcha dans leur direction. L'examen de leurs visages au téléobjectif, un moment plus tôt, avait éveillé sa curiosité: l'un de ces hommes lui disait quelque chose, et pourtant il ne reconnaissait pas sa figure, sauf pour l'avoir vu les suivre, Lucia et lui, dans les rues du centre-ville. Les dossiers des Renseignements, obtenus par le micrord de bord, avaient fourni de lui une bonne photo, avec un nom qui ne signifiait rien pour Dérec: Roger Clavel. Un type dans la soixantaine avancée, à demi chauve. Sa face, ravagée comme celle d'un homme qui aurait gravement souffert d'acné à l'adolescence, présentait des zones roses aux contours imprécis, un peu comme quelqu'un à qui une journée de plein air hivernale aurait « donné des couleurs », mais aux mauvais endroits.

Toutefois, il n'avait pas l'air d'un clochard : le regard, l'expression, le maintien, étaient ceux d'un homme décidé. L'Éryméen retrancha quelques années à son âge présumé.

Dérec obliqua pour atteindre la clôture à quelque distance de l'entrée ; il ralentit le pas. Les écolos étaient perplexes, ils avaient reconnu le logo d'Éole sur les conteneurs que déposaient là-bas les hélicoptères-cargos, et se demandaient pourquoi Solénapp aurait fait en secret le premier acte pro-environnement de son existence. Malgré la discrétion dont Baldi et ses collègues entouraient leurs activités, la trans-nationale Éole, ses sociétés sœurs Héraclès et Naïade avaient fini par être connues des écologistes les plus renseignés. Éole, Héraclès et Naïade leur pa-raissaient des alliées objectives, mais ces firmes avaient toujours éludé leurs offres d'alliance publique – les rares fois où leurs représentants avaient accepté une conversation. Seuls les résultats mesurables – et radicaux – des équipements de filtration, de purification, de décontamination et de récupération de ces compagnies avaient persuadé les mou-vements écologistes de ne pas les mettre au nombre de leurs ennemis.

En dévisageant à distance le sexagénaire, Dérec éprouvait une tension, presque une anxiété, comme s'il se trouvait au seuil d'une révélation, ou à l'instant d'un déferlement. Sa raison lui dictait la prudence, son entraînement lui faisait voir les divers traque-nards qu'aurait pu dissimuler cette situation ; mais son instinct murmurait, un murmure issu du passé, un passé relativement heureux où les jardins fleurissaient sous des pluies douces et où le soleil de l'aurore éveillait le vert éclatant des pelouses. Le métapse accomplit un bref sondage empathique : il ne faisait l'objet d'aucune hostilité ciblée, d'aucune attention soutenue.

Se déplaçant de quelques pas, Dérec prit le risque d'exposer son visage à la lumière d'un lampadaire, pour que l'homme le voie. Sa gorge se serra. S'il avait porté une barbe, ce Roger Clavel, n'aurait-il pas été… ?

L'homme sembla le reconnaître, lui aussi, le dévisageant d'un regard incrédule. Dérec craignit un instant qu'il ne lance son nom à voix haute, mais l'homme choisit plutôt de s'éloigner de ses camarades, avec un regard d'invite à Dérec.

Chacun de son côté de la clôture grillagée, ils gagnèrent lentement une zone moins éclairée. Dérec n'avait plus de doute ; en imagination, il parvenait sans peine à rajeunir ce visage, à l'orner d'une barbe, à lui supposer des cheveux sous le chapeau au lieu d'un crâne dégarni.

L'autre se livrait sûrement au même exercice, visualisant un adolescent au lieu de l'homme de quarante-neuf ans, un front et un visage vierges de tout sillon, une chevelure plus abondante, blonde plutôt que châtain.

— Nicolas Dérec, lança-t-il d'une voix contenue lorsqu'il s'arrêta après quelques mètres, et ce n'était pas une question, c'était une constatation perplexe.

— Claude Rogel ?

La gorge de Dérec s'était serrée sur ces syllabes, des années de remords se réveillant pour l'émouvoir à nouveau. Même s'il n'y avait rien pu à l'époque,

Dérec s'était toujours senti coupable d'avoir laissé Claude Rogel seul face aux militaires et aux agents de la Sécurité. Ce qu'ils avaient fait de lui, Dérec ne l'avait jamais su et Kate Hagen n'avait pu le découvrir. Les militaires avaient rendu la fiancée de Rogel infirme pour lui extorquer sa collaboration, cela donnait la mesure de leurs scrupules. Mais Nicolas, lui, n'y pouvait rien : à seize ans, il leur avait échappé de justesse, par une intervention providentielle.

Les questions se bousculaient dans l'esprit de Dérec :

— Ils t'ont gardé longtemps, à la Fondation ? Ils t'ont forcé à travailler pour eux ?

— Quelques années, répondit spontanément Rogel. Ils avaient… des moyens de persuasion.

À la question muette de Dérec, il répondit :

— Ils m'ont torturé… Sur les pectoraux, l'intérieur des bras, le visage : ils vaporisaient une solution d'acide et ils la laissaient agir… des heures et des heures.

Une bouffée de révolte, dont Dérec ne se croyait plus capable, lui gonfla douloureusement la poitrine. Nouvelles visions de peau couleur de viande.

— Mais Manon est morte au début des années quatre-vingt, alors plus rien ne me retenait, poursuivit Rogel. J'ai commencé à manœuvrer : j'étais patient, je faisais semblant de collaborer, juste assez pour que les travaux avancent un peu. En trafiquant le *Mindvoice II*, j'ai influencé un officier supérieur à son insu, je lui ai soutiré des confidences… compromettantes.

— Et tu l'as fait chanter, se réjouit Dérec, heureux que le système *Mindvoice,* auquel tenaient tant les militaires, ait d'abord servi contre l'un d'eux.

—Il m'a obtenu des cartes, un passeport, toute une nouvelle identité informatique. Ça lui était facile, un ex-espion.

—Et il t'a aidé à t'évader ?

—La sécurité s'était relâchée. La récession, les réductions de budget et de personnel, tu vois. Un accroc à mon pantalon en sautant la clôture : c'est tout ce que j'ai subi.

—Et tu t'es recyclé dans l'écologie.

—La chimie, en fait. Je visais l'industrie pharmaceutique, mais ils me trouvaient trop vieux. Alors je me suis tourné vers les écolos. Ils étaient aussi riches et il leur fallait des spécialistes pour aller faire des relevés et des analyses aux abords des grandes usines.

Passé l'instant plus triste où il avait parlé de Manon, Dérec retrouvait l'humour de Rogel dans le ton de sa voix, le choix de ses mots, cet espèce de détachement ironique avec lequel il parlait des plus récentes années de sa vie. Il devina que Rogel allait l'interroger à son tour, et il le précéda :

—Et Diane ? Ils l'ont gardée à la Fondation après mon départ ?

—Elle est partie l'année suivante.

—Où ? Elle est restée dans la région d'Ottawa ?

—Je ne sais pas, Nicolas.

—Ils l'ont… embêtée ? s'enquit Dérec, à nouveau surpris par une remontée d'émotion, un vestige de son premier amour.

—Un peu, mais son père l'a protégée, je crois. Il était général.

—Oui, je sais.

Il savait tout cela, il se rappelait tout cela : le cerveau ne jetait rien, il oubliait seulement où il rangeait les anciens souvenirs, mais on les retrouvait intacts lorsque par hasard le bon tiroir était ouvert. Quel âge aurait-elle, aujourd'hui ? Cinquante et un, cinquante-deux ; elle était son aînée de deux ans et demi. Une chose était sûre, contrairement à ses rêves de jeunesse Diane n'avait pas fait carrière dans la diplomatie, dans quelque gouvernement ou dans un organisme international : à son retour sur Terre, Dérec avait eu la curiosité d'interroger les banques de données d'OCArgus : dans le groupe d'âge visé ne figurait aucune Diane Richard ou Richards (elle avait tendance à jouer sur les deux graphies, la pronon-ciation française et l'anglaise).

Entre Dérec et Rogel, le rideau de pluie se faisait plus ténu, ne laissant que les mailles en losange du grillage. La lueur de gyrophares lointains atteignait le visage du vieil homme.

— Et toi, Nicolas ? C'était vrai, ce qu'ils ont ra-conté ?

— Qu'est-ce qu'ils ont raconté ? demanda Dérec sans véritable curiosité.

— Tu as raison, quelle importance, ce qu'ils ont dit. Mais quand même… où étais-tu, toutes ces années ?

Dérec opposa à cette question un long silence. Lorsqu'il sentit que Rogel allait insister, il répliqua, en soutenant son regard :

— Ne m'oblige pas à mentir, Claude.

Une lueur de compréhension passa dans les yeux de Rogel, puis l'ombre du soupçon :

— Tu es avec ces gens-là ?

— Lesquels ? répliqua Dérec, soulignant ainsi qu'il y avait « là » deux groupes, dont l'un n'avait pas grand-chose à se reprocher.

— Tu es à l'emploi d'Éole ? choisit Rogel avec une nuance d'espoir dans la voix.

Dérec fit signe que oui, tandis que le dernier des hélicoptères-cargos les survolait en repartant, soulevant un brouillard d'eau sur son passage.

— Pourquoi tant de secret ? demanda Rogel quand il put à nouveau parler. Pourquoi nous écarter de vos opérations ?

— Vos protestations sont utiles, elles maintiennent la pression sur les grandes compagnies, mais quelquefois on travaille mieux dans l'ombre qu'au soleil.

Dérec avait répondu à côté de la question, toutefois Rogel et ses collègues étaient habitués.

Là-bas, près des grilles ouvertes, un premier fardier de Solénapp s'apprêtait à ressortir avec un des conteneurs d'Éole. Les écologistes, par réflexe, se regroupaient pour lui bloquer la voie.

— Tu es un de leurs chefs ? demanda Dérec. Va donc leur dire de laisser passer. Le plus tôt ces filtres seront installés sur les cheminées, le mieux ce sera.

Et il s'éloigna, afin de ne pas laisser à Rogel un prétexte pour s'attarder. Il voulait aussi affronter seul les émotions qui lui gonflaient la poitrine depuis un moment, tels des gaz souterrains montés à la surface à la faveur d'un séisme. Cet homme, Rogel, avait été son ami – pour autant que quinze ans d'écart l'eussent permis –, mais aujourd'hui rien ne pouvait les rapprocher, tout s'opposait à ce que le hasard avait brièvement tenté d'accomplir.

Et puis, un peu de soulagement se faisait jour : Rogel était libre désormais, il semblait vivre décemment sinon à l'aise, il œuvrait pour une cause à laquelle il croyait. Et Diane, elle, avait-elle échappé à l'atmosphère étouffante de paranoïa et de secret dans laquelle elle avait grandi, avec un père évoluant aux plus hauts niveaux de l'OTAN et de NORAD ?

Au-delà des voitures stationnées et des observateurs de Solénapp, le chargement des fardiers se

poursuivait, les bruyantes allées et venues des portiques géants. La scène était visible à l'envers, par
fragments, dans les mares d'eau, leur surface apaisée
depuis que la pluie avait cessé de tomber.

D'un commun accord, les cadres de Solénapp se
dispersèrent et regagnèrent leurs voitures, après avoir
l'un derrière l'autre serré la main de Lucia Baldi.
Seuls restèrent deux de leurs employés, pour super-
viser le transbordement. Lucia regagna son propre
véhicule lorsque tous les feux rouges eurent franchi
la grille d'entrée, traversant un piquet d'écologistes
perplexes.

Par-dessus le toit de la voiture, sur lequel elle
appuyait les coudes, elle s'adressa à Dérec :

— Tu commences à te remettre ?

— Ça ira.

Elle avait retiré son chapeau ; ses cheveux, heureusement courts, n'évoquaient en rien le détritus
sombre qui coiffait le cadavre, là-bas.

— Tu as réussi à amadouer les écolos ?

— En quelque sorte.

Au-dessus d'eux, le ciel était toujours bas, le vent
y poussait des nuages qui recevaient la lueur de la
ville et paraissaient gris clair sur fond plombé. On
les aurait dit pressés d'aller dispenser ailleurs les
méfaits de leur pluie, comme si, par esprit d'équité,
ils n'avaient voulu épargner aucune région du pays.

Le dernier fardier sorti, avec les représentants
de Solénapp dans son sillage, Baldi et Dérec s'au-
torisèrent à leur tour à quitter les terrains de la gare
intermodale. La nuit était entamée. La plupart des
manifestants écologistes étaient partis, hormis
Rogel/Clavel et sa compagne asiatique. L'homme
s'approcha de la voiture quand Dérec baissa la vitre
de sa portière.

—Qu'est-ce que tu as accompli aujourd'hui, Nicolas? Qu'est-ce que tu as accompli cette année?

Dérec ne répliqua pas immédiatement, un peu pris de court. Le cadavre à demi immergé de tout à l'heure le hantait encore – et le hanterait pour des semaines, sans doute.

Il eut un mouvement involontaire, à la fois frisson et haussement d'épaules. Qu'est-ce que Lucia et lui avaient accompli, aujourd'hui? Dans les prochaines décades, Solénapp compléterait l'installation des filtres sur les cheminées de sa centrale. Étaient-ce vraiment les paroles qu'attendait Claude? Il finit par lui répondre, à mi-voix:

—On a retardé un peu l'échéance, je suppose…

L'autre ne répliqua pas, son visage indéchiffrable.

—Rentre te coucher, Claude, la pluie est finie, conseilla doucement Dérec.

—Pour ce soir, peut-être. Mais il pleuvra encore.

TROISIÈME PARTIE

LES ANNÉES BLEUES

CHAPITRE 23

Les jardins de Psyché

Nelle Lubin s'éloigna un peu de l'emplacement du pique-nique. Elle aimait bien son neveu Niklas, mais certains de ses camarades avaient vraiment de grandes gueules, et l'une de ses copines, la plus jeune des trois, avait un rire strident qui perçait les oreilles.

Les arbres ne manquaient guère dans le parc de Psyché ; ils n'étaient pas très grands et plusieurs étaient taillés avec autant de soin que les haies du jardin à la française. Nelle préférait pour sa part les bonsaïs, harmonieux dans leurs formes tourmentées ; retrouverait-elle son préféré, elle qui n'était pas venue à Psyché depuis des années ? Ses rêveries d'adolescente sur les pelouses du parc représentaient un souvenir lointain.

Intuition ou espoir, elle croyait qu'elle allait croiser Nicolas Dérec en route vers la fête. Il n'avait en effet que le parc-cratère à traverser pour se rendre chez les Lubin, et il faisait toujours ce trajet à pied. « Toujours », comme si ces visites étaient fréquentes ! Depuis qu'il avait quitté la Terre à nouveau, l'année précédente – cette fois pour de bon, affirmait-il –, il n'avait pas eu si souvent l'occasion de passer des journées de congé avec Owen.

Argus, lui avait confié Dérec, ne laissait jamais ses agents travailler davantage que cinq ou six ans dans l'enfer des Terriens. On ne dénombrait plus les agents des Opérations, des Renseignements, du Recrutement ou des Quatre Sœurs qui avaient eu besoin d'un psychologue pour retrouver une vie éryméenne normale. Nicolas, pour sa part, avait décroché après sa mission avec Éole en compagnie de sa collègue Lucia Baldi. Pourtant, avait-il confié à Nelle à cette époque, la mission à Montréal n'avait pas été plus éprouvante que d'autres auparavant : ce qu'il y avait vécu était l'ordinaire des citadins occidentaux à l'abri de la pauvreté. Non, c'était la perspective de se séparer à nouveau de Larissa pour un an qui l'avait dissuadé d'accepter une nouvelle mission. Il pourrait encore servir l'Organisation, ou Psyché, de maintes autres façons qui ne requéraient pas des quarantaines de décontamination après chaque séjour ou chaque mission. À la même époque, la profession de Larissa l'avait rappelée sur Érymède.

L'intuition de Nelle ne l'avait pas trompée : elle les vit au détour d'une haie, Nicolas et Larissa, se tenant par la taille comme de jeunes amoureux. Pourtant, Dérec venait d'avoir cinquante ans et Larissa devait être dans la quarantaine avancée.

— Nelle !

L'homme laissa sa compagne et courut presque vers elle.

— Nelle, ma toute belle !

Il l'étreignit et l'embrassa sur les joues ; sa joie faisait plaisir à voir.

Sa compagne arriva à leur hauteur :

— Larissa, tu as déjà rencontré Nelle, je crois, la petite sœur d'Owen ?

— Oui, bien sûr. Comment vas-tu ?

— «Petite sœur», protestait Nelle. J'ai trente-trois ans!

Dérec se tint le front, feignant la consternation.

— Trente-trois! Et Maraguej, elle est là? Je parie que je ne la reconnaîtrai pas! Elle a, quoi, vingt-cinq ans?

— Vingt-sept. Et oui, elle doit venir avec Lucie.

Dérec se tourna vers Larissa et lui expliqua:

— Lucie Chihuan, c'est la mère de Niklas et de Maraguej.

Souriante, la femme hocha la tête avec mansué-tude: elle savait probablement tout cela.

Nicolas reprit son amoureuse par la taille, et passa son autre bras derrière les reins de Nelle; ils se remirent en route tous trois, marchant de front, vers la vaste terrasse gazonnée où avait lieu le pique-nique, en contrebas de l'appartement des Lubin.

— Larissa et moi, on se rappelait notre premier voyage ensemble d'Érymède à la Lune, voilà quatre ans, raconta Dérec. C'était juste après notre rencontre dans la Nef.

— Le hasard était très proactif ces jours-là, com-menta la neurochimiste: on se rencontre par hasard dans une réception, on ne s'était pas vus depuis nos études, et puis on se retrouve le surlendemain à bord d'un astrobus, tous deux en route vers un nouveau travail sur la Lune. En fait, moi j'étais déjà installée à Argus, mais depuis quelques mois seulement.

— Et moi, j'allais commencer mon entraînement final pour les Opérations.

Nicolas était en forme, marchant avec souplesse, d'un bon pas, et Nelle le sentait vigoureux à ses côtés. Ces jours-ci, il portait une courte barbe et, bien qu'elle y eût décelé quelques poils blancs, il n'y en avait pas plus que parmi ses cheveux châtains.

Ils approchaient de la pelouse ovale, ourlée de plates-bandes et de haies miniatures, où avait lieu la fête. Des tonnelles chargées de glycines marquaient les deux extrémités de l'ovale.

La plus criarde des adolescentes semblait s'être tue, et l'environnement paraissait moins hostile aux adultes. Lorsque Niklas aperçut son parrain, ce fut à son tour de se précipiter, et Nelle eut l'impression d'être ramenée cinq ou dix ans dans le passé. Niklas avait toujours été un enfant affectueux, adorant se faire prendre, cajoler et transporter. En vieillissant, il était bien sûr devenu plus distant, plus réservé, sauf avec Nicolas ; seule sa grande taille, aurait-on dit, lui interdisait de grimper encore dans les bras de son parrain.

— Ma parole… commença Dérec lorsque Niklas l'eut à nouveau laissé respirer.

« … tu as encore grandi », compléta intérieurement Nelle. Tout cela était si prévisible – si agréablement prévisible, dut-elle s'avouer.

— Viens, je vais te présenter mes amis.

Larissa avait depuis un moment abandonné son amoureux aux mains de Niklas. Elle et Nelle se rapprochèrent avec un sourire complice.

— Ça fait tellement de bien de le voir comme ça, de bonne humeur, loin du travail…

Nelle approuva même si, à la différence de Larissa, elle n'avait pas si souvent l'occasion de voir Nicolas soucieux.

— Et c'est bon de le voir amoureux, aussi, dit-elle en souriant à Larissa.

La femme lui rendit son sourire, peut-être un peu gênée de tant de franchise. Le moment ne dura pas, car Owen s'approchait à son tour pour accueillir Larissa.

De son côté, Niklas achevait de présenter son parrain à ses amis. Il avait gardé le plus beau pour la fin, un jeune homme qui paraissait avoir été tout juste cueilli dans un jardin de Thaïlande, tant ses traits étaient purs. À cause de leur délicatesse, il semblait avoir quinze ans, mais Nelle savait qu'il était l'aîné de Niklas de deux ou trois ans.

— Takshin, mon amoureux…

— … du mois, compléta Owen à mi-voix, à l'intention de Larissa et de Nelle.

Larissa haussa un sourcil interrogateur, et Nelle expliqua la remarque de son frère :

— Disons qu'il nous en présente souvent des nouveaux. Ils sont toujours si beaux qu'on se demande pourquoi il ne les garde pas plus longtemps. L'autre fois, Maraguej lui disait qu'elle se contenterait de n'importe lequel de ses ex, si elle avait leur âge.

Nelle et Owen tinrent compagnie à Larissa en attendant que Niklas rende sa liberté à Dérec. Comme c'était lui, Niklas, qu'on fêtait aujourd'hui, il avait naturellement le privilège de monopoliser qui il voulait ; il avait d'ailleurs tenu le bras de son parrain jusque bien après les présentations.

Une demi-heure plus tard, l'arrivée de la mère et de la sœur aînée de Niklas, Lucie et Maraguej, occasionna une redistribution des invités. Dérec et Larissa se retrouvèrent et s'embrassèrent – assez longuement pour que Nelle s'éloigne discrètement. Ils se tinrent d'ailleurs un peu en retrait durant l'heure qui suivit, leurs bouches si souvent soudées que Nelle s'attendait à les voir monter, les deux amoureux, vers l'appartement des Lubin pour s'enfermer dans la chambre d'Owen.

Ils n'en firent rien, toutefois ; ils étaient présents lorsque vint le moment d'offrir les cadeaux.

— As-tu toujours ton modeleur ? demanda Nicolas lorsque vint son tour.

— Oui… oh wow ! *Thor* !

Dérec lui avait offert une plaquette, que l'adolescent déballa et inséra tout de go dans sa tablette-écran.

— Deux cents mètres de diamètre ! s'exclama-t-il en feuilletant les premiers écrans. C'est immense, pour quelque chose qui a été construit voilà vingt ans ! Et je vais pouvoir le faire au 1/250e !

Owen adressa un reproche amical à Nicolas :

— Sa chambre est déjà pleine, il va nous fabriquer ça dans le salon !

Mila, la compagne d'Owen, choisit ce moment pour intervenir :

— Je n'ai rien à te mettre dans les mains, Niklas, mais voici ton cadeau : une visite de *Thor*, après-demain… si tu es libre, bien entendu.

— Pour vrai ?

— J'ai obtenu les autorisations, la dernière ce matin même.

Tandis que des murmures envieux et enthousiastes circulaient parmi les adolescents, Niklas alla embrasser Mila sur les joues ; il semblait sincère. Owen et Nelle échangèrent un regard, prenant note du rare événement : Niklas s'était toujours montré réservé, sinon froid, avec la compagne de son père, même s'ils vivaient ensemble depuis trois ou quatre ans maintenant.

Mila Muig était pilote de scaphe, et elle avait été affectée au porte-intercepteurs l'année précédente.

— J'ai demandé que tu puisses emmener un ami, mais mon capitaine m'a laissé entendre qu'il nous faisait déjà une grosse faveur.

— Je comprends.

Nelle remarqua que le visage de Dérec s'était fait grave. Depuis la prophétie des Lunes, la sécurité s'était resserrée dans toute la sphère éryméenne. Les croiseurs, et surtout le porte-intercepteurs *Thor*, étaient devenus des endroits stratégiques, à l'accès limité. Plus question d'y emmener des classes d'étudiants en visite comme à l'époque où Nelle était adolescente.

Divers fumets, d'abord discrets puis insistants, annonçaient que l'heure était venue de manger. Les convives allèrent se servir à tour de rôle puis s'assirent aux tables, se regroupant par affinités ou au hasard. Se léchant fréquemment les doigts pour ne pas souiller les touches de sa tablette-écran, Niklas continuait de parcourir la plaquette-mémoire portant les images et les plans de *Thor*.

—On dirait un engrenage géant, observa le jeune homme à l'intention de son parrain, qui s'était arrêté derrière lui et se penchait sur l'écran, une main sur l'épaule de Niklas, la joue près de son oreille.

—Les excroissances plates, ce sont les aires d'appontage, expliquait l'ancien lieutenant de l'Amirauté. Les intercepteurs profitent du mouvement de rotation pour se « poser » sur un de ces plateaux, et de là ils sont tirés vers l'intérieur des hangars.

Nelle vit son neveu se coller affectueusement l'oreille sur la joue barbue de Dérec, et rigoler de ce que « ça piquait ». Nicolas se décolla en riant et se redressa, serrant gentiment la nuque de son filleul.

—Tu vas voir, tu vas aimer ta visite. Il y a tellement long de coursives qu'on y a installé des latercabs, des ascenseurs qui se déplacent latéralement.

Mila, assise pas très loin, expliqua :

—Ce qui fait la plus bizarre impression, c'est que quand on fait aller la latercab dans le sens de la rotation du *Thor*, on se sent plus lourd, et quand on la fait aller dans le sens inverse de la rotation, on devient léger. Ça surprend, les premières fois !

La fête battait son plein ; les conversations dessinaient un bouquet sonore aux timbres variés et disparates. Larissa vint s'asseoir, avec son assiette, à côté de Nelle.

— Il l'aime vraiment, n'est-ce pas ?

Nelle lui adressa un regard perplexe, sur lequel Larissa se méprit.

— Nicolas, il aime vraiment son filleul.

— Oui, ça se voit, convint Nelle.

Elle n'en dit pas plus, mais elle en savait davantage. Depuis toujours elle était la confidente du garçon, malgré les dix-sept années qui les séparaient. Paradoxalement, Maraguej, pourtant plus proche en âge, n'avait jamais joué ce rôle ; il faut dire que frère et sœur ne s'étaient pas toujours entendus, leurs rapports oscillant entre une neutralité cordiale et des envies de meurtre réciproques. Nelle, la tante, éternellement jeune (aimait-elle croire), avait toujours été la complice.

•

Ce soir-là, à l'heure où le soleil-miroir virait au vermillon avant de s'enfoncer dans la crête du cratère, et où les voix de la fête prenaient un ton plus posé, Nelle ne fut pas surprise de voir son neveu venir s'asseoir près d'elle, perchée sur le muret d'une terrasse. Ensemble ils regardèrent, au bout d'une table un peu en contrebas, Nicolas Dérec et Larissa assis face à face, l'un caressant la main de l'autre, se parlant à mi-voix en se dévorant des yeux.

— Je ne vois plus Takshin depuis un moment, observa Nelle.

Elle sentit Niklas hausser les épaules à ses côtés.

— Il est allé faire un tour du côté des mosaï-cultures, avec les filles.

Dans le parc, on voyait s'illuminer graduellement les sculptures végétales et les fontaines, telles de turquoise draperies liquides.

— C'est ce soir que je lui dis.

Nelle n'eut pas à lui demander « Quoi ? », « À qui ? ». Ce début de conversation n'était que la suite d'autres, récentes et jamais vraiment conclues. « Lui », c'était Nicolas Dérec, bien entendu, et pas l'exquis Takshin dont il se lasserait dans un mois ou une saison.

— Tu sais ce que j'en pense, répondit Nelle. Mais bon, puisqu'il *faut* que tu le fasses… Tu as seize ans, maintenant, tu deviens majeur. Tu es présumé raisonnable.

Cela sortit de sa bouche sur un ton plus sarcastique qu'elle ne l'aurait voulu.

— Tu me trouves stupide, hein ?

— Pas stupide, Niklas… Dé…

Elle se corrigea :

— J'allais dire « déraisonnable », mais bien sûr la raison n'a rien à voir là-dedans.

Elle se tourna et contempla son beau profil, ses lèvres un peu boudeuses, joliment ourlées, et les longs cils de ses yeux sombres.

— Mais je t'ai prévenu de ce qui va arriver. Au mieux, rien ne changera : nous qui le connaissons depuis bien avant ta naissance, nous savons qu'il a toujours aimé les femmes et qu'il ne se mettra pas tout d'un coup à aimer les garçons…

Niklas eut un soupir agacé, et Nelle en devina la cause : le « nous » qu'elle avait employé et qui in-cluait Owen.

— Et au pire… au pire, Niklas, il va s'éloigner, s'éloigner pour longtemps. Non pas parce qu'il sera fâché contre toi et ne t'aimera plus, mais pour ton bien, en espérant qu'à la longue tu l'oublies, parce que *lui* il comprend que c'est une impasse…

— Il sait bien que je ne pourrais pas l'oublier !

— L'oublier non, ce n'était pas le bon mot. Mais l'amour, c'est quelque chose qui tiédit, qui s'apaise… avec le temps. Et la distance.

Elle évita soigneusement d'ajouter «on se résigne» et conclut :

— Je sais bien que tu n'es pas prêt à croire ce que je t'en dis.

Le silence buté du jeune homme confirma à Nelle que cet échange, comme tous ceux qui l'avaient précédé, n'avait rien donné.

— Que veux-tu que je te dise de plus, Nik ? Vas-y, fais à ta tête, va le voir, s'il veut bien te parler.

C'est ce que fit Niklas, après un moment. Dans la pénombre où commençaient à luire les lanternes de la fête, elle le vit manœuvrer, se composer un air enjoué avec lequel il vint prendre Dérec par la main, le força à se lever (adressant un sourire d'excuse à Larissa) et l'entraîna vers les escaliers qui, de terrasse en terrasse, montaient vers l'appartement des Lubin.

Le prétexte était tout trouvé : lorsqu'il était jeune, sur Terre, Nicolas Dérec avait lui-même fabriqué et collectionné des maquettes de fusées et de vaisseaux spatiaux. Primitives, certes, avec des pièces préfabriquées que l'on assemblait à l'aide de colle, plutôt que des éléments instaformés par un modeleur dans lequel on insérait la plaquette du modèle souhaité. Niklas l'avait donc persuadé, ce soir comme à d'autres occasions, de monter à sa chambre voir ses plus récentes réalisations. Sauf que ce soir, fort de ses seize ans, ayant finalement rassemblé tout son courage, las des câlins qui ne menaient à rien et paraissaient de plus en plus incongrus à mesure qu'il grandissait, il allait lui dire qu'il l'aimait. Qu'il l'avait toujours aimé, certes, mais que graduellement, au fil des années, son affection était devenue amour, désir, quelque chose de constant, de profond et d'obsédant, quelque chose que n'avaient pu lui faire oublier les garçons – souvent plus vieux que lui – dont il s'était amouraché depuis l'âge de douze ans.

Nelle les vit disparaître, là-haut, et souhaita pour son neveu que personne ne serait là pour gâcher leur tête-à-tête. Du regard, elle fit un rapide recensement ; tous les adultes semblaient se trouver sur la pelouse-terrasse. Peut-être le métapse parviendrait-il à raisonner Niklas, s'adressant à lui posément, gentiment mais sans condescendance, relevant son menton d'un doigt replié pour lui parler en le regardant dans les yeux, à travers les larmes naissantes, trouvant peut-être un mouchoir pour lui sécher les joues. Peut-être prendrait-il le risque calculé de le serrer contre lui, doucement mais de telle manière qu'un baiser soit impossible. Il lui murmurerait des mots graves et fermes, et le bercerait un peu, une main dans ses cheveux, peut-être. Il lui dirait que ce n'était pas possible, qu'il l'aimait bien mais ne pouvait l'aimer comme ça, en amoureux. Que l'amour ne se commandait pas, toute insistante et sincère que fût la personne qui voulait être aimée. Que le temps n'y changerait rien et que, non, ça ne servait à rien de quémander « une fois », une seule fois, que ça ne lui ferait pas changer d'idée et que ce serait bien pire après, pour les deux. Ça gâcherait tout, et ensuite même l'amitié ne serait plus possible, ou du moins plus pareille. Fallait-il risquer cela, compromettre quelque chose de si précieux ?

Nelle se rendit compte qu'elle avait Owen devant elle.

— Tu étais dans la lune, petite sœur.

Elle lui sourit gravement, et leva à nouveau les yeux vers l'appartement, involontairement. Le regard d'Owen suivit le même chemin, et ils n'eurent pas à se dire quoi que ce soit. Certes il était télépathe, mais il s'efforçait toujours – et réussissait généralement – à bloquer ces perceptions. Néanmoins, contre l'empathie aucun blocage ne valait, de sorte qu'Owen savait depuis longtemps ce dont son fils et lui n'avaient jamais discuté ouvertement. Ç'aurait été vain de toute façon, toute parole issue de la bouche paternelle étant *a priori* nulle et non pertinente.

Avec Nicolas, en revanche, il avait pu aborder la question, et plus d'une fois. Son ami lui avait toujours assuré que, le moment venu, si les aveux de Niklas devenaient inévitables, Nicolas s'efforcerait de le faire décrocher en douceur, en s'assurant que le garçon, déçu, ne poserait pas d'acte extrême.

Nelle et son frère bavardèrent un moment sous les glycines, elle perchée sur son muret, lui appuyé d'une épaule à une colonnette. Puis Owen quitta sa sœur, car il se devait à ses invités dont certains étaient venus de loin pour l'occasion : Lucie qui donnait si rarement de ses nouvelles, Maraguej en stage sur les hydroposerres vénusiennes…

Les adolescentes étaient revenues, elles dansaient maintenant avec Takshin et les autres copains, ainsi que Maraguej, dont le charme sinueux captait bien des regards. Larissa finit par se joindre aux danseurs et se laissa capturer par l'attraction de la jeune femme, autour de laquelle se tissaient des orbites plus ou moins serrées, aux destinées improbables.

Nelle avait un peu perdu la notion du temps lorsqu'elle les revit, Niklas et Nicolas, dans le dernier des escaliers menant à la pelouse-terrasse. Elle inspira plus profondément. L'adolescent descendait une marche ou deux devant Dérec. Les lanternes dégageaient maintenant une lueur assez vive pour que Nelle puisse lire sur les visages. Le métapse s'arrêta quelques marches avant la terrasse et, retenant Niklas par l'épaule, le fit se retourner doucement. Le filleul dépassait le parrain en taille, mais l'homme, se trouvant deux marches plus haut, le dominait.

Les deux mains sur les épaules du garçon, Nicolas lui adressa une remarque ou une question à voix basse en le regardant intensément. Niklas baissa les yeux et hocha la tête affirmativement, l'air grave. Une autre question, et l'adolescent eut un sourire morose ; il hocha la tête plus vigoureusement sur une pression insistante de la main de Dérec sur son épaule, puis laissa un sourire moins triste éclairer son visage. Il finit par répondre, laconiquement, en levant brièvement les yeux vers son parrain.

Le cœur serré, Nelle suivait tout cela à dix mètres de distance, seule, dans l'ombre.

Le métapse attira Niklas vers lui, une main derrière la tête, et posa un bref baiser sur son front, comme il l'avait fait pour elle, Nelle, quinze ans plus tôt, presque au même endroit.

Puis il s'en alla, adressant un grave salut de la tête à Owen, tendant au passage une main vers Larissa, qui la prit et le suivit.

Laissant les danseurs, Takshin s'approcha de son amant avec précaution, jusqu'à se trouver à portée de murmure. Sans se retourner, Niklas tendit une main derrière lui, le Thaï la saisit et vint appuyer la tête sur son épaule.

Nelle, de son côté, tâta machinalement les pierres du muret près d'elle, mais nulle main ne vint prendre la sienne.

CHAPITRE 24

Larissa :
la planète outremer

Immanquablement, le regard de Nicolas Dérec revenait au disque sombre de Neptune, en apparence cinq fois plus large que la Terre vue de la Lune, et mille fois moins brillant. Lorsque les lumières extérieures de Salacia étaient éteintes – la plupart du temps –, aucune lueur artificielle ne troublait la noirceur de Triton et de son ciel. Depuis l'abandon de la mine, l'infime atmosphère de la lune avait retrouvé sa pureté. Le transplastal des baies, de facture récente, offrait une limpidité remarquable.

Durant plus d'un quart de siècle, le métapse s'était interrogé sur cette vision qui lui était venue à la faveur d'une jonction, cet immense gouffre de néant ouvert à même un ciel étoilé, ce disque concave évoquant l'embouchure d'un puits.

Ensuite, à son arrivée sur Triton, la révélation, à l'instant même où il se revoyait devant les fontaines de Psyché : c'est Neptune dont il avait eu la vision, et non le seuil de quelque improbable passage stellaire. En un effort d'attention, la concavité s'était retournée, était devenue convexité, les stries lui conférant sa troisième dimension, celle d'un globe.

Par une sorte de tropisme qui s'était développé au fil des jours, Dérec revenait à cette salle déserte

de la périphérie de Salacia, où le système environ-
nemental fonctionnait au minimum : pénombre, circulation de l'air réduite, un peu de chauffage. De la
baie vitrée, située à l'extrémité d'un bâtiment, le reste
de la base était invisible, se trouvant derrière soi
lorsqu'on faisait face au panorama.

Ce paysage, en contrebas, c'était une mer de glace
d'azote, vaste assiette de faïence sous la clarté des
étoiles. Dans quelques jours, peut-être dès le lendemain, il se pouvait que Dérec parte au-dessus de
cette mer désertique pour gagner les antipodes de
Triton, où se trouvaient les installations astronomiques.

Neptune elle-même était un spectre, sans autre
substance que la trace de couleurs qui se devinaient
à peine : un disque indigo, enrubanné d'une strie noire,
maculé d'une tache aussi sombre, avec quelques
bavures et filets plus clairs, d'un bleu outremer, nuages
aux dimensions d'un petit continent s'élevant au-
dessus de l'atmosphère de méthane.

Ce n'était pas la première fois depuis le début de
son séjour que le métapse voyait la gazeuse géante
comme un disque plein. Mais aujourd'hui il éprouvait… Était-ce un pressentiment ? L'intuition que
la prochaine transe serait fructueuse, en tout cas
pas complètement stérile.

Dérec ne comptait plus les jours de son exil.
Même s'il ne se trouvait qu'à une décade de trajet
d'Érymède par long-courrier, il avait le sentiment
d'être séparé de Larissa aussi sévèrement que quand,
en mission sur Terre, il lui était interdit de regagner
Argus sans procédure de décontamination et sans
période de quarantaine.

L'homme appuya son front au transplastal, les
yeux levés au ciel. Les minces anneaux de Neptune

demeuraient évidemment imperceptibles dans l'ombre qui régnait aux confins du système solaire. Seules des photos à longue exposition ou des images traitées par ordinateur les rendaient visibles. Peut-être que les moins petits des satellites mineurs… Dérec avait une mince chance d'en apercevoir, si l'un d'entre eux passait devant le disque de la planète. Autrement, ce ne serait qu'un terne grain de roc dans un champ d'étoiles brillantes.

Quant à espérer apercevoir Larissa…

Il ne distingua aucune lune.

La coïncidence n'avait frappé Dérec qu'en cours de route, durant le trajet vers Neptune. À vingt ans, à l'époque de ses cours d'astronomie – auxquels il s'était inscrit par curiosité, pour se distraire de la neurochimie –, Nicolas avait sans doute su par cœur les noms de toutes les lunes du Système solaire. Mais il en avait oublié plusieurs et, en renouant connaissance avec celle qui allait devenir son amoureuse, il ne s'était pas souvenu de Larissa, une lune neptunienne plus petite que l'île d'Hawaii.

À la première communi-tachyon qu'ils avaient eue, durant le voyage de Dérec, Larissa avait souri de la coïncidence. C'était au quart du trajet ; après cela, les communications n'en valaient plus la peine, les long-courriers n'étant équipés que pour recevoir les signaux tachyoniques, et non pour en émettre. Salacia, néanmoins, comme désormais toutes les bases éryméennes, disposait d'un émetteur de tachyons – rien de moins qu'un petit collisionneur de particules qui aurait fait baver d'envie les physiciens terriens.

Nicolas Dérec expira par le nez, doucement ; cela ressemblait à un soupir. Il se retourna, dos à la baie vitrée, et considéra le fauteuil auprès duquel son cybord était posé sur une console. À nouveau, ce pressentiment…

L'O.R.M. était moins massif que les premiers modèles, plus stable; doté de petits manipulateurs, il pouvait intervenir comme médic en cas d'urgence. La capacité informatique des cybords s'était, bien entendu, considérablement accrue en trente ans.

Le Psychéen alla s'asseoir, prêt pour l'un de ses deux sondages quotidiens. S'observant machinalement dans l'écran témoin du cybord, il fixa le biocollier autour de son cou, puis se posa sur le crâne un électrocervical. Par commande mentale, il diffusa dans ses carotides une dose progressive de propsychine – la synthèse 9, récemment mise au point, dont Nicolas était l'un des premiers utilisateurs réguliers. C'était une des raisons de la présence du cybord, là où normalement le modèle ultra-intégré d'électrocervical aurait suffi.

Les plongées dans le continuum psi s'avéraient désormais plus coulantes – et plus profondes. La mobilité y était accrue, aussi, en ce sens que le sondeur se sentait moins passif, moins limité au rôle d'antenne réceptrice. Il s'en fallait de beaucoup, toutefois, qu'un métapse sorte d'une transe en y ayant glané tout ce qu'il était venu chercher. De ce côté, l'arbitraire et le hasard régnaient toujours en maîtres, plus encore depuis quelques décades, voire quelques mois.

Avec entêtement, mais avec équanimité, Nicolas Dérec s'était donné pour mission d'approfondir la prophétie des Lunes, de retrouver ce chronode crucial qu'avait frôlé, huit ans plus tôt, un obscur dramaturge déchu, au seuil de la mort, dans une chambre sordide de Montréal. Depuis, rien de concluant. On avait quand même agi sur la foi des visions de Lépine,

tout incertaines fussent-elles. La sécurité du réseau
de stations-relais qu'Argus entretenait autour de la
Terre avait été perfectionnée à la limite du possible.
Désormais, si une équipe technique devait intervenir sur l'une des stations, il fallait entre autres les
clés informatiques complexes de trois capitaines de
croiseurs ou coordonnateurs de services pour que
l'engin accepte une télémétrie porteuse de commandes. Le nombre des stations-relais – déjà supérieur aux besoins réels – avait aussi été doublé,
et chaque élément du réseau Hugin était entièrement indépendant. Désormais, il faudrait que les
Terriens détruisent ou neutralisent les deux tiers
des relais pour handicaper sérieusement Argus.
D'ailleurs, les nouveaux étaient des satellites plutôt
que des stations, bien plus compacts, offrant donc
de plus petites cibles aux canons laser si jamais
leurs écrans optiques et leurs antiradars flanchaient
en même temps.

On avait aussi renforcé la sécurité des bases
terriennes et entrepris de réduire leur rôle afin d'en
diminuer le personnel. Cette dernière opération devait
s'échelonner presque sur une décennie. Au bout du
compte, puisqu'on avait cessé le recrutement de
Terriens, Argus n'aurait plus besoin que de petites
bases locales, pour des opérations légères et décen-
tralisées.

La Terre luisait maintenant sous Dérec, immense
et tangible. Comme une première surface, incomplète,
un peu au-dessus de la vraie surface terrestre, une
couche nuageuse se déployait en offrant à la lumière
rasante du soleil ses textures variées, de celle du
cuir fin à celle de la peau eczémateuse, en passant
par ces moisissures qu'on trouve sur les vieilles
oranges. En transparence, par endroits, une mer

luisait en dessous, couleur d'argent terni, et une côte défilait, baignant dans la pénombre violette d'un crépuscule nuageux.

Au premier plan, une tache sombre, mouvante, tel le reflet d'un soleil noir sur une mare argentée, trahissait par intermittence la présence d'un croiseur éryméen.

Ce n'était pas la première fois que Dérec avait une telle vision, en transe, mais il s'en dégageait cette fois un sentiment d'imminence qui fit battre son cœur un peu plus vite.

D'un effort délibéré, le métapse se rapprocha du croiseur, de son équipage. Plusieurs dizaines d'esprits, la plupart concentrés sur le même sujet, voilà une présence qui brillait comme un phare dans le continuum psi. Le réseau informatique du croiseur, en revanche, n'avait pas de présence, et les prolongements cybernétiques de Dérec ne lui étaient d'aucun secours : une intelligence artificielle comme celles qui régissaient un vaisseau échappait hélas aux coups de sonde d'un Psychéen.

Subitement, le croiseur devint visible. À certains détails, le métapse reconnut l'*Alsveder* ou l'*Arvaker*, il ne savait lequel, les croiseurs ayant été construits par paires identiques. Quelque chose avait flanché à bord, et pourtant Dérec ne percevait ni affolement, ni même inquiétude. Quoi, l'écran optique et peut-être l'antiradar faisaient défaut, et les moniteurs n'en donnaient aucune indication, ni sur la passerelle ni ailleurs ? Si, peut-être le métapse percevait-il une certaine perplexité, partagée par quelques esprits seulement.

Mais déjà, sur la mer – sans doute la mer du Nord : Dérec avait, en arrière-plan, interrogé l'ordinateur de Salacia et comparé les images –, sur la mer brillait une infime étincelle violacée. Déchiré par une salve d'éruptions, l'un des propulseurs du croiseur se désintégra, la brève pyrotechnie des explosions laissant place à un nuage de gaz en expansion dont le croiseur s'éloigna en tournoyant, semant une traînée de fragments incandescents.

Sur le plan mental, Dérec perçut des cris d'horreur, quinze ou vingt membres d'équipage emportés dans le vide avec l'air des salles et des coursives où ils se trouvaient. Il les sentit agoniser, quinze ou vingt esprits ardents d'épouvante, puis s'éteignant dans la noirceur bleutée de l'asphyxie et du froid, tandis que la panique flambait parmi le reste de l'équipage du croiseur.

Une nouvelle étincelle violette scintilla, au même emplacement que l'instant d'avant mais désormais en aval de la position du vaisseau. Cette fois la masse noire du croiseur, animée d'une vive rotation à plat, masqua un moment les geysers de plastal en fusion, et Dérec ne vit durant un instant que l'aura de gaz incandescent qui se répandait autour du vaisseau. Puis une nouvelle explosion fit virevolter le croiseur dans un plan vertical et le métapse vit sa coque supérieure ouverte sur des entrailles orthogonales, la géométrie des coursives et des cabines mise à nu dans un brouillard de gaz, de flammèches et de débris, heureusement trop confus pour que le Psychéen y distingue d'infimes silhouettes humaines tordues par l'agonie.

Comme on reconnaîtrait les voix d'un groupe d'amis au premier plan sonore d'une foule, Dérec identifia des esprits qui lui étaient familiers, dans leur ultime flambée de vie. Il avait vécu des années avec eux, traversé des moments de tension et d'inquiétude, noué des amitiés, partagé des joies et des peines. C'est l'*Alsveder* qui était détruit sous ses yeux, désintégré par deux coups bien placés d'un canon laser ultraviolet, un engin d'une puissance formidable sûrement monté en secret à bord d'un destroyer d'un pays de l'OTAN, à moins qu'il ne s'agît d'un sous-marin.

La vision durait, cruelle : l'épave du croiseur continuait de tournoyer sur les trois axes, animée de la même vitesse orbitale qu'à l'origine, mais incapable désormais de manœuvrer – si même il restait des survivants. Les aires d'appontement béaient, semant des navettes et des scaphes où sûrement personne n'avait eu le temps de se réfugier ; néanmoins, la coupole de la passerelle semblait intacte. Seuls quelques points rosés luisaient, lampes d'urgence traçant la constellation d'une carcasse éventrée, le blanc des cloisons et des plafonds évoquant les viscères longilignes de quelque étrange poisson mort. Des filaments s'étiraient en arcs ou en spirales, traces glacées de liquides et de gaz fuyant de divers conduits ou réservoirs, les fluides vitaux de l'*Alsveder* s'épanchant dans le vide.

À coup sûr, il y avait eu trahison et sabotage. Une trahison suivie, car le navire terrien avait connu, à la seconde près, l'altitude, la position et la trajectoire du vaisseau éryméen. Un sabotage élaboré, parce que l'écran optique et l'antiradar avaient fait défaut au même instant, sans qu'aucune défaillance ne laisse présager ce résultat, et sans que ne se déclenchent les maintes alarmes prévues à cet effet. Quelqu'un à bord, prêt à sacrifier sa vie ? Ou prêt à survivre, s'étant mis à l'abri dans les niveaux centraux du croiseur, déjà vêtu d'un scaphandre ? Ou alors, quelqu'un à bord d'un autre croiseur, au-dessus du même hémisphère terrestre, en mesure de fournir les coordonnées de l'*Alsveder* et d'abaisser ses gardes à distance, en activant par télémétrie une séquence préprogrammée. Donc un traître disposant d'un complice ou plus, ou encore ayant accès aux divers croiseurs.

Un frisson parcourut le corps de Dérec. Il se rendit compte que son attention s'était relâchée. Lorsqu'il se concentra à nouveau, le fond de scène avait changé. L'Atlantique Nord, d'un bleu métallique profond, figurait une mare où les bancs de nuages étaient les fragments d'une glace en voie de fonte, morcelée et craquelée, avec une texture plus ou moins épaisse selon l'endroit, ouverte sur l'eau ici, couverte de neige là. Le soleil n'était pas encore levé, à cette longitude, mais la lune donnait un reflet argenté à la couche nuageuse.

Cette fois, c'est à la « présence » mentale de l'équipage que le métapse repéra le croiseur, à l'instant où il perdait lui aussi sa protection optique et antiradar. Moins d'une minute s'était écoulée depuis la destruction de l'*Alsveder* ; la vision avait été continue.

Le sentiment d'alarme était déjà intense à bord ; nul doute que l'*Alsveder* avait pu lancer un avertissement avant le coup fatal. De fait, lorsque brilla l'étincelle violacée d'un canon laser, au bord d'une zone découverte de l'océan, il n'y eut pas d'explosion sur le deuxième croiseur. Juste la flambée éblouissante d'un champ d'hystérèse différant et diffusant l'impact du formidable flux de photons, créant un halo autour du vaisseau noir comme une couronne solaire vue derrière un coronographe.

Le rayon laser s'interrompit, soit qu'il ne fonctionnât que par impulsions de quelques secondes, soit qu'on eût pris l'éclat du champ d'hystérèse pour une explosion. Un instant plus tard se déployait, à quelques centaines de mètres du croiseur, entre lui et l'atmosphère, un immense ballon à la surface métallisée, de cent mètres de diamètre. Lorsque le canon laser fit encore feu, la quasi-totalité de ses photons furent renvoyés vers l'océan, en un faisceau divergent devenu inoffensif.

À l'abri de cet éphémère bouclier dont la surface n'avait que quelques microns d'épaisseur, le croiseur manœuvra. Il était d'un modèle moins ancien que la paire *Arvaker* /*Alsveder* : le *Dagur* ou le *Donar*, sans doute. Il employa ses verniers pour pivoter à quatre-vingt-dix degrés, puis alluma ses propulseurs au maximum, à angle droit de son orbite antérieure : il combinait donc à son mouvement initial un nouveau vecteur, gagnant une orbite supérieure en accélérant dans une direction imprévue des agresseurs terriens.

Ceux-ci n'eurent aucune peine à le suivre, toutefois. S'ils éprouvèrent de l'étonnement, leur canon, lui, n'était guère sujet à la stupeur. Un point brilla dans la couverture nuageuse, y traçant un trait mauve éblouissant, de l'épaisseur d'un cheveu. Le rayon lui-même, bien entendu, demeurait invisible dans l'air raréfié de la stratosphère et dans le vide de l'ionosphère. Émettant surtout dans l'ultraviolet, il traversait presque intact le brouillard glacé des altocumulus.

À nouveau le champ d'hystérèse enveloppa le croiseur d'un halo bleuté, transformant la nef en une comète dont la queue aurait été le jet de plasma des propulseurs.

Avant qu'agresseur et cible ne deviennent invisibles l'un pour l'autre à cause de la courbure de l'horizon, une petite tache jaune, presque circulaire,

brilla dans les nuages : les altocumulus furent illu-
minés, d'en dessous, par l'explosion du navire terrien.
La pyrotechnie en miniature dura un instant, derrière le voile nuageux, des points plus brillants scintillant brièvement ici et là dans la tache qui devenait ovale.

Au même moment, le soleil levant étalait, sur la
couche de cirrus, un frottis de lumière dorée.

Dérec se rendit compte qu'il perdait la vision. Il
employa les derniers instants à obtenir des repères
temporels – un aspect fort subjectif du sondage,
lorsque manquaient des indices reconnaissables.

Le Psychéen sortit de transe avec la certitude
que cela se passait dans quelques mois – peut-être
quelques saisons, mais assurément pas quelques
années.

Il faudrait qu'il replonge à cet endroit même du
continuum, et ce, dès le lendemain.

•

—Finalement le deuxième croiseur semble s'en
tirer sans pertes de vies et sans dommages critiques :
son système de protection, son système de pro-
pulsion et son armement paraissent opérationnels.

Nicolas Dérec fit une pause, récapitulant mentalement pour voir s'il n'oubliait aucun détail. Avait-il
bien communiqué le sentiment qui l'avait accompagné durant sa sortie de transe, cette tension voisine
de l'horreur qu'il avait déjà éprouvée, seize ans plus
tôt, lorsque Sinishi Yoro avait été tué par un engin
militaire terrien ?

—C'est la guerre, ajouta-t-il sombrement après
un instant. Cette fois-ci c'est vrai, c'était bien la
prophétie des Lunes : on y arrive enfin.

Ses derniers mots ne croisèrent pas une réplique d'Érymède, preuve que son rapport avait été accueilli par quelques secondes de silence là-bas.

— Vous allez pouvoir y retourner ? demanda-t-on enfin à Élysée.

— Pas tout de suite.

Trente ans d'expérience avaient appris au métapse que la hâte et l'excitation n'aidaient jamais à amorcer une transe fructueuse. Et puis, la synthèse 9 était d'usage récent ; il valait mieux jouer de prudence.

— Mais je crois pouvoir retrouver le chronode, précisa Dérec. Je replongerai demain, dès le matin. Entre-temps, je vais rédiger mon rapport et y joindre une copie de l'enregistrement.

Ces données-là seraient envoyées à la bonne vieille vitesse de la lumière. Les communi-tachyons étaient encore limitées à la parole et à une télémétrie élémentaire, à cause d'un débit fort modeste. Les voix étaient reproduites avec une qualité suffisante à la compréhension et à l'identification, mais tout juste.

Ce n'était pas tout de suite que le métapse rédigerait son rapport ; en ce moment, il avait une furieuse envie de se changer les idées. Il renvoya son cybord à son appartement – sa cabine, en fait, toute spacieuse fût-elle – et gagna sans hâte le café-bar qui se trouvait au centre de la vie sociale de Salacia. Il se commanda un cocktail assez alcoolisé et en lampa le tiers en une gorgée.

Un moment plus tard, il sentait la tension se dissiper un peu. Certes, toutes ces années à l'Institut lui avaient donné la pleine maîtrise des techniques de relaxation et, en l'absence de bar, il aurait fort bien pu gérer son stress. Mais il éprouvait aussi le besoin de ne plus être seul, même si, évidemment, il ne comptait partager avec quiconque le récit de ce qu'il venait de voir.

Tout naturellement, ses pensées revinrent à Larissa, à sa voix chaude, à ses yeux gris-vert, ses cheveux d'ébène auxquels certains éclairages donnaient un profond reflet roux. Depuis des années, elle suivait les recherches secrètes de certains laboratoires pharmaceutiques états-uniens, dont l'un avait récemment obtenu du temps d'expérimentation à bord de l'I.S.S. pour synthétiser certains composés en apesanteur.

Dérec et Larissa n'étaient jamais devenus conjoints : avec leurs emplois respectifs, cela n'aurait rimé à rien. Mais ils étaient amoureux et partageaient un sincère bonheur de se retrouver ensemble quand les circonstances le leur permettaient. À trente ans de distance, leurs situations se trouvaient inversées. Autant la jeune Larissa avait littéralement rêvé à lui, et dépéri de ne pouvoir gagner ne serait-ce que son attention, autant désormais c'était un Nicolas mûr qui se sentait dévoré par une quasi-obsession tandis que Larissa – bien malgré elle – se faisait rare : ses propres recherches sur Érymède, le suivi de celles menées secrètement sur Terre, ses nombreux amis et, bien sûr, son amante, la menue Saeko avec qui elle vivait à Walhala.

— Tu ne bois plus ?

Dérec tressaillit. La femme qui lui avait adressé la parole lui désigna du regard son verre.

— Ça va être tiède ; tu n'y as pas touché depuis un quart d'heure.

Avec un sourire, le Psychéen trempa ses lèvres dans son verre. Manca Cèbe travaillait à la régie de Salacia, l'équivalent local de la passerelle d'un vaisseau, à partir d'où l'on suivait toutes les activités de la base – ou de la station, l'appellation dépendait du rapport qu'on entretenait avec Triton et son ambiance. Dérec avait fait la connaissance de Manca les premiers jours et, des quelques personnes avec qui il entretenait des relations, c'est elle qu'il fréquentait le plus assidûment.

Délibérément, le métapse évacua l'image où s'enlaçaient Larissa et Saeko, et demanda :

— Alors, dis-moi, qu'est-ce qui s'est passé d'excitant aujourd'hui sur Triton ?

— Oh ! répondit Manca, laisse-moi m'asseoir, il y a tant à raconter.

Un regard pétillant d'ironie au-dessus de son verre, la femme au teint caramel se percha sur le tabouret en face de Dérec, de l'autre côté de l'étroite table. Elle n'avait évidemment rien de précis à narrer.

À quarante ans, elle avait des traits un peu trop marqués pour qu'on la trouve jolie, mais elle ne passait certes pas inaperçue. De la première visite de Dérec au café-bar, au début de son séjour, Manca était la seule dont il avait retenu la personnalité et le visage parmi la dizaine de personnes qu'on lui avait présentées et avec qui il avait bavardé.

— Si, quand même, il a dû se passer quelque chose : l'équipe de Bromilow semblait passablement excitée aujourd'hui. Je crois qu'une de leurs hypothèses s'est confirmée.

— Bromilow, c'est le champ magnétique de la planète ? demanda le métapse.

— C'est ça.

Depuis que l'exploitation minière avait été abandonnée, Salacia jouait surtout le rôle d'une base de recherche scientifique. L'un des gros projets concernait l'intrigante inclinaison du champ magnétique de Neptune par rapport à son axe de rotation ; c'est là-dessus que portaient les travaux de Bromilow et de ses collègues.

Une conversation décousue s'établit entre Dérec et Manca Cèbe. À un moment, le Psychéen se rend compte que les mots divination, enculer et patate s'étaient succédé dans une phrase de son interlocutrice.

— Pardon ?

— Tu es vraiment ailleurs, Nicolas. Depuis une minute, je dis n'importe quoi et tu hoches la tête avec les yeux dans le vide.

Dérec remit son regard au foyer sur le sourire narquois de Manca. Il eut un petit rire.

— Touché. Tu as raison, je n'écoutais pas, excuse-moi.

— Tu pensais à tes recherches ou à Larissa ?

— Aux deux.

Sur l'écran de son esprit, les images de sa dernière transe tentaient constamment de supplanter celles de la réalité, l'épave désemparée du premier croiseur atteint, les traînées de gaz et de fluides glacés s'échappant de ses multiples blessures. Il fallait que Dérec aille rédiger son rapport ; les images le hanteraient tant qu'il ne se serait pas acquitté de cette première tâche – et bien après, il n'en doutait pas.

— Tu vas m'en vouloir si je te plante là, tout de suite ?

Manca écarta les mains, paumes en l'air :

— Hé, rien ne nous lie, pas vrai ?

Elle avait dit cela avec un sourire complice. Quelque chose les liait, en fait, quelque chose de ténu : le fait d'être chacun séparé d'une personne qui leur était chère, et d'avoir, certaines nuits, tenté ensemble de combler ce vide. Dérec lui prit la main, la porta à ses lèvres :

— On se reprendra.

— Sûr.

CHAPITRE 25

Larissa :
nuits bleues

Dans le ciel noir de Triton, Neptune évoquait un bol fait d'un verre sombre, presque insubstantiel. Le demi-cercle au-dessus du bol était noir, opaque, comme si toutes les étoiles qui avaient brillé là y étaient tombées. Ailleurs elles fourmillaient, fixes et glacées, inexpressives.

« Inexpressives ». En vingt ans passés sur Érymède, Dérec avait presque oublié que les astres pouvaient scintiller. Puis il était retourné sur Terre ; lors de ses séjours en campagne, il avait revu avec émoi ce spectacle des étoiles clignotant dans un ciel d'été, qui l'avait tant fasciné adolescent. La mythologie, s'était-il dit, aurait été bien différente sur une planète sans atmosphère où aucune vie apparente n'aurait animé les étoiles – mais, bien entendu, il n'y aurait eu personne pour inventer des mythes, sur une planète sans air.

Se dirigeant vers l'horizon proche de Triton, un véhicule tout-usage filait à quelques mètres au-dessus de la surface glacée. Malgré son revêtement blanc réfléchissant, le transporteur semblait gris sur l'ardoise foncée de l'azote gelé. Seul l'éclair espacé de ses feux de position l'avait trahi au regard du métapse.

Sans doute des techniciens allaient-ils placer ou entretenir quelque appareillage scientifique pour l'une des équipes de recherche de Salacia. Probablement à l'observatoire astronomique, d'après la direction qu'ils prenaient ; en temps normal, il n'y avait là-bas que des robots, lesquels n'avaient besoin ni d'air ni de chaleur, et rarement de lumière.

Dérec ne savait pas grand-chose sur les travaux des astrophysiciens basés sur Triton. Certains s'intéressaient à la production d'énergie par Neptune : comme les autres géantes, elle émettait plus d'énergie qu'elle n'en recevait du Soleil. Les mécanismes précis de cette production d'énergie restaient encore à établir.

Ces planétologues seraient probablement restés tout aussi perplexes devant les recherches de Dérec. Surtout devant ses méthodes.

« Méthode » était d'ailleurs un mot bien mal choisi pour quelque chose d'aussi aléatoire que les coups de sonde d'un métapse dans le continuum psi. Depuis sa vision de l'avant-veille, Dérec n'avait pas rapporté la moindre bribe d'information sur l'affrontement Terre-Argus. Allait-il se passer un autre quart de siècle, ou une autre décennie, avant que le fameux chronode se laisse à nouveau toucher par un sondeur de Psyché ? Mais cette fois, on n'avait pas cinq, ni même deux ans devant soi.

Maintenant assis près de son cybord, Dérec sentait la propsychine se répandre dans son cerveau, tel un feu de brousse se propageant dans une savane, un mouvement à la fois intense et souterrain. Au cœur d'une géométrie complexe d'où les angles et les lignes droites auraient été bannis, le Psychéen se dirigea à travers le continuum psi. La science des métapses avait ses limites, et c'en était une sévère que l'impossibilité de décrire adéquatement – à un novice ou à un profane – comment on se dirigeait et comment on s'y retrouvait dans le continuum.

Ce jour-là, ce soir, Nicolas Dérec s'orienta relativement bien. Il jouissait d'une maîtrise complète de sa transe. Il perçut d'abord le disque éblouissant de la Lune, presque complet, à une distance laissant penser que son point de vue était l'orbite terrestre. Avec un degré de certitude qui était rare durant les transes métapsychiques, le métapse eut le sentiment qu'il se trouvait au moment recherché, même s'il ne pouvait encore y assigner de date. Il s'agissait du chronode que Dérec avait exploré la dernière fois.

Se découpant sur le cercle lunaire, la station spatiale *Thor* tournait lentement sur elle-même, gros cylindre court évoquant les larges pneus des bolides de Formule 1, sur Terre. Mais un pneu blanc, qui aurait eu des excroissances anguleuses, les plates-formes destinées aux appontages. La station, essentiellement un porte-intercepteurs, était gigantesque. L'I.S.S. terrienne aurait tenu presque entière dans l'espace vide au centre du cylindre.

Dérec eut un frisson : *Thor* aurait dû être invisible, comme les croiseurs éryméens en temps normal. D'un effort mental, le métapse recula un moment dans le temps. Quelques minutes plus tôt, peut-être même quelques secondes, *Thor* était effectivement invisible, et sûrement indétectable aux radars malgré sa masse qui était celle d'une petite comète. Mais il vit la station se matérialiser, telle une image fragmentée à la surface d'une mare qu'aurait balayée une brise, jusqu'à devenir entière et fixe, visible dans le moindre détail, la lueur derrière certaines baies vitrées et les panneaux fermant les aires de lancement.

Encore une panne des systèmes défensifs. Encore un sabotage, plutôt, car sur *Thor* ces systèmes bénéficiaient d'une triple redondance parce que, à la différence des croiseurs, la station ne pouvait modifier en hâte sa trajectoire.

À l'avant-plan, si cette notion avait un sens dans l'espace, Dérec prit conscience de l'approche de trois navettes spatiales états-uniennes. L'une était le bon vieux modèle d'orbiteur, le Space Transportation System né trente ans plus tôt. Deux étaient d'un modèle tout récent, plutôt massif, appelé *Venture Star*. Comme leurs ombres, trois autres véhicules plus petits les accompagnaient, et le métapse identifia des X-33 téléguidés, prédécesseurs des *Venture Stars*.

Tous étaient masqués par des écrans optiques, mais dans le continuum psi leur présence était décelable, traduite par une image imprécise, phosphorescente. Dans leurs soutes ouvertes à l'espace, un appareillage indistinct se devinait. Indistinct pas pour longtemps, car une partie se déploya, faisant émerger des canons laser.

Ils n'auraient le temps que d'infliger des dommages minimes à la station *Thor*. Sûrement, l'armement du porte-intercepteurs neutraliserait les engins terriens en un instant.

Quelque chose brilla dans les deux canons laser des navettes. Invisibles, les rayons touchèrent la station éryméenne en des points vulnérables, les grandes portes des aires de lancement. L'armement des navettes ne possédait sûrement pas la puissance de tir des canons embarqués à bord de frégates ou de destroyers. Mais, en quelques dizaines de secondes, la fusion du plastal suffisait à percer ou à déformer les grands panneaux et à endommager leur mécanisme au point qu'on ne puisse plus les ouvrir, du moins pas assez pour livrer passage à un intercepteur. Et la rotation du porte-intercepteurs amenait dans la ligne de mire des navettes chaque aire de lancement, une par une, laissant aux canons laser le temps de se recharger entre chaque tir.

Les sabords des canons éryméens, eux, restaient désespérément clos, preuve de l'ampleur du sabotage.

Bientôt, plus aucun intercepteur ne pourrait quitter les ponts de *Thor* – si même il y avait des équipages prêts à s'envoler, ce qui n'était pas nécessairement le cas, dans l'hypothèse où rien n'avait laissé présager l'attaque terrienne. Dérec allait-il revoir, à grande échelle, le désastre de l'*Alsveder*, la coque du *Thor* éventrée, ses ponts concentriques ouverts sur l'espace, des centaines d'Éryméens projetés dans le vide par la décompression, se débattant un moment dans le froid comme des épileptiques?

L'équivalent mental d'un spasme fit lâcher prise à Dérec. Il tenta vainement de se ressaisir, le corps secoué de frissons et les mains crispées sur l'accoudoir de son fauteuil. Puis une exclamation de rage lui échappa quand il se rendit compte que la vision glissait hors de sa portée, tel un ballon d'hélium lâché au-dessus d'un précipice.

Bouleversé par un sentiment d'impuissance, il se rendit compte qu'il avait les yeux mouillés.

◆

L'espace le plus vaste de Salacia était une rotonde ouverte sur cinq niveaux, dont trois souterrains. De là rayonnaient couloirs et galeries menant au quartier d'habitation, à celui des services, aux laboratoires, aux entrepôts et garages, au poste de régie,

aux serres hydroponiques. Appuyé d'une épaule à
une colonne, les bras croisés, Dérec laissait son regard
errer sur les étages en contrebas, sur le bassin rond
entouré d'une banquette et le massif fleuri au centre.
Hormis les panneaux et les écrans des comcols, les
bandes luminescentes encadrant les portes et marquant
l'emplacement des escaliers, le seul éclairage était
braqué sur la verdure de l'îlot central, faisant ressortir de manière éclatante la malachite et le jade
des feuillages, le bleu des iris, de la gentiane et des
campanules.

Le Psychéen fut traversé par l'image d'une décompression soudaine, la coupole brusquement percée
par un rayon laser, la rotonde se vidant vers le haut
avec la violence d'un geyser, arbustes, gens et objets
emportés par l'éruption et projetés en altitude avant
de retomber, congelés, comme des plumes de givre
aux formes tourmentées.

Dérec s'efforça de chasser cette image et de re-
nouer avec la réalité tiède et confortable. Au dernier
niveau de la rotonde, là où se tenait le métapse, des
baies vitrées permettaient un coup d'œil vers l'extérieur. L'une d'elles, en face de lui, donnait plutôt
sur les serres hydroponiques, qui évidemment n'étaient
pas couvertes de verrières, le soleil n'ayant rien à
offrir aux plantes à cette distance. Seule une gloire
de lumière dorée, avec quelques échappées de vert,
était visible à Dérec de sa position.

Il s'obligea à penser à Érymède. Il n'y avait pas
tant de vert à Walhala, du moins pas de ce vert tendre,
éclatant. Le vallon, dominé par une immense verrière plutôt qu'un dôme, regroupait des conifères
dans un paysage enneigé les deux tiers de l'année.
Dérec ne partageait pas l'engouement de Larissa
pour les sports d'hiver. Du reste, il lui rendait visite
moins souvent chez elle qu'elle ne venait chez lui,

à Psyché. Ce qu'il préférait, les rares fois où il couchait là, c'était contempler les aurores boréales – holographiques et fausses – qui se déployaient par-dessus les cimes des épinettes, des mélèzes et des sapins.

Ce qui lui manquait bien davantage ce soir, c'était le corps de son amoureuse, la vigueur de ses bras autour de lui, la fermeté de ses doigts traçant d'éphémères sillons dans sa chair à lui. Elle avait un physique de gymnaste – d'ancienne gymnaste, avec juste ce qu'il fallait de chair pour adoucir la saillie des os, donner du moelleux à ses hanches et de la substance à ses seins. Son ventre manquait à Dérec, sa peau lui manquait, qui avait presque la blancheur des femmes de la Renaissance, mais sans la mollesse que leur donnaient les peintres italiens. Et ce nombril tel un mystère, ces aines comme des promesses...

Le café-bar ouvrait sur la rotonde de Salacia par une vitrine, au deuxième étage. Dérec en apercevait les néons, lignes azur et outremer, la conque turquoise des abat-jour. Il y aurait volontiers imaginé la présence de Larissa, son cou mince et lisse s'échappant de la luxuriance de ses cheveux pour plonger aussitôt dans l'échancrure d'un chandail. Les rares lampes du bar y auraient éveillé des reflets d'acajou, comme sur le comptoir garni de cuivre. Elle aurait été en train de discuter drogues avec un collègue chimiste, de la dernière pièce de Doléa Zadruga avec son frère ; elle aurait cité des vers de Robal, les yeux brillants, juste pour énerver Saeko.

Du reste, elle faisait peut-être tout cela, à cette heure même, mais à quatre milliards de kilomètres de Neptune.

Secouant sa transe quasi hypnotique, le Psychéen se mit en marche vers les escaliers à claire-voie, qu'il descendit silencieusement jusqu'au deuxième niveau. Il repensa au porte-intercepteurs *Thor*, qu'il avait visité avant que ne soit terminé son aménagement intérieur. On y empruntait souvent les escaliers et les coursives, en attendant que les ascenseurs et les latercabs fussent tous fonctionnels. Comment une seule personne réussirait-elle à neutraliser au complet les systèmes défensif et offensif de la station, le plus redoutable vaisseau jamais mis en orbite par Érymède ? Cela dépassait son entendement de profane, la complexité et l'efficacité du virus informatique qu'il fallait pour désarmer un réseau aussi vaste et perfectionné que celui de *Thor* – et pour berner l'intelligence artificielle qui coiffait le tout.

La rumeur de voix et la musique accueillirent Dérec au seuil du café-bar, les couleurs des blouses et des tuniques atténuées dans la pénombre. Chassant à nouveau, provisoirement, les angoissantes questions qui l'obsédaient, il chercha des yeux la tête bouclée de Manca Cèbe.

Lorsque enfin il l'aperçut, après quelques pas dans la salle, elle le regardait déjà, un demi-sourire aux lèvres et une nuance d'ironie dans ce sourire. Toutefois, elle ne dit rien de narquois lorsqu'il la rejoignit, et s'étonna de la vigueur avec laquelle le Psychéen l'étreignit. Sous les lèvres fébriles de Dérec, ses joues couleur de cannelle s'avérèrent chaudes, subtilement parfumées.

◆

Les épaules voûtées, le pas lourd, Nicolas Dérec regagna sa cabine avec un mal de tête. Il avait hâte de se déchausser de ses semelles d'osmium, de se débarrasser de sa tunique aux ourlets lestés et de se laisser flotter vers son lit avec une fraction de son poids terrestre (aux heures de grande fatigue, ses os se rappelaient encore le poids qu'il avait traîné, sur Terre, jusque voilà deux ans).

Des images de son séjour terrien l'assaillirent, sinistres, dont certaines qu'il avait crues dissoutes dans les eaux du passé. La morte anonyme, son corps rongé par la pluie acide près d'une gare de triage montréalaise. L'écrivain déchu s'étiolant dans la misère de son taudis, se consumant dans la triste recherche de paradis à jamais hors d'atteinte. Et lui-même, Dérec, un tiers de siècle à chercher une clé pour finalement se contenter de coller un œil au trou de la serrure et devoir attendre les brefs moments où la lumière s'allumait dans la salle au-delà, avec l'espoir de donner un sens aux bribes aperçues.

Jamais la vanité de tout cela ne l'avait frappé aussi impitoyablement – comme avaient été vains la vie et le trépas de Lépine, l'existence anonyme de la pauvresse morte dans la boue d'un terrain vague.

Ce soir-là il céderait, il céderait à l'envie de se mettre à *off*, d'avaler un de ces somnifères si rarement utilisés qui l'assommerait en dix minutes et pour dix heures, lui accordant le répit que son esprit réclamait avec tant de lassitude.

Mais un message l'attendait sur son comterm, un message tout récent selon l'heure de réception affichée. Il eut la légère surprise de reconnaître le visage de maître Winden, le directeur de l'Institut. Acheminés par la liaison laser, l'image et le son avaient mis cinq heures à parvenir à Triton.

L'ancien instructeur de Dérec l'avisait qu'il allait le contacter par communi-tachyon à vingt-deux heures, heure d'Érymède. Dérec n'était pas fâché de revoir l'un de ses maîtres, même si le propos de sa communication l'intriguait. Lorsque le temps le permettait, il n'était pas rare que des correspondants s'envoient de tels messages préalables : cela permettait au comterm récepteur de mémoriser les mouvements faciaux correspondant à chaque syllabe prononcée, et de les restituer en temps réel comme doublage à la communi-tachyon ultérieure, laquelle ne véhiculait que des paroles. Bien des gens, toutefois, n'aimaient pas cette procédure puisque la signification des intonations et des silences ne pouvait être extrapolée par la semi-intelligence artificielle du comterm récepteur, lequel se trompait souvent dans le choix des expressions faciales à synthétiser. D'autres au contraire, profitant du potentiel humoristique de telles erreurs d'interprétation, s'amusaient à défier les capacités limitées du comterm en menant leur conversation avec des intonations contradictoires.

De tels jeux étaient loin de la pensée de Dérec : il était presque vingt-deux heures et le métapse eut juste le temps de prévenir le réseau qu'il recevrait la communication à sa cabine.

Avec les trois secondes de délai entre parole et réplique, la conversation se déroula presque normalement. À la question de Pier Winden, Dérec ne put dissimuler la profondeur de son découragement :

— Trois jours que j'ai eu ma deuxième vision. Depuis : rien. Le continuum n'est pas navigable, ces temps-ci.

— Depuis des mois, d'ailleurs, confirma le directeur de l'I.M.B. Tous les sondeurs rapportent les mêmes difficultés. Une perturbation majeure du continuum, telle qu'on n'en a pas rencontré depuis un tiers de siècle. Comme si un chronode essayait de se former et de se défaire en même temps.

La métaphore en valait une autre. À Dérec, qui avait passé des années en orbite autour de la Terre, une autre image revenait sans cesse, celle du lent tourbillon nuageux d'une perturbation atmosphérique, une perturbation toujours sur le point de devenir tempête mais qui n'arriverait pas à générer un cyclone. À la brume habituelle du continuum s'ajoutaient de lents courants, puissants et capricieux, presque impossibles à cartographier, ardus à naviguer.

— Vous ne croiriez pas ce que certains de vos collègues nous rapportent, ajouta Winden devant le silence prolongé de Dérec. L'un a vu, dans votre pays d'origine, Nicolas, une explosion nucléaire au Labrador, un bombardement et une bataille aérienne au-dessus de Chicoutamau. Une autre, je crois que c'est Sofia Link…

— Chicoutimi. La ville s'appelle Chicoutimi, il y a une base militaire tout près…

— Pardon ? répliqua le septuagénaire.

Dérec, se reprochant de l'avoir interrompu, se tut un moment.

— Chicoutimi, d'accord. Je disais que maître Link a même vu en transe un sous-marin soviétique en orbite autour de la Terre.

— Un sous-marin ? ! s'étonna Dérec, durant la pause que le directeur avait prévue à cet effet.

— Oui, et pas un sous-marin de poche. Je vous laisse imaginer notre confusion, ici, à Psyché. Argus et le Conseil supérieur sont très perplexes, pas besoin de vous le dire – même si, entre vous et moi, Nicolas, nous n'avons pas osé leur parler du navire soviétique.

Le directeur fit une pause, puis ajouta :

— Détail majeur, vous avez peut-être cru que je faisais un lapsus : il s'agissait bien d'un sous-marin *soviétique*, pas russe.

— Maître Link aurait eu la vision d'un monde parallèle où l'Union soviétique aurait perduré ?

Cette hypothèse des mondes parallèles avait souvent été envisagée, et les visions reçues par des métapses mais jamais réalisées dans cet univers-ci pouvaient en être la preuve. Un monde parallèle où l'Union soviétique et sa sphère d'influence ne s'étaient pas fragmentées… Dérec se secoua : il omettait le plus confondant, un monde parallèle où un sous-marin pouvait se retrouver sur orbite ! Il savait aussi que, dans un autre monde parallèle, les prototypes X-33 avaient été abandonnés par la NASA, et que les *Venture Stars* n'avaient jamais existé.

À l'autre bout de la communi-tachyon, maître Winden conservait le silence ; mais le métapse n'avait vraiment rien à ajouter sur l'échec de ses récents sondages. Le visage neutre et bienveillant du directeur, échantillonné par le comterm dans le message antérieur, fixait Dérec de son regard clair, gris comme ses cheveux courts.

— Je voulais aussi vous dire, Nicolas, que quel-qu'un de haut placé s'intéresse à vos rapports. Très haut placé.

— C'est une devinette ? s'enquit le métapse en voyant que son supérieur avait prévu une pause.

Là-bas, le directeur dut sourire, mais le comterm n'en devina rien.

— La présidente Sing Ha elle-même.

— La présidente du Conseil supérieur ?

Toutefois Dérec n'aurait pas dû se surprendre : ces événements, dont il avait des visions fragmentaires mais impitoyablement claires, n'était-ce pas le fameux affrontement avec les Terriens qu'Érymède redoutait depuis si longtemps ?

— Et j'ajouterai ceci : je crois qu'elle s'intéresse autant à vous, Nicolas, qu'aux visions que vous rapportez.

— Elle s'intéresse à m… ?

Dérec s'interrompit ; toutefois, Pier Winden n'avait rien à ajouter. La quasi-intelligence artificielle du comterm n'avait évidemment pas saisi l'importance de ce qui venait de se dire, et ne rendait rien du sérieux – sinon de la gravité – avec laquelle ces mots avaient été prononcés. Dérec, pour sa part, aurait pris cette révélation pour une singulière plaisanterie, s'il n'avait su que Winden blaguait rarement, et jamais sur des choses conséquentes.

En tout cas, s'il avait voulu rajouter de la pression sur les épaules de son métapse, et lui rendre plus difficile encore la relaxation nécessaire aux transes fructueuses, il avait parfaitement réussi.

Maître Winden lui avait conseillé plus d'une fois de réfléchir à son avenir : il se disait persuadé que la direction de l'I.M.B. lui serait un jour offerte, et peut-être plus tôt qu'il ne l'imaginait. Devant le sérieux de ces suggestions réitérées, Nicolas avait cessé de les accueillir en riant, les recevant désormais avec réserve, l'air grave – même si mentalement il continuait de les écarter comme des idées oiseuses.

Les deux Psychéens se laissèrent sur un constat d'impasse. Dérec fut un long moment à fixer sans le voir le reflet de son visage sur l'écran sombre du comterm. Puis, quand il s'en rendit compte, il s'adressa un regard méprisant, comme à quelqu'un qui aurait lamentablement failli à tout ce qu'on attendait de lui.

◆

Dérec se pencha jusqu'à ce que son front touche la surface froide du transplastal, puis tourna la tête et y appuya la joue. Neptune restait invisible de l'endroit où il se trouvait, dans quelque direction qu'il regardât. Ensuite il vit la planète, aussi soudai-

nement que surgit une image dans un motif apparemment aléatoire que l'on contemple depuis un
moment.

Cette tache sombre dans le ciel, cette zone circulaire où ne brillait aucune étoile, c'était la planète
géante. Comme lors de sa jonction vingt-huit ans
plus tôt, le métapse eut l'impression que Triton et
Salacia se trouvaient perchées au seuil d'un trou
noir, autour duquel ne luisait aucun disque d'ac-
crétion, nul tourbillon de gaz hurlant dans la bande
des rayons X la démence de ses derniers moments
de vie. Il éprouva un bref vertige, qu'il mit sur le
compte d'une fatigue nerveuse. Même s'il tentait de
se changer les idées quelques heures par jour, les
visions qu'il avait eues et celles qu'il tentait d'avoir
ne cessaient de le tourmenter, occupant le ciel gris
de ses insomnies, hantant même ses rares heures de
sommeil.

Le mouvement d'un trait lumineux attira son
regard. Le fantôme d'une ligne, aussi transparente
que de la gaze et mince comme une ficelle, rayait le
disque obscur de la planète. L'éclat des rétropropulseurs d'une navette tirait de la noirceur, pour un
instant, l'étroit ruban de l'un des anneaux neptuniens,
probablement l'anneau Adams, le plus externe.

Le segment d'anneau retomba dans l'obscurité
et l'infime jet de plasma poursuivit sa trajectoire
vers Triton jusqu'à disparaître à la vue du Psychéen.
Il devait plutôt s'agir d'un long-courrier: Dérec se
rappelait avoir lu la mention d'une arrivée prévue
pour ce jour-là.

Il reporta son attention sur le cercle noir. Il ne
pouvait chasser l'image d'un puits, un puits abyssal
prêt à engloutir quiconque s'approcherait trop de
son bord. Prêt à aspirer, peut-être, tout esprit qui

s'aventurerait hors de son propre corps – celui d'un métapse assez téméraire pour sonder l'espace-temps à partir de Triton, par exemple.

Il évacua cette pensée, d'un effort délibéré, tandis qu'il gagnait le fauteuil auprès de son cybord. Il n'était pas très fier de lui : s'il était allé au bout de son projet initial, il serait depuis longtemps parti en navette cargo et serait allé s'isoler, avec une provision de vivres, à l'observatoire astronomique dans l'autre hémisphère de Triton. Là seulement, avec les robots pour toute compagnie, le désert aurait été complet, le silence mental parfait, une condition dont on n'appréciait l'importance que depuis récemment, au point d'évoquer le déménagement de l'I.M.B. aux confins du Système solaire. Ici, à Salacia, il n'y avait que quelques dizaines de personnes et l'ambiance mentale différait nettement de celle d'Érymède, mais ce n'était pas encore tout à fait l'isolement que Dérec avait dit rechercher.

En vérité, quelques jours plus tôt, il s'était fait à l'idée de partir dans le désert glacé, il avait même réquisitionné le matériel, mais sa première transe fructueuse s'était finalement produite et le métapse avait saisi l'occasion pour différer son exil prévu pour le lendemain.

Il n'était pas dit que Dérec n'irait point, d'ailleurs.

Toutefois, ce n'était pas encore pour demain. À travers la géométrie molle du continuum psi, où les plans se fondaient plutôt que de s'entrecouper, et où les parallèles tournaient l'une autour de l'autre en d'improbables torsades, le Psychéen avait l'impression de se rapprocher cette fois encore du chronode qu'il visait.

Des spectres de sphères convergèrent, se superposèrent et prirent de la substance ; un moment plus tard, la planète-mère brillait sous lui, et il sut qu'il se trouvait au bon moment. Les dunes rousses de quelque désert africain et ses affleurements rocheux, marron et beiges, défilaient sous l'I.S.S., la station spatiale internationale. Étirant ses longs échafaudages et ses vastes panneaux solaires, elle luisait de tous ses cylindres blancs, son appareillage externe enveloppé de brillantes feuilles métalliques, or ou cuivre.

Et là, forme claire encore lointaine, elle aussi profilée sur la couleur de brique du désert, un croiseur lui était amené, vulnérable. « Vulnérable » car il était visible et – Dérec le devinait – détectable au radar. Bien plus clairement que la dernière fois, le métapse perçut l'état d'esprit qui régnait à bord. Ou plutôt son absence : tout l'équipage se trouvait plongé dans une torpeur que seul un vague bruit de fond mental distinguait de la mort. Une torpeur sans rêve, une seule note basse et faible plutôt que la cacophonie de pensées et le concert d'esprits concentrés caractérisant un équipage éveillé.

Un seul cerveau émettait à bord, la fugue un peu stridente d'un esprit se consacrant à vingt choses à la fois et n'en laissant aucune échapper à son attention.

C'était elle, la taupe, la traîtresse.

Car il s'agissait d'une femme, ainsi que l'avait avancé la prophétie des Lunes. De la passerelle où elle restait éveillée sans doute grâce à un masque-filtre, elle pilotait le croiseur avec l'aide de l'ordinateur de bord. La manœuvre était complexe et délicate : approcher le lourd vaisseau du fragile assemblage de l'I.S.S., et peut-être l'y arrimer, comme l'orbiteur états-unien qui s'y trouvait déjà joint par un caisson cylindrique.

En même temps l'officière – car il fallait que c'en fût une, pour avoir mis l'ordinateur sous ses ordres et rompu le contact avec Argus –, l'officière gardait aussi un œil sur le moniteur qui lui aurait signalé tout mouvement dans les salles, les coursives et les cabines du vaisseau, et qui contrôlait la concentration de gaz soporifique dans l'air. Comme virtuellement elle en avait plusieurs, elle gardait un autre œil sur la résille défensive du croiseur, dont les armes étaient sous tension, exposées et prêtes à faire feu.

Par moments, Dérec recevait même une vision de la passerelle par le cerveau de la taupe, fût-elle aussi évanescente et floue que la vision périphérique d'un œil normal dans le monde réel. Cela lui suffit à reconnaître la configuration des consoles et des écrans propre à l'un des croiseurs de la troisième paire, la plus récente, le *Gialar* ou le *Sigurd*.

Il entrevit aussi des corps étendus au sol ou affalés dans des fauteuils.

De la même façon, toujours par le lien mental, Dérec percevait des bribes de son, échanges verbaux en anglais avec les officiers de l'I.S.S. et de la navette états-unienne. Y avait-il tant de monde à bord qu'on puisse espérer garder le contrôle du croiseur, une fois abordé ? Une seule explication : dans les décades précédentes, toutes les personnes arrivées à bord de l'I.S.S., fussent-elles des chercheurs ou des spécialistes de charge utile, étaient en réalité des militaires jouant un rôle depuis longtemps mis au point.

Mais le dialogue, trop fragmentaire, ne livra au Psychéen ni le nom de la taupe ni son possible nom de code. Au plus saisit-il un ou deux noms d'officiers à bord de l'I.S.S., ce qui aiderait à établir une date. Pas de nom pour la taupe, pas de visage, et pourtant Dérec éprouva un vague sentiment de familiarité, comme si la personnalité de la traîtresse ne

lui était pas inconnue. Mais de là à établir son identité… Le métapse avait servi, à bord d'un vaisseau,
à partir d'une base ou d'un service, avec des dizaines
d'officières et d'agentes, sans compter les personnes
qu'il avait fréquentées dans le civil.

Déjà le contact se dissolvait, la scène devenant
lointaine et floue à la fois. Dérec résista un moment
au souffle qui dissipait sa vision, et il parvint à la
faire durer par la seule force de sa volonté, le temps
de percevoir l'approche masquée d'une navette
éryméenne.

Y avait-il d'autres traîtres en plus de la taupe ?

◆

La communi-tachyon terminée, Dérec mit son
comterm en mode passif. Pier Winden, à qui il avait
cette fois fait personnellement son rapport, venait
de lui apprendre qu'un autre métapse avait repéré
un deuxième traître, un crack d'informatique. Le
métapse, c'était Habib Hasmi, un des plus jeunes
diplômés de l'Institut, extrêmement doué pour un
percipient dont les facultés ne s'étaient épanouies
qu'à l'adolescence. Hasmi était lui-même un as de
l'informatique, et il ne pouvait s'agir d'un hasard si
c'était lui qui avait repéré l'informaticien complice
de la Taupe. Il existait des affinités mentales ou af-
fectives qui servaient d'attracteurs lorsque l'esprit
d'un métapse s'aventurait dans le continuum psi –
ce n'était toutefois pas une règle générale, juste une
observation qui avait été faite à quelques reprises.

La question se posait tout de même : pourquoi
Dérec, lui, avait-il été attiré mentalement vers la
Taupe et vers les événements qu'elle allait causer ?
Cela avait-il un rapport avec l'impression qu'il
avait eue de la connaître, cette personne ? Ou plus

prosaïquement avec le fait qu'il essayait depuis des mois, depuis des années, de trouver ce chronode en particulier dans le futur proche de la Terre ?

Avec un soupir, Dérec pianota brièvement sur son comterm. L'image de Larissa apparut, gardée en mémoire à partir de sa transmission de l'avant-veille. Elle avait envoyé par laser un message vidéo, pour donner de ses nouvelles. Les travaux de son laboratoire allaient bon train, toutes les simulations informatiques avaient été rassurantes et l'on était prêt à tester la nouvelle molécule sur un volontaire humain. La drogue en question, dont Larissa lui avait déjà parlé sous le sceau de la confidence, était censée causer une chronorégression chez le sujet, c'est-à-dire lui permettre de reculer dans le temps, non seulement jusqu'à un événement antérieur dans son propre passé récent, mais jusqu'à un événement antérieur auquel il n'avait pas pris part, dans un lieu où il ne s'était pas trouvé.

Par ses applications théoriques, cette nouvelle drogue évoquait les effets d'une transe métapsychique avec sondage du passé : la propsychine permettait déjà cela. Mais le mécanisme – pour autant qu'on pût le décrire sans l'avoir vraiment essayé –, le processus neurochimique était tout autre.

Deux fois Dérec avait repassé le message sur le mur-écran, en réglant le son au minimum, pour contempler Larissa, les plans moyens de son appartement et les gros plans de son visage. Saeko, sa compagne, était apparue brièvement pour saluer le métapse avec son sourire à fossettes, mais c'était Larissa qui lui manquait. Même son environnement, le décor dans lequel elle vivait, s'était chargé d'une connotation affective qu'il n'avait pas lorsque Dérec résidait sur Érymède. Le Psychéen ne raffolait pas

de cet appartement tapissé d'étoffes, où des draperies informes suspendues un peu partout causaient
un sentiment d'encombrement, voire d'étouffement.
Maintenant, les teintes chaudes des tissus et des
cuirs fins, contrastant avec le crépuscule bleuté de
Walhala qu'on apercevait par la baie vitrée, agis-
saient un peu à la manière d'un appel, comme
l'auraient fait les souvenirs d'une maison où l'on a
vécu heureux.

Dans l'espace central de la chambre, qui faisait
office de lit ou de plancher selon qu'on enlevait ou
étendait le lourd couvre-lit de cuir, Dérec et Larissa
s'étaient plusieurs fois aimés. À deux ou trois reprises,
Saeko, l'amante de Larissa, avait été de la partie.
Son corps menu évoquait pour Nicolas sa deuxième
amoureuse, Thaïs, la fille avec qui il avait appris à
connaître Érymède. Mais Saeko n'était pas une
adolescente : âgée de trente ans, seule son apparence
physique dégageait une impression de jeunesse.
Après un moment de conversation, elle s'avérait
presque aussi mûre que Larissa, son égale en toutes
choses.

Au lit, pourtant, c'est elle qui s'était retrouvée,
chaque fois, au centre des attentions de Dérec et de
son amoureuse, tel un trésor qui attirait infailliblement les bouches et les doigts, la tendresse et les
baisers.

Saeko partageait la vie de Larissa, elle était rarement absente de leur appartement. Le métapse
éprouvait de l'affection pour elle, mais il préférait
les occasions où Larissa et lui se retrouvaient seuls,
généralement chez lui à Psyché. Ils atteignaient
ensemble, lui semblait-il, une profonde complicité
qui n'était pas de nature à se partager. Se pouvait-il
qu'une relation amoureuse fût plus précieuse aux

yeux de gens pour qui le cerveau, l'esprit, étaient de constants sujets d'études et d'analyses, le champ d'essai de tant de drogues et d'exercices ? Fallait-il connaître tous les rouages des processus mentaux, psychologiques, métapsychiques, pour saisir ce que l'amour avait de précieux et d'impondérable ?

Pour l'heure, il n'avait rien d'impondérable, cet amour : il pesait au contraire de tout le poids de l'absence et du manque, du désir et de l'ennui.

•

Le métapse eut un rêve cette nuit-là – ou peut-être une vision juste avant de s'endormir, dans ce moment crépusculaire où l'esprit s'abandonne. Il était possible que le songe ait duré plus longtemps, mais Dérec n'en gardait au réveil qu'une image. Vêtue d'une robe bleu de Prusse (Nicolas pensa « robe », mais il s'agissait peut-être d'un autre vêtement), Larissa était allongée sur un velours pourpre, lui-même étalé sur une étendue de satin turquoise, le tout évoquant un écrin géant où une femme miniature aurait été déposée. Telle une Ophélie sans nymphéas, elle avait les yeux clos et ses cheveux pourpres flottaient autour de sa tête, cependant elle n'avait pas les mains croisées sur le ventre comme une morte. Des reflets ici et là évoquaient l'eau ou le diamant.

Plus insaisissable encore, une autre image contenait des colonnes tronquées faites de cette pierre bleu foncé, veiné d'azur, qu'on appelle marbre turquin. Cette vision était complémentaire à l'autre, mais Dérec ignorait comment. Néanmoins, il était sûr d'avoir déjà aperçu ces petites colonnes dans une cité éryméenne.

CHAPITRE 26

Revoir Larissa

Neptune était un croissant, que l'œil pourtant averti de Dérec parvenait à peine à distinguer, étroit, en marge du disque noir néant de la planète. La surface gelée de Triton était à peine moins sombre, la glace d'azote prenant l'apparence de l'ardoise sous l'obscure clarté des étoiles.

Dans la poitrine de Dérec, il lui semblait qu'une masse aussi lourde et aussi dure lui pesait. Dix jours, sinon quinze, s'étaient écoulés depuis le dernier message de Larissa. Elle oubliait de l'appeler, elle n'en avait pas le temps ou n'en avait pas envie, définissant ainsi – bien plus concrètement que par les paroles – la mince place que le Psychéen occupait dans sa vie.

Cela s'était déjà produit, et dans les dialogues imaginaires qu'il mettait alors en scène, Dérec l'interpellait : si je suis de trop dans ta vie, pourquoi ne le dis-tu pas ? Dix minutes de ton temps, même cinq, pour m'envoyer un message de temps à autre, est-ce trop te demander ? Ne serait-ce que pour m'indiquer que tu as bien reçu les miens, de messages ?

Cependant, ces discussions n'avaient jamais lieu, et quand enfin Larissa se retrouvait devant lui, entre ses bras, les contrariétés et les vexations se dissipaient. Il lui aurait fallu mettre lui-même un terme à cette relation qui ne menait nulle part, qui n'irait jamais en s'améliorant ni en s'intensifiant. Mais la force de caractère lui manquait – ou les circonstances ne venaient pas, qui auraient pu la lui imposer. Aussi se contentait-il de ce qui lui était accordé, les bribes échappées entre deux tâches ou deux distractions.

Pendant toutes ces journées que Dérec avait passées dans un abri temporaire, loin de Salacia et de toute base habitée, pas un seul message ne s'était enregistré à son intention, sur le comterm de son appartement, en provenance de Larissa. Même Manca Cèbe, en route vers Érymède et son amoureux, avait pensé à lui transmettre un message amical à partir du long-courrier qui l'emmenait. Combien de temps aurait-il fallu qu'il disparaisse, pour que Larissa s'aperçoive enfin d'une absence, d'un manque ? Éprouverait-elle même un manque, d'abord ?

Dérec posa rudement le front sur la baie de trans-plastal.

Et puis la retraite n'avait rien donné. Dans le silence mental qui l'avait entouré, ses sondages dans le continuum psi n'avaient pas connu plus de succès. La dernière transe réussie remontait à quinze jours. Et pourtant ce chronode avait encore tant d'informations à livrer ! Ne se laisserait-il plus jamais retrouver, plus jamais sonder ? C'était comme si l'île, déjà difficile à repérer sans carte, s'était pour de bon retirée sous les flots, Dérec passant et repassant au-dessus des terres submergées sans jamais en retrouver l'emplacement exact.

Avec un soupir muet – une consigne de soupir échappée de son cerveau, mais à laquelle ni son diaphragme, ni ses poumons, ni ses cordes vocales n'avaient daigné répondre –, l'homme gagna son fauteuil pour accomplir avec son cybord la routine des préparatifs.

Vint ensuite le rituel mental, apparenté à celui de la méditation, destiné à rasséréner le métapse et à ouvrir son esprit. Dérec était si résigné à ce que rien ne se produise qu'il fut saisi lorsque, avant même la conclusion du rituel, il éprouva un vertige temporel et sentit l'espace se déployer autour de lui. Avec la même assurance qu'il aurait discerné l'arôme salin d'un bord de mer ou les relents de ruines incendiées, il reconnut les coordonnées spatio-temporelles. Il se retrouvait quelques moments avant l'instant de sa troisième vision, celle où un croiseur était livré par traîtrise à la station spatiale internationale.

Il sentait la présence de la taupe et, plus vaguement, celle du croiseur à bord duquel elle régnait sur un équipage anesthésié. Mais ce qu'il voyait, c'était le moutonnement vert, ocellé d'ocre et de roux, d'une forêt mixte au lever du jour. Seule la cime des plus hauts arbres recevait la lumière rasante du soleil, qui laissait dans l'ombre de grands creux de forêt. Cela évoquait l'est de l'Amérique du Nord : le Québec, la Nouvelle-Angleterre ou le Nouveau-Brunswick. Certains détails topographiques, instantanément confrontés à sa propre mémoire et à celle de l'ordinateur, confirmèrent à Dérec son intuition : il s'agissait des environs de la base régionale du Maine, un de ses ports d'attache durant sa période aux Opérations.

Le croiseur éryméen était désormais perceptible à l'avant-plan de la vision du métapse. Son écran optique se distinguait comme une fluctuation-mirage de la vue aérienne qui défilait à bonne vitesse. La vitesse de défilement ralentit, comme si un mouvement de caméra inverse venait compenser celui du point de vue. Au moment où Dérec reconnaissait la clairière anguleuse, minuscule à cette distance, et distinguait même l'ouverture de l'aire d'atterrissage des navettes, une étincelle jaillissait, bourgeonnant en volutes de fumée grise. Puis, de nouveaux jets de fumée ignée fusèrent du chalet lui-même, d'autres points encore dans l'ombre. Enfin un soubresaut, qu'on sentait puissant même à cette échelle, fit tressaillir tout un pan de la montagne. La dernière image qu'emporta Dérec, avant que le site ne disparaisse à sa vue, fut le début d'effondrement du flanc de la colline, telle une moquette sous laquelle une trappe se serait ouverte.

La base régionale du Maine était détruite – entièrement, à en juger par l'échelle des dégâts. Et c'étaient les canons laser du croiseur éryméen, sûrement tous concentrés en un faisceau, qui l'avaient détruite à l'instant de sa plus grande vulnérabilité, lorsque s'ouvrait le toit du hangar à navettes.

Délaissant cette image qui lui échappait de toute façon, le métapse concentra sa perception sur le croiseur lui-même. Survolant un casse-tête d'anses et d'îlots, il atteindrait bientôt l'Atlantique. D'un effort de volonté, Dérec se retrouva à bord du *Sigurd* – ce pouvait aussi être le *Gialar*, les trois générations de croiseurs ayant été lancés par paires. L'esprit du métapse dominait la passerelle, surplombant la taupe elle-même. Du poste de pilotage, elle exécutait manœuvre par-dessus manœuvre, ses avant-bras accomplissant une gestuelle rapide au-dessus des consoles, ses mains lestes comme celles d'un prestidigitateur, ses doigts un brouillard de mouvement. Sa tête semblait celle d'une épileptique, agitée de saccades à mesure qu'écrans et claviers réclamaient son attention. Mais son esprit était celui d'une personne en pleine maîtrise, probablement

stimulée par une drogue qui aiguisait les perceptions, affûtait les réflexes et abrégeait les temps de
réaction.

Cette fois-ci, pour le Psychéen, il brillait tel un
phare, cet esprit, incandescent, vibrant. L'esprit de
Dérec avait déjà été joint à celui-là, brièvement,
durant des expériences poussées au-delà de la simple
télépathie. C'était trente-six ans plus tôt, dans un
laboratoire terrien près de la villa des Lunes.

Oui il la connaissait, cette femme de caractère,
ou du moins il l'avait connue. Et aujourd'hui, incrédule mais libre de doute, il la reconnaissait : Diane
Richards.

Un *non!* lui échappa, à mi-voix, mais c'était
autant une question qu'une protestation, et surtout
le cri d'une profonde perplexité.

Sa première amoureuse, sa toute première, était
restée sur Terre lorsqu'il avait accepté l'invitation
d'Érymède. Elle avait refusé comme autant de
sornettes les propos de Kate Hagen, l'agente du
Recrutement qui s'était infiltrée à la Fondation Peers
pour s'intéresser aux percipients. Devant le refus
de Diane, Kate lui avait fait subir le traitement amnégène réservé à quiconque apprenait quelque chose
de l'existence d'Argus et des Éryméens.

Aujourd'hui, un tiers de siècle plus tard, elle se
retrouvait officière commandant un croiseur et
parvenait à elle seule à déclencher un affrontement
entre Éryméens et Terriens.

Sous quel nom? Sous quel visage? Depuis quand
était-elle ici?

Nicolas Dérec se rendit compte qu'il avait devant
lui la forme anguleuse de son cybord, écrans alarmés,
manipulateurs affairés. Sous l'effet de l'inhibiteur
de la propsychine, la vision avait disparu aussi implacablement qu'une flaque d'eau sur le sable

brûlant d'une plage équatoriale. Apparemment, ses pulsations cardiaques s'étaient interrompues trop longtemps au jugement de l'O.R.M. ; du coup, Dérec se souvint qu'il devait aussi respirer.

Écrasé par une soudaine faiblesse, il laissa le cybord lui prodiguer les soins requis.

Diane Richards, éryméenne. Et traîtresse.

Le plus triste, c'est qu'il parvenait à y croire.

◆

Les bagages et le cybord de Nicolas Dérec étaient prêts, enregistrés à l'astroport de Salacia. Le long-courrier affichait une heure de retard quant au départ, aussi le Psychéen s'était-il rendu, une dernière fois, à cette salle déserte au bout d'une aile désaffectée de la base.

Aujourd'hui, pour tout observateur situé sur Triton, Neptune était aux trois quarts visible, avec une apparence de sphéricité. Le terminateur n'était pas net, la transition de l'obscurité à la pénombre se faisant du noir à l'indigo. Seulement là où s'affirmaient quelques strates de bleu profond, outremer, pouvait-on être sûr qu'on voyait bien la planète.

Dérec se souvint de s'être offert comme distraction, des décades ou des mois plus tôt, de guetter le passage de la petite lune Larissa. Il la savait maintenant invisible, à cette distance, trop infime et trop peu éclairée pour se détacher sur fond de planète.

Et pourtant, aujourd'hui, juste un moment après que Dérec se fut posté à la baie de transplastal, une lune cheminait silencieusement devant la face de l'astre.

Rapide – tout étant relatif –, elle n'offrait au regard qu'un point moins sombre que l'atmosphère de la géante, une toute petite tache informe, couleur

de roche, de ce gris-brun que les Éryméens connaissaient si bien.

Il devait s'agir de Galatéa ou de Despina, les
moins petites des lunes intérieures, bergères menant
rudement les troupeaux de particules qu'étaient les
anneaux neptuniens.

En un moment, la lune eut traversé la face de
Neptune. Ensuite, Dérec la perdit rapidement de vue,
parmi des étoiles autrement plus brillantes qu'elle.
Son séjour à lui ne laisserait guère plus de trace, du
moins ici, sur Triton.

Sur Érymède, en revanche, dans les salles de
réunion feutrées d'Élysée et d'Argus, on discuterait
des heures et des jours, on mettrait des décades à
raffiner hypothèses et stratégies, tandis que la mémoire du moindre service éryméen serait interrogée
et fouillée. Les flammes de la prophétie des Lunes
avaient enfin été rallumées, à partir de braises qu'on
avait craint éteintes.

Dans un message encrypté à la limite du possible,
Dérec avait prévenu son supérieur, et lui seul, qu'il
avait identifié la taupe. Il n'avait même pas osé
énoncer son nom, de peur qu'elle, ayant accès aux
communications les plus secrètes, apprenne qu'elle
était démasquée et qu'elle s'enfuie. Seul le cybord
de Dérec portait l'enregistrement de sa transe, et
donc l'information cruciale. Au cas fort improbable
où il arriverait quelque chose au long-courrier
Chulainn et à ses passagers, le cybord serait lancé
dans l'espace à l'intérieur d'une bouée.

Quelque part en route, le patrouilleur *Sundhilfare*
– dont aucune officière ou membre d'équipage
n'était née sur la Terre, Winden avait vérifié –
rejoindrait le *Chulainn* et prendrait Dérec, sans que
personne à bord sache pourquoi il était si important
de l'emmener à vitesse maximale vers Érymède.

Et Larissa? Pour des raisons de sécurité, Dérec n'avait pu lui annoncer la date de son arrivée – ni même le fait qu'il était parti de Triton. Il avait laissé à Salacia de brefs messages qui lui seraient envoyés à certaines dates précises, le dernier annonçant son départ. Tout ce temps, elle serait incapable de communiquer avec lui.

Quelquefois, lorsque les silences de Larissa lui avaient trop pesé, il avait fantasmé de disparaître sans laisser de trace et de pouvoir épier ses réactions à distance, savoir s'il lui avait été cher, si elle s'accommoderait rapidement de son absence ou si sa disparition l'inquiéterait.

Les circonstances lui offraient maintenant cette occasion, la lui imposaient. Mais l'idée ne le mobilisait plus, le laissant presque indifférent. Un visage, un destin, éclipsaient désormais Larissa : le visage et la destinée de Diane Richards.

Comment ce destin-là s'était tissé, quelles intrigues s'étaient nouées et bouclées pour qu'une Terrienne, méfiante et télépathe, intelligente et ambitieuse, se retrouve officière de vaisseau sans que Dérec ne la croise jamais ni ne la reconnaisse, voilà qui allait occuper ses jours et ses nuits pour des mois à venir.

Nicolas Dérec n'avait pas éprouvé ce mélange d'excitation et d'appréhension depuis longtemps. Et en quittant la surface ombreuse de Triton, surpris par un vague regret, il se dit qu'il avait sans doute vécu à Salacia les derniers moments tranquilles de cette période de sa vie.

CHAPITRE 27

La taupe caméléon :
les tunnels du passé

Derrière la baie vitrée, lutins et farfadets se poursuivaient dans une forêt sillonnée de ruisseaux. Pourtant Nicolas Dérec se sentait lourd – corps et âme –, tel un officier d'astronef qui descendrait sur Terre après un séjour de plusieurs mois en gravité réduite.

Du reste, c'était le cas, ou tout comme. Il venait de passer une décade et demie à bord du *Sundhilfare* où, même lesté d'osmium, on ne pesait qu'une fraction de son poids terrestre. Or la gravité sur Érymède représentait la moitié de celle régnant sur Terre.

Mais son accablement était surtout moral. Ce qu'il avait découvert sur Triton, ce qu'il apprenait depuis son retour sur Érymède, c'étaient autant de pierres jetées dans la hotte qu'il portait aux épaules.

Que ce fût aujourd'hui la fête annuelle des Enfants, et qu'elle ait lieu cette fois entre la rivière et les cascades du parc-cratère de Laga, cela n'y changeait rien.

Non loin de la baie vitrée – qui était miroir pour l'autre côté –, une fille aux cheveux azur lutinait un garçon costumé tout aussi sommairement qu'elle. La thématique vestimentaire suggérée n'était suivie avec enthousiasme que par les bambins ; plus vieux, on se contentait parfois d'une référence au thème, un accessoire, une pièce de vêtement, voire seulement une touche de maquillage. Aujourd'hui, l'indigo et le turquoise, la plume et le tulle, dominaient parmi les ribambelles d'enfants qui se poursuivaient sous les chênes.

Brièvement il eut une vision : à l'autre bout de la jonction par laquelle il avait jadis eu cette étonnante vision d'un boisé peuplé de lutins, il se retrouvait derrière les yeux d'un Nicolas trente-six ans plus jeune, filant à bord d'un astrobus vers un monde nouveau pour lui, Érymède. C'était la seconde fois en moins de deux décades qu'il était conscient d'une jonction avec ce moment précis de son premier voyage vers Érymède ; la précédente avait eu lieu lors de son discret transfert du long-courrier *Chulainn* vers le *Sundhilfare*, au milieu de nulle part.

Il se retourna vers la table de conférence. Ç'avait été l'idée de Dérec que de tenir la réunion ici, à Laga, au voisinage de milliers de jeunes esprits enjoués et excités. Pour quiconque espérait sonder télépathiquement les participants à la réunion, à distance, ce serait l'équivalent de vouloir épier le conclave d'une quinzaine de scarabées à travers le vol heurté et capricieux de milliers de papillons.

Un officier de la Sûreté – Dérec reconnut Barry Bruhn, après un instant de doute – achevait de promener dans la pièce un appareil qui aurait repéré tout dispositif d'écoute, fût-il un produit de la nanotechnologie. On avait impliqué le moins de gens possible – et encore moins connaissaient le lieu précis de la rencontre. Les participants eux-mêmes l'ignoraient jusqu'à leur arrivée.

Le métapse regagna sa place à la table. Par l'arche, il vit s'ouvrir la porte de l'antichambre. Un feu follet d'un mètre vingt, tout vêtu de bleu métallique, s'effaçait pour laisser entrer la personne qu'il avait escortée depuis son domicile ou son bureau. Dérec reconnut l'amiral Ousso qui, pas plus que quiconque, n'avait su où le menait l'enfant venu le chercher à Corinthe. Même le spectacle de septuagénaires ou de sexagénaires se rendant au parc-cratère de Laga n'aurait intrigué personne dans l'intercité en ce jour : bien des parents et grands-parents accompagnaient leur progéniture jusqu'au lieu de la fête.

Tant de secret parce qu'on ignorait combien Diane Richards avait de complices, où ils se planquaient et jusqu'à quel niveau, ou même quelle tête elle avait, elle. Une chose était sûre : elle ne ressemblait guère aux portraits-robots que Nicolas Dérec avait produits d'elle en extrapolant à partir de ses souvenirs d'adolescence. Une recherche dans les fichiers du Recrutement et ceux de l'Amirauté n'avait rien donné.

Le menton appuyé sur le pouce, le coude sur l'appui-bras, Dérec cessa de fixer la table et releva les yeux. Au centre de son champ de vision, Barry Bruhn refermait sa mallette. Leurs regards se croisèrent.

La dernière fois qu'ils avaient conversé, c'était lors de cette réception à la Nef, celle où Dérec avait rencontré Larissa.

— Vous avez pris du grade, monsieur Bruhn, observa le métapse.

— Et je suis revenu à la Sûreté, fit l'homme en soutenant son regard. Coordonnateur adjoint.

Il se pencha au-dessus de la table pour tendre la main au métapse.

— Comme ça, vous n'avez jamais abandonné depuis Montréal, commenta-t-il.

— Abandonné… ?

—L'espoir de revoir la prophétie des Lunes.

Le Psychéen haussa les épaules :

—Nous nous y étions pas mal tous attelés, à l'Institut. Même si ça n'a pas paru, côté résultats.

—Jusqu'au mois dernier.

Avant cela, aucun métapse n'était allé s'exiler sur Triton ni camper sur sa plaine glacée, dans l'ombre bleue de Neptune. L'idée qu'un isolement physique, loin d'autres esprits, pouvait aider les sondages du continuum psi, cette idée n'avait été testée que récemment, et pour Dérec l'essai avait été couronné de succès. Auparavant, on raisonnait que les conditions entourant le percipient dans le monde réel n'avaient aucune incidence sur le continuum psi, indépendant qu'il était de l'univers euclidien.

À son retour de Triton, quand Dérec avait enfin eu une heure de libre après s'être délesté de son terrible secret, il avait tenté de joindre Larissa. Saeko avait accueilli sa réapparition avec un sourire sincère, mais lui avait appris que Larissa venait de partir pour Argus.

Cela n'avait pas aidé à lui remonter le moral.

Dérec sentit une main lui serrer chaleureusement l'épaule. Il se retourna à demi.

Pier Winden était là, le directeur de l'Institut. Dérec fit mine de se lever, mais une pression sur son épaule lui fit comprendre que ce n'était pas nécessaire. Le maître aux cheveux grisonnants s'assit à côté de Nicolas. Il avait été le premier sur qui Dérec s'était déchargé de son lourd secret, avant même les gens de la Sûreté ou du Conseil supérieur.

Derrière lui était entré un autre Psychéen, qui s'assit au-delà de maître Winden. À cause de l'éclairage tamisé de la salle, Dérec mit un moment à reconnaître maître Hardt, un métapse de la génération des Ilfor,

Winden et Yaeger, mais beaucoup moins connu car il n'avait jamais enseigné à l'Institut ni n'avait exercé des fonctions de direction. Sans regarder Nicolas dans les yeux, il ne lui adressa qu'un vague signe de tête, si discret que Dérec pouvait l'avoir imaginé.

Mal à l'aise, Nicolas ramena son regard sur Pier Winden. Celui-ci semblait n'avoir rien à dire ce jour-là, du moins pas avant la réunion. Il tint plutôt des propos légers sur la curieuse faune qui s'ébattait alors sur les berges herbeuses de la rivière Laga. Peut-être songeait-il à ses propres enfants, qui avaient passé l'âge de se déguiser en elfes.

Dérec ne lui prêtait plus qu'une oreille distraite. Il avait reconnu une autre personne qui prenait place du même côté de la table que lui, à quelques fauteuils de distance : Fuchsia Perez, la cybernéticienne qu'il avait brièvement connue voilà trente ans ou plus, à Gladsheim. Ils s'étaient revus de loin en loin ; elle était depuis quelques années directrice de l'Institut de cybernétique et d'informatique, où elle avait succédé à Fiona Andrews.

—En venant ici, j'ai aperçu deux spécimens bleus de colibris.

Dérec tourna la tête vers Pier Winden et le regarda avec perplexité.

—Plaît-il ?

Puis il se rappela que le vieux métapse était un ornithologue dilettante. Une visite chez lui et un aperçu de sa volière revinrent à la mémoire de Nicolas.

—Enfin, un indigo, presque violet et l'autre plutôt mauve. Peut-être *Campylopterus hemileucurus* et *Calypte Costæ*. Faudra que je me renseigne au Service de la faune. Et sur l'étang central – là j'en suis sûr –, j'ai vu un trio de sarcelles.

Puis, désignant discrètement un homme qui bavardait avec son voisin, Winden fit un autre coq-à-l'âne :

— Tiens, voilà l'auteur dramatique.

— Lequel ? s'enquit distraitement Nicolas.

— Phon Hol, le coordonnateur du Recrutement.
Savais-tu qu'il a mené en parallèle une carrière littéraire ? Je crois que certaines de ses pièces sont
encore présentées, à l'occasion.

Ce qui était aussi le cas de Calvin Hardt, mais
dans le champ musical ; il ne semblait toutefois pas
avoir entendu Winden et demeurait en retrait –
même si son fauteuil était aussi près de la table que
celui de n'importe quel autre participant.

Dérec reporta son attention sur Phon Hol. L'autre
homme, à ses côtés, il le connaissait bien pour avoir
eu à lui répondre de ses missions, à l'occasion,
lorsqu'il était agent sur Terre. Il s'agissait de Carl
Andersen, maintenant coordonnateur aux Opérations.
Leurs relations n'avaient pas toujours été idylliques.

Bruhn, lui, s'était mis à échanger avec la coordonnatrice de la Sûreté, Carla Cotnam. Dérec ne
l'avait rencontrée que récemment, mais elle aussi
avait dit avoir fait sa connaissance trente-six ans
plus tôt. Fort brièvement, il est vrai : elle était jadis
responsable de la base régionale du Maine, par où
Nicolas avait fait sa première entrée si remarquée dans
la société éryméenne, jeune fugitif essayant d'échapper
aux diverses polices de son pays qui voulaient le
ramener à la cage dorée où l'on étudiait ses facultés psi. Dérec ne se rappelait évidemment pas
Carla Cotnam, qui devait être dans la trentaine à
l'époque. En revanche, il se souvenait parfaitement
de la Diane qu'il avait laissée derrière lui, à la Fondation Peers : la jeune femme tenait, elle, à cette cage
dorée dont les gardiens en sarraus blancs répondaient
à des hommes comme son père et son oncle, militaires de carrière, et elle se destinait à une carrière

diplomatique, sûre que ses facultés psi y trouveraient leur application idéale.

Espionne.

Le mot n'avait pas été prononcé à l'époque – les ambitions de Diane se drapaient encore d'un discours positif, quoique rarement idéaliste et jamais, jamais naïf. Mais déjà, à dix-huit ou dix-neuf ans, c'est à cela qu'elle songeait lorsqu'elle s'exerçait à la télépathie et à la télékinèse.

Même dans ses rêves les plus fous, elle n'avait sûrement pas envisagé, sceptique et pragmatique comme elle l'était, que c'est dans l'espace qu'elle accomplirait sa destinée d'espionne.

Dérec interrompit sa chaîne de pensées, conscient du nœud qui commençait à crisper son œsophage – le même depuis deux décades, à l'estomac ou à la gorge, chaque fois qu'il pensait à sa première amoureuse et qu'une amère angoisse le submergeait.

— Avez-vous oublié tout ce que vous a enseigné maîtresse Link ? lui demanda Pier Winden à voix basse. Je sens votre crispation jusque dans ma poitrine.

— Désolé, murmura Dérec.

Il lui fallait se ressaisir. Diane Richards, c'était de l'histoire ancienne. Y avait-il de sa faute si une fille qu'il avait aimée un tiers de siècle plus tôt avait choisi le camp des adversaires d'Érymède ? On n'allait pas le lui reprocher à lui, sous prétexte qu'ils avaient fréquenté les mêmes laboratoires et, à l'occasion, partagé le même lit ?

L'arrivée de Sing Ha donna à Dérec l'occasion de prendre une profonde inspiration et de se redonner une contenance. Tous dans la salle se levèrent pour accueillir la présidente du Conseil supérieur, accompagnée du président du Conseil d'Argus, Ulm Edel, presque aussi âgé qu'elle mais à la santé moins florissante. On le savait à la fin de son mandat, tandis que nul ne s'aventurait à faire une prédiction aussi ferme quant à Sing Ha, pourtant âgée de quatre-vingt-cinq ans.

Les participants s'étant rassis, elle prit la parole sans tarder, s'étant assurée du regard que tous étaient présents.

— Vos heures sont aussi précieuses que les miennes ; je vais abréger la récapitulation. Vous savez tous maintenant que la « prophétie des Lunes » vient d'être éclaircie grâce à maître Dérec. La personne en qui maître Karilian avait vu une menace de guerre interplanétaire a été identifiée, elle participait à cette époque à des expériences dans un laboratoire tout proche de la villa des Lunes.

La dame s'en tint à ce résumé. Les jours précédant la réunion, les divers coordonnateurs ne s'étaient parlé qu'en personne, jamais par comterm ou par commini. Évitant tout recours au réseau, ils ne s'étaient envoyé des messages que par tablette-écran. Des robots les livraient, programmés pour les vider à la moindre tentative d'interférence. Les messages étaient codés « pour vos yeux seulement » et des lecteurs optiques équipaient les tablettes, reconnaissant la rétine du destinataire avant de livrer leur texte, puis effaçant celui-ci un moment après lecture.

— Qui parle en premier ? demanda la présidente. Le Recrutement ? La Sûreté ?

— Je suggère un ordre chronologique, proposa Carla Cotnam.

— Le bon sens. Phon Hol ?

— Comme cela a déjà été établi, notre taupe n'a pas été recrutée sous son identité réelle. Voici les faits tels que nous les avons reconstitués. Je vous préviens, il y a une bonne part d'hypothèses et de conjectures, mais l'ensemble est vraisemblable.

Dérec jeta un regard vers la présidente, la vit grimacer discrètement à cette remarque.

— Nous tenons pour acquis, déclara Phon Hol, que le traitement amnégène que Kate Hagen lui a appliqué en 1977 n'a pas agi complètement sur Diane Richards. Les souvenirs qu'elle aura conservés ont pu répondre partiellement aux interrogatoires de l'armée ou de la G.R.C. après la défection de Nicolas Dérec. Ou alors elle les a gardés pour elle, et les a soumis quelques mois ou quelques années plus tard à son cousin, Morris Fox.

Dérec haussa un sourcil. Anna Luang, la coordonnatrice aux Renseignements, glissa à son intention:

— Nous avons établi qu'il s'agissait de son cousin plutôt que de son oncle, mais un cousin vingt ans plus vieux.

Le nom « Fox » était inconnu de Dérec. Les fois où Diane lui avait lancé, avec dérision ou en colère, que ses marottes et ses lubies la faisaient penser à son oncle ufologue, elle ne l'avait jamais nommé. Elle le considérait manifestement comme un farfelu et aurait sûrement préféré qu'il ne lui fût pas apparenté; du reste, les oncles qu'elle mentionnait de temps à autre étaient plutôt les maris de ses tantes.

— Que sait-on de lui? demanda la présidente.

— Morris Fox était ce qu'on appelle sur Terre un « ufologue »; il avait publié quelques livres, de nombreux articles. Collectionneur de témoignages dans les années soixante et soixante-dix: OVNIs, rencontres d'Alii, enlèvements, agroglyphes… Puis il a cessé de fréquenter les médias, mais sans vraiment disparaître. On suppose qu'il a été récupéré par les services secrets de l'armée états-unienne.

Phon Hol, le coordonnateur au Recrutement, reprit la parole:

—Des premières photos que nous avons d'Alexandra Kane – elle se faisait appeler Sandra à l'époque –, il faut déduire qu'elle a subi au visage une chirurgie majeure, une chirurgie reconstructive.

Dérec tressaillit, ne sachant si c'était à cause de ces mots, « chirurgie reconstructive », ou à cause du visage que montraient les trois écrans apparus au plafond.

Une parfaite inconnue. Et pourtant la deuxième photo, en pied, éveillait une impression de familiarité.

Sur le portrait, en gros plan, il ne reconnaissait rien de Diane, même pas les yeux, même pas les cheveux, devenus châtains. Les iris seuls avaient la couleur sombre qu'il se rappelait, mais le pli des paupières éteignait un peu son regard. Un visage plus ovale, plus banal, un nez rond – une physionomie slave. Néanmoins, comme on finit malgré tout par trouver certains éléments de parenté entre deux sœurs qui ne se ressemblent guère, le métapse devait convenir que, oui, cette jeune femme pouvait avoir été Diane Richards.

Dérec reporta son attention sur la photo où Diane – Sandra – s'adossait à une clôture à claire-voie, de type ranch, étendant les bras sur la traverse du haut. Là, il pouvait plus facilement s'agir d'elle, si on imaginait cinq ans supplémentaires qui auraient arrondi ses hanches, mis de la chair sur sa silhouette.

—Notre service n'avait trouvé aucune faille dans l'identité de Sandra Kane, poursuivit Phon Hol. Quiconque la lui a construite a fait les choses à la perfection. Elle serait née en 1960…

Une exclamation ironique, à mi-voix, échappa à Dérec.

—Elle s'est rajeunie de deux ans ! expliqua-t-il lorsque les regards se tournèrent vers lui.

Aucun risque que sa propre mémoire lui fasse défaut, là-dessus. Il se rappelait très bien la différence de trente mois entre eux, le fait qu'à seize ans il avait eu une amoureuse de dix-neuf ans, sa fierté toute juvénile des premières semaines et les tensions que cela avait parfois causées par la suite.

L'avalanche de souvenirs lui fit perdre un moment le fil de l'exposé. La première fois… Les attouchements avec Josée ne comptaient pas, ne comptaient plus. La première fois qu'il avait fait l'amour avec Diane, ou plutôt que Diane lui avait fait l'amour, débordé qu'il était par l'émotion, tâtonnant et maladroit. Son corps mince et vigoureux, dont les mouvements au lit avaient une souplesse toute féline…

— Maître Dérec.

— Pardon ? se ressaisit le métapse.

— Le centre de recherche Fairbridge, en Californie, vous le connaissiez ?

Nicolas fouilla en vain sa mémoire, hocha la tête négativement.

— Le gouvernement fédéral des États-Unis rassemblait là des génies mathématiques et bon nombre d'autistes, ce que les Terriens appelaient jadis les « idiots savants ». Surtout des jeunes gens. Ils appliquaient ces talents à la cryptographie et à l'informatique.

— Diane était… Diane Richards était douée en mathématiques, confirma Dérec, très forte mais pas exceptionnelle, que je sache. Elle…

Il s'interrompit. Elle l'aidait parfois dans ses devoirs de physique ; les premiers mois, avant qu'ils ne deviennent amants, il feignait de mal comprendre certains problèmes qu'il aurait su résoudre seul, tout prétexte étant bon pour aller frapper à sa porte ou l'inviter chez lui.

— Quoi qu'il en soit, notre service avait infiltré une agente à Fairbridge, et c'est là qu'elle a recruté Sandra Kane, en 1996.

— Vous croyez que, déjà à cette époque… ? commença la présidente.

— C'est la seule hypothèse valable : les États-Uniens nous ont amenés à recruter une personne destinée à devenir une taupe. Ils avaient eu presque vingt ans pour l'endoctriner et la former.

« Endoctriner ». Dérec se demanda si elle avait été difficile à persuader. Il avait le désagréable sentiment que non, avec ses antécédents familiaux. Son père et divers oncles étaient officiers, hauts gradés à l'OTAN ou à NORAD ; la psychose de « l'ennemi » faisait partie de l'environnement dans lequel elle avait été élevée, l'étiquette avait simplement été apposée à une autre entité lorsque le bloc de l'Est s'était effrité.

Si, après le traitement amnégène raté, Diane avait gardé ne fût-ce qu'une fraction de son ressentiment envers Kate Hagen et envers Nicolas lui-même lorsqu'il avait résolu de partir, elle pouvait fort bien avoir entretenu un petit désir de revanche. Cela n'aurait pas suffi comme motivation principale, certes, mais cela aurait compté pour quelque chose.

Et cette chirurgie ? Avait-elle été rendue nécessaire par un accident, devenant alors un atout commode, ou avait-elle été imposée à Diane pour rendre étanche sa fausse identité ? Secrètement, Dérec formula le vœu qu'il y ait eu accident, qu'en partie du moins elle eût été poussée sur cette voie par les circonstances.

— Nous avons bien entendu réexaminé le dossier de Sandra Kane depuis avant-hier, poursuivit Phon Hol.

— Et… ? s'enquit Ulm Edel, impatienté par une pause du coordonnateur.

—Deux surprises, ou deux mystères. D'abord, ses photos et certaines données avaient disparu de son dossier dans les mémoires d'Érymorg, et le dossier complet avait été effacé de celles d'OCArgus et du service du Recrutement à Argus. Seules les archives physiques d'Érymorg étaient intactes.

Sous la cité-cratère de Mandos, la mémoire de l'ordinateur central Érymorg était doublée par un archivage sur support optique, physiquement isolé du réseau et inaccessible sauf mécaniquement, de manière à ce qu'un éventuel virus cataclysmique ne puisse affecter cette ultime réserve.

—Elle aurait donc voulu faire oublier qu'elle venait de la Terre, comprit la présidente du Conseil. Et l'autre mystère?

—Nous ne savons pas pourquoi nous l'avons recrutée.

Le silence se répandit dans la salle, chacun se demandant comment il fallait comprendre exactement cette remarque. Dans ses moments de doute, Dérec s'était posé la même question, à son propre sujet: pourquoi Érymède avait-elle voulu de lui? À d'autres occasions, bien entendu, comme récemment sur Triton, la réponse s'était imposée: on avait recruté Nicolas Dérec, adolescent morose et esseulé, parce qu'on avait décelé son remarquable potentiel métapsychique – et, sous ce rapport, on n'avait pas eu tort.

—Diane Richards avait des talents de percipience et de télépathie au moins égaux aux miens, crut-il bon de signaler.

—Mais nous ne le savions pas, intervint une femme que Dérec ne connaissait pas.

—Plus encore, elle nous les avait cachés, ces talents, enchérit Phon Hol.

Puis il présenta la femme assise à sa gauche :

— Michale Tontchev était agente du Recrutement sur la côte ouest des États-Unis dans les années quatre-vingt-dix. C'est elle qui s'était infiltrée au centre Fairbridge, c'est elle qui nous a signalé Sandra Kane et nous a recommandé son recrutement.

Il lui adressa un vague geste de la main et elle poursuivit :

— J'ai relu mes notes personnelles, et mon rapport lorsqu'on l'a retrouvé. Ni l'un ni l'autre ne correspondent à mon souvenir de Sandra Kane.

— On les aurait modifiés ? s'étonna Carla Cotnam.

— Non, ils sont intacts, c'est moi qui me suis mal exprimée. Voici ce que je veux dire. Je me souviens vaguement de Kane comme d'une jeune femme intelligente, même brillante – ils l'étaient tous, à Fairbridge – mais sans rien qui la distinguait des autres sujets du centre de recherche, rien qui justifiait que je recommande son recrutement. Il y avait à Fairbridge de véritables génies, toutefois Kane n'en était pas un.

Un silence perplexe, à nouveau, se répandit sur la salle à l'éclairage ambré. Dérec tressaillit lorsque Winden, à ses côtés, prit la parole :

— Il serait temps, je crois, que j'explique un concept qui nous sera utile pour comprendre la suite du dossier. Vous permettez, madame la Présidente ?

Il avait prononcé le titre de Sing Ha avec déférence, même s'il la côtoyait hebdomadairement – quotidiennement ces jours-ci – en tant que membre du Conseil supérieur d'Érymède.

Si Winden avait quelque chose à révéler à ses homologues, ce serait une révélation pour Nicolas aussi, car il ne lui avait rien confié.

— Depuis bientôt un demi-siècle, l'I.M.B. étudie les facultés métapsychiques de l'homme. Toutes :

l'empathie, la télépathie, la clairvoyance, la précognition, la psychométrie, d'autres formes de percipience, la télékinèse… Toutes, sauf une.

Un déclic se fit dans l'esprit de Dérec. Se pouvait-il que…

—La faculté psi-omicron, précisa Winden.

Diane, une psi-o ?

— C'est une faculté que nos homologues terriens, surtout ceux des grandes puissances, ne se privent pas d'étudier, mais nous à l'Institut avons fait le choix de la laisser dans l'ombre.

Et même de renvoyer chez eux, sans leur en parler, les jeunes sujets – extrêmement rares – chez qui on la devinait latente. Dérec le savait, il savait aussi qu'on en parlait le moins possible. La méfiance que certains entretenaient envers Psyché aurait décuplé si on avait soupçonné l'Institut de cultiver la faculté psi-omicron.

—Nous évitons même d'en révéler l'existence aux profanes, ajoutait Winden, et je vous demanderais de considérer ceci comme un secret d'État, plus grave encore que l'existence d'une taupe dans l'Amirauté.

Les gens s'entre-regardèrent, interloqués. *Ma foi, il va les rendre hystériques.*

— Mais enfin…, s'impatienta Ulm Edel.

—En termes simples, la faculté psi-omicron permet à l'agent d'imposer mentalement sa volonté à un sujet.

—Les hypnologues font la même chose, observa quelqu'un.

—Le psi-o peut imposer sa volonté *sans être en présence du sujet*; une certaine proximité suffit. Il peut le faire sans altérer l'état de conscience du sujet comme par l'hypnose *et* sans que le sujet ait conscience de l'influence. Je vous laisse imaginer tout le potentiel de cette faculté.

Une vague de murmures traversa la salle, démontrant que chacun saisissait la portée de ce qui venait d'être dit.

— Et Sandra Kane… ?

— Aurait été psi-o, déjà à l'époque, confirma Phon Hol. Ce qu'à Psyché on appelle une « fascinatrice ». Elle aurait imposé à l'agente Tontchev l'idée qu'elle avait un potentiel exceptionnel et qu'Érymède devait la recruter.

— Et aussi l'idée qu'elle se trouvait en péril au centre de recherche Fairbridge, ajouta Michale Tontchev, même si je n'ai retrouvé dans mes notes aucun fait précis à l'appui de cette prétention. Je ne me rappelle même pas, seize ans plus tard, quelle histoire elle m'a raconté.

— Vous dites seize ans… s'enquit Dérec.

— Dix-sept, se reprit Tontchev en jetant un coup d'œil à ses notes. C'est en 1996 que Sandra Kane est arrivée à Argus. Elle a ré-adopté à cette occasion son prénom complet, Alexandra. Enfin, son prénom d'emprunt.

Dix-sept années durant lesquelles Dérec avait eu l'occasion de croiser Diane/Alexandra. Cela s'était-il effectivement produit ? L'aurait-il reconnue, si longtemps après l'avoir vue avec son vrai visage et sa silhouette d'adolescente ?

Elle, en tout cas, aurait reconnu Nicolas : chaque matin durant des années jusque vers l'âge de quarante ans, sa glace avait témoigné qu'il conservait son air de jeune homme, longtemps imberbe, ensuite glabre. C'est seulement depuis environ dix ans qu'il se laissait pousser un collier de barbe, pour le raser deux ans plus tard et le laisser repousser par la suite. Si Diane/Alexandra l'avait croisé avant cela dans les couloirs d'Argus ou d'une cité éryméenne, elle l'avait identifié à coup sûr. Et elle avait choisi de ne pas se signaler, de longer les murs. Comme une taupe, ou une couleuvre.

Il tenta d'évacuer le ressentiment qui se faisait jour en lui, se reprochant presque l'analogie reptilienne.

Sing Ha avait donné la parole à Fuchsia Perez, la directrice de l'Institut de cybernétique et d'informatique.

— Je ne sais pas si Alexandra Kane a fait usage de sa faculté psi-oméga…

— Omicron, corrigea Winden.

— Toujours est-il qu'elle a été admise à l'I.C.I., l'année de son arrivée, poursuivit Pérez. L'informatique l'attirait, particulièrement la théorie et la pratique des réseaux, et elle maîtrisait les connaissances mathématiques requises. Hier, j'ai discuté de son dossier avec les personnes qui lui ont enseigné, et… Ce que vous venez de nous apprendre pourrait éclairer certaines remarques qu'ils m'ont faites.

Le « vous » s'adressait aux Psychéens, à Winden en particulier, peut-être à Dérec.

— Aucun professeur ne se souvenait de Kane comme d'une étudiante exceptionnelle, pourtant son dossier contient de très bonnes ou même d'excellentes évaluations, malgré une faiblesse compréhensible du côté des théories métamathématiques qui nous sont propres.

— Ces très bonnes évaluations lui ont ouvert les portes de l'École d'astronautique malgré son âge, intervint l'amiral Ousso. C'est exceptionnel que nous admettions quiconque à l'âge de quarante ans: nous préférons commencer tôt la formation de nos officiers…

— Quelques dates…, demanda la présidente.

Ousso consulta ses notes :

— Elle est arrivée à Corinthe en 1998, elle a commencé ses stages en 2002. Et mes instructeurs m'ont fait le même genre d'observation que Fuchsia Perez : bonnes évaluations au dossier, malgré quelques réserves, toutefois les souvenirs personnels divergent sensiblement. Alexandra Kane était une élève-officière moyenne, rien de remarquable à son crédit.

Quelques regards interrogateurs se tournèrent vers Pier Winden. Il confirma :

— Si le « fascinateur » peut imposer sa volonté à autrui, il va sans dire qu'il peut facilement influencer l'opinion qu'on a de lui, ou d'elle. Peut-être pas en permanence, ni auprès de tout le monde. Mais elle pouvait agir en période d'évaluation – les élèves savent quand les évaluations ont cours, j'imagine – et cibler certains professeurs en particulier.

— Je vous signale en passant, dit l'amiral, que certains de ses instructeurs ignoraient ou ne se rappelaient pas qu'elle était d'origine terrienne.

— Elle aurait en quelque sorte étouffé toute curiosité à son égard, commenta Winden. Et lorsqu'est venue l'époque des stages, j'imagine que la question des promotions se posait ?

— Après chaque étape, oui. L'Amirauté décide de l'affectation des stagiaires en fonction des rapports des instructeurs et des officiers de bord. Mais Kane n'était pas particulièrement ambitieuse, elle acceptait sans rechigner les affections sans envergure, pilote de cargo ou copilote de long-courrier, du côté des planètes extérieures.

C'est pour ça qu'on ne se croisait jamais. Une lueur de compréhension toucha Dérec : le hasard n'avait sans doute pas été le seul en jeu. Diane/Alexandra pouvait savoir à tout moment – comme n'importe quel citoyen résolu – *où* Nicolas Dérec se trouvait affecté. Elle évitait Argus autant que possible lorsqu'il était affecté à un croiseur ; elle évitait Érymède lorsqu'il y retournait pour ses vacances ; les années où il était sur Terre, elle ne risquait évidemment pas de le croiser, pas plus que lorsqu'il naviguait à bord du *Sköll* aux confins de la ceinture de Kuiper.

Carla Cotnam, la coordonnatrice de la Sûreté, leva un doigt.

— Si nous sommes rendus en 2002, il y a un fait majeur à porter à votre attention.

Elle eut un bref regard vers Dérec, et celui-ci eut une intuition à cause de la date. Un sentiment de répulsion proche de la nausée l'envahit brusquement.

Pas Kate !

— Au début de 2002, rappela Cotnam, la coordonnatrice du Recrutement de l'époque est morte subitement…

CHAPITRE 28

La taupe caméléon :
une tache de sang

Nicolas ferma les yeux et, appuyant le bas de son visage sur son pouce replié, cacha ses lèvres derrière ses doigts. Il eut la nette sensation qu'il pâlissait. Sa tête s'emplit un moment d'un tourbillon silencieux, un essaim de papillons bleus, pris d'un mouvement brownien à grande échelle. La voix un peu flûtée de Carla Cotnam le rappela à l'instant présent.

—La coordonnatrice s'appelait Kate Hagen. Lorsqu'elle était agente, en 1977, elle avait été la première à repérer Diane Richards et Nicolas Dérec près de la capitale canadienne. C'est elle qui avait administré le traitement amnégène lorsque Richards avait refusé l'offre de recrutement.

—Elles ont donc pu se reconnaître, à Argus ou sur Érymède, précisa Barry Bruhn. Mais si Alexandra Kane a identifié Hagen en la croisant, rien ne l'obligeait à agir. C'est donc que *Kate Hagen* l'a reconnue, elle, ou a eu l'impression qu'elle la connaissait. Assez, peut-être, pour l'aborder et l'interroger – peut-être tout à fait innocemment.

—Maître Dérec, c'était possible, selon vous ? demanda Cotnam.

—Quoi donc ? s'ébroua le métapse.

— Reconnaître Diane Richards malgré son visage transformé ?

Avec lassitude, il haussa les épaules :

— La démarche peut-être, certaines inflexions de voix, à des moments où elle n'était pas sur ses gardes. Ça me paraît improbable, mais je suppose que c'est possible, du moins assez pour éveiller la curiosité…

Fuchsia Perez intervint :

— Phon Hol, hier vous avez attiré notre attention sur l'effacement d'un dossier au service du Recrutement et dans la mémoire d'OCArgus. J'ai mis l'une de nos meilleures informaticiennes sur la question, et elle a pu situer ces manipulations en mars 2002.

— Kate Hagen ne l'aurait donc pas seulement croisée, avança Bruhn, elle pourrait l'avoir surprise dans les bureaux du service du Recrutement, à Argus.

— Kate travaillait parfois tard le soir sur nos dossiers, dit Phon Hol. J'étais encore agent à l'époque, pour le Japon et la Corée. Kate a été trouvée au matin, le lendemain de sa mort, sur le plancher de son bureau. Rupture d'anévrisme au cerveau, hémorragie massive.

Cotnam ajouta un élément d'information :

— Nous avons joint ce matin même un chirurgien qui avait assisté à l'autopsie, le docteur Balibar, et nous lui avons demandé de relire le rapport de son collègue chargé de l'examen, pour se rafraîchir la mémoire. Il se souvient d'avoir été appelé en consultation par son collègue, qui était perplexe devant l'ampleur de l'hémorragie. Un anévrisme, c'est un amincissement de la paroi d'une artère, qui peut ballonner sous la pression sanguine et éventuellement éclater. Mais Balibar n'avait jamais vu pareil dommage à une artère, à moins de lésions au crâne et au cerveau – or il n'y en avait pas.

La nausée de Dérec avait fait place à un engourdissement proche du vertige. Il vit la main de maître Winden glisser un verre d'eau devant lui, et se vit en boire une gorgée. Le sentiment qui le terrassait était semblable à celui qu'il avait éprouvé en voyant l'*Alsveder* éventré par les lasers terriens. Il songea à Matteo Dénié, le veuf de Kate.

—Diane Richards… dit-il à mi-voix.

Quelques têtes se tournèrent vers lui. Il se racla faiblement la gorge, parla un peu plus fort :

—Diane Richards, au temps où elle portait ce nom, exerçait déjà un… un modeste pouvoir télékinétique. Elle peut très bien l'avoir développé, en vingt-six ans, jusqu'à être en mesure de causer des lésions internes à distance par un simple effort de volonté.

Espionne, traîtresse *et* meurtrière. Le métapse était saisi d'un pressant désir de quitter cette réunion, de se réfugier en quelque sous-bois ombragé pour y lécher ses plaies.

Sa répulsion n'était certes pas allégée par le fait qu'il était lui-même capable d'infliger la mort à distance, théoriquement du moins. Il est vrai que Dérec ne s'était jamais exercé à cette forme de télékinésie. Tout au plus avait-il, la nuit de son évasion de la Fondation Peers, infligé une migraine et un saignement de nez à une sentinelle. Mais le potentiel était là, d'égale force chez Diane et lui à l'époque où ils étaient amants.

Dans la salle, un mouvement attira quelques regards vers la baie vitrée. Deux fées aux ailes céruléennes étaient venues s'y coller la face, leurs mains formant visière autour de leur visage. Les fillettes ne pouvaient probablement rien voir de la salle, hormis le cercle ambré des plafonniers et le rectangle des écrans.

Un archer parut derrière elles et les invita à rejoindre leurs amies ; il s'agissait d'un adulte, probablement un agent de la Sûreté costumé pour s'intégrer à la fête et chargé d'observer discrètement les abords de la salle de réunion.

Carla Cotnam hocha la tête en signe d'approbation lorsque Barry Bruhn lui murmura quelques mots à l'oreille.

— L'heure avance, rappela Sing Ha. Il est temps d'en venir à aujourd'hui.

Comme s'il n'avait attendu que ce signal, l'amiral Ousso fit apparaître une photo sur les écrans.

— Alexandra Kane, annonça-t-il, a été plusieurs années informaticienne de systèmes, affectée à la flotte des croiseurs. Depuis un an, elle est lieutenante à bord du croiseur *Sigurd*, informaticienne de bord. C'est par là que nous avons commencé nos recherches, d'ailleurs, grâce aux indications de maître Dérec. Ça n'a pas été facile : même si Kane était la seule de l'équipage à être née sur Terre, cela ne figurait pas dans son dossier à l'Amirauté. La même manipulation de données a été faite dans les mémoires informatiques de Corinthe que dans celles du Recrutement à Argus.

Cette fois, le visage féminin affiché sur les écrans n'éveillait aucun écho chez Nicolas. Mi-quarantaine en apparence, pas un fil de gris dans ses cheveux toujours teints châtain, elle exhibait des traits plus affirmés que sur le portrait où elle avait la jeune vingtaine.

Quel caméléon ! se dit Dérec. Eût-on montré côte à côte le vrai portrait de Diane à dix-neuf ans, la photo de « Sandra » à vingt-cinq et celle de la lieutenante Kane à cinquante ans, la plupart des gens auraient soutenu qu'il ne s'agissait pas de la même femme.

— Son complice informaticien, annonça Cotnam, celui qui a été repéré par le métapse Hasmi, vient d'être identifié. Une autre recrue terrienne, une des dernières : un jeune prodige en informatique, Chinois de Hong Kong qui était recherché par diverses polices pour avoir pénétré les systèmes de multinationales informatiques nippones. Leslie Cho-yin, trente-cinq ans, arrivé à Argus un an après Kane. Diplômé de l'I.C.I., lui aussi, il est maintenant introuvable. Il a quitté son domicile du Jardin des Hespérides voilà quelques mois. Mais nous savons qu'il opère sur la Lune, probablement à partir d'une des anciennes stations scientifiques – il y en a quelques-unes à l'abandon.

Ulm Edel, le président du Conseil d'Argus, fit une rare intervention :

— Nous venons de placer sur orbite lunaire, dans le plus grand secret, un satellite qui examinera chacune de ces stations. Imagerie infrarouge, divers appareils de télédétection… Si l'un des postes a été réalimenté en énergie et est redevenu habitable, il sera repéré.

Discrètement, Dérec se livrait aux exercices mentaux et respiratoires destinés à lui redonner un contrôle sur lui-même et ses réactions. Maître Winden avait eu raison au début de la séance : un métapse n'avait pas à s'effondrer devant tout le monde durant une réunion. Il était question ici, aujourd'hui, d'un problème de sécurité majeur, sans doute le plus grave qui eût jamais menacé Érymède. Les satellites piégés qui avaient fait quelques morts dans les années quatre-vingt-dix n'avaient jamais visé que quelques pilotes et techniciens des Neutralisations. Ici, c'étaient des équipages entiers qui se trouvaient en péril, et Érymède au complet mise à nu. Un sentiment personnel de trahison lié à une idylle vieille de trente-sept ans ne faisait pas le poids devant des considérations de cette envergure. Sa place était dans l'ombre, à l'arrière, pour plus tard ; Dérec aurait toujours le temps d'y revenir et de l'affronter.

La présidente Sing Ha avait repris la parole :

— Lorsque la prophétie des Lunes a été retrouvée pour la première fois, par maîtres Dérec et Lubin, nous avons longuement hésité à faire ce qui était pourtant indiqué : sonder télépathiquement toutes les recrues terriennes du dernier quart de siècle afin de repérer la taupe. Aucun autre rapport ne venait confirmer la prémonition, et les droits fondamentaux de centaines de nos concitoyens pesaient dans l'autre plateau de la balance. Quand nous nous y sommes résolus, finalement, Alexandra Kane avait pris des mesures pour échapper à l'enquête – y compris peut-être le fait d'influencer mentalement des inspecteurs. Maintenant, la question la plus préoccupante, c'est de savoir s'il y a d'autres taupes. Et surtout, *surtout*, si certains traîtres sont Éryméens de naissance.

La nuance était claire : de la part d'un Éryméen d'adoption, on ne pouvait exclure l'idée d'une trahison. Envers une personne née sur Érymède, le soupçon était inconcevable. Et Dérec ne pouvait que donner raison à la présidente : il n'imaginait pas quelles circonstances auraient pu amener un Éryméen de naissance à trahir sa société. Que pouvaient offrir les Terriens, qui fasse envie à un Éryméen ? Ni leur argent, ni leur pouvoir, ni la plupart de leurs richesses, n'avaient de valeur sur Érymède.

Pier Winden offrit une réponse, sinon à la question fondamentale, du moins à son application immédiate :

— Nous pouvons secrètement mettre en alerte les métapses à bord de chaque croiseur et de *Thor*, les aviser de sonder télépathiquement, un par un, chaque membre d'équipage.

— Mais ça prendra des décades, non? fit observer Carla Cotnam.

— Nous pouvons envoyer un métapse supplémentaire à bord de chaque vaisseau, et quelques-uns sur *Thor*, en les faisant passer pour des stagiaires.

— Ça mettrait la puce à l'oreille de Kane, objecta l'amiral Ousso.

— Elle n'a pas à savoir que cela s'est fait simultanément sur *tous* les croiseurs. Vous pouvez donner la consigne à chacun de vos commandants, et seulement à eux, de ne pas ébruiter ces affectations. Aucun capitaine n'est d'origine terrienne, je crois?

— Aucun.

À nouveau, Nicolas se sentit mal à l'aise. Diane/Alexandra et lui-même étaient, à sa connaissance, les seuls Terriens d'origine à avoir atteint le grade de lieutenant dans l'Amirauté. Si Dérec était resté à l'Amirauté, il aurait sans doute atteint le grade de capitaine.

— Et les sondages télépathiques, s'enquit Barry Bruhn, ils peuvent se faire sans que le sujet en ait conscience?

Pourquoi Dérec avait-il l'impression que Bruhn avait jeté un très bref regard de son côté en formulant cette question?

— Si le métapse dispose du temps requis, répondit Winden, cela se fait sans que le sujet en ait conscience – à moins d'avoir lui-même des facultés psi. Carla Cotnam exagérait à peine: même à deux métapses par croiseur, cela prendra plusieurs jours, peut-être même dix.

— Et à bord du *Sigurd*, Kane s'apercevra de ce qui se trame, non?

—Nous n'y enverrons pas de «stagiaire», il n'y aura que le métapse résident. Et puis nos métapses savent se rendre impénétrables à un sondage désinvolte, effectué en passant. Ils peuvent aussi résister à un sondage délibéré, énergique, mais alors certains ne pourront cacher qu'ils dissimulent un secret. D'autres, qui savent faire écran avec plus de maîtrise, pourront laisser l'impression qu'ils n'ont rien de particulier à cacher. Tenons pour acquis qu'Alexandra Kane sait tout ce qu'il y a à savoir sur l'Institut et les métapses : se risquerait-elle à sonder délibérément un Psychéen, sachant qu'elle révélerait ainsi ses propres facultés psi ? Il faut parier que non, ne pas renoncer à notre initiative. Sinon nous retombons sur la défensive, et alors, à quoi cela nous aura-t-il servi d'être informés à l'avance ?

La présidente tint à demander l'opinion de chacun là-dessus, mais une très large majorité partageait le point de vue du directeur de l'I.M.B. Un excès de prudence équivalait à renoncer à tout avantage ; trop longtemps, Érymède avait compté exclusivement sur la discrétion et la dissimulation.

Pendant le tour de table, Dérec laissa errer son regard vers la grande baie vitrée donnant sur le parc. Un paon s'avançait, la démarche circonspecte, foulant des pervenches qui poussaient à l'ombre des bosquets. L'idée lui vint que cela constituait un présage, sans qu'il sût pourquoi.

—Voilà pour l'aspect humain, conclut Sing Ha. Amiral Ousso, maître Winden, vous coordonnerez l'affectation des métapses. Passons à l'aspect matériel. Amiral, est-ce que les croiseurs et *Thor* peuvent se protéger en permanence des canons laser terriens ?

—Maintenir le champ d'hystérèse constamment à sa pleine tension, cela exigerait trop d'énergie, surtout pour les anciens croiseurs. Mais à tension minimale, prêt à passer au maximum au contact des premiers photons, le champ d'hystérèse d'un croiseur devrait absorber la charge du premier faisceau sans que la coque soit percée. C'est la mise sous tension initiale qui prend le plus de temps. La mesure que je propose accorderait quelques secondes de grâce au croiseur, le temps que la manœuvre de fuite s'enclenche.

— Mais, objecta quelqu'un, Kane se demanderait pourquoi les champs d'hystérèse sont en permanence sous tension à bord de tous les croiseurs. Elle devinerait tout de suite que l'attaque terrienne est prévue.

— On exclurait le *Sigurd* de cette consigne, répliqua Ousso, en présumant que les Terriens ne viseront pas une cible où se trouve leur espionne. Et puis, sur les autres croiseurs, cela pourrait être fait discrètement, en découplant la résille défensive des systèmes de contrôle. Voir à ce que l'ordinateur de bord lui-même ne soit pas au courant et que les écrans témoins sur la passerelle n'indiquent rien. Par exemple, programmer dans chaque ordinateur central la consigne d'ignorer la dépense supplémentaire d'énergie, et de ne pas la signaler.

— Alexandra Kane s'en apercevrait, voyons, objecta Fuchsia Perez, elle est experte en informatique de réseau et de contrôle.

— À bord du *Sigurd* elle s'en apercevrait, convint Ousso. Mais pas à bord des autres croiseurs, même si elle a établi entre tous les croiseurs un réseau parallèle, clandestin, de télésurveillance. Et puis, sur chaque vaisseau, cela peut se faire en n'informant que le capitaine, l'ingénieur de bord et l'informaticien de bord. En espérant que, si elle a des complices, ils ne sont pas si haut placés.

Carla Cotnam leva un doigt :

— Et puis, les consignes secrètes aux officiers supérieurs peuvent comporter une position de repli : la raison officielle pour ces mesures, s'il fallait en donner une, serait que les Renseignements viennent de nous livrer des nouvelles alarmantes quant aux canons laser des Terriens. Ils sont opérationnels, déjà montés à bord de porte-avions ou de sous-marins nucléaires, et bien plus puissants que prévus. Toutes choses dont les Renseignements, en fait, ont été incapables de nous informer.

Cotnam regardait Anna Luang en énonçant cette dernière remarque. La coordonnatrice des Renseignements conserva un calme remarquable, en surface du moins :

— Dois-je vous rappeler que, depuis au moins douze ans, les services militaires et civils des puissances terriennes débusquent nos agents partout, sans doute grâce à la taupe Kane, qui a accès à tout notre réseau informatique ? Nous en sommes réduits à glaner les informations qui s'échangent par télécommunications, et même celles-là ne sont plus nécessairement crédibles. Dans ces conditions, oui, il est certain que des armes et des techniques ont été mises au point par les Terriens sans que nous le sachions, du moins tant qu'elles ne sont pas testées en surface. Et il est probable qu'ils ont mis à profit ce que Kane leur a transmis de notre technologie.

Si Carla Cotnam avait voulu embarrasser son homologue, c'était raté. Pour Dérec et pour d'autres participants à la réunion, toutefois, c'était la première fois qu'étaient énoncées si clairement, en termes si concis, la portée et l'ampleur des torts qu'Alexandra Kane avait pu causer à Érymède, et surtout à Argus. Le métapse en eut un frisson. Il suffisait que Diane/Alexandra se fût assuré une liaison télémétrique avec la Terre, directe et clandestine, pour qu'en quelques années ses maîtres terriens sachent tout ce qu'il y avait à savoir sur Érymède. Et elle avait eu amplement le temps de le faire.

— Ce qui nous amène aux bases régionales, intervint Sing Ha pour désamorcer la tension entre les deux coordonnatrices. Président Edel ?

— La base du Maine est en voie de fermeture. Tous les agents qui en dépendent ont été rappelés à la base ou rapatriés directement vers Argus. La base elle-même est en cours d'évacuation, personnel et matériel. Discrètement, autant que possible sans augmenter la fréquence des envolées de navettes. Quand les États-Uniens tenteront de la détruire ou de l'investir – car nous savons maintenant que leur armée est postée tout autour –, il n'y restera rien qui puisse leur servir. Ce que nous ne pouvons transporter sera détruit par fusion.

Pas d'explosion, pas de conflagration. Machines et systèmes seraient simplement portés au degré de fusion de leurs composantes les plus résistantes, ou alors brûlés par des hyperacides, à l'aide de dispositifs d'autodestruction installés depuis des décennies, autonomes en énergie, récemment revérifiés et dotés de nouveaux codes déclencheurs. Le taux d'oxygène dans les salles et les tunnels était même contrôlé afin d'assurer la combustion optimale de tous les matériaux critiques.

— Nous devons considérer que toutes nos bases régionales ont été repérées. Le gouvernement des États-Unis en a sûrement signalé la position à ses principaux alliés. A-t-il avisé les autres pays qui en ont une sur leur territoire, nous l'ignorons. Mais l'évacuation des plus vulnérables est amorcée, celle des autres est planifiée. Toutefois, si les événements se précipitent, Argus, *Thor* et les croiseurs n'ont pas assez de navettes pour évacuer tous nos gens en quelques heures. Cela se ferait sous protection des intercepteurs du *Thor* et des croiseurs, mais on en aurait pour deux ou trois jours.

Dérec frémit à nouveau. Si les intercepteurs entraient en action, ce serait vraiment la guerre, plus féroce que ce qu'avaient fait craindre ses visions et celles de Manuel Lépine avant lui. Les hélicoptères et les avions de chasse terriens tomberaient comme des mouches, par centaines. Si cela se passait au-dessus de régions habitées, il y aurait plusieurs milliers de morts civils.

Mais Karel Karilian avait aussi eu la prémonition d'une extermination de l'humanité. Même en prévoyant quelques dizaines de milliers de morts, on était loin du compte. Pouvait-on admettre qu'une partie de la prophétie avait été juste, et l'autre non fondée ? L'affrontement Argus/Terre serait-il le déclencheur d'une guerre mondiale où les puissances moyennes feraient usage de l'arme nucléaire ? Rien dans les rapports des analystes d'Argus n'étayait une hypothèse aussi alarmiste.

Le silence se prolongea, pesant sur l'assemblée tel un malaise physique.

—Maître Dérec, dit enfin Sing Ha, presque à mi-voix, pour ceux et celles d'entre nous qui ne comprennent pas encore parfaitement la précognition… Y a-t-il des chances que les événements que vous avez entrevus ne se produisent pas, qu'ils soient… prévenus ou modifiés par nos contre-mesures ?

—J'y compte bien, répondit le métapse, mais sa voix ne véhiculait guère d'assurance.

— Surtout, intervint l'amiral Ousso, qui n'avait manifestement pas dit tout ce qu'il voulait dire, surtout que nous avons dans notre manche un atout dont même Alexandra Kane ne tient pas compte dans ses plans.

S'il avait souhaité que treize paires d'yeux se tournent vers lui, il n'aurait pu imaginer une amorce plus efficace.

— Quelque chose dont peu de gens sont au courant en dehors de Corinthe. Vous savez que Corinthe s'est isolée du Réseau depuis les premières mises en garde de nos collègues de Psyché quant à l'existence d'une taupe, et que nous avons morcelé même notre réseau interne…

Cela impliquait – outre d'agaçantes et innombrables petites contrariétés – que nul ne pouvait accéder à distance aux ordinateurs de l'Amirauté, en particulier ceux des chantiers astronautiques. Le secret dont s'étaient entourés Corinthe, ses amiraux, ses officiers et ses ingénieurs, avait agacé bien des citoyens de l'astéroïde. Ce n'était guère dans les mœurs éryméennes. Mais la prophétie des Lunes, prise au sérieux par le Conseil supérieur et surtout sa présidente, avait prévalu comme motif suffisant. S'il existait une taupe, et si elle devait être à l'origine d'un affrontement avec la Terre, mieux valait commencer à lui cacher des choses, ou du moins à lui compliquer son espionnage.

L'expectative, voire l'impatience se lisaient sur la plupart des visages tournés vers l'amiral.

— Le *Wotan* a été construit à Exopolis, plutôt qu'à Corinthe, déclara Ousso. À Corinthe, ce n'est qu'un croiseur de la quatrième génération qui est en chantier.

Des murmures étonnés accueillirent cette nouvelle. À Exopolis, au point de Lagrange entre Pluton et

Charon, c'étaient officiellement les vaisseaux de l'Exode que l'on construisait. La révélation d'Ousso impliquait que d'importantes ressources, tant matérielles qu'humaines, avaient été diverties du projet principal, et qu'Exopolis aussi avait été isolée du réseau informatique, mais plus discrètement. Pour Dérec, un petit mystère s'éclaircissait du même coup : depuis des années, il se demandait pourquoi autant de ses collègues métapses étaient exilés sur Exopolis dans le cadre d'interminables exercices de transmission longue-distance dont les résultats stagnaient. Eh bien voilà, ils avaient dû être détachés là pour assurer la confidentialité du projet *Wotan*, en collaboration avec la Sûreté. Avec des allées et venues limitées, et un seul astroport desservant toute la cité, aucun espion ne pouvait entrer dans Exopolis sans être sondé par un métapse.

—Contrairement à ce que croient le public et bon nombre de conseillers, ajouta l'amiral, *Wotan* ne sera pas prêt à allumer dans vingt décades : il est *en route* vers nous depuis vingt jours.

« Et il est commandé par une métapse », ajouta le directeur de l'IMB à l'intention de Nicolas, d'une voix télépathique qui résonna dans sa tête aussi clairement que le phrasé d'un ténor.

Saisi, Dérec tourna la tête vers Pier Winden, qui continuait de regarder l'amiral, imperturbable. Seul le discret haussement d'une commissure de lèvres trahit le demi-sourire que lui adressait le maître.

Rassuré de savoir qu'Érymède n'était pas livrée impuissante aux machinations des Terriens, Dérec n'était pas sans éprouver un malaise en comprenant qu'il y avait bien des secrets auxquels il n'était pas initié. Du côté de l'Amirauté, c'était normal : après tout, il n'en faisait plus partie. Quant à l'I.M.B., il se rendait compte plus que jamais qu'il s'agissait d'une institution discrète.

Il leva les yeux vers l'un des écrans au plafond. L'image d'Alexandra Kane y restait affichée, le genre de photo d'identification qu'on avait dû puiser dans les fichiers de l'Amirauté. Elle fixait l'objectif sans sourire et, en cet instant, il sembla à Dérec que c'était lui qu'elle regardait, par-delà le fossé des ans.

Et, qu'il le voulût ou non, il ne douta pas qu'il la reverrait bientôt.

CHAPITRE 29

La main de Lachésis :
filer

À bord du porte-intercepteurs *Thor*, le timbre énervant de la sirène avait été remplacé par le signal de lampes dont les flashs jetaient des éclats métalliques sur les plafonds. Les semelles des équipages d'intercepteurs avaient fait résonner les passerelles dans les aires d'envol. Nicolas Dérec et Owen Lubin, qui avaient eu à se ranger le long des cloisons au sortir d'une latercab, pour laisser passer ces pelotons au galop, atteignirent à leur tour l'aire d'envol où l'attendait leur navette, affublée du nom de *Lachésis* pour cette mission. Leurs cyborgs les suivaient silencieusement, nécessaires pour l'étape cruciale de leur mission.

« *Lucifer*, *Astaroth*, lancés. »

Les métapses franchirent un sas et débouchèrent dans un vaste garage pratiquement vide : la plupart des navettes se trouvaient déjà en mission dans l'atmosphère terrestre. Une voix retransmise de la passerelle énumérait les départs tandis que, par ses pieds, Dérec sentait les infimes secousses qui traversaient la gigantesque roue baptisée *Thor* : les intercepteurs prenaient leur envol, par paires de façon à ce que leurs poussées s'annulent et ne désaxent ni n'accélèrent le carrousel géant.

«*Furie*, *Gorgone*, lancés. *Érinye*, *Méduse*, lancés.»

Les satellites-espions d'Argus avaient rapporté le décollage de quatre X-33 à partir des bases d'Edwards et de Vandenberg aux États-Unis. Première confirmation des visions que Dérec avait eues sur Triton : les États-Uniens disposaient de quatre exemplaires du X-33, véhicule sans pilote, alors qu'on avait cru n'en voir voler qu'un seul prototype. Le X-33 était la maquette fonctionnelle, à échelle 1/2, du *Venture Star* destiné à remplacer les anciennes navettes de type STS.

Avant même leur mise sur orbite, l'image des X-33 disparut des radars conventionnels.

L'offensive était lancée. Et s'il restait un doute sur les torts causés par Alexandra Kane, il s'évanouissait à cette heure : la technologie antiradar éryméenne était effectivement entre les mains des Terriens, du moins des États-Uniens. Celle des écrans optiques aussi, car les X-33 avaient également disparu visuellement – quoique de manière imparfaite. Heureusement, Argus disposait depuis longtemps de festlers – systèmes de repérage et de détection baptisés du nom du physicien qui les avait mis au point quarante ans plus tôt. Les avions spatiaux, tout invisibles fussent-ils, conservaient leur masse, et c'est cette masse que percevaient et suivaient les festlers du réseau Hugin, en plus de déceler les gaz surchauffés laissés dans leur sillage.

« *Vulcain*, *Phébus*, lancés. *Héphaïstos*, *Némésis*, lancés.»

La première chose qu'entendirent Lubin et Dérec lorsqu'ils mirent sous tension le poste de pilotage de leur propre navette, ce fut l'avertissement que les deux *Venture Stars* décollaient à leur tour du Kennedy Space Center. Plus long et surtout plus large que l'orbiteur du système de navette conventionnelle, le *Venture Star* décollait sans fusées d'appoint, sans réservoir externe et pouvait être prêt à repartir une semaine seulement après son atterrissage.

Un signal des cybords confirma que ceux-ci s'étaient arrimés aux cloisons du poste de pilotage. Le ber de la navette *Lachésis* s'inclina à quatre-vingt-dix degrés, de sorte que Dérec et Lubin firent face au « bas ». Tout leur poids reposait sur les baudriers qui les retenaient à leur siège de pilote et de copilote. Dans le garage, l'aire d'envol, l'éclairage vira au rose.

« *Artémis*, *Apollon*, lancés. *Alecto*, *Euryale*, lancés. »

Nicolas Dérec fit des exercices de respiration. Tandis qu'il cherchait à retrouver un rythme cardiaque normal, il se remémora l'ultime réunion de l'état-major secret de cette contre-offensive. Le président du Conseil d'Argus s'y trouvait, de même que la présidente du Conseil supérieur et le chef de l'Amirauté. Dérec préférait croire que son propre rôle était important mais non crucial : quelle que soit l'issue de l'affrontement, Alexandra Kane était brûlée, elle pourrait être mise de diverses façons hors d'état de nuire. Certes, il serait préférable de la prendre vivante, intacte et neutralisée, pour les interrogatoires. Mais des plans B et C existaient, prévoyant sa capture par de massifs robots ouvriers équipés de fusilasers et de pistolets à décharge, ou même un assaut plus décisif, qui mettrait en danger la vie de Kane et celle des autres officiers de la passerelle du *Sigurd*. Dérec préférait le plan A, même si c'était son propre cerveau – et leur vie, à son ami et à lui-même – qui couraient le plus de risques.

Et il avait bien senti qu'en haut lieu on comptait sur leur réussite. Mettre fin aux agissements de la taupe sans pouvoir l'interroger serait un demi-échec. Mince consolation : les sondages télépathiques n'avaient repéré aucun autre espion parmi les officiers des croiseurs et de *Thor*. Compléter l'enquête au sein de l'Amirauté prendrait encore des décades – et l'on ne parlait même pas de la population civile d'Argus et d'Érymède. Suspicion, paranoïa… on était encore loin d'avoir pris l'entière mesure des torts causés par Alexandra Kane.

« *Alastor*, *Astarté*, lancés. »

Dans l'aire d'envol, la pression atmosphérique continuait de décroître. Le micrord de bord était déjà en liaison avec l'ordinateur central de *Thor* ; Dérec programma certains des paramètres de l'orbite qu'il voulait atteindre, laissant le micrord déterminer les autres. Alors que le cœur de Nicolas avait trouvé un rythme normal, les grandes portes s'ouvrirent devant *Lachésis*, dévoilant la scène vide et noire de l'espace. Il perçut la crainte pourtant bien contrôlée de son ami, qui n'avait pas la même formation de pilote et n'aimait pas particulièrement les vols à bord de petits appareils.

Le mécanisme du ber catapulta la navette, qui tomba vers le vide le long de ses rails-guides, franchit l'aire d'appontage et fila dans l'espace.

« Navette *Lachésis*, lancée. »

Déjà le pilote automatique avait allumé les verniers qui éloigneraient *Lachésis* du porte-intercepteurs, ajoutant à son accélération initiale. Les propulseurs furent mis à feu un moment plus tard.

— Je ne m'habituerai jamais, commenta Lubin en aparté, d'une voix tendue.

— Ça ira, tu vas voir, tint à le rassurer Dérec.

À deux cents mètres au-dessus du large hublot, une traînée de plasma éblouissante griffa le noir de l'espace : l'*Abbadon* ou le *Lamia*, les intercepteurs lancés quelques secondes après eux.

Un large virage amena *Lachésis* face à la Terre, dont seul un croissant luisait pour eux, paraissant fait d'un verre azur dont la limpidité aurait par endroits été brouillée de blanc.

Le jour était arrivé, le jour dont Karel Karilian avait eu l'intuition à la villa des Lunes, trente-six ans plus tôt, le jour dont un écrivain déchu avait eu des aperçus avant de mourir neuf ans auparavant, le jour dont Dérec lui-même avait entrevu des fragments dans sa retraite neptunienne.

Aujourd'hui, la guerre serait terminée dès sa première heure, à moins qu'Alexandra Kane n'ait dans sa manche des atouts dont les métapses n'avaient rien deviné.

•

D'un coup d'œil, Nicolas Dérec embrassa le panorama que lui offrait le grand hublot incliné devant lui, presque aussi large que le poste de pilotage. Tels d'immenses draps de satin blanc froissés, aux plis cassants, alignés plus ou moins parallèlement, les crêtes des Andes péruviennes défilaient « au-dessus » de la navette *Lachésis*, qui présentait son ventre à l'espace. Seule la Lune les rendait visibles, bleutées, alors que l'obscurité était complète dans les vallées.

Le métapse ramena aussitôt son attention vers « l'aquarium », ce cube holographique à portée de sa main droite, où les positions des X-33, des *Venture Stars* et de chaque vaisseau éryméen étaient indiquées autour d'une représentation transparente de la Terre. *Thor* était là, les six croiseurs, les relais du réseau Hugin, la Lune au loin, les échelles de distances et de dimensions n'étant bien sûr pas respectées. Tous les vaisseaux d'Argus en orbite terrestre, même le *Sigurd*, recevaient la même information.

Quant aux intercepteurs en vol et au supercroiseur *Wotan*, aucun affichage ne trahissait leur position, à quelque timonerie que ce fût. Dérec et Lubin, comme les autres métapses à bord des croiseurs, recevaient ces données par lien télépathique, et parvenaient sans peine à les superposer au globe terrestre de l'aquarium.

Le *Wotan* demeurait parfaitement indétectable même pour les systèmes éryméens. Seuls les métapses, à bord de *Thor* et de certains croiseurs, conservaient un contact mental avec le navigateur du *Wotan*, Psychéen lui aussi, et savaient sur quelle orbite il se trouvait, à quelle distance de la station spatiale internationale.

Malgré qu'il fût absorbé par des questions de navigation et de tactique, Dérec eut une pensée pour Larissa. Ils avaient passé quelques heures ensemble, l'avant-veille, à Argus. Elle était parvenue à dénouer ses tensions pour un moment, massant ses tempes du bout des doigts, pétrissant les muscles de sa nuque et de ses épaules, lui arrachant ainsi des cris d'extatique douleur. Il n'avait pas le droit de lui parler de l'opération qui se préparait, pas plus que ses collègues ni ses supérieurs, et il avait respecté cette consigne. D'ailleurs, Larissa n'avait guère posé de questions, sûre d'apprendre ce qu'il y aurait à apprendre lorsque ce serait terminé – elle ignorait que ce ne serait probablement jamais terminé. Elle avait ses propres soucis, du reste: Dérec l'avait sentie préoccupée et elle s'était contentée de lui dire que c'était en rapport avec les travaux de son groupe de recherche.

Il avait démontré bien peu d'empathie pour Larissa, ce soir-là, submergé qu'il était par ce qu'impliquaient les révélations de la décade précédente : les Terriens – du moins les États-Uniens – avaient eu accès à la technologie Éryméenne depuis quinze ans. On ignorait à quel débit et à quelle fréquence Alexandra Kane avait pu leur transmettre plans et devis. Et comment être sûr que d'autres puissances terriennes n'avaient pas, elles aussi, leur taupe à Argus, à l'Amirauté ou dans l'une des cités d'Érymède ?

Ce soir-là, Dérec avait rasé la courte barbe qu'il portait depuis quelques années. Lui et les stratèges de la mission avaient convenu que l'effet de surprise – reconnaître Nicolas après tant d'années – pourrait désarçonner Diane Richards, alias Alexandra Kane, ne fût-ce qu'un instant, procurant ainsi un avantage passager à l'homme.

Dérec jeta un autre coup d'œil au grand hublot trapézoïdal. *Lachésis* survolait maintenant le terminateur. Un ouragan se déployait au-dessus de l'Atlantique Ouest en un tourbillon figé, tel un vaste dégât de poudre rose répandue sur un immense parquet indigo.

Le Psychéen était au sommet de sa forme mentale : jamais il n'avait autant maîtrisé ses facultés. C'était comme si le nombre des exigences et des sollicitations poussait sa percipience à son optimum. Il pouvait voir par une dizaine de paires d'yeux, celles de ses collègues métapses, mais chaque vision restait compartimentée, prête à se porter au premier plan sur un simple effort de volonté, puis à se retirer à l'arrière de sa conscience dès qu'autre chose sollicitait son attention. Le rôle d'Owen Lubin, à ses côtés, se limitait à se concentrer sur les communications télépathiques, et à en rapporter certaines à son camarade.

En ce moment, il percevait que, sur le *Sigurd*, le métapse de bord était calme – le calme de l'ignorance. C'était un quinquagénaire du nom de Kulawak, un homme qui n'avait commencé à développer ses facultés qu'autour de l'âge de trente ans. Ses collègues psychéens maintenaient un lien empathique avec lui. On saurait ainsi quand l'équipage du croiseur serait neutralisé, mais on n'avait pu courir le risque de l'informer de la date et de l'heure présumées de l'affrontement, de peur qu'Alexandra Kane ne perçoive son attente, sa tension.

Kati Vogel, la capitaine du *Sigurd* elle-même, n'avait pas été informée de la contre-offensive qui se tramait. Tout au plus était-elle intriguée par la dernière requête – un ordre ultrasecret, en fait – de l'Amirauté : l'amiral Ousso en personne lui avait demandé son code secret et prioritaire de capitaine de croiseur, et lui avait intimé de ne pas en changer pour quelques jours.

Maintenant, *Lachésis* cheminait silencieusement sur sa propre orbite.

Nicolas Dérec n'était pas fâché que les commandes de ce nouveau modèle de navette éryméenne requièrent une part de son attention. Certes, le pilotage de *Lachésis* était confié à un micrord assez avancé pour être classé intelligence artificielle, mais le Psychéen suivait la manœuvre tout en se maintenant dans un état aigu de percipience. Tout cela lui permettait de ne pas trop songer à l'affrontement – le vrai, la rencontre physique, Alexandra Kane et lui face à face en un même lieu, si les choses en venaient à cela. Déjà il s'était habitué à ne penser à elle que sous ce nom d'emprunt, sous cette identité de traîtresse. Ce ne seraient pas deux amants d'adolescence qui se trouveraient en présence l'un de l'autre, ce seraient deux adversaires. Deux ennemis, puisque dans ce futur proche qu'on espérait modifier, elle allait causer la mort de centaines d'Éryméens, dont plusieurs anciens collègues de Dérec, peut-être des amis.

Tant de choses pouvaient aller mal, même si l'on espérait avoir pensé à tout. Kulawak, qui avait été technicien aux Renseignements avant de venir à l'I.M.B., avait fait entrer clandestinement, dans les conduits de ventilation du *Sigurd*, un robot miniaturisé – guère plus qu'un jouet – qui était allé placer derrière une grille de la passerelle une capsule de gaz, un senseur et un diffuseur. Lorsque le soporifique prévu par Kane saturerait l'atmosphère, cet autre composé se répandrait lui aussi. L'antapsychine avait un effet très spécifique : à l'opposé de la propsychine, elle bloquait les neurotransmetteurs impliqués dans la percipience. Alexandra Kane n'en absorberait qu'une modeste dose, bien entendu, mais peut-être suffisamment pour réduire sa réceptivité, ce qui diminuerait le risque qu'elle perçoive l'attention dont elle faisait l'objet.

On n'avait rien dit à Kulawak au sujet du minirobot, hormis qu'il ne devait plus y penser ; à cette fin il s'était d'ailleurs injecté une courte dose d'amnégène.

Sur le transplastal du grand hublot, les positions des destroyers états-uniens armés de canons laser étaient portées sur une grille elle-même superposée à l'Atlantique. Par le biais d'écrans vidéo, l'ordinateur de bord montrait des images rapprochées des bâtiments et de leurs escortes, sur les flots partiellement ennuagés, dans la lumière de l'aurore. Une autre flotte, américano-britannique, naviguait en mer du Nord, hors de vue de Dérec, et l'*Alsveder* la survolait à l'instant.

Brusque comme une décharge électrique, l'alerte d'Utidjin, le métapse de l'*Alsveder*, secoua Nicolas et Owen. Les instruments du croiseur en orbite avaient décelé la mise sous tension d'un canon, visible comme une bouffée de chaleur sur une image à l'infrarouge ; le champ d'hystérèse, poussé au maximum, absorba la pleine puissance du laser. Le temps de fermer les paupières, et Dérec se retrouva avec Utidjin sur la passerelle de l'*Alsveder*.

Par les yeux de son collègue, il observait sur un écran la flotte en mer du Nord. Une explosion bourgeonna sur le pont du destroyer attaquant, ou plutôt une éruption ininterrompue de métal en fusion, ponctuée d'éblouissantes étincelles qui étaient autant de déflagrations silencieuses et meurtrières. Les armes de l'*Alsveder* avaient parlé peu après celle du destroyer ; peut-être l'équipage terrien croirait-il à une défectuosité catastrophique de son propre canon.

Le navire n'allait pas couler, mais il était complètement désemparé, comme ses escorteurs, l'*Alsveder* leur ayant ensuite envoyé une puissante impulsion électromagnétique qui rendait inutilisables les systèmes électroniques et informatiques les mieux blindés.

Comme convenu, l'*Alsveder* n'annonça rien de l'affrontement et son capitaine se contenta d'une manœuvre l'éloignant de son orbite première, tout en camouflant son vaisseau derrière un écran optique redevenu fonctionnel. Seuls les métapses de la flotte connaissaient l'issue de la première escarmouche. Un faux message de détresse, dramatiquement interrompu au bout de quelques secondes, se propageait sur le réseau Hugin.

Dérec ramena son attention sur les commandes et les écrans de son propre petit vaisseau. Les nuages au-dessus de l'Atlantique Nord viraient du vermeil au doré. Il songea à la complexité de la coordination que cette offensive avait dû requérir de la part des Terriens. Argus aurait pu l'étouffer dans l'œuf en rendant sourd et muet tout le réseau de satellites de communications dont dépendaient les flottes et les états-majors occidentaux, puis appréhender Alexandra Kane avant même qu'elle ait pu accomplir quoi que ce soit. Mais de telles décisions relevaient du Conseil supérieur : on avait décidé en ce haut lieu que le face-à-face avait trop tardé, qu'il valait mieux affronter et vaincre les États-Uniens en une seule et décisive bataille, si brève et conclue par une défaite si cuisante que les Terriens y songeraient à deux fois avant d'essayer autre chose. Par la même occasion, on priverait les États-Unis de la moitié de leur flotte orbitale.

— Nic, je ne sens plus Kulawak, signala Lubin.

Dérec se concentra, mais ne décela en provenance du métapse du *Sigurd* que les dernières lueurs d'un esprit qui sombre dans la torpeur.

— Kane est passée à l'offensive, commenta-t-il d'une voix tendue.

Le *Donar* aussi : en orbite à moins de cent kilomètres de *Lachésis*, il absorba sans plus de dommages que l'*Alsveder* un premier coup de canon laser. Il y riposta encore plus vite : du coin de l'œil, Dérec vit par son propre hublot un agrégat nuageux s'animant d'une lueur jaune au-dessus de l'Atlantique, à l'emplacement d'une escadre de navires étatsuniens. À nouveau, plusieurs dizaines de marins périssaient probablement à l'instant, aspergés de métal en fusion ou directement incinérés par les lasers du *Donar*, dont les faisceaux, à cette distance, étaient larges de quelques décimètres.

De cette deuxième escarmouche, séparée de la première par un bref moment, aucune information authentique ne circula sur le réseau qui reliait ouvertement les croiseurs éryméens. Alexandra Kane devait donc croire que le *Donar* dérivait, endommagé, désemparé. À sa connaissance, les escadres marines affichaient deux croiseurs éryméens à leur tableau de chasse – à moins que Kane ne disposât d'un lien direct avec les destroyers terriens, mais ceux-ci n'étaient plus en mesure d'émettre. Un simple retard de communication navale la ferait-elle renoncer à sa propre mission? On le saurait bientôt.

•

Owen Lubin maintenait un lien télépathique avec ses homologues réunis à bord du porte-intercepteurs *Thor*. Ils étaient regroupés dans une salle ouverte, attenante à la vaste passerelle de *Thor*, sorte de balcon vitré qui émergeait, sur deux étages, au bord de l'une des faces de la roue géante.

La veille, mais surtout aujourd'hui, Owen avait intensément perçu – comme une fièvre qu'on sentirait sans même toucher le front d'un malade – l'anxiété qui rongeait son ami Nicolas. Lubin, une fois passée la crainte du décollage, n'était pas angoissé: il vouait une confiance totale à *Thor*, à la flotte des croiseurs et aux escadrilles d'intercepteurs. L'Amirauté aussi: plus d'un amiral se trouvait aujourd'hui sur la passerelle de *Thor*, auprès de la commodore Fedra Eneïno, afin de coordonner la contre-offensive.

Nicolas Dérec aurait bien aimé connaître à l'avance l'issue de celle-ci. Il avait tenté, comme plusieurs de ses collègues, un sondage du futur proche. Mais la transe n'avait rien donné : le continuum psi était constamment agité et trouble, telle l'embouchure d'un fleuve à la marée montante. Le chronode ne serait résolu qu'à la fin de la mission, un intervalle de quelques moments où tout se jouerait, où tout pouvait basculer d'un bord ou de l'autre.

Cependant, les stratèges de la contre-offensive pensaient bien avoir tout prévu.

Sur *Thor*, l'état-major avait vue sur le grand hologramme luisant au centre de la passerelle : une Terre translucide émaillée de grappes de points lumineux, les escadres terriennes armées de canons laser. Tout autour, mais à des altitudes exagérées, scintillaient des étincelles de couleurs diverses : les relais du réseau Hugin, les croiseurs éryméens, leurs intercepteurs, certaines navettes comme *Lachésis*. Et, bien sûr, la modeste flottille orbitale terrienne, avec ses beaux jouets neufs dont certains devraient hélas être cassés.

Les événements continuaient de s'enchaîner à un rythme soutenu, et Lubin à recevoir des communications télépathiques. Un à un, les métapses à bord de divers intercepteurs confirmaient que leurs escadrilles plongeaient dans l'atmosphère terrienne, au-dessus des océans Pacifique, Atlantique, Indien et de certaines bases terrestres, pour attaquer les destroyers, sous-marins et bases militaires qui avaient pris pour cibles la plupart des relais du réseau Hugin. Sur les écrans radar des Terriens, chaque canon laser ciblant un satellite Hugin avait fait mouche, semblant anéantir chaque objectif du premier coup pour n'en laisser qu'une petite nappe d'hydrogène en combustion. En réalité, c'étaient autant de ballons métallisés qui avaient éclaté, liés par un filin d'un kilomètre aux vrais satellites-relais du réseau Hugin, lesquels étaient restés invisibles derrière leurs écrans optiques et antiradar malgré les commandes clandestines leur ordonnant de baisser leur garde.

Les bases stratégiques et les navires armés de lasers s'étant tous démasqués par leurs tirs, les intercepteurs éryméens fondirent sur eux comme des furies, ciblant chaque canon laser et le transformant en un geyser de métal en fusion Simultanément, les navires d'escorte étaient réduits à l'impuissance par la paralysie soudaine de leurs systèmes informatiques.

Dans l'hémisphère obscur de la Terre, quelques incendies luirent sur les flots noirs du Pacifique ou sur des îles, infimes étincelles qui, de très haut, ne disaient rien de l'envergure des désastres. Dans la mer de Norvège, trois sous-marins sombrèrent, le brasillement de leur défaite aussitôt étouffé par l'écume.

À bord de *Lachésis*, son attention tournée vers la bataille, Lubin ne put s'empêcher de gémir, son esprit cinglé par la mort simultanée de centaines de marins.

Les échanges normaux entre croiseurs éryméens parurent gravement perturbés, des dizaines d'écrans à autant de postes de communication affichèrent la rupture de télémétrie et la recherche frénétique de nouveaux relais pour transmettre ne fût-ce que la voix humaine d'un vaisseau à l'autre.

Dans les faits, seul le *Sigurd* se trouvait ainsi isolé, semblant confirmer le scénario de l'espionne.

—Ça ira, Owen ? s'enquit Dérec.

Son ami respira profondément, puis répondit d'un bref « Hmm ». En temps normal, il trépassait des milliers de gens à l'heure, partout sur la Terre, mais ces morts-ci, brusques et violentes, s'étaient produites simultanément dans une région sur laquelle Owen concentrait sa percipience.

L'une des images disponibles en provenance de *Thor* capta son attention : elle était prise d'une navop éryméenne qui décrivait des cercles, en haute atmosphère, au-dessus de la Nouvelle-Angleterre. Sûr que la scène intéresserait son ami, il la fit apparaître sur un écran de la console de *Lachésis*.

— Tu reconnais la place ?

Dérec identifia sans peine le flanc de montagne couvert de forêt mixte, dans la lumière dorée d'un matin d'automne. Nouvelle-Angleterre, le Maine plus précisément. La moquette verte tachetée d'orange s'affaissait, se désagrégeait, des volutes de fumée sombre jaillissaient en divers endroits, se rejoignant comme pour simuler un nuage d'orage agité par des bouffées de chaleur.

Le conseil d'Argus avait résolu de laisser Alexandra Kane détruire la base régionale du Maine, qui était de toute façon « brûlée ». Les soldats qui l'envahiraient – du moins leur avant-garde, masquée et revêtue d'amiante – n'y trouveraient que salles, puits et tunnels de béton fissurés par l'intense chaleur, des structures métalliques tordues et les restes de matériaux synthétiques que la combustion aurait altérés au-delà de toute identification.

Dérec tourna la tête pour adresser un commentaire à son ami, mais il devina à son air absent que l'attention d'Owen Lubin était déjà sollicitée ailleurs.

La destruction de la base du Maine visait à garder Alexandra Kane en confiance. La commande des armements sous ses doigts, à bord du *Sigurd*, elle aurait pour un moment encore la conviction que son offensive et celle de ses alliés continuaient de se dérouler comme prévu.

Indétectables, des navettes éryméennes survolaient en permanence les autres bases régionales, certaines copilotées par des métapses.

— Aucune autre de nos bases n'est l'objet d'une attaque, rapporta Lubin.

— Ça confirme que les États-Uniens ont gardé jalousement bien des informations. Ils voudraient ne pas avoir à partager notre technologie avec leurs alliés.

— Il leur reste encore à s'en emparer, commenta Owen d'une voix distraite.

Dérec repensa à la base du Maine… Ç'avait été sa porte d'entrée dans la société éryméenne, un déploiement de technologies inédites qui allaient bien vite pâlir dans l'éblouissante griserie de son premier vol orbital.

Trente-six ans déjà.

Avec un soupir nerveux, Dérec enfila les gants qui complétaient sa combinaison pressurisée. Il ne s'agissait pas d'un scaphandre conçu pour de longues périodes de travail dans l'espace, mais plutôt de la version légère, isolée et pressurisée mais ni ventilée ni chauffée, permettant de brèves sorties dans l'espace et allouant un délai de survie très limité ; les mains, par exemple, n'étaient que minimalement protégées du froid.

Hormis les bottes, bien entendu, Dérec et Lubin portaient la combinaison étanche *sous* leur uniforme – qu'ils avaient pris plus ample, pour l'occasion. Ils avaient prévu les combinaisons pour le cas où ils rencontreraient de l'opposition en abordant le *Sigurd* (un sas qu'on empêcherait de se remplir d'air, par exemple).

Sous une impulsion électrique, les bracelets des gants de Dérec se dilatèrent suffisamment pour qu'il y passe les mains, puis se refermèrent de manière étanche sur les bracelets de ses manchettes. Le bracelet gauche était plus massif : un électronicien y avait intégré les œuvres vives d'un pistolet à décharge. Une commande mentale syntonisée aux implants de Dérec remplaçait la gâchette.

—C'est l'heure de s'habiller, rappela-t-il à son camarade.

Les doigts un peu entravés, s'aidant de commandes vocales, Dérec modifia légèrement la trajectoire de *Lachésis* pour intercepter l'orbite de l'I.S.S.

La navette pivota sur son axe longitudinal et l'espace remplaça la Terre au-delà du vaste hublot. Du coin de l'œil, le Psychéen aperçut la Lune. Depuis l'avant-veille, Leslie Cho-yin était repéré et secrètement surveillé, la moindre de ses transmissions interceptée et filtrée. Après sa disparition d'Argus, le complice de Kane avait élu domicile dans une casemate au bord de l'immense cratère Ptolémée, un ancien relais de communication datant des premières années de la présence éryméenne sur la Lune. Les installations, bien que centenaires, avaient discrètement été remises en état par l'informaticien chinois, qui avait bénéficié de leur camouflage inaltéré. L'habitat souterrain n'était toutefois pas entièrement étanche : un demi-degré Celsius de trop sur l'image infrarouge, une bouffée de CO_2 fuyant du système de recyclage, un infime champ électromagnétique s'échappant d'une imparfaite cage de Faraday, sans compter quelques empreintes de bottes mal effacées menant à la casemate, datant de l'arrivée de l'espion à bord d'un véhicule « emprunté »… Tout cela avait été repéré grâce au survol à basse altitude de satellites indétectables derrière leurs antiradars, leurs données recoupées avec celles recueillies par les navettes, les long-courriers et les cargos en partance et au départ d'Argus.

À la seconde requise, une puissante impulsion électromagnétique rendrait inopérant tout le système informatique et toute l'électronique de la casemate. Leslie Cho-yin serait aveugle et sourd face au commando d'Argus qui investirait son repaire et l'inonderait de gaz anesthésiant.

Mentalement, Dérec mit de côté l'opération destinée à neutraliser Cho-yin. Les actes importants se passeraient du côté de *Thor* et de l'I.S.S.

CHAPITRE 30

La main de Lachésis :
tisser

Tout en enfilant ses gants, Owen Lubin tourna son attention vers les équipages états-uniens en approche de *Thor*, se faisant réceptif à leurs impressions. Après une orbite complète, *Lachésis* elle-même s'approchait à nouveau du porte-intercepteurs, quoique à plus basse altitude et à quelques kilomètres de l'immense roue. Au bout d'un moment, Lubin obtint même des visions soutenues, « piratées » au cerveau de l'un des commandants de bord.

Visible comme un infime anneau luisant sur fond d'espace, *Thor* apparaissait maintenant dans la ligne de mire de l'astronaute Gentry. Ayant l'envergure d'un petit stade sportif, le court cylindre évoquait une roue dentée où les plates-formes d'appontage figuraient huit courtes projections perpendiculaires. L'espace vide au centre, de circulaire qu'il aurait dû être, était transformé en cadre par des parois recelant les panneaux emboîtés d'immenses portes. Elles étaient généralement ouvertes, comme à cette heure, de sorte que de téméraires pilotes d'intercepteurs pouvaient traverser *Thor* à vitesse réduite.

Dans la tactique d'Alexandra Kane et de ses alliés, *Thor* était devenu visible et détectable au radar à l'insu de son équipage. En fait, l'écran optique et l'antiradar pouvaient être remis sous tension à n'importe quel moment.

Comme les croiseurs et les navettes éryméennes, *Thor* avait été peint en noir lors de son assemblage, de manière à rester invisible depuis la Terre même en cas de panne de l'écran optique et même si un engin terrien habité passait tout près. Toutefois, depuis quelques années, l'accent était mis sur la défense, non plus sur la discrétion : les Terriens n'entretenaient désormais aucun doute sur l'existence de vaisseaux chargés de les espionner. Aussi Argus avait-elle repeint tous ses véhicules spatiaux à mesure que venait le moment de leur carénage périodique, du moins ceux destinés à manœuvrer dans le système Terre-Lune ou dans l'atmosphère terrestre. D'une part, les écrans optiques étaient plus fiables qu'autrefois, d'autre part la couleur choisie, blanc-argent, permettait à une coque prise pour cible de refléter une bonne part de l'énergie d'un rayon laser. Lubin se rappelait très bien la longue décade qu'avait duré la pose du nouvel enduit sur l'immense *Thor* : Mila, sa compagne, était pilote de scaphe, et la surveillance d'une tâche aussi fastidieuse l'avait rendue irritable au bout de quelques jours.

Maintenant, la navette *Atlantis*, les *Venture Stars* baptisés *Mike-Smith* et *Scobee*, ainsi que trois X-33 s'approchaient du porte-intercepteurs comme des guêpes soudain douées d'une volonté implacable. Leur angle d'attaque les portait vers la surface courbée de *Thor* plutôt que vers ses flancs ouverts. Comme tous les officiers de la passerelle, Lubin voyait leur représentation dans l'hologramme stratégique, mais ils étaient indétectables au radar conventionnel, sauf de proche, et invisibles à l'œil nu sauf si l'on savait exactement où guetter les fluctuations de leur écran optique.

Dans les soutes ouvertes des engins terriens, les affûts de canons laser se déployèrent avec un ensemble quasi parfait. Grâce au lien télépathique avec le commandant Gentry, Owen put annoncer que chaque X-33 était téléguidé par des pilotes à bord d'*Atlantis*, des *Venture Stars Scobee* et *Mike-Smith*.

Leurs canons, déjà mis sous tension, firent tous feu en direction des portes d'envol de *Thor*. Dans le vide de l'espace, sans aucune molécule ou particule pour les diffracter, les rayons de lumière cohérente restaient bien sûr transparents. Mais leur impact fut visible aux astronautes terriens – et à Owen Lubin à travers eux – sous forme de taches phosphorescentes là ou le champ d'hystérèse absorba la majeure partie de leur énergie.

Les équipages terriens maintenaient le silence radio, persuadés d'être invisibles derrière leurs propres écrans optiques et antiradar. Toutefois, ce silence était vain :

—Ils sentent que quelque chose ne va pas, annonça Owen Lubin en haussant la voix. Selon leur plan, le champ d'hystérèse de *Thor* aurait dû être mis hors circuit en même temps que le reste.

Cependant, les États-Uniens ne s'avouaient pas vaincus. Ils continuèrent d'épuiser leurs précieuses réserves d'énergie en illuminant futilement l'immense roue de *Thor*. Puis leurs tirs s'interrompirent l'un après l'autre.

C'est à ce moment qu'une demi-douzaine d'intercepteurs éryméens devinrent visibles, tel un essaim autour d'*Atlantis*, de *Mike-Smith* et de *Scobee*. Ensuite, de puissantes impulsions électromagnétiques neutralisèrent les systèmes informatiques de bord, transformant les véhicules terriens en de simples coques inertes, pratiquement vidées d'énergie mais toujours étanches, de sorte que la vie y restait possible pour quelques heures.

Les croiseurs *Arvaker* et *Dagur* apparurent à leur tour, de même que trois patrouilleurs rappelés de leurs missions interplanétaires, *Sköll*, *Surtur* et *Sleipnir*. Masses de plastal anguleux, les vaisseaux éryméens manœuvraient à une centaine de mètres des *Venture Stars* et d'*Atlantis*, projetant sur eux leur ombre lunaire. Par le rapport de taille, les nefs éryméennes évoquaient des condors à côté de faucons, mais elles étaient vingt fois plus massives que les orbiteurs.

—OUF! clama Lubin, un ton trop haut. Dommage que tu n'aies pas senti ça, commenta-t-il, faisant allusion à la stupeur collective des États-Uniens. Ils n'auraient pas eu le souffle coupé plus net s'ils avaient été plongés dans l'eau glacée!

Les vaisseaux éryméens prenaient position entre les X-33 et les *shuttles*, mais beaucoup plus près de ces dernières.

—Et on leur offre des feux d'artifice en prime.

Les X-33, inhabités, explosèrent en rafale silencieuse, leurs réservoirs implacablement atteints par les armes des croiseurs. Telles des novæ minuscules mais dangereuses, trois sphères de gaz en combustion projetèrent des débris incandescents dans toutes les directions.

Pointés par les ordinateurs stratégiques, les canons laser des croiseurs et de *Thor* détruisirent des dizaines de gros fragments, avec une précision et un temps de réaction si bref que l'œil ne pouvait suivre. Seules des pailles éblouissantes, là où les rayons traversaient des nuages de gaz, laissaient leur impression sur les rétines, tandis qu'une pyrotechnie muette emplissait l'espace.

Les champs d'hystérèse des vaisseaux éryméens reçurent et repoussèrent doucement les débris projetés dans leur direction. *Atlantis* et les *Venture Stars* eussent été mortellement criblés si l'*Arvaker*, le *Dagur*, le *Sköll*, le *Surtur* et le *Sleipnir* n'avaient été spécifiquement placés pour leur faire écran.

Tout cela s'était enchaîné en un moment. Déjà la roue géante, *Thor*, pivotait sur un autre axe de manière à présenter l'un de ses flancs ouverts à ce qui restait de l'escadrille terrienne. Des deux croiseurs sortirent douze engins compacts appelés rémoras, guère plus gros que les premiers satellites terriens des années soixante. Autoguidés, ils allèrent se coller délicatement aux flancs d'*Atlantis*, de *Mike-Smith* et de *Scobee*. Puis, à l'aide de minuscules verniers, ces parasites-pilotes changèrent la dérive des vaisseaux terriens en une trajectoire les menant vers le centre de *Thor*.

Déjà l'un des flancs du porte-intercepteurs, le flanc le plus éloigné, se fermait grâce à ce qui évoquait, en double, une porte de garage ou de hangar terrien, chaque segment horizontal superposé au précédent, le tout se déplaçant le long de rainures étanches. Le vaste trou au centre de *Thor* devint une caverne cylindrique plongée dans la pénombre.

—Là ils ont peur, commenta Lubin. *Très* peur.

Son ton était plus contenu : il recevait de Gentry une vision angoissée, celle de l'immense roue de *Thor* s'approchant d'*Atlantis* pour gober la navette dans son espace central. Instinctivement, l'astronaute cherchait un point de comparaison pour établir les dimensions de cette formidable station orbitale, comme si en la mesurant il pouvait commencer à en accepter la réalité. Il ne trouva guère de point de repère que le *Vehicle Assembly Building*, l'immense hangar vertical où l'on couplait les orbiteurs états-uniens à leur réservoir externe et où on les juchait sur leurs rampes de lancement mobiles. Il ne se trompait pas de beaucoup : avec ses cent huit mètres de hauteur, le VAB floridien n'aurait pu entrer dans le vide central de *Thor*, mais il s'en fallait de peu.

Les astronautes avaient beau savoir, depuis des années, qu'ils avaient affaire à des humains – et à des humains ayant fait preuve de pacifisme depuis le début, ils devaient en convenir –, leur réaction était viscérale. Devant l'apparition des croiseurs, elle avait été comme celle de poissons voyant surgir brusquement, au-dessus d'eux, l'ombre d'une raie manta. Et maintenant, face à cette immense bouche sombre qui les attendait, ils se sentaient comme jadis les marins des mers du nord à l'approche du Maelström.

Menés par leurs rémoras, les *Venture Stars* et *Atlantis* furent traînés, inertes, jusqu'au milieu de la roue. Les trois vaisseaux terriens furent immobilisés au centre de *Thor*, tels des oiseaux dans une cage, tandis que se refermait la seconde porte qui ferait de cet espace circulaire un lieu clos, capable de contenir une atmosphère ténue – la moitié de la pression terrienne au niveau des mers, mais constituée majoritairement d'oxygène. Cet immense hangar de six cent mille mètres cubes servait normalement à la réparation des intercepteurs, des astrobus ou des navettes, lorsqu'on avait besoin d'un espace de travail plus vaste que celui disponible dans les garages d'envol.

Des valves s'ouvrirent, transformant le vide en un lieu moins hostile à la vie, tandis que d'autres véhicules autonomes, aussi petits que les rémoras, traînaient des amarres vers les *shuttles* terriennes. En même temps s'allumaient des projecteurs spéciaux qui élèveraient la température ambiante tout en générant un éclairage vermeil, quasi infernal.

En contact télépathique avec le commandant Gentry, Lubin comprit le besoin de se distancier mentalement lorsqu'il se rendit compte que ses mains gantées étaient crispées sur le rebord de la console.

Nicolas, pendant ce temps, passait sur sa tête et déposait sur le col de sa combinaison un casque à large visière transparente. Il ne le scella pas tout de suite mais déclencha l'alimentation en air. La veste de son uniforme restait ouverte à partir de son sternum, distendue par le col rigide de la combinaison. Celui-ci était assez ample pour que Dérec porte en même temps son biocollier, de la même façon que le casque laissait de la place à son électrocervical.

Un coup d'œil à « l'aquarium », puis à l'écran qui fournissait des données plus précises, confirma que *Lachésis* approchait du croiseur *Sigurd* et de la station spatiale internationale.

Il l'aperçut d'ailleurs un moment après, l'I.S.S., achevée avec neuf ans de retard mais offrant quand même un spectacle émouvant. Elle ressemblait à un bricolage, toutefois c'était un bricolage que l'ingéniosité humaine avait réalisé sans aide, comme jadis la vaillante station soviétique *Mir*.

Dans la clarté lunaire, les cylindres de l'I.S.S. luisaient d'un blanc indécis, tandis que certains panneaux solaires lançaient des reflets bleus, d'autres dorés. Les multiples feux de position brillaient, à l'unisson, d'un bref flash à toutes les cinq secondes. On eût dit une bouée délicate dérivant sur l'océan de la nuit.

Le mât central, le *main truss*, s'étirait sur cent dix mètres. Perpendiculaire, l'enfilade de modules états-uniens et russes en faisait quatre-vingts. Et perpendiculaire encore à ces axes-là, le mât du générateur électrique et le module d'arrimage commun s'étiraient sur soixante autres mètres. À l'une des extrémités, l'orbiteur *Endeavour* se trouvait arrimé, sa soute ouverte.

À angle droit de certains de ces axes, des radiateurs ou des ensembles de panneaux photovoltaïques se déployaient sur trente-cinq mètres dans chaque direction, ce qui rendait la configuration de l'ensemble impossible à saisir du premier coup d'œil.

Le *Sigurd*, jusque-là masqué aux regards, devint soudainement visible, masse gris perle sous la clarté lunaire: Alexandra Kane venait d'interrompre l'écran optique. Comme dans la vision de Manuel Lépine, le croiseur était livré à l'I.S.S., visible et vulnérable, son équipage neutralisé, la première prise de guerre terrienne aux dépens d'Érymède.

Tandis que Lubin se casquait à son tour, Dérec procéda au lancement d'une sonde téléguidée que portait *Lachésis*. En tout point semblable à celles qu'employaient jadis les scaphes des Neutralisations, elle avait la taille d'un ballon de foot et portait un revêtement noir. Elle pouvait se déplacer par jets de gaz comprimé et passer inaperçue à moins d'une très grande malchance. Le métapse en avait le contrôle par son cybord.

Dérec manœuvra *Lachésis*, la faisant pivoter tête à queue pour qu'elle présente sa poupe dans son approche du *Sigurd*.

— Pourvu que Kulawak ait bien fait son travail…

— Et surtout qu'il l'ait oublié ensuite.

On lui avait confié la tâche, tout à fait clandestine, de reprogrammer les processeurs primaires des festlers du *Sigurd* de manière à ce qu'ils ne rapportent pas la proximité de *Lachésis* ni de sa sonde téléguidée – en fait, d'aucune signature de vaisseau éryméen impliqué dans la contre-offensive.

— On le saura assez vite, n'est-ce pas ?

Si sa besogne avait été ratée, les lasers du croiseur auraient tôt fait de vaporiser un pan de la coque de la navette. Pour le moment, le fait que le *Sigurd* soit redevenu visible facilitait la tâche de pilotage de Dérec : Kulawak était censé avoir aussi neutralisé les systèmes d'arrimage automatique, de façon à ce que rien ne vienne trahir, sur la passerelle du croiseur, l'accostage d'une navette.

Pour Dérec, l'École d'astronautique était un peu loin, et son entraînement de pilote aussi. Un instructeur lui avait fait réviser sa technique la veille en simulateur, au cas où tout irait mal ; néanmoins, pour l'heure, Nicolas s'en remettait entièrement à l'ordinateur de bord, qui s'adaptait à l'apparente panne de système du côté du *Sigurd*.

Des alvéoles d'accostage existaient près de la passerelle du croiseur mais, craignant qu'une fausse manœuvre n'amène *Lachésis* dans le champ de vision du dôme de la passerelle, Dérec avait préféré aborder le *Sigurd* par la poupe. Lubin et lui auraient plus long à marcher dans les coursives du croiseur, voilà tout ; une question d'équilibre entre les risques.

Nicolas se rendit compte que sa respiration était à nouveau oppressée, presque sifflante. Il s'imposa un exercice d'apaisement tandis que, sur l'écran vidéo, se superposaient les repères et grandissait l'image de l'alvéole. Quand le contact se fit et quand claquèrent les verrous, Dérec eut un sursaut d'angoisse : cela avait dû retentir dans tout le croiseur ! Mais il chassa l'idée irréaliste et acheva de se calmer tout en scellant le casque de son scaphandre. D'un coup d'œil, il s'assura que Lubin en faisait autant.

Puis il se libéra prestement de son baudrier et renversa le dossier de son siège. Une culbute le mena dans la cabine principale de la navette ; la combinaison qu'il portait en guise de scaphandre offrait l'avantage de la souplesse.

La cabine avait été modifiée pour qu'on puisse l'isoler du poste de pilotage et du sas. Un blindage actif pouvait, sur commande, la transformer en caisson étanche – une sorte de cage de Faraday, mais opaque à la percipience et à la télépathie plutôt qu'aux ondes électromagnétiques.

Si tout allait bien, au retour, ce serait la cage de Sandra Kane, et la navette serait télé-pilotée.

D'un bond, Dérec se retrouva devant l'écoutille. Un voyant indiquait que le sas du *Sigurd* était pressurisé.

Owen Lubin le rejoignit d'une façon moins acrobatique, seyant mieux aux jeunes quinquagénaires qu'ils étaient.

Dérec ouvrit l'écoutille de la navette, puis celle du croiseur ; les métapses commandèrent mentalement à leur cybord de les suivre dans le sas. Les bruits leur parvenaient assourdis à travers leur casque : les heurts de leurs bottes, les frottements de leurs gants, le chuintement hydraulique des écoutilles se refermant.

Puis, dans le silence revenu, Dérec s'ouvrit à l'espace mental environnant.

Lubin et lui se trouvaient, à bord du *Sigurd*, les seuls humains avec Alexandra Kane à ne pas être plongés dans une torpeur complète. Dérec se retint de tâtonner mentalement à la recherche de Kane ; il se fit réceptif au maximum et s'en tint à cela.

Pour sa part, Owen bloqua les messages lointains, quasi murmurés, qui lui venaient des métapses à bord de *Thor*, où les astronautes n'étaient pas encore sortis de leurs orbiteurs. Sur Terre, les intercepteurs éryméens achevaient de neutraliser les bases et navires terriens porteurs de canons laser, et de détruire leur armement.

Une fois fait le silence télépathique, Dérec n'eut pas à chercher davantage : à l'autre bout du croiseur, perceptible comme une antenne qui aurait émis sur toutes les bandes, un esprit s'activait – et commençait peut-être à s'alarmer. Certaines choses ne fonctionnaient pas comme Alexandra Kane l'avait planifié : des communications qui ne se faisaient pas au moment prévu, des réponses qui tardaient. La flotte des orbiteurs et des *Venture Stars*, justement, ne donnait pas de nouvelles de son offensive contre *Thor*. Tant mieux : ainsi préoccupée, l'espionne ne songeait pas à sonder les ponts du *Sigurd* pour y trouver trace d'une conscience éveillée.

Sur un signe de Dérec, Owen ouvrit la porte intérieure du sas, tout en restant adossé à la cloison. Il envoya à l'avant-garde son cybord, dont il reçut mentalement l'image transmise par sa vidéocam, la laissant se superposer sans trop de peine à celle fournie par ses propres nerfs optiques.

Faisant leurs premiers pas à bord du croiseur, les deux hommes gardèrent leur casque de scaphandre. Certes, ils l'avaient scellé au cas où le sas aurait refusé de se pressuriser, mais il fallait aussi tenir compte du gaz soporifique, peut-être pas entièrement éliminé par le système de filtration. Et puis, le dernier acte restait à jouer.

Sur l'ordre de Dérec, son propre cybord prit un échantillon de l'air ambiant. Le diagnostic ne requit qu'un instant : il y avait encore du gaz, à une concentration suffisante pour maintenir la torpeur de l'équipage.

À travers des coursives jonchées de femmes et d'hommes inanimés, Dérec et Lubin se hâtèrent le moins bruyamment possible vers la passerelle, à la suite de leurs cybords. La vue de ces corps remémora à Dérec les visions qu'il avait eues sur Triton, le croiseur éventré et les minuscules silhouettes humaines éparpillées dans l'espace. Le portrait d'Alexandra Kane s'y superposa, la photo la plus récente montrée lors de la réunion de Laga. Tant de morts, celles évitées et celles découlant de la contre-offensive… Dérec ne pouvait s'empêcher de les débiter toutes au compte de Kane, celle qui avait été Diane. Quelques jours plus tôt, Owen lui avait fait valoir que l'affrontement aurait eu lieu tôt ou tard, de toute façon, même sans la trahison de Kane. Mais Dérec n'y croyait guère : il avait bel et bien fallu une taupe, une traîtresse, pour que la guerre ait lieu, aussi brève dût-elle s'avérer.

Le trajet des métapses les mena à travers le réfectoire, qui servait aussi de salle de détente à l'équipage. Lubin fut surpris d'y trouver des gens affalés, puis se souvint que le *Sigurd* n'avait pas été mis en alerte, bien entendu pour ne pas mettre la puce à l'oreille de Kane. Pour la même raison, les deux métapses observaient un silence télépathique, afin que leur présence passe inaperçue.

Dérec fit un crochet vers les baies d'observation et jeta un coup d'œil vers l'I.S.S., visible s'il collait la tête à la baie vitrée. Les panneaux photovoltaïques les plus élevés étincelaient dans les premiers rayons du soleil levant. La distance entre le croiseur et la station terrienne avait encore décru, elle était désormais inférieure au kilomètre.

Nicolas ne s'attarda guère et se retrouva un moment plus tard avec Lubin à un carrefour. S'étirant à gauche et à droite, une nouvelle coursive menait à deux accès de la passerelle. Un escalier montait à une salle de réunion qui, par l'un de ses côtés, surplombait la passerelle et procurait un troisième accès à la salle névralgique.

Sous cette salle de réunion, et donc derrière la passerelle, se trouvait l'ordinateur central du *Sigurd*. Owen Lubin fit s'arrêter son cybord devant un panneau mural près de la porte, panneau dont la serrure optique faisait partie. L'appareil établit un lien télémétrique puis, sur l'ordre de Lubin, lui transmit le code prioritaire de la capitaine Vogel. En même temps, un mini-écran du cybord présentait à la caméra l'image, à très haute résolution, des iris et des motifs rétiniens de Kati Vogel.

Les deux métapses échangèrent un regard préoccupé : Kane avait-elle songé à changer le code ? Ils ne doutaient pas qu'elle l'avait lu dans l'esprit de Kati Vogel par télépathie, ce qui avait facilité son sabotage. Mais peut-être n'avait-elle pas eu le temps d'en changer après avoir neutralisé l'équipage.

La porte s'ouvrit ; Dérec soupira. Lubin entra dans la petite pièce, suivi de son cybord qui se percha sur un socle prévu à cet effet, se branchant ainsi à l'ordinateur central du vaisseau. Appuyé au chambranle, Dérec regarda Lubin travailler, tout en restant nerveusement en écoute télépathique. Son ami depuis plus de trente ans, Owen était comme un meuble dans son univers sentimental : toujours disponible mais jamais accaparant, fiable et discret, certes la personne la moins compliquée qu'il connût. Nicolas l'observait tandis qu'il se concentrait sur un écran, les doigts en suspens au-dessus d'un clavier, son cybord témoignant en même temps d'un lien mental. L'adjectif terrien « *focused* » s'appliquait parfaitement à Owen. L'affrontement qui approchait n'avait évidemment pas pour lui la même charge émotive que pour Dérec; il ne s'agissait que d'une mission délicate.

— Voilà, dit Lubin à mi-voix. Le code de commandement est changé. Mon cybord et le tien ont accès aux serrures optiques et aux moniteurs audio de la passerelle. Tu vois le code?

Dérec lut sur un écran de son cybord la combinaison numérique qui venait d'être générée aléatoirement; il la mémorisa. Pour en confirmer la justesse, Lubin fit entendre dans la petite pièce, à bas volume, la voix d'Alexandra Kane. Sans hausser le ton, mais sur un timbre tranchant, Alexandra Kane dialoguait en anglais avec un officier à bord de l'I.S.S. ou d'*Endeavour*. Les métapses n'écoutèrent qu'un moment, le temps de déterminer qu'il s'agissait effectivement de l'orbiteur, lequel avait livré à l'I.S.S., dans les heures précédentes, un long module d'arrimage articulé capable de s'encastrer dans l'une des alvéoles d'un croiseur éryméen. On venait d'en terminer l'installation au Nœud 2 et *Endeavour* s'apprêtait à s'éloigner – pas assez vite au goût de Kane. À bord de l'I.S.S., une quinzaine de civils et d'officiers de l'armée de l'air, pas tous astronautes, étaient prêts pour l'abordage du *Sigurd*. Qu'est-ce qu'ils espéraient en faire, seuls face à une flotte éryméenne même décimée, l'état-major de la contre-offensive n'avait pu le deviner. Le faire atterrir? Les intercepteurs éryméens parviendraient à le détruire, ne serait-ce qu'en interférant suffisamment avec sa délicate rentrée pour que l'atmosphère se charge de sa combustion. Lancer le *Sigurd* en kamikaze contre Argus? Tout ce que la cité lunaire comptait d'astronefs, petits ou grands, serait sacrifié pour bloquer l'assaut, Kane devait s'en douter.

Peut-être – et c'était l'hypothèse la plus déprimante – peut-être les Terriens disposaient-ils d'autres taupes, d'autres traîtres, que les télépathes de Psyché même par centaines n'avaient su repérer…

Les deux hommes quittèrent l'ordinateur central, Lubin pour monter vers la salle de réunion, flanqué de son O.R.M., Dérec menant le sien à l'une des portes de la passerelle. Il l'arma et le plaça près de la serrure optique.

Puis il s'en sépara et gagna l'autre porte de la passerelle. Il restait néanmoins en contact mental avec son cybord et il alla chercher, par son intermédiaire, l'image fournie par la sonde qu'il avait lancée à partir de *Lachésis* une demi-heure plus tôt. Celle-ci était allée se poster à quelques mètres du dôme transparent de la passerelle et en fournissait une image claire. Tant qu'elle ne se profilerait pas sur la Lune ou la Terre – et elle était programmée pour éviter cela –, la sonde demeurerait invisible à quiconque avait le loisir de contempler l'espace, ce qui de toute façon n'était pas le cas d'Alexandra Kane.

Dans la pénombre normale de la salle, la femme se trouvait entre la timonerie et la console des communications, roulant sa chaise de l'une à l'autre, étirant un bras, pianotant d'une main impatiente sur un clavier, articulant dans son micro les brèves phrases que Dérec entendait toujours dans sa propre tête. Divers officiers, dont la capitaine Vogel, étaient affalés dans leurs fauteuils respectifs, ou sur le plancher. Dans la pénombre de la salle de réunion ouverte qui dominait la passerelle, il distingua un mouvement : la porte qu'Owen ouvrait lentement, sans recours au mécanisme hydraulique.

Le métapse commanda un rapprochement au téléobjectif d'Alexandra Kane. La tache du visage grandit en se précisant. L'espionne avait fait couper ses cheveux récemment, ce qui avait modifié encore un peu son apparence. Dérec ne parvenait toujours pas à faire le lien entre cette femme caméléon et l'adolescente qu'il avait connue trente-six ans plus tôt.

S'efforçant de retrouver son calme, il prit une profonde respiration, puis s'ouvrit à nouveau aux perceptions empathiques. La présence discrète d'Owen se manifesta, aussi contrôlée et silencieuse que la respiration d'un cambrioleur qui se sait épié. Dans les moments qui suivirent elle persista, telle une note basse, à peine audible.

L'image que Dérec perçut du côté d'Alexandra Kane évoquait celle d'une créature à vingt bras ou vingt antennes, comme autant de tentacules lumineux, tels les rayons ondulés autour de quelque idole hindoue, mais en constant mouvement. Kane vibrait d'une tension à peine soutenable, néanmoins une tension maîtrisée. Le métapse percevait les échanges entre elle et, maintenant, un officier à bord de l'I.S.S.: Dérec recevait la pensée locutive, par télépathie, puis les paroles elles-mêmes entendues et retransmises par le cybord, écho décalé d'une demi-seconde. Kane commentait laconiquement ses propres manœuvres qui amenaient le *Sigurd* à proximité de la station terrienne, lentement, avec des mouvements mesurés. Dérec percevait même, brièvement, la vue qu'avait Kane, l'I.S.S. s'illuminant dans le soleil levant, ses modules cylindriques éblouissants dans leur blancheur métallique, le tout à plusieurs centaines de mètres.

Une chose était sûre: dans les communications que Dérec percevait depuis un moment, aucune mention n'avait été faite d'autres agents terriens. Et la femme ne se livrait à aucun échange télépathique.

À l'arrière-plan mental, un mélange d'angoisse et de frustration irisait la présence de Kane : tout n'allait vraiment pas comme prévu. Et puis elle éprouvait des vacillements, de légères et brèves chutes d'énergie nerveuse, comme cette sensation qu'on a de trébucher et de se ressaisir lorsqu'on lutte contre la somnolence. L'antidote au soporifique dont elle avait saturé l'atmosphère ne s'avérait pas parfaitement efficace.

À la ceinture de sa combinaison étanche, sous sa veste, Dérec prit son pistolet à décharge ; d'un mouvement du pouce, il le mit sous tension, puis fit de même avec son autre arme. De son côté, Lubin confirmait par son silence mental que tout se passait comme prévu.

Sur la serrure optique de la porte de la passerelle, aussi pourvue d'un clavier, Dérec composa le code qui supplantait toute combinaison que Kane avait pu y inscrire – si elle l'avait jugé utile.

À l'instant même où la porte s'ouvrit, le métapse sentit flamber la conscience de Diane Richards – car c'était bien elle, aucune identité d'emprunt ne la masqua lorsque leurs esprits se heurtèrent de plein fouet. Durant une seconde, ou moins, Dérec se retrouva trente-six ans en arrière, sur Terre, dans un labo de la Fondation Peers, à la seconde et dernière occasion où leurs cerveaux s'étaient unis. Pour quelque obscure raison, le souvenir de Karel Karilian scintilla brièvement dans son esprit.

CHAPITRE 31

La main de Lachésis :
couper

L'image mentale de Diane ressemblait à son visage : les deux exprimaient l'étonnement. Mais elle était prise de court plutôt que sidérée : l'éventualité qu'elle puisse être interrompue à cet instant crucial avait certes été envisagée. De même que l'idée qu'une rencontre fortuite avec Nicolas Dérec fasse un jour obstacle à l'une ou l'autre de ses opérations. Toutefois, la possibilité que les deux contrariétés *coïncident* sembla la frapper à cet instant pour la première fois. D'ailleurs, impossible de percevoir ce qui la déconcertait le plus : d'être contrecarrée ainsi, ou de l'être par Dérec, ou de voir ressurgir un éclat du passé.

Tandis que Diane se levait d'un bond et envoyait glisser son siège à quelques mètres pour être libre de ses mouvements, sa surprise s'accompagna un instant d'une image absurde, celle d'un Dérec en scaphandre s'accrochant à la coque du *Sigurd* en vol, tel un aventurier de feuilleton cinématographique. Le « mais d'où sort-il ? » informulé qui traversa son esprit fut autant une interrogation qu'une exclamation ébahie. Elle n'avait manifestement eu aucun soupçon des préparatifs secrets de Kulawak, aucun avertissement de l'approche et de l'accostage de la navette *Lachésis*.

Un détail n'échappa guère à Dérec – plus qu'un détail, en fait : la stupéfaction de Diane fut de l'ordre du « Lui ici ? » plutôt que du « Toi ici ? ».

Il n'eut pas le temps d'en être soulagé, car l'étonnement fit place à une bouffée d'animosité. Ce n'était pas de la haine, Dérec ne perçut pas une intense vague de fond, mais pour Diane c'était clairement *lui* le traître, lui qui avait pris parti pour les adversaires des Terriens. La notion d'ennemi était claire, sans nuance.

Et pas un mot, d'une part ni de l'autre, comme si chacun faisait face à une *situation*, et non à une personne connue.

Puis elle leva les yeux vers la rampe qui séparait la passerelle de la salle de réunion. Dérec sentit, sans même en être la cible, la ruade mentale qu'elle lança vers Owen Lubin ; en même temps, elle recevait un dard au cou. Elle se l'arracha en une seconde avec une exclamation de douleur.

Dérec fut à son tour la cible d'un assaut mental, moins puissant que le premier, une douleur au cerveau quand même aussi brusque qu'une gifle au côté de la tête.

Une main invisible tenta de lui arracher son pistolet à l'instant où il pressait la détente ; la décharge manqua sa cible, fit scintiller tous les voyants d'une console et virer au noir un écran d'ordinateur. Colère : Diane était furieuse de ne pouvoir déployer davantage d'énergie psi. L'effort télékinésique se fit plus vif et l'arme échappa à la main de Dérec ; il l'entendit fêler la plaque d'un plafonnier, puis retomber au sol.

Vivement, avant même que le pistolet ait cessé de rebondir, le métapse ordonna à son cybord d'ouvrir l'autre entrée de la passerelle. En même temps qu'il entendait chuinter la porte, il ressentit un nouvel assaut mental, cette fois aussi douloureux que l'aurait été une migraine instantanée. Il aurait perdu connaissance si le dard tiré par le cybord d'Owen n'avait un instant plus tôt injecté quelques millilitres d'antapsychine à Kane. Et puis la surprise de l'espionne avait dévié de lui la pleine force de son attaque : elle tournait les yeux vers la deuxième porte. L'apparition d'un autre cybord la désarçonnait.

Du coin de l'œil, Dérec vit son O.R.M. vaciller là-bas, heurté par une bourrade invisible. Le dard que tirait le cybord à cet instant alla se briser sur la coupole de transplastal. Le métapse n'avait plus une seconde à perdre : au prochain assaut, malgré le premier dard et l'antapsychine présente dans l'air ambiant, Alexandra Kane réussirait à lui faire perdre connaissance, sinon à lui rompre une artère du cerveau.

Il tendit le bras gauche en pointant la main tel un magicien, et l'arme intégrée à son poignet de scaphandre tira une décharge vers Kane. Elle fut projetée vers l'arrière, comme si un boxeur invisible l'avait violemment poussée. Ses cuisses heurtèrent le rebord de la console et elle s'étala sur le dos en travers des tableaux de commandes.

De son côté, le cybord avait retrouvé son assiette. Prenant une seconde pour viser par son objectif à infrarouge, Dérec lui fit tirer un second dard vers une zone chaude de sa cible. La fléchette se ficha solidement dans le flanc d'Alexandra Kane, injectant dans le muscle une puissante dose d'antapsychine.

Le métapse profita de ce moment de répit pour s'autodiagnostiquer par son biocollier. Pas d'hémorragie décelable au cerveau, quoique les attaques psi de Kane eussent semé le désarroi parmi ses rythmes cérébraux. Et il ne percevait plus la présence mentale de son camarade. À l'aide de son propre cybord, il entra en contact avec celui d'Owen. Les données qu'il y lut le traversèrent tel un courant d'eau glacée : hémorragie cérébrale massive. Le souvenir de Kate Hagen lui traversa l'esprit comme une aiguille glacée, Kate assassinée parce qu'elle avait reconnu Diane Richards.

Mais d'abord maîtriser l'adversaire.

Il se rua vers elle en sortant de sa poche des menottes à trois bracelets. Un regard au passage vers la console des armements lui confirma que la première décharge avait mis tout ce poste hors circuit. Quant à l'espionne, seul l'arc de cercle inférieur de ses iris était visible sous les paupières mi-closes, témoignant qu'elle luttait pour reprendre conscience. Rudement, Dérec la tourna sur le côté, passa un bracelet des menottes à son poignet droit, l'autre à son gauche et le troisième à une poignée d'appui de la console.

Puis il gagna la timonerie, en deux enjambées, tout en enlevant les gants de sa combinaison étanche. Ses yeux lurent les écrans, ses doigts libérés coururent sur les commandes et les verniers du croiseur entrèrent en action. Le *Sigurd* interrompit sa prudente approche de la station spatiale internationale, pour ralentir jusqu'à une « immobilité » relative à l'I.S.S. Presque entièrement illuminée maintenant, cette dernière brillait face au soleil levant, à cinq cents mètres du croiseur éryméen.

Sur l'ordre mental de Dérec, son cybord avait entre-temps rejoint la console locale de l'ordinateur central puis s'y était branché. Par son biais, le métapse accéda à l'ordinateur du *Sigurd* et, employant le code prioritaire qui remplaçait celui de la capitaine, lui ordonna d'asservir désormais toutes les commandes de la passerelle à ce code.

Au prix d'une pénible contorsion, Alexandra Kane avait arraché avec sa main entravée le dard fiché dans son muscle. Elle tenta de se relever, ne parvint toutefois qu'à rouler en bas de la console où elle gisait. Par réflexe, elle se reçut sur les genoux, réprimant une grimace de douleur, et demeura prostrée.

Avec une perception de cette douleur, une bouffée de colère parvint à Dérec, telle une brusque montée de fièvre :

— Comment as-tu pu trahir les tiens ? siffla Diane/Alexandra en anglais, oubliant apparemment que Dérec et elle s'étaient toujours parlé français.

Son français à lui aussi était loin, il répliqua donc en éryméen :

— « Les miens » ?

— Les Terriens.

— « Les miens », ce sont les humains, fit-il en gagnant la console des communications tout en descellant son casque.

Le fait que Diane/Alexandra ait posé une question, qu'il lui ait répondu directement, avait en quelque sorte brisé la vitre : ce n'était plus une *situation* que Dérec avait devant lui, ni une taupe à capturer, c'était une femme qu'il connaissait, qu'il avait jadis aimée. Et qui venait peut-être de tuer son ami le plus cher.

Il jeta son casque sur une chaise.

— Commodore Bryer, appela-t-il après avoir enfoncé quelques touches. Dérec ici. « Damoclès est soulagé. » Je confirme : « Damoclès est soulagé. »

— Nous suivons, oui. Vous avez la situation en mains ?

— Plus ou moins. Lubin est sans connaissance. Dépêchez une équipe médicale.

—Tout de suite. Et… bien joué, Dérec.

Ces derniers mots semblèrent fouetter Kane. Elle parvint à se redresser à genoux, face à la coupole de transplastal de la passerelle, et à se maintenir ainsi, chancelante. Pour une personne atteinte d'une décharge de pistolet tirée de cinq mètres, cela témoignait d'une notable capacité de récupération – sans parler de sa force de caractère. Dérec perçut même, brièvement, une idéation du code prioritaire de Kati Vogel – eût-elle disposé de toutes ses ressources, elle aurait pu le composer sur le clavier d'une console en enfonçant télékinétiquement les touches.

Le phare, toutefois, ne brillait plus tellement, ce petit astre aux rayons animés que Dérec avait perçu par empathie en approchant de la passerelle. Pour les heures suivantes, Alexandra Kane n'était plus une télépathe, ni une fascinatrice, ni une télékinésiste capable de lacérer le cerveau d'un adversaire. Dérec savait que la victime aurait pu être lui-même, s'il avait ouvert la porte de la passerelle une seconde plus tôt. Une vague de remords déferla sur lui : il aurait dû choisir un autre collègue pour cette opération de commando, quelqu'un de plus aguerri qu'Owen.

Il sortit de son autre poche un biocollier. Tandis que deux voix masculines ténues, venant de l'I.S.S. et d'*Endeavour*, continuaient d'adresser des questions énervées à Alexandra Kane, il passa sans ménagement le collier au cou de sa rivale. Il perçut un autre souvenir, surgi aussi brièvement que celui du labo de la Fondation Peers : une phrase de Diane qui ressemblait à « Tu ne peux rien que je ne puisse faire moi aussi », rappelant à Dérec une rivalité adolescente qu'il avait oubliée.

Il aligna les osmoseringues sur les carotides de sa captive.

— Allez-vous me mettre dans une cage aussi ? cracha la Terrienne en tournant la tête vers lui.

— Tu le mériterais.

— Ce serait cohérent avec le reste.

Elle eut un sursaut de révolte qui la fit vaciller ; elle se retint à la chaîne de ses menottes. Le métapse eut la vision fugitive de dizaines de Terriens sous observation dans la fosse aux fauves d'un jardin zoologique. Cette image née dans l'esprit de Kane semblait résumer assez bien ce qu'elle pensait de la relation Terre-Érymède.

Par un étroit escalier, Dérec gagna la salle de réunion où le cybord de Lubin se penchait sur son maître – métaphoriquement, mais il s'en tenait effectivement très près, monitorant les signaux de son biocollier, impuissant à intervenir à travers son scaphandre.

Nicolas descella et retira le casque d'Owen, disjoignit son col et ouvrit sa combinaison jusqu'au sternum. La gorge serrée, il constata de ses propres doigts et de ses propres yeux ce que le cybord affichait depuis un moment : le pouls et la respiration d'Owen étaient normaux, toutefois son e.e.g. s'avérait chaotique. Le coin gauche de sa bouche était tombant et, sous les paupières que Dérec souleva, une pupille semblait nettement plus dilatée que l'autre.

Derrière lui, sur la passerelle, la communication en provenance d'*Endeavour* s'interrompit au milieu d'une phrase. Alexandra Kane, qui avait porté son attention au spectacle se déroulant par-delà le dôme transparent, prononça d'une voix étranglée :

— Qu'est-ce que c'est que *ça* ?

•

« Sous » l'I.S.S. et derrière elle, une masse gigantesque venait de se matérialiser, plus précisément de se démasquer. D'un gris neutre, qui ne reflétait pas grand-chose de la lumière solaire, le vaisseau était massif, anguleux, et il s'ouvrait à l'espace.

À bord du *Sigurd*, un haut-parleur de la console des communications se mit à diffuser des voix ténues et affolées.

— « Ça » s'appelle *Wotan*, répondit Dérec à la question rhétorique de Kane. Je n'ai pas eu le temps de vérifier dans la mythologie, ajouta-t-il en sautant au bas de l'escalier, mais je pense que ça voulait dire « mauvaises nouvelles ».

De fait, Dérec avait pris le temps de consulter l'encyclopédie, un soir de cette décade, durant une collation tardive, et il avait lu que Wotan, ou Odin, était le dieu des dieux, un magicien rusé décidant de la vie et de la mort, de la guerre et de la paix. Mais le métapse ne trouvait guère l'instant approprié pour sermonner son ancienne amoureuse sur la guerre ou la paix.

Une voix claire et tranchante se fit entendre :

— Dérec, une équipe médicale s'embarque à bord d'une navette. Ils partent en même temps que l'équipe d'abordage.

— Qu'ils fassent vite ! intima le métapse, bien inutilement.

— Un de mes pilotes va prendre la direction du *Sigurd* d'ici, ajouta Fay Bryer. La circulation commence à être serrée dans le secteur.

Dérec gagna la console de la timonerie, composa le code prioritaire.

— Je cède le pilotage… maintenant, confirma-t-il après avoir donné la commande appropriée.

Presque distraitement, il se rendit compte qu'il percevait encore les émotions d'Alexandra Kane.

Le sentiment qui dominait, remplaçant l'assourdissante colère, était celui d'une totale défaite, face à la scène qui se déployait devant elle.

Arrivant d' « en bas » et filant sur un tout autre plan que le *Sigurd* ou le *Wotan*, le croiseur *Gialar* entrait lentement dans le champ de vision ménagé par la coupole de son croiseur frère. Sa soute grande ouverte, il passa entre le *Sigurd* et le *Wotan*, manœuvre risquée puisque les distances libres se mesuraient en centaines de mètres. *Endeavour*, trois rémoras collés à ses ailes et à sa coque, des câbles fixés sous son ventre, était graduellement attirée dans la soute du *Gialar*. La capture se faisait alors que les deux vaisseaux filaient à vingt-sept mille kilomètres à l'heure ; la soute du croiseur ne dépassait que de trois mètres la longueur de l'orbiteur.

Pour Dérec, il y avait plus urgent : il s'élança vers la sortie de la passerelle. À la porte, il se retourna pour vérifier d'un dernier regard qu'il n'oubliait rien.

Mais Alexandra Kane semblait avoir perdu tous ses moyens devant le spectacle qui se déployait dans l'espace. Venant cette fois d' « en haut », et se déplaçant en diagonale sur un autre plan encore, le *Donar* et l'*Alsveder* apparaissaient à leur tour dans le champ de vision de la passerelle du *Sigurd*.

« Ils ne sont pas détruits, eux ? »

Les derniers mots de l'exclamation de Kane ne trouvèrent pas le chemin de sa bouche, néanmoins Dérec les perçut clairement, tel un cri de protestation, tandis qu'il s'éloignait en courant vers l'infirmerie.

Dans la gravité réduite du vaisseau, il y parvint sans coup férir, ayant mémorisé la disposition des ponts du croiseur. Bondissant par-dessus des corps, il atteignit une civière autoportante, qu'il mit sous tension et poussa vers la porte avant même qu'elle ait atteint sa pleine hauteur de lévitation magnétique.

Il couvrit la distance du retour presque aussi vite que l'aller, non sans cogner la civière sur quelques cloisons au sortir des virages. Heureusement, il n'y avait personne d'autre que lui pour faire usage de l'ascenseur.

De retour dans la salle de réunion qui dominait la passerelle, il jeta un regard vers la coupole transparente, en face de laquelle Alexandra Kane était toujours agenouillée. Autour de l'I.S.S. et sur elle s'activaient des scaphes, visibles par les jets de leurs verniers.

Dans la tête de l'espionne, le sentiment de défaite s'était approfondi : elle avait eu le loisir de comprendre que même les premiers coups de l'offensive terrienne n'avaient pas porté. Pire, ils avaient manifestement été parés et même prévus, puisque le *Donar* et l'*Alsveder*, les premières cibles des canons laser terriens, s'avéraient intacts.

Dérec sentit une bouffée de révolte et perçut en même temps que l'attention de Kane se portait vers le plancher de la passerelle, sous une console. Dans l'ombre, il vit son pistolet à décharge commencer à glisser vers l'espionne.

— AH NON, ÇA SUFFIT !

L'exclamation lui avait échappé, mentalement et verbalement. L'arme s'immobilisa, tandis que Dérec inspirait profondément et se concentrait. Puis elle fut violemment projetée vers la porte de la passerelle où elle se fracassa dans un éclair aveuglant accompagné d'une explosion grasse, électrique, perceptible autant par le diaphragme que par les tympans. Des fragments grêlèrent au sol, laissant sur le battant massif un creux noirci.

Les regards de Kane et de Dérec s'affrontèrent, la peur naissant dans celui de l'espionne, quelque chose

comme de la haine dans celui du métapse. Redou-
tant un excès, Dérec fit passer par son O.R.M.
l'ordre d'injecter une quantité supplémentaire d'antapsychine à Kane. S'il avait activé directement les
osmoseringues du biocollier, il aurait pu lui injecter
une dose létale.

Presque instantanément, l'activité psi de l'espionne
retomba à zéro, déprimant même les fréquences ordinaires. Dodelinant un peu, elle regarda à nouveau
devant elle, par-delà le demi-dôme de transplastal.
Les deux croiseurs étant disparus de son champ de
vision, l'attention nébuleuse d'Alexandra Kane se
porta sur la station spatiale internationale, dirigée
de force vers le supercroiseur *Wotan*.

Dérec fit descendre la civière au sol. Avec un
regard vers l'un des petits écrans du cybord de Lubin,
il s'agenouilla à côté de son ami terrassé. Celui-ci
respirait toujours, mais son teint était blême. L'électroencéphalogramme… Dérec sentit ses yeux se mouiller,
une rage impuissante lui serrant la gorge : l'e.e.g.
était celui d'un patient dans le coma. Pour être si
foudroyante, l'hémorragie devait être massive.

— Owen…

Il passa les avant-bras sous le dos et les genoux
de son ami. Il le souleva sans effort et le posa sur la
civière.

Puis il regarda encore vers l'espace, espérant apercevoir une navette en provenance du supercroiseur.

— OUI ! s'exclama-t-il en distinguant les formes
typiques de deux navettes éryméennes, telles de
petites boîtes aux angles arrondis lancées dans le vide
entre d'énormes machines.

Alexandra Kane, elle, n'avait d'yeux que pour ces
nefs immenses. Désormais, le *Wotan* se trouvait tout
entier dans son champ de vision. Il s'avérait presque

trois fois plus volumineux que sa soute, laquelle
était en train d'avaler l'I.S.S. Même dans la brume
pharmacologique où baignait Kane, Dérec sentait
fonctionner une part de son cerveau, estimant volume
et longueur (trois cents mètres, jugeait-elle, exagérant
sous l'effet de la stupeur), comparant avec des repères
familiers, un large édifice de cent étages couché sur
le flanc, ou encore un pétrolier. Lui vinrent aussi à
l'esprit le *Titanic* et le *Hindenburg* – peut-être
espérait-elle vaguement un naufrage ?

—Qu'est-ce que vous comptez faire ? demanda
Kane, devenue moins agressive.

—Emmener Owen à l'infirmerie.

À sa perplexité, Dérec comprit qu'elle ne s'était
pas aperçue de ce à quoi il s'activait.

—Je veux dire : avec l'I.S.S. et *Endeavour* ?

La civière autoportante remontée à un mètre au-
dessus du sol, Dérec lui donna une poussée vers la
porte.

—Une démonstration, lança-t-il à sa rivale par-
dessus son épaule.

Et il songea « un coup de règle sur les doigts »,
mais il repensa avec un soupçon de honte à son éclat
de tout à l'heure et il chassa cette idée.

Maintenant, la station spatiale était entièrement
incluse dans le volume du supercroiseur. Des scaphes
avaient fixé des câbles aux structures de l'I.S.S. et
s'affairaient à les tendre. Des chapelets de projecteurs
rosés dessinaient les arêtes métalliques dans la soute
du *Wotan*, telles les côtes anguleuses de quelque
baleine au ventre largement ouvert.

En temps normal, vingt intercepteurs, plusieurs
scaphes et navettes se partageaient le vaste hangar,
tous arrimés à des passerelles mobiles. Pour l'heure,
navettes et intercepteurs étaient sortis, les passerelles

rétractées. Un réseau de câbles immobilisait la fragile capture comme la toile d'une araignée.

Les flancs du supercroiseur commencèrent à se refermer.

•

Owen Lubin avait toujours imaginé ce moment avec un enthousiasme quasi juvénile, le passage assourdissant des intercepteurs éryméens au-dessus de Washington, Moscou ou Pékin. Le moment où états-majors et gouvernements, partout sur la planète, auraient compris que toute guerre devenait impossible.

Dérec aussi, quoique de façon plus modérée, tempérée par le doute et le scepticisme.

Aujourd'hui, tout cela se passait sous lui, autour de lui, et il n'y prêtait qu'une attention discrète.

Il avait voulu embarquer avec Owen à bord de la navette ambulance, mais un ordre venu de haut le lui avait interdit : sa mission n'était pas terminée tant qu'Alexandra Kane n'était pas enfermée dans la cellule spécialement aménagée pour elle en périphérie d'Argus.

Dérec laissait quand même le télépilotage de la navette *Lachésis* à l'officier de la Sûreté, assis à côté de lui dans une troisième navette. Deux fils de conversation, un par écouteur, faisaient un peu vibrer ses tympans, toutefois il n'y prêtait guère attention. Le survol prévu avait bien lieu, mais au-dessus de la flotte états-unienne, au large de la Virginie : cinquante intercepteurs, venus de *Thor*, du *Wotan* et des croiseurs, déchiraient l'air au-dessus de porte-avions et de cuirassés réduits à l'impuissance, leur onde de choc écumant les vagues et fracassant les baies vitrées sous le regard de milliers de marins. Un quart d'heure plus tard, la même escadre allait crever quelques tympans parmi la flotte française au nord des Açores, puis une flotte russe en mer de Norvège.

À chaque endroit, un superpétrolier vide de pétrole, arraisonné la veille par des commandos d'Argus et télépiloté jusqu'en vue des flottes, devenait la cible des intercepteurs éryméens et de croiseurs en orbite. Un bref exercice de tir, l'affaire de quelques secondes, les chaleurs atteintes si élevées que la lumière dégagée faisait se détourner bien des visages. Le reste des quilles, chauffées à blanc, coulait en des chuintements de vapeur moins d'une minute après la première giclée de métal fondu.

Par l'autre écouteur – si Dérec avait vraiment écouté –, il aurait pu constater que tout se passait comme prévu à bord du *Wotan*. Dans l'apesanteur de l'immense soute, dans une atmosphère d'oxygène à pression partielle, une passerelle souple avait été amenée au seul sas libre de l'I.S.S. – un genre d'échelle tridimensionnelle en nylon. L'équipage, presque entièrement états-unien, avait été poliment sommé d'évacuer la Station. Quelques explications étaient vite venues à bout des réticences : les Terriens allaient sortir, conscients ou sans connaissance. Ils pouvaient s'épargner le réveil nauséeux d'une anesthésie indésirée ou, pire, après des heures d'entêtement, les séquelles cérébrales d'une privation d'oxygène s'ils choisissaient de s'isoler dans les scaphandres que plusieurs avaient eu le temps d'enfiler. Un appel des noms de chacun, avec quelques détails confidentiels sur leur identité, les persuada de l'inutilité que l'un ou l'autre se cache dans un recoin de l'I.S.S. pour échapper à ce qui ne serait en somme qu'un entretien – un *briefing*, dans la langue que les Éryméens adoptèrent pour donner leurs consignes. Un détecteur de matériaux haute densité, installé à même le sas de la soute, repéra quelques armes blanches et pistolets non métalliques, dont les Terriens furent priés de se départir. Aucun d'entre eux, apparemment, n'avait accepté de jouer un rôle de kamikaze ; du moins, aucun ne portait en lui d'engin explosif, si minuscule fût-il – ni quelque greffe suspecte que ce fût.

Plus tard, si Dérec le voulait, il pourrait comme la plupart des Éryméens être témoin de la conversation historique qui aurait lieu dans la salle de conférence du supercroiseur. Le Conseil supérieur d'Argus et le Conseil suprême d'Érymède, réunis en séance plénière, en téléprésence sur le *Wotan*, exposeraient la situation aux officiers astronautes, tant ceux de l'I.S.S. que ceux des orbiteurs capturés par *Thor*. Ils expliqueraient que la guerre interplanétaire, la guerre entre la Terre d'une part, Érymède et la Lune d'autre part, n'aurait pas lieu. Qu'elle était finie moins d'une heure après avoir débuté et que les espions terriens étaient capturés. Que la prochaine guerre à être livrée par les Terriens devrait l'être contre le réchauffement planétaire, les prochains combats se faire en faveur de la couche d'ozone, que les véritables ennemis étaient la surpopulation et les pires formes de pollution.

Nicolas Dérec, à l'instar d'un bon nombre d'Éryméens, doutait que ce sermon sur le *Wotan* ait une grande efficacité, mais enfin il devait être prononcé, afin que la trentaine d'astronautes qui le rapporteraient à leurs supérieurs (fidèlement : ils n'avaient pas le choix, les échanges seraient diffusés au Conseil de sécurité de l'ONU en différé) témoignent aussi des impressions qu'ils avaient eues. Car Érymède comptait autant, sinon plus, sur l'impression que laisserait cet aréopage d'hommes et de femmes mûrs ou dans la force de l'âge, de toutes les races humaines identifiables et de quelques métissages inconnus sur Terre, apparus sous forme d'hologrammes à l'arrière-plan desquels on devinait une cité sublunaire et une cité sous dôme.

Owen Lubin, lui, avait surtout cru à l'impression que laisseraient les manœuvres tactiques des croiseurs et des intercepteurs.

« Avait cru ». Voilà que Dérec songeait à lui au passé…

De toute sa vie, le métapse ne s'était jamais senti aussi abattu : le fait que l'affrontement attendu et redouté depuis trente-six ans se soit conclu en une heure, l'intensité des efforts fournis ces derniers jours, tout cela, conjugué à l'état critique de son ami Lubin, le laissait sans force.

—Ça va, maître Dérec ?

Il répondit au pilote par un grognement affirmatif et las. Il n'eut pas à lui demander de garder les commandes jusqu'à l'astroport d'Argus : l'officier ne comptait manifestement pas tester la présence d'esprit de Dérec.

Le paysage plat et sombre du cratère Tsiolkovsky n'avait jamais paru si désolé que lorsqu'ils le survolèrent en approche finale.

◆

Sur un écran de son O.R.M., Nicolas Dérec considérait l'image retransmise par la Sûreté. Alexandra Kane avait été enfermée dans une cellule blindée selon le même principe que la navette *Lachésis*, aménagée au bout d'un tunnel dans un secteur éloigné où l'on avait abandonné, quelques années plus tôt, un projet d'agrandissement de la ville d'Argus. Elle gisait toujours dans les vapes, après la dose massive d'antapsychine qu'on lui avait injectée pour neutraliser sa faculté psi-omicron.

On la surveillait à distance, et seuls des automates allaient s'approcher d'elle, durant son incarcération, pour lui apporter ce dont elle aurait besoin, pour renouveler ses injections ou pour l'escorter vers le tribunal – une autre salle spécialement aménagée pour son procès. Les interrogatoires, eux, se feraient par téléprésence.

Dérec fit s'éteindre l'écran et mit son O.R.M. au repos. Dans l'heure précédente, il avait réussi à parler à Maraguej, à la base martienne de Quirinus, ainsi qu'à Niklas, toujours étudiant sur Érymède. Quelques jours plus tôt, Owen les avait prévenus qu'il était affecté à *Thor*, pour une mission comportant des risques – il n'avait guère tendance à dramatiser. Tout Érymède suivait évidemment la « guerre » en direct et, pour les enfants d'Owen, son euphémisme avait soudain pris un tout autre sens. L'appel de Nicolas avait confirmé leurs pires craintes : non seulement Owen avait-il combattu en première ligne, mais il s'avérait l'une des seules victimes éryméennes de l'affrontement, à cette heure.

Niklas et Maraguej étaient bouleversés, cela allait sans dire.

Quant à Mila, toujours basée sur *Thor*, Dérec lui avait laissé un message. Les pilotes de scaphes étaient bien sûr tous monopolisés.

Le métapse laissa errer son regard par la baie du salon d'attente. La vaste plaine que constituait le fond du cratère Tsiolkovsky luisait, éblouissante sous le soleil, les détails de son fond chaotique oblitérés par la lumière.

Il avait contemplé la forme allongée de Diane Richards pendant un quart d'heure sans éprouver le moindre sentiment. Aucune trace, fût-elle fossile, de son amour d'un tiers de siècle plus tôt. Aucun écho non plus de sa colère qui avait flambé sur la passerelle du *Sigurd*. Difficile de croire que cette silhouette, minuscule sur le petit écran, était celle d'une personne qui avait mené deux mondes au bord de la guerre, causé la mort de milliers de marins et changé à jamais le cours de l'histoire.

Devant le regard hors-foyer du métapse, une plaine gelée se déployait, scintillante comme un champ de glace, sous un ciel violacé où brillait un soleil bleuté, aveuglant. Des lacs d'ombre s'étalaient, où se dressaient des aiguilles acérées. Un vent glacial semblait souffler sur tout cela, soulevant des bouffées de cristaux telles des tempêtes miniatures.

Dérec se ressaisit : ce n'était pas l'Arctique qui s'étalait sous ses yeux, il n'y avait ni flots glacés ni vent cinglant, et encore moins de couleur au ciel noir. Ce paysage-là était celui de son cœur.

Au-dessus de la vraie plaine Tsiolkovsky, des astrobus rentraient à l'astroport, revenant sans doute d'évacuer les bases éryméennes sur la Terre. Dans quelques heures, deux autres convois, beaucoup plus modestes ceux-là, se poseraient à Cap Canaveral et à Baïkonour : les orbiteurs, les *Venture Stars* et les capsules Novoï-Soyouz ramenant sur Terre les astronautes états-uniens, russes, britanniques, français et japonais. Témoignant d'une maîtrise parfaite de la balistique orbitale qui les avait lancées, ils se poseraient à une minute d'intervalle l'un de l'autre, avec des passagers encore sous le choc d'un raz-de-marée de révélations.

La station spatiale internationale serait libérée, elle aussi, intacte mais sur une orbite tout autre que celle sur laquelle on l'avait construite. Si les états-majors et les gouvernements choisissaient de ne rien révéler aux populations, du moins leur faudrait-il beaucoup d'imagination pour expliquer cette éclipse et cette réapparition de l'I.S.S. à des centaines de milliers d'astronomes amateurs et de journalistes scientifiques.

— Nicolas ?

Le métapse ne se retourna pas immédiatement. En fait, il n'avait pas besoin d'entendre Stavi pour connaître le verdict. N'eût-il même pas été empathe, le ton seul de la neurochirugienne aurait suffi à le renseigner.

— Il est mort ?

— Pas cliniquement, non.

Dérec se tourna vers son amie qui portait encore le sarrau des chirurgiens, nota l'unique tache de sang, au poignet d'une manche, puis considéra le visage fatigué de Stavi. La nanochirurgie était une technique peu salissante mais, manifestement, pas toute-puissante.

— Les dommages vasculaires étaient d'une ampleur que je n'ai jamais vue. Je devrais dire : « d'une ampleur jamais vue », tout court.

Elle sentait le besoin de préciser que ce n'était pas juste elle qui avait été dépassée, mais que ses maîtres et leurs traités l'auraient été tout autant qu'elle.

— Tous les capillaires, dans une zone grosse comme le poing, ont été affectés, expliqua-t-elle. La paroi de chacun avait été réduite à une dentelle microscopique : l'hémorragie a été massive.

Et elle répéta à mi-voix :

— Massive.

Cela, ils le savaient avant d'entrer en chirurgie. Les scans avaient consterné Stavi et ses collègues.

Avec toute la délicatesse dont elle était capable, elle avait prévenu Dérec de ne rien espérer et de joindre les proches d'Owen.

—Sur les parois de vaisseaux plus larges, les nano-opérateurs auraient pu amorcer une régénération, expliquait-elle maintenant. Même sur des capillaires comme ceux concernés, ils y seraient parvenus, mais jamais, *jamais* en aussi grand nombre, et pas dans le temps dont nous disposions. Nous n'en sommes tout simplement pas rendus à accomplir des miracles.

Dérec hochait la tête : il comprenait tout cela. Les cellules cérébrales avaient été trop longtemps privées d'oxygène, même avant que n'arrive la navette ambulance. Pas privées de sang : elles *baignaient* dans le sang de l'hémorragie. Mais privées de sang oxygéné, irriguant normalement les lobes…

La chirurgienne s'approcha davantage, jusqu'à lui prendre une main entre les deux siennes. Pour la première fois, distraitement, il remarqua quelques cheveux blancs ; Stavi n'avait pourtant qu'environ quarante ans.

—Toi-même, Nicolas, tu vas devoir passer des examens plus approfondis, si ton cerveau a été soumis au même genre de stress.

Elle savait de quoi il était question, car elle et son équipe avaient été mises au courant, sous le sceau du secret, de l'opération en cours et de la faculté télékinétique de son sujet, Alexandra Kane. C'est à elle, Stavi, qu'on devait amener les éventuelles victimes de Kane si l'affrontement avait mal tourné.

—Quand tu voudras, consentit distraitement le métapse.

Même au plus noir de sa tristesse, il ne souhaitait pas du tout devenir légume, ni même voir ses facultés amoindries.

—Légume.

Le terme échappa à Dérec, à mi-voix. Stavi tressaillit, comme si le mot était tabou autour d'elle – et peut-être l'était-il.

—État neurovégétatif, oui ; coma profond. Et, pour tout dire, sa fille et son fils n'auront pas de choix éthique à faire. Son corps cessera de vivre dès que nous interromprons le respirateur et le stimulateur cardiaque. Certaines fonctions ont déjà arrêté d'elles-mêmes, tant les dommages au cerveau sont généralisés.

Dérec leva à demi une main comme pour dire «ça suffit, n'en ajoute plus», mais il ne dit rien.

Stavi laissa passer un moment, en profita pour retirer le masque chirurgical baissé devant son cou.

— Veux-tu le voir une dernière fois, ou encore être présent lorsque nous débrancherons ?

— Dans un moment, dit-il en hochant la tête. Sa sœur Nelle est en route, elle ne devrait pas tarder.

— D'accord.

— Merci. Merci pour tout, je sais que tu as fait de ton mieux, songea-t-il à ajouter.

Elle hocha la tête et s'éloigna, toujours aussi grave.

Tout seul. Dérec se ressaisit. Bien sûr qu'il ne se retrouvait pas seul au monde : il avait Larissa, d'autres amis, des collègues. Mais Owen était le plus ancien ami avec qui il avait maintenu des liens ; cela remontait à ses premières années à l'Institut. Thaïs était morte depuis plus de trente ans, Kate Hagen depuis plus de dix, il n'avait pas communiqué avec Jordane depuis des mois, ne l'avait pas vue depuis deux ou trois ans.

Non, ce n'était pas sur lui-même qu'il devait s'apitoyer, c'était sur Maraguej, sur Niklas qui avait tout juste dix-huit ans, c'était sur Owen qui avait été fauché inopinément, sans avoir jamais envisagé de mourir – de cela, Dérec était sûr, même s'ils n'en avaient pas discuté sérieusement durant les préparatifs.

Owen Lubin, une vie interrompue à cinquante ans – dans la société éryméenne, c'était mourir jeune. Une existence riche, variée, coupée court en un instant. Jetée au néant, le grand vide glacé du néant, où l'on se dissipait comme un souffle.

Dérec songea à la Terre, dont il avait eu une dernière vision deux heures plus tôt à bord de la navette du retour. Sombre, avec la brève lueur d'éclairs dans quelque système orageux sur le Pacifique. Seul un croissant bleuté était éclairé, ne portant aucune trace de l'affrontement historique qui venait de s'achever.

Il tenta de se convaincre que la mort d'Owen avait servi à quelque chose. Après tout, c'est ce qu'il allait devoir dire à Nelle tout à l'heure, et aux enfants. Aujourd'hui, à cette heure, devant le paysage lunaire glacé, Dérec doutait de pouvoir être convaincant.

L'idée même s'évapora lorsqu'il entendit approcher des pas précipités et qu'il se retourna juste à temps pour recevoir Nelle dans ses bras. Il ne vit qu'une seconde son visage défait, ses yeux mouillés, et derrière eux une ribambelle de figures en transparence, Nelle à tous les âges, bambine, fillette, adolescente, jeune femme, et cette escouade de visages ouvrit d'un coup la vanne de ses sanglots.

—Nelle, pleura-t-il en la serrant contre lui, Nelle, il est mort, Owen est mort, je n'ai pas su le protéger…

Éclat de verre incrusté dans la chair du temps

Le temps se résout en un instant unique, fini. Seta Citti se rend compte qu'elle en avait perdu la notion, observant la démarche lente de l'oryctérope. Il s'arrête à l'occasion, se dresse comme un kangourou et regarde autour de lui – vain exercice puisqu'il est aussi myope que la vieille dame. Ses grandes oreilles, comme des pales d'hélice, lui seraient plus utiles s'il avait ici des prédateurs, ce qui n'est pas le cas. Sa vie se résume donc à des trajets entre le terrier et les termitières ; être gris et laid ne le dérange point.

Dame Citti lève les yeux vers le dôme, où l'éclat du soleil se plombe. Il va y avoir une averse, le Système est sans doute en train d'augmenter la pression d'eau dans les arches du dôme. Peut-être même un orage : éclairs et tonnerre sont bons pour la faune, ils l'affolent, lui offrant une trop rare stimulation.

Seta entre chez elle se verser un jus de fruit bien froid. Encastré dans le mur d'adobe, le comterm comporte maintenant un biomoniteur, où les paisibles pulsations de lignes turquoise offrent un diagnostic rassurant.

La dame ressort et s'assoit dans la chaise-balançoire suspendue à une poutre de rônier, excroissance de la charpente du toit. Elle se trouve à l'ombre ici, pour un bon moment encore. Au loin, elle distingue deux véhicules, des visiteurs sans doute, qui se rendent aux temples du mont Manwé.

Cette fois, la vision se rue sur dame Citti sans même lui avoir laissé le temps de s'endormir. Elle voit un dôme en phase diurne se fissurer inopinément, en plusieurs endroits : des explosions à mi-chemin de certaines arches, à la base de la coupole. Une bourrasque agite le parc-cratère, et le contenu entier de la cité – dirait-on – jaillit par les plaies béantes du transplastal. Sur le ciel noir de l'espace, tout cela crée des constellations éphémères comme si, sur une pelouse terrienne, on avait photographié au ralenti l'un de ces arrosoirs aux jets en étoile. De l'air subitement devenu visible, des oiseaux et des arbustes, l'eau des fontaines, du mobilier, des plantes et des gens, tout est en mouvement dans le vide extérieur. Dans les minutes qui suivront, tout se déposera sur la plaine rocheuse, plus ou moins loin, plus ou moins tard, selon sa masse, les adultes en premier, les enfants par la suite, leurs jouets en dernier...

Seta Citti crispe un poing sur sa blouse, à hauteur du sternum, où une sourde douleur lui brûle le cœur. À ses côtés, le verre tombe et se brise au ralenti, faisant se dresser les oreilles de l'oryctérope, là-bas au seuil de son terrier.

Derrière Seta, dans son logement, crie le timbre du comterm.

CHAPITRE 32

L'envoyée du futur

Barry Bruhn se retourna avec agacement vers les gardes qui le suivaient :

—Essayez de ne pas marteler, au moins !

On ne l'avait jamais entendu hausser le ton. Quelques regards perplexes furent échangés au sein de l'escouade, et la cadence des pas fut un instant rompue. Bruhn s'en voulut un peu : les gars et les filles se hâtaient, sans toutefois courir, il était donc normal qu'un pas unique se démarque au bout d'un moment de marche.

N'empêche. Les bons citoyens d'Argus se retournaient au passage d'un spectacle à ce point inédit : une escouade de la Sûreté en uniformes marine, arme à la ceinture.

Par chance, on arrivait enfin.

Barry Bruhn n'avait jamais vu les salles de Contrôle-Argus ressembler autant à une fourmilière. Déjà la ville lui avait paru deux fois plus peuplée qu'à l'habitude : les couloirs, l'intracité, les galeries… Comme si, depuis soixante heures, plus personne ne dormait en la blanche cité d'Argus.

Maintenant que lui et son escouade accédaient à la galerie surplombant Contrôle-Argus, Bruhn était témoin d'un véritable état d'agitation, ce qui dans la société éryméenne constituait le plus proche équivalent d'une panique.

Des préposés s'activaient à tous les postes de la salle principale et de la passerelle, des superviseurs allaient de l'un à l'autre, parlant avec vivacité dans leur micro à des interlocuteurs invisibles ou tout proches. Les membres du Conseil d'Argus semblaient être tous présents, de même que certains membres du Conseil supérieur, agglutinés en petits groupes autour d'une console ou réunis dans un bureau vitré sans rien perdre des informations que synthétisaient les écrans géants.

S'il restait une autre taupe et si elle disposait d'une bombe, ne put-il s'empêcher de penser, *Argus serait décapitée d'un coup*. La présidente même du Conseil se trouvait ici, c'est elle que Bruhn venait voir.

Il fut reconnu par les gardes du corps de la présidente ; un peu plus loin, il s'arrêta devant son aide de camp, qu'il connaissait un peu.

— Dame Sing Ha vous verra dans un moment, lui assura l'aide de camp, une femme d'environ trente ans répondant au nom improbable d'Iffy Tate.

Bruhn hocha la tête et se tourna vers son escouade :

— Essayez de ne pas encombrer, leur dit-il à mi-voix.

Ils se rangèrent plus ou moins spontanément le long d'une cloison, pour s'ôter du chemin. Bruhn trouva près de la baie vitrée un coin où il ne dérangerait pas. De là, il surplombait les centaines d'écrans qui étaient les yeux d'Argus, et par lesquels les préposés prenaient la mesure des ondes de choc qu'avait causé Érymède en se dévoilant aux Terriens.

Ne faisant guère confiance aux gouvernements des puissances astronautiques, Argus s'était chargée elle-même de diffuser sur la Toile mondiale une version illustrée du « *briefing* » que les équipages de l'I.S.S. et des orbiteurs avaient reçu des Éryméens. Cela avait forcé la main du Conseil de sécurité de l'ONU, qui avait, par la suite, distribué à toutes les télévisions nationales et aux principaux réseaux privés des captations non censurées de l'historique rencontre.

Depuis deux siècles et demi, la planète était surveillée par une société vivant en marge des Terriens, société qui, en ce début de millénaire, avait la population d'un petit État et une technologie cinquante ans en avance sur celle des Occidentaux. Elle vivait sur la Lune, sur un astéroïde nommé Érymède et sur diverses bases dispersées dans le Système solaire. Elle disposait d'une armada qui venait d'infliger à la modeste flotte spatiale états-unienne la défaite la plus humiliante qui fût : une défaite sans effusion de sang. Sur les désastres subis par les flottes maritimes des diverses puissances terriennes, le message éryméen se faisait plus discret, mais Argus savait bien que les témoins civils se comptaient par milliers : passagers de lignes aériennes, équipages de cargos ou de pétroliers…

À la suite de cette rediffusion à l'échelle mondiale, après des délais variables qui trahissaient leur désarroi ou leur état de préparation, les présidents des États-Unis, du Parlement européen, de la Russie et de la Chine avaient fait des déclarations tentant de minimiser l'importance de ces révélations, affichant publiquement des attitudes allant de la prudence à la méfiance, mais évitant soigneusement toute manifestation d'hostilité.

Les grands conglomérats capitalistes, pour leur part, s'affolaient davantage. Les transactions avaient été gelées dans toutes les Bourses, le temps que retombe la poussière et qu'on estime quelles conséquences économiques aurait cette nouvelle donne.

Ce que Contrôle-Argus monitorait présentement, c'étaient les émissions télévisées ou radiodiffusées, les sites Internet, les blogues et les forums de discussion, la presse écrite, les rassemblements populaires et les mouvements de foules. Selon les pays, et parfois même selon les régions à l'intérieur d'un pays, la réaction populaire variait de l'adhésion quasi mystique à l'incrédulité totale, en passant par divers degrés d'hostilité, de scepticisme, de cynisme et d'acceptation sereine ou enthousiaste. Ainsi qu'on l'avait craint, la machine à rumeurs carburait à fond, en mode exagération, inondant la planète d'histoires religieuses, sectaires ou purement fantaisistes, avec ici et là de rares perles de perspicacité. Par exemple, dans les milieux astronautiques amateurs, on comprenait enfin pourquoi les expéditions inhabitées vers Mars, au tournant du millénaire, avaient presque toutes échoué l'une après l'autre. La vérité n'était plus « *out there* », elle était revenue au nid en cassant pas mal d'œufs.

Et puis, s'agissant de Terriens, cent millions d'esprits mercantiles s'affairaient déjà à trouver des moyens d'exploiter la nouvelle situation planétaire. À ce chapitre surtout, les hypothèses et les projections faites par Argus depuis des décennies, quant aux effets d'une « révélation » sur la population terrienne, étaient restées bien en deçà de la réalité. La fièvre millénariste de l'automne 1999 n'avait été qu'un gentil délire à côté de la transe qui s'emparait maintenant d'une partie de l'humanité. À New York, on imprimait déjà des t-shirts par milliers, des agences de voyages vendaient des visites sur Érymède, E-Bay se voyait inondé de prétendus artefacts éryméens.

Toute la journée, dans les galeries et sur les places d'Argus, Barry avait entendu maintes variantes de la remarque « Ils sont fous, ces Terriens », avec une note soit consternée, soit méprisante.

— Madame la présidente va vous recevoir, maintenant…

Mais le ton d'Iffy Tate changea et elle ne finit pas sa phrase : la présidente était sortie de son bureau et venait à la rencontre de Bruhn.

Elle lui adressa un sourire fatigué mais bienveillant. Puis elle remarqua les armes que portaient les gardes.

— Vous n'êtes pas sérieux, Barry ?

(Devant témoins, elle était passée sans effort au vouvoiement.)

— Très sérieux, madame la Présidente. Je suis contre cette démarche, je vous l'ai dit assez clairement. Je ne peux l'empêcher, mais je peux essayer de vous protéger, et je le ferai.

— Mais des armes… ?

— Êtes-vous certaine qu'il n'y a pas d'autres taupes, ici même à Argus ? Si oui, madame la Présidente, vous êtes la seule à détenir cette assurance.

Elle entrouvrit la bouche comme pour répliquer, mais la referma, se contentant de dévisager gravement l'officier de la Sûreté.

— Il faut que j'apprenne à écouter les gens comme vous, soupira-t-elle enfin, et à me fier moins à mon instinct.

Elle baissa le ton et ajouta :

— Ne croyez pas que je prends vos mises en garde à la légère. Je reconnais qu'il y a une marge entre ce que nous voudrions croire et la réalité telle qu'elle est peut-être.

Elle faisait allusion à leur dernière conversation. Les Éryméens, tout un chacun, voulaient croire leur société à l'abri du crime et du terrorisme. La découverte et l'arrestation de Leslie Cho-yin puis d'Alexandra Kane montraient bien que les scénarios paranoïaques ne pouvaient plus être écartés.

Toutefois, Sing Ha tenait à assister à l'interrogatoire officiel de la taupe Kane, et pas juste à distance. Certes, l'espionne témoignerait sous contention pharmacologique, mais si on la voulait assez lucide pour répondre de ses actes, on ne pouvait user de toutes les drogues disponibles, ni administrer les doses souhaitables.

— Vous avez votre fauteuil ?

— Ici, dans mon bureau. (Elle adressa un geste à son aide de camp.)

— Bien. Nous vous escorterons jusqu'à un ascenseur de service – un monte-charge, en fait, je m'en excuse – puis jusqu'à l'intracité où nous prendrons une voiture spéciale. À l'autre bout, il faudra parcourir une assez bonne distance, mais vous aurez toujours votre fauteuil.

Bruhn faisait allusion à une chaise mobile, autoportante, dont les personnes très âgées faisaient usage pour éviter de marcher de longues distances. Ultralégère, elle n'encombrait pas plus qu'un fauteuil de bureau et filait assez vite pour suivre des hommes marchant d'un bon pas.

Sing Ha promena son regard sur les femmes et les hommes en bleu marine, qui s'étaient mis à l'attention et placés stratégiquement dès son apparition. La moitié d'entre eux lui tournaient le dos, pour couvrir tous les angles.

— Allons-y, dit-elle à mi-voix au bout d'un moment.

Tandis qu'elle s'assoyait et rabattait les appui-bras de son fauteuil, Bruhn adressa un regard inqui-siteur à sa lieutenante, demeurée à quelque distance du groupe. Elle fit signe que la voie était libre.

Le petit cortège se mit en route. Les membres de l'escouade, cette fois, gardaient discrètement la main sur l'étui de leur arme.

•

Barry Bruhn n'avait jamais vu autant de monde à un interrogatoire. Il n'avait jamais assisté à un interrogatoire public, d'ailleurs – à sa connaissance, c'était la première fois qu'une telle chose avait lieu, à Argus ou sur Érymède. Cela ressemblait davantage à un procès, du reste, événement plutôt rare en soi, et rarement aussi couru.

Il n'y aurait pas autant de monde dans la salle d'audience, cette certitude au moins était rassurante. Les citoyens qui y tenaient assisteraient à la retrans-mission en direct sur divers écrans, néanmoins on n'admettrait dans la salle même que des officiels directement impliqués dans l'enquête.

Bruhn avait des collègues armés postés à divers endroits, au cas où l'événement aurait fait sortir de leur tanière d'autres taupes affiliées à Richards/Kane. L'espace, ouvert sur plusieurs étages, se prêtait admi-rablement au guet – et aussi aux embuscades.

Peu de gens le savaient, mais il y aurait un moment durant lequel une partie des badauds pourraient apercevoir Alexandra Kane au passage. Les couloirs par où on la transférerait de sa cellule avaient été isolés, toutefois ils ne menaient pas directement à la salle d'audience : il aurait fallu pour cela percer une épaisse cloison et y aménager une porte, ce qu'on n'avait pas eu le temps de faire. Sur quelques mètres, la taupe Kane passerait donc dans le foyer de la salle d'audience, le long d'un mur couvert de plantes grimpantes, jusqu'à une entrée secondaire. Si tout allait bien, elle aurait franchi cette porte avant que quiconque ait compris qui était cette personne qu'on escortait.

Et Bruhn s'était bien assuré que Kane et la présidente Sing Ha ne traverseraient pas en même temps le foyer de la salle d'audience. Dans un écouteur à son oreille gauche, la progression de la taupe et de son escorte lui était rapportée tunnel par tunnel, couloir par couloir.

À un moment, il s'était rendu compte que Sing Ha et son cortège arriveraient trop tôt. Il avait prié la présidente de ralentir et passé la consigne à son escouade. Après avoir enjoint à sa lieutenante de rester auprès de Sing Ha, il avait pris de l'avance.

Il se trouvait maintenant sur une mezzanine qui surplombait le foyer de la salle d'audience. La présidente allait assister à l'interrogatoire de la galerie, et non du parquet, c'est pourquoi elle arrivait à cet étage. La foule n'était pas dense au point que l'on doive se coudoyer, mais pour Érymède il s'agissait bien d'une foule. Sans être assourdissante, la rumeur était intense.

Sans même chercher, Bruhn repéra dans la foule quelques têtes connues, des officiers de la Sûreté ou de l'Amirauté, des chefs de service, deux ou trois conseillers qu'il avait aperçus une demi-heure plus tôt à Contrôle-Argus. Des cibles de choix.

Dans les jours suivants, il allait falloir chaque fois plusieurs minutes pour relater l'assassinat en détail, mais en réalité l'acte se joua en quelques secondes.

Une porte s'ouvrit, celle par laquelle Sandra Kane et son escorte arrivaient du lieu de détention. Le regard de Bruhn était tourné vers elle, car il savait, par son lien audio, que la porte avait été atteinte.

Richards/Kane paraissait alerte, ce qui ne rassura pas Bruhn : il avait compté la voir un peu amorphe, le regard absent, sous l'effet des drogues.

La taupe et ses gardes passèrent, d'un pas pressé, devant le mur verdoyant.

La tête d'Alexandre Kane fut frappée trois fois, trois violents coups pourpres en rapide succession. Le dernier lui fit éclater l'occiput. Sur le lierre aspergé de rouge, d'autres coups claquèrent en alternance, des projectiles ayant manqué leur cible. Un garde virevolta, la main sur un pectoral, l'étoffe noircissant entre ses doigts.

À partir de cet instant, à cause de l'explosion de cris et d'appels, il ne fallut plus compter sur l'ouïe pour suivre le fil des événements.

Dans le mouvement qu'il fit pour brandir son arme, Bruhn se tourna vers la source des coups de feu, les détonations assourdies qu'il avait perçues avant le tohu-bohu.

Sur une passerelle au même niveau que lui, il vit la femme aux bras tendus devant elle, il vit son mouvement latéral pour viser une seconde cible. Une part du cerveau de Bruhn nota qu'il avait déjà rencontré cette personne, mais ne lui fournit pas une identification précise. Il s'agissait d'une civile dans la quarantaine avancée, portant un tailleur bleu de Prusse.

Elle allait tuer quelqu'un d'autre dans le foyer, c'était inscrit sur son visage aux traits durcis, au regard déterminé. Résolution qui sembla vaciller un instant, car Bruhn eut le temps de viser.

Ils tirèrent en même temps. Ou, plutôt, Barry Bruhn la battit de vitesse, une demi-seconde, car son dernier coup à elle ne tua personne. Un troisième et un quatrième acteurs avaient tiré simultanément, des officiers de la Sûreté postés un étage plus haut. Leurs décharges électrifiées atteignirent la meurtrière en même temps que celle de Bruhn. La tireuse fut projetée de côté et vers l'arrière, comme si la foudre l'avait frappée de plein fouet.

En vol, elle heurta la rambarde et bascula par-dessus.

Elle aurait pu tomber sur des gens et en blesser gravement, ou même en tuer.

Elle aurait pu choir mollement et, chanceuse, s'en tirer avec quelques os brisés : il n'y avait que cinq mètres de hauteur.

Elle tomba dans le bassin d'une fontaine, sa tête y heurta un rebord minéral et ses vertèbres cervicales furent rompues.

Avant de se précipiter vers l'endroit d'où elle avait littéralement décollé, et où gisait son arme encore chargée, Barry Bruhn chercha du regard le point qu'elle avait visé, sa deuxième cible.

En bas, dans le foyer de la salle d'audience, le visage blême, Nicolas Dérec était pétrifié, tandis que ses voisins s'égaillaient. L'instant d'après il s'élançait vers le point de chute de la femme en bleu, ses traits redevenus mobiles, sa bouche criant un nom que Bruhn se rappela avoir déjà entendu, sans que son cerveau consente encore à une identification précise, « *Larissa !* ».

•

La présidente et son escorte s'étaient arrêtés à dix mètres de là, encore à l'abri des murs d'une galerie.

Bruhn leur ordonna rudement de retraiter. Tout en criant, il vit l'expression de désarroi incrédule sur le visage de la présidente : c'était la première fois que des coups de feu éclataient entre les murs d'Argus, hormis les occasionnels exercices de tir des commandos des Opérations.

•

Une composition en bleu, que Bruhn enregistra d'un regard : le bassin au carrelage de lapis-lazuli, les cippes de marbre turquin, les bacs cubiques où vipérines et myosotis fleurissaient dans l'humidité, la meurtrière flottant en position ventrale au milieu de ses vêtements déployés par l'eau, sa figure regardant par-dessus son épaule, une nappe pourpre s'étalant autour d'elle.

•

Un contraste momentané, l'immobilité retrouvée de Nicolas Dérec tandis que sur la place bouillonnait la foule, les badauds se tassant pour laisser passer les médics ou les vigiles, les blessés dont l'une se lamentait assez fort pour être entendue malgré le tumulte, le capitaine Bruhn qui, là-haut, lançait des ordres afin qu'on ramène la présidente vers la sécurité relative de Contrôle-Argus.

Peut-être entravé par la foule, mais surtout privé de ses réflexes par le choc, Dérec n'avait pas été parmi les premiers à se pencher sur Larissa Kansen, à s'exclamer horrifié devant l'évidence de son cou cassé, à chercher vainement son pouls. Quelque chose soulevait les vêtements de Larissa au niveau du rein, quelque chose qui avait transpercé son abdomen et causé l'hémorragie, peut-être un bouquet de pointes de verre comme celles qu'on voyait ailleurs dans le bassin, fleurs anguleuses couleur de saphir et de glace, aiguës telles des hallebardes.

Lorsque enfin Dérec avait gagné le bord du bassin, nouvelle statue parmi les colonnes tronquées, c'était clair que la femme était morte, extrêmement morte. Anonyme dans la foule, le visage devenu calcaire, il avait été laissé à sa consternation, en deuil de son meilleur ami et de son amoureuse dans l'espace de trois jours.

•

Un pont s'était formé à travers le temps, un pont aussi insubstantiel que la pensée. À l'autre bout, sur une lune de Neptune, un mois plus tôt, une vision avait atteint Nicolas Dérec, qui l'avait prise pour un rêve : Larissa en bleu, flottant sur du velours pourpre, à même un écrin turquoise, telle l'Ophélie de quelque drame incompris.

•

Les vigiles faisaient évacuer la place publique qu'était le foyer de la salle d'audience.

— Il va falloir quitter les lieux, maître.

Un des hommes s'était décidé à interpeller le métapse Dérec, avec les égards dus à son statut. Mais Barry Bruhn, qui était descendu au niveau de la place, intervint :

— Laissez, sa présence est requise pour l'enquête.

Le regard du Psychéen retrouva vie, chercha et repéra l'origine de cette voix pas tout à fait inconnue.

— Si vous comptez me demander « quelle est mon histoire », Bruhn, j'ai encore moins de réponses que l'autre fois.

Le coordonnateur adjoint de la Sûreté ne parut pas saisir cette allusion à une conversation amorcée six ans plus tôt.

— Vous connaissiez l'auteure de l'attentat, non ? Cette Larissa Kansen ?

— « Cette » Larissa Kansen, répéta Dérec sur un ton hostile. Je connaissais *une* Larissa, pour autant qu'on puisse connaître une personne dont on est l'amoureux.

— Et celle que vous connaissiez aurait été incapable d'un tel acte, c'est ce que vous allez me dire ?

Le ton de Bruhn était également hostile, bien qu'il eût été incapable de dire pourquoi. Peut-être à cause des implications potentielles de l'attentat, entre autres l'hypothèse d'une conspiration de plusieurs taupes, l'une ayant été chargée de garantir le silence d'Alexandra Kane. Peut-être tout simplement parce qu'il s'était entendu crier sur un ton impérieux, à l'endroit de la présidente, et qu'il en avait honte.

— Je n'ai rien vu venir, si c'est ce que vous voulez dire. Du reste, Larissa et moi, nous nous sommes à peine vus ces derniers jours, avec les préparatifs de l'opération Lachésis et ses suites.

— Aucune hypothèse sur ses motifs ?

Dérec secoua la tête, à court de mots.

— Et sur la raison pour laquelle elle aurait tiré sur vous ?

Leurs regards se verrouillèrent l'un à l'autre, comme deux tiges de cristal invisible s'emboîtant brusquement, et le métapse cueillit dans l'esprit de Bruhn une image qui écarta le moindre doute, s'il lui en restait : le capitaine de la Sûreté avait vu Larissa le viser, lui Dérec, aussi déterminée à le tuer qu'elle l'avait été pour la taupe Kane.

Comme de la cire, le visage du métapse coula, image même de l'égarement, tel celui d'un accidenté qui se découvrirait l'unique survivant d'un désastre inexplicable. Toujours debout, l'homme sembla s'effondrer sur lui-même.

Du côté de la salle d'audience, on évacuait le garde blessé au poumon, ainsi que la sexagénaire qui avait reçu au flanc l'ultime projectile de Kansen : une lacération qui avait saigné abondamment sans toutefois mettre sa vie en péril. La femme, une nano-technicienne appelée Debb Purpleblue, n'était reliée ni de près ni de loin à la Sûreté, aux Renseignements, à l'Amirauté ; elle n'était même pas venue assister à l'interrogatoire de Kane, passant là par hasard et s'étant attardée par curiosité.

Près du bassin turquoise, le corps de Larissa gisait sur une civière, au cœur d'un écheveau de tubes et de fils, sous une couverture isothermique. Les médics avaient tenté de la mettre en stase, sur les ordres de Barry Bruhn. Chaque blessure, prise séparément, aurait pu être circonvenue, la fracture du crâne, la lésion de la moelle épinière, la lacération du foie, du pancréas, de l'aorte et d'un rein par les pointes de verre, sans compter l'arrêt cardiaque que les décharges électriques avaient causé dès avant la chute.

On avait rétabli l'oxygénation du cerveau, toutefois le pronostic restait sombre. Les gestes calmes et posés des médics laissaient deviner qu'ils estimaient inutile toute précipitation. Sur un signe du capitaine Bruhn, ils chargèrent la civière à bord de l'ambulance.

En voyant s'éloigner le petit véhicule silencieux, le métapse sentit un harpon, coincé entre ses côtes au niveau du cœur, le tirer vers Larissa, vers son corps brisé, vers ses yeux clos qui plus jamais ne luiraient dans un rayon de soleil.

Mais il ne bougea pas.

•

—Qui faudrait-il prévenir? s'enquit Bruhn auprès de Nicolas Dérec. Où habitait-elle?

—Walhala, murmura le métapse après avoir semblé ne pas entendre. Il faudrait prévenir Saeko Yoshimu, sa compagne, puis son frère Cédric. Et ses collègues de l'Ipsypharm.

—L'Institut de psycho-pharmacologie?

Dérec hocha la tête. Rien de cela n'était secret.

Un des hommes de la Sûreté s'approcha, un bracelet entre les doigts:

—Capitaine, il semble y avoir un message sur son commini. Un mémo, pour être exact.

Un petit symbole coloré clignotait effectivement sur l'affichage, le genre de signal qui servait de rappel aux gens distraits ou affligés d'une mémoire courte.

—Permettez? demanda Barry Bruhn.

Dérec s'interrogea: son statut d'amant l'aurait-il habilité à refuser cette intrusion? Le coordonnateur adjoint de la Sûreté aurait-il tenu compte d'éventuelles réticences, de toute façon?

Quoi qu'il en fût, Dérec était plus perplexe que quiconque, et avide du moindre début d'explication. Il suivit Bruhn jusqu'à la plus proche comcol, dont l'écran permettrait de mieux voir le message que Larissa avait enregistré, message à composante visuelle selon l'affichage du commini.

Le visage de Larissa apparut, sur un arrière-plan où le métapse crut reconnaître le symbole bleu cobalt de l'Ipsypharm. Deux mains invisibles étreignirent Dérec, l'une à la gorge, l'autre, géante, à la poitrine. Pour un moment, son souffle se fraya un chemin bruyamment à travers ses narines.

— Si quelqu'un fait rejouer cet enregistrement, débuta Larissa, c'est que je suis détenue, que j'ai été neutralisée ou tuée. La suite est réservée aux détenteurs d'une cote de sécurité azur ou supérieure.

Bruhn et Dérec s'entreregardèrent. L'agent de la Sûreté commanda le déploiement d'un écran acoustique autour de la comcol. Les deux hommes se rapprochèrent tandis que changeait la résolution de l'écran, où l'image ne devenait visible que sous un angle de vision perpendiculaire. Ils collèrent au lecteur optique leurs comminis ; les bracelets étaient en contact avec les puces greffées sous la peau de leur poignet.

Le micrord de la comcol confirma que la suite du message pouvait être livrée.

— Mes collègues de l'Ipsypharm, poursuivait Larissa, pourront expliquer plus en détail la nature du Chronoreg mais, brièvement…

Le mot « chronoreg » était neuf pour Barry Bruhn, néanmoins Dérec l'avait déjà entendu. Ce qui suivit, son amoureuse le lui avait déjà expliqué.

– Cette drogue a d'abord été synthétisée par des chimistes terriens, puis reproduite à notre laboratoire lorsque des agents d'Argus nous en ont procuré des échantillons. Cette molécule complexe a… semble avoir… une double propriété.

Dérec se demanda si Larissa emploierait la même analogie que lorsqu'elle lui avait parlé de ses recherches, quelques mois plus tôt : elle avait évoqué la double nature de la lumière, à la fois ondes et photons.

— À l'Ipsypharm, nous n'avons pas encore su déterminer si le chronoreg permettait au sujet de s'envoyer à lui-même un message télépathique à travers le temps, ou si le chronoreg lui permettait de retourner *physiquement* dans le passé. Certains de

mes collègues croient que les deux explications
sont vraies, que les deux mécanismes coexistent. En
quelque sorte.

Aux trois derniers mots, une réaction échappa à
Dérec, sorte de rire étouffé et de sanglot en même
temps. «En quelque sorte.» Larissa concluait souvent
par cette locution lorsqu'elle doutait de la justesse
ou de l'exactitude de ce qu'elle venait de dire.

Bruhn perçut en même temps le bref sourire et
les larmes sur le visage du métapse, et son propre
scepticisme s'en trouva un moment suspendu. Une
drogue qui permettait de revenir dans le passé ?

— … une forme de chronorégression, d'où le
nom.

L'officier de la Sûreté en avait perdu un bout ; il
se concentra de nouveau sur la figure et la voix de
Larissa Kansen.

— Dans votre futur, dans *notre* futur immédiat,
j'ai absorbé une dose de chronoreg. Afin de sauver
plusieurs milliers d'Éryméens et d'empêcher la
guerre. Car Alexandra Kane, si elle n'est pas tuée
dès son premier interrogatoire public, échappera à
son escorte grâce à sa faculté psi-omicron, accédera
aux commandes d'un système qu'elle a déjà mis en
place et fera exploser les dômes de plusieurs cités-
cratères sur Érymède. Sur l'une des lignes temporelles,
elle détruira un intercité et provoquera même l'écra-
sement d'un cargo sur la façade nord d'Argus : la
verrière des Hespérides.

Dérec sentit un courant lui remonter l'échine, hé-
rissant sûrement les cheveux de sa nuque. Larissa
poursuivait :

— C'est la suite de sa guerre, la guerre des Terriens.

Dérec revit l'*Alsveder* et le *Donar*, détruits par
des canons laser terriens dans la vision qu'il avait
eue sur Triton.

— Quelques collègues et moi avons décidé d'agir. Mais sur aucune ligne temporelle on ne parvient à empêcher ces sabotages, sauf par la suppression de Kane. Et la… destruction de son cerveau, de son esprit. C'est pourquoi je viserai la tête.

Si grave, Larissa, et son regard si sombre. Jamais Dérec ne l'avait vue ainsi, ne lui avait entendu ce ton.

Ces derniers jours, pourtant, cet air préoccupé…

— Et puis…

Allait-elle conclure ou avait-elle quelque chose à rajouter ? Son regard s'égara un moment, son regard qui jusque-là avait fixé l'objectif avec intensité. Sa voix changea de registre…

— Pour la suite, hésita-t-elle… on verra. Je tenterai d'expliquer le reste, mes collègues ne sont pas au courant.

« Le reste ? » se questionna Dérec, et quelque mécanisme de blocage l'empêcha, du moins à ce moment, d'inférer la suite sous-entendue. Bruhn, lui, n'eut pas à chercher : ce n'est pas sous le coup d'une brusque inspiration que Larissa Kansen avait visé son amoureux après avoir assassiné la taupe Kane. Elle comptait tuer Nicolas Dérec, cela faisait partie de son plan. Sa résolution avait faibli un moment, le temps que la Sûreté la neutralise, hélas radicalement.

Le message avait pris fin, l'écran était redevenu monochrome.

Barry Bruhn recula un peu, dévisagea le métapse.

Nicolas Dérec, lui, contemplait le vide, son regard hors-foyer perdu dans les limbes céruléens de l'écran.

◆

Les coteaux de Walhala étaient déserts, aucun skieur ou planchiste ne dévalant les pentes où une neige trop lourde commençait à fondre à la faveur d'un printemps artificiel. Une brise tout aussi artificielle apportait à Dérec une odeur de résineux, étaient-ce sapins ou épinettes…

Un friselis d'eau ruisselante venait de quelque part en contrebas de la petite terrasse, quelque ru encore dissimulé par une mince dentelle de glace, scintillante sous une lumière argentée.

Là-haut, à la limite entre la neige et le dôme, des techniciens en scaphandre achevaient leur inspection, accompagnés de machines trapues. Walhala, un des parcs les moins habités, figurait parmi les derniers à être inspectés *de visu*, par des humains plutôt que par des robots.

Le métapse frissonna. Derrière lui, dans l'appartement, des bruits de rangement et d'objets déplacés lui parvenaient, cliquetis de caisses refermées, froissement de matériau d'emballage… La porte-fenêtre était restée ouverte, en violation des consignes de sécurité exigeant qu'on scelle tous les accès à un dôme, jusqu'à nouvel ordre. En cas de soudaine décompression dans le parc, les appartements (et les couloirs qui les desservaient) devaient servir de sas, deux lignes de défense contre un vide brusquement survenu. On avait d'ailleurs diminué du quart la pression atmosphérique dans tous les dômes éryméens, et de fractions intermédiaires celle des habitats donnant sur les parcs, et des galeries les desservant, ménageant ainsi des zones tampons entre le cœur animé des villes et les parcs provisoirement désertés.

Des dispositifs explosifs – de petits réseaux, en fait – avait été découverts à la base des dômes d'Élysée, la capitale, et de Corinthe, le siège de l'Amirauté. Des installations miniaturisées, mais ne relevant pas de la nanotechnologie. D'où l'on déduisait, avec optimisme, que les ressources techniques d'Alexandra Kane étaient limitées.

Et puis les inspections progressaient plus vite, maintenant que l'on savait ce qu'on cherchait. On passait au peigne fin tous les véhicules, des cargos et des astrobus jusqu'aux trains intercité.

Dérec sentit qu'on lui mettait un manteau sur les épaules. Saeko apparut à ses côtés. Il l'attira contre lui, dos contre poitrine, et la serra dans ses bras. Penchant la tête, il enfouit son visage dans son cou à elle.

— Tu as le nez glacé !

Elle avait eu un gloussement, presque un rire. Auquel succéda un sanglot étouffé.

— Shhh, fit doucement Dérec, et il se mit à la bercer d'un mouvement léger, oscillant. Shhh.

Pour l'apaiser bien plus que pour la faire taire, car il n'y avait pas eu grand éclat à réprimer depuis quelques jours.

Comme Dérec, mais à sa manière propre, Saeko avait eu la même réaction de mutisme perplexe. Une fois dites et répétées les protestations d'incrédulité, l'acceptation faisait peu à peu son nid. Les explications différées de Larissa étaient claires, et celles de ses collègues de l'Ipsypharm les avaient enrichies. Si quelqu'un – ni Dérec, ni Saeko, en tout cas – avait cru un moment que Larissa avait perdu la raison, cédé à un délire paranoïaque violent, inventé cette histoire de chronorégression, les chercheurs de l'Ipsypharm l'avaient vite détrompé. Oui, le chronoreg agissait comme Larissa Kansen l'avait évoqué et, oui, on s'interrogeait encore sur la nature authentique du phénomène. Sur ses effets, non : Alexandra Kane avait été neutralisée, ses dispositifs de sabotage désamorcés, le dernier acte de la guerre bel et bien étouffé dans l'œuf.

Seuls Barry Bruhn et Nicolas Dérec savaient que Larissa avait eu une autre intention, que le tir des gardes avait de justesse contrecarré cet acte. Bruhn n'en avait plus reparlé – pas en présence du métapse, en tout cas. Et Dérec n'en avait pas parlé à Cédric ni à Saeko. Pourquoi ajouter à leur douloureuse incompréhension ? Il avait déjà lui-même assez de peine à la supporter. Car enfin, le geste et le regard de Larissa ne pouvaient signifier qu'une chose, une seule : venue du futur, elle savait à propos de Nicolas un fait qu'il ne connaissait pas, qu'il ne *soupçonnait* même pas. Quelque chose méritant qu'on le supprime, lui aussi, quelque chose méritant *que la femme qui l'aimait* soit résolue à le tuer.

L'homme posa son menton sur la tête de Saeko ; un soupir inquiet lui échappa, que la jeune femme dut prendre pour une bouffée de chagrin, car dans leur étreinte elle lui serra les mains avec compassion.

Accablé comme il l'était ces jours-ci, il semblait à Nicolas Dérec que tout ce qui lui restait à faire, c'était d'attendre. Attendre de voir pourquoi, du futur, on avait jugé indispensable de le supprimer, et de le supprimer maintenant.

Il lui sembla que si les dieux avaient jadis existé, ce devait être le genre de tourment qu'ils réservaient à leurs victimes les plus choyées…

Fin du deuxième volume de la
« Suite du temps »

Les Éditions Alire
sont fières de vous proposer un extrait
du troisième volume de la
« Suite du Temps » :

LES ÉCUEILS
DU TEMPS

Dérec se retourna vers Haseeb et tenta d'expliquer :

— Tout ce que je peux dire… *supposer*, en fait, c'est que j'ai perçu sa présence et que mon esprit a traduit ça par une vision. Pas au sens mystique, entendons-nous ; une perception optique, mais générée directement dans le cerveau plutôt que sur les rétines. Et sans détails : je ne voyais qu'une masse sombre.

Dérec se retint de justesse de demander : « Allons-nous contacter la soucoupe alii ? » ou « La commandante a-t-elle donné des ordres ? » Haseeb connaissait ses responsabilités.

De toute manière, la réponse entra sur la passerelle un moment plus tard, en la personne de Fedra Eneïno.

— Que faites-vous ici, Dérec ? demanda-t-elle, surprise d'avoir été devancée.

— On se posait justement la question, répliquat-il. Je pense que… je suis peut-être ici en tant que métapse.

Tandis qu'elle examinait les données du festler, le Psychéen raconta comment il s'était réveillé et avait alerté la passerelle, sans préciser le contenu du rêve dont il avait émergé.

—Est-ce que vous rêviez à des Alii? s'enquit Eneïno.

—Pourtant non. Un sale rêve de jungle rasée pour faire place à une ville de métal.

—Évidemment, dit la capitaine en s'adressant cette fois à sa lieutenante, pas moyen de savoir depuis quand ils nous accompagnaient comme ça?

—Ça ne pouvait faire longtemps. De lui-même, l'ordinateur de bord effectue des balayages festlers latéraux à intervalle régulier. Je dirais: pas plus d'un quart d'heure lorsque Dérec nous a appelés.

—Treize minutes, confirma Mottram, qui avait pensé à vérifier. Mais la question la plus intrigante est: « Comment se fait-il que nous n'ayons pas détecté son approche? » Si la soucoupe était venue du Phalanstère, aucun doute, nous l'aurions repérée.

À la vitesse où filaient les patrouilleurs, un balayage festler à très longue portée, vers l'avant, était indispensable. Mais le système envoyait aussi des signaux intermittents dans toutes les autres directions, et ceux-là auraient rebondi sur la coque de la soucoupe alii durant son approche. La vitesse des vaisseaux alii était du même ordre de grandeur que celle des vaisseaux de l'Amirauté éryméenne, soit .05 C pour les patrouilleurs de la classe du *Sköll* et les long-courriers.

—Pas rassurant, ça, réfléchit Haseeb à haute voix. Ou bien elle est sortie de nulle part, ou bien nos « visiteurs » disposent d'un brouillage ou d'un écran anti-festler.

—Et ils auraient choisi de *se montrer*, à l'instant, compléta Mottram, alors que nous avons cru les avoir repérés.

Les officiers du quart alpha arrivaient un à un sur la passerelle, à divers degrés de lucidité.

—Il y aurait un troisième « ou bien », j'en ai peur, opina Dérec, qui avait gagné le poste voisin de sa console de navigation habituelle mais ne s'était pas encore assis.

Un silence attentif se prolongea.

—Pardonnez-moi, fit-il enfin, ce n'est pas pour ménager mes effets. Mais j'essaie de formuler mon hypothèse en des termes pas trop ridicules.

—Prenez le risque, répliqua la commandante avec un mélange d'ironie et de patience.

—Eh bien, nous savons, ou nous croyons savoir, qu'ils peuvent influer sur le passage du temps, du moins à petite échelle.

—Ou sur la *perception* du temps, objecta la lieutenante Haseeb.

—Ce qui revient au même, non ? Peut-être leur vaisseau a-t-il mis un laps de temps « normal » à nous rejoindre compte tenu de nos vitesses et de nos trajectoires respectives, mais par une distorsion ou une contraction temporelle qu'eux seuls sauraient générer, ils auraient « paru » nous rejoindre en un quart d'heure, à partir d'une distance tout juste supérieure à la portée de nos festlers.

Et d'ajouter, après réflexion :

—Ou peut-être sont-ils vraiment capables de vitesses cinq fois supérieures à ce que nous pensions. On sait déjà qu'ils sont capables d'accélérations foudroyantes – rien à voir avec ce que déploient nos réacteurs. Mais alors ils auraient dû freiner leur impulsion de façon spectaculaire pour s'ajuster à notre allure de chenille, et *ça*, nous l'aurions perçu au simple visepteur…

Fedra Eneïno accueillit les hypothèses du navigateur avec un silence méditatif, les yeux fixés sur la projection principale qui montrait leur escorte alii.

— Et si nous le leur demandions ? fit-elle enfin.

◆

Fedra Éneïno avait, sans en faire un drame, mis le *Sköll* en état d'alerte. Sur tout le patrouilleur, les officiers des quarts alpha et bêta se trouvaient à leurs postes. Du coup, la passerelle semblait moins vaste. À son pupitre de navigateur, Nicolas Dérec était assis à côté de la timonerie, elle-même voisine de la vigie.

À travers la coupole de transplastal – pas plus vulnérable que du plastal – le Phalanstère des Alii se déployait dans sa véritable grandeur, qui faisait du *Sköll* un bien petit poisson. Chaque section de l'assemblage – chaque vaisseau-mère – avait la taille de neuf paires de porte-avions mises bout à bout.

La soucoupe avec l'équipage de laquelle les Éryméens avaient eu une brève conversation avait depuis longtemps rejoint son port d'attache. Le *Sköll*, pour sa part, avait ralenti son allure et continuait de décélérer. D'autres soucoupes l'avaient dépassé, rentrant elles aussi au bercail.

Voilà quelques heures, le patrouilleur avait reçu un message formel de bienvenue. Bienvenue à bord, ou simplement bienvenue *à proximité* du Phalanstère, cela était bien sûr laissé à l'interprétation. Éneïno aurait su la réponse si elle avait requis des instructions précises pour l'abordage, mais comme elle n'en avait nulle intention, ce flou lui convenait. Une visite aurait certes été possible : Alii et humains respiraient un air semblable, celui des Alii étant cependant trop pauvre en oxygène, ce qui obligeait les visiteurs humains à porter, inséré dans les narines, un tube d'oxygénation, sans masque. Pour un séjour de plusieurs heures, l'usage du masque s'imposait, surtout à cause des deux pour cent de dioxyde de carbone présents dans l'air des Alii.

Les Alii étaient habitués à un pourcentage de dioxyde de carbone soixante fois plus élevé que celui de l'air terrestre et compensaient de la même façon lorsqu'ils séjournaient dans un environnement humain, mais pouvaient s'en passer pour une visite de quelques heures.

Ce détail physiologique aurait dû rassurer à lui seul les humains qui redoutaient une invasion et une occupation alii : si les Petits Gris avaient souhaité s'emparer de la Terre, ils se seraient réjouis de voir augmenter le taux de dioxyde de carbone dans l'atmosphère de la troisième planète. Or, au contraire, ils avaient été les premiers à alerter Érymède au sujet du phénomène des gaz à effet de serre, quelques décennies avant les climatologues terriens. Ils s'en inquiétaient davantage que la plupart des citoyens de la planète bleue.

Le *Sköll* s'était rapproché avec tous ses systèmes d'observation affairés au maximum, dans toutes les longueurs d'onde disponibles. Des terabytes d'images s'accumulaient dans les mémoires du patrouilleur, pour être examinées en temps réel, puis analysées ultérieurement par les ingénieurs sur Érymède.

— Ruark, énonça posément la capitaine, je veux que nous passions carrément à l'intérieur du Phalanstère.

Elle avait fait apparaître une représentation holographique de la cité spatiale au centre de la salle et elle y dirigea un curseur lumineux.

— Faites-nous entrer au milieu du triangle inférieur bâbord, faites-nous décrire un arc qui nous amènera à sortir au milieu du triangle supérieur tribord. En même temps, faites-nous décrire un tonneau, quelque chose d'élégant. Avec un peu de chance, ils penseront qu'on fait les beaux.

Alors qu'en fait, comprirent tous les officiers, le roulement sur l'axe permettrait un balayage complet par tous les instruments d'observation. Dérec ne put s'empêcher de siffler doucement, sur un ton admiratif, un brin incrédule. Non pas qu'il mît en doute les aptitudes de son camarade pilote. Il était plutôt sceptique quant à la naïveté des Alii, qui devineraient sûrement qu'on les examinait à la loupe, sous leur nez et à leur barbe – bien qu'ils n'eussent ni l'un ni l'autre.

Le *Sköll* ne filait plus qu'à son allure minimale, celle qui servait à manœuvrer près d'un orbiport. Une question vint à l'esprit de Dérec, et il l'énonça posément :

— Je me demande si les Alii ont, eux aussi, leurs rendez-vous avec les Mentors, et s'ils en profitent pour se plaindre de nous.

— Si vous vous offrez pour aller le leur demander, rétorqua la capitaine, je mets tout de suite une navette à votre disposition, Dérec.

Ce disant, elle n'avait pas quitté des yeux la projection holographique, massif filet tridimensionnel dans lequel s'engageait la petite luciole représentant le *Sköll*. Nicolas, lui, contemplait le spectacle à travers la coupole transparente. Le patrouilleur passait entre les vaisseaux-mères comme un poisson lent entre les poutres d'une titanesque structure engloutie.

À la lueur du lointain Soleil, les éléments du Phalenstère semblaient gris ardoise, leur texture presque mate, avec de rares hublots scalènes qui laissaient deviner une lueur violacée – pour être visibles à cette distance, il devait s'agir de larges baies vitrées.

Des ports-alvéoles, vastes comme des stades et ouverts à l'espace, recelaient des empilements de soucoupes, immobiles dans la pénombre.

Et tout cela tournait lentement, haut et bas, tribord et bâbord n'ayant eu de sens que par rapport au patrouilleur au moment de son approche, mais plus maintenant dans ce carrousel au ralenti.

—Communication entrante, prévint Seki Diané.

—Audio ?

L'interprète de bord dispensa l'officier de répondre :

—« Plus de trois cents espèces animales se sont éteintes depuis que nous visitons Gaïa », énonçait le porte-parole Alii. « L'île que vous appelez "Madagascar" a perdu quatre-vingt-dix pour cent de sa végétation d'origine, et l'archipel que vous nommez "Philippines" quatre-vingt-dix-sept pour cent. Soixante-dix millions d'humains occupent les Philippines. »

La capitaine et le métapse échangèrent un regard, alors que l'étrange voix alii restait audible derrière celle de l'ordinateur interprète. Des cartes géographiques, mélanges de photos orbitales et d'images de synthèse, se déployaient sur les écrans de la passerelle, couvertes de points et de taches colorées : indigo, marron, violet, pourpre, anthracite…

L'intelligence artificielle chargée de la traduction poursuivit, sans qu'il y ait divergence sur le choix des termes :

— « L'archipel que vous nommez "Indonésie" compte cent espèces d'oiseaux et cent vingt espèces de mammifères menacées d'extinction. Deux cent deux millions d'humains occupent l'Indonésie. »

Les statistiques démographiques paraissaient vraisemblables à Dérec. Nul doute qu'on les découvrirait exactes au millier près. Quant aux chiffres relatifs à la biodiversité…

Par-delà la coupole, les vaisseaux-mères continuaient de défiler, liés trois par trois, à leurs extrémités, par des polyèdres plus volumineux que les pyramides d'Égypte.

À SUIVRE…

LES ÉCUEILS DU TEMPS

PARUTION : AUTOMNE 2006

DANIEL SERNINE...

... est né à Montréal en 1955. Après un baccalauréat en histoire et une maîtrise en bibliothéconomie, il publie en 1978 un premier recueil de nouvelles fantastiques, *les Contes de l'ombre*. Il récidivera plus de trente fois au cours des deux décennies qui suivront, proposant une œuvre riche et diversifiée qui s'adresse tant au public jeunesse qu'au public adulte. Appréciant également le fantastique et la science-fiction, il a respectivement inscrit dans ces genres deux cycles monumentaux : celui de « Neubourg et Granverger » et celui d'« Érymède ». Au fil des ans, Daniel Sernine a remporté de nombreux prix, dont le Prix de littérature jeunesse 1984 du Conseil des Arts du Canada et les Grands Prix 1992 et 1996 de la science-fiction et du fantastique québécois. Daniel Sernine est directeur littéraire de la collection « Jeunesse-Pop » chez Médiaspaul depuis 1983 et directeur de la revue *Lurelu* depuis 1991.

Extrait du catalogue

ALIRE

Collection « Romans » / Collection « Nouvelles »

VOUS VOULEZ LIRE DES EXTRAITS
DE TOUS LES LIVRES PUBLIÉS AUX ÉDITIONS ALIRE ?
VENEZ VISITER NOTRE DEMEURE VIRTUELLE !

w w w . a l i r e . c o m